赵飞燕

第二部 三十六宫秋夜长

王凤翔 / 著

中国文史出版社
CHINA CULTURAL AND HISTORICAL PRESS

图书在版编目（CIP）数据

赵飞燕：三十六宫秋夜长. 第二部 / 王凤翔著. --
北京：中国文史出版社, 2020.11

ISBN 978-7-5205-2542-8

Ⅰ. ①赵… Ⅱ. ①王… Ⅲ. ①传记小说—中国—当代
Ⅳ. ①I247.5

中国版本图书馆CIP数据核字（2020）第224961号

责任编辑： 梁玉梅

出版发行：**中国文史出版社**
社　　址：北京市海淀区西八里庄路69号院　邮编：100142
电　　话：010-81136606　81136602　81136603（发行部）
传　　真：010-81136655
印　　装：北京新华印刷有限公司
经　　销：全国新华书店
开　　本：16开
印　　张：24
字　　数：367千字
版　　次：2021年4月北京第1版
印　　次：2021年4月第1次印刷
定　　价：68.00元

目录

第一章　贬侯赠卤簿

权贵九卿而又赫赫朝野的淳于长被皇家无情的政治棍棒击得晕头转向，幸亏成帝看在王太后的情分上，对他未加治罪，但免去一切官职，遣令就国。他怀着怅惘、失落、凄楚的心情，回到定陵侯府邸。

淳于长并不责怨自己，而是怨恨舍人辛元。如果辛元不把自己密谋“三公”的行踪告诉远条宫中少府王盛的话，那么就不会落到今天这个下场。如今，官位仕途、荣誉名声、豪华富贵将统统毁于一旦，付诸东流；祖宗的功名，自己的奋斗，皇家的恩赐亦将得而复失，荡然无存。他越想越懊恼，越想越气愤，于是叫上两名家丁，来到关锁辛元的冷房内。

“辛元，你这个吃里爬外的东西，心肠竟然如此狠毒！”淳于长一双眼睛冒着凶光，歪着脑袋说道。

“淳于长，这话应该我说。”辛元拖着伤痕累累的身躯，挣扎着站起，毫不示弱地申辩，“我从小来到你家，为你们效力十八年，可你却指使家丁用乱棍打我，打得我血肉模糊，疼痛难熬，到头来竟说我的心肠变得狠毒。哼！豺狼吃人，却说人不仁！”

“我淳于长密谋‘三公’，与你何干？”

“我向我的同窗好友王盛谈起此事，与你何干？”

“哼，你敢胡搅蛮缠！”

“你辜负皇恩，欺压百官，鱼肉百姓，霸占许嬺，竟敢以邪压正，无理狡辩！”

“死到临头，胆大包天！”淳于长咬牙切齿地说。

“哈哈哈哈……”辛元仰头大笑，深感无限痛快，“为国除奸，死不足惜！”

“来人！”淳于长气愤难抑，满脸杀气，厉声咆哮道。

两个家丁持木棍，闻声跑进冷房。

“用乱棍给我狠狠地打，把他活活地打死！”淳于长气急败坏，凶相毕露，用手指点着毫不屈服的辛元吼道。

辛元用双手整理了一下血迹斑斑的衣服，系好了衣带，闭上双目，等待极刑。两个家丁，各持木棍，一步一步地走向辛元。当他俩圆瞪二目、杀气腾腾，像刽子手般地举起木棍时，只听见门外一声怒吼——

“住手！”

淳于长和两个家丁一下子惊呆了。

他们回头一看，是侍御史孙越手持短刀站在门外。孙越后面跟随二十名手持兵刃的卫士，中少府王盛、新都侯府舍人王谦也站在卫士队列旁边。

原来是王盛找到王谦，商量如何搭救他少年时期的好友辛元，王谦赶紧将此事汇报给新都侯王莽。王莽亲自找到侍御史孙越磋商，二人当即决定，由孙越率卫士到定陵侯府解救辛元。

“孙越，你要干什么？”淳于长走了过来，横在冷房门前。

“淳于长，请你闪开！”侍御史孙越挥手喊道。

“这是我的家事，你无权干涉！”淳于长以定陵侯府主人的口吻说道，“你们怎么随便闯入我的侯府！”

“淳于长，你应该明白，你私设公堂，无理报复，施加虐待，罪上加罪。我孙越肩负侍御史的重任前来解救辛元，这是我的职权，怎么说是无权干涉呢？”侍御史孙越据理反驳，当仁不让，“淳于长，请你不要再飞扬跋扈，你不要忘了，你已经被夺去爵位了！”

淳于长听罢孙越一番话，心中受到难以忍受的刺激，那种嚣张气焰一扫而尽，他像丧家犬似的灰溜溜地走了。

两个家丁一看主子如同败下阵来的将领仓皇逃去，“咣当”一声丢下棍棒，跟随主子跑去。

“辛元，你受委屈了！”孙越走上前来，安慰道。

“不，为国除奸，皮肉吃点苦算不了什么！”辛元边说边忍着剧烈的疼痛，跪下双膝，握起双拳道，“小人今天没有死于非命，多谢孙大人搭救之恩，请受辛元一拜。”

“快快请起，快快请起！”孙越急忙搀起遍体鳞伤的辛元。

这时，王盛快步迎了上来，协助侍御史孙越搀扶辛元。

辛元被扶起后，一眼看见同窗好友王盛，心里什么都明白了，那种说不出的感激之情，顿时油然而生。他的一双眼睛立即涌出泪珠，张开双臂，一下子紧紧地抱住王盛，感慨地呼道：“王盛……”

“辛元……”王盛的一双眼睛亦涌出欣喜的泪花。

“辛元，本官欲收留你到御史府有司当差，不知你意下如何？”孙越诚恳地说道。

“多谢孙大人器重，小人愿随前往！”辛元抱拳打躬道。

“好吧，咱们走！”侍御史孙越率领众人，朝定陵侯府大门走去。

淳于长妄图报复舍人辛元，未能得逞。他气哼哼地走到正室夫人周怡住室窗前，听见室内传出嘤嘤的哭泣声，不由得停住了脚步。

周怡乃将门千金，父亲周达系元帝刘奭时期的中郎将，当年曾随汉室出国使团，伴随昭君出塞，远赴西域匈奴，为汉匈两国和睦相处做出较大贡献。因此，周怡同他这位侯门子弟得以婚配。

婚后，他俩相亲相爱，难舍难分。但是，好景不长，淳于长仗着王太后的权势，获取侍中，官封卫尉。再加上他反戈一击许皇后，舌荐力举赵飞燕，惹得成帝越来越器重他，进而使他得到定陵侯之爵位。于是，他官大生邪念，位显压群卿，常常到外边寻欢作乐，再加上早就霸占了龙雒思侯韩宝之妻许孊，便把这位原配夫人周怡忘得一干二净。如今，他在官场上输了个精光，不得不回到周怡身旁求助。

周怡的忧心和伤感由来已久。她不止一次地劝说丈夫，不但无济于事，而且夫妻俩的距离越来越大。现在，淳于长又被革职，她不由得伤心落泪了。

淳于长心里很清楚，周夫人的伤感全是他一个人造成的。但还是得硬着头皮去见周怡，不管怎样，必须闯过这一难关。他推门进入室内，赶紧拿过一手帕，假惺惺地给周怡拭泪，不无关怀地说：

“夫人，请不必伤感，人的一生怎么会一帆风顺呢？”

“去去去去，你躲我远远的，权当我……已经死了，用不着……你关心我。”周怡狠狠地打开淳于长那只拿着手帕的手。

“夫人，你不能一筹莫展，你快帮我想个办法。”淳于长已经没了脾气，继续拿手帕给周怡拭泪。

周怡无可奈何地摇了摇头，又趴在床上大哭起来。

“夫顺妻安，夫贵妻荣。周怡，你应该明白这个道理。”淳于长仍在求劝对方。

“说得好听，早干什么去了！”

淳于长一听，是一个男孩子的声音，他转身一看，原来是周怡所生的儿子，当然也是他的亲骨肉。他以父亲的口吻训斥道：

“淳于佳，你怎么这样讲话？”

“父亲，请您原谅，孩儿不敢顶撞。”十六岁的淳于佳屈身抱拳。

淳于长走了过来，缓和语气道：

“佳儿，你已经读过‘四书’‘五经’，应该懂得人情大理。眼下父亲遇到点麻烦事，你要劝劝你母亲，帮我想想办法。否则……咱们全家……可就完了……”

淳于佳抬头看了看父亲，只见他两眼含着泪珠，心里不是滋味。他早已闻知父亲所犯乃大错，任何人都无法挽救父亲，何况祖父、外祖父都已过世，谁还能帮助父亲呢？大人们都没有回天之力，作为孩子又有什么办法呢？淳于佳心里怨恨父亲，但深觉无奈，随之引用了《吴越春秋·勾践阴谋传》中的一句话，讥讽道：

“父亲，我记得《吴越春秋》这部书告诫后人说，‘高飞之鸟，死于美食’。世间凡是贪婪的人，最终都逃不出灭亡。现在，父亲的下场，不正是高飞之鸟吗？”

“放肆！竟敢目无尊长！”淳于长气急败坏，伸手取过一条藤棍，照着淳于佳猛烈地抽打过去。

“你要干什么，你自己闯下大祸，怎么拿孩子撒气！”周怡拼命地从丈夫手中夺过藤棍，大声地喊，“佳儿，你赶快离开这里！”

淳于佳满身伤痕，但他没有落泪，而是安慰母亲道：

“母亲，请你不要哭。人活着，要吃得苦，受得穷，耐得富，咱们要做好准备，离开京城长安，返回故里谋生！”

“佳儿……”周怡一下子抱住淳于佳，“哇”的一声大哭起来。

淳于长一看周怡母子的态度，同他格格不入，再没有缓和的余地了，转身离开周怡住室，直奔许孊那里去了。

许孊住在定陵侯府后院的一所房子里。这里的院门、幽径、亭榭、楼阁，比起前院周怡的住宅虽然小了些，但是别具一格，独特新颖。楼阁外面全部用珠玉装饰，室内墙壁画满了各种男女裸体的绘画。明柱、壁间镶嵌了大量金银。栗木架格上安放着各式各样的古董玉器、金银珍宝。这些除了哄骗自许皇后的积蓄之外，便是从百官手中受贿得来。每当淳于长来到许孊住宅的时候，他便趾高气扬，扬扬自得，总要拉着许孊的手，边走边看，夸赞一番豪华的设施。

今天，他迈步进入许孊的院落。楼阁外边的青砖绿瓦、玉石明柱，闪烁着一片片耀眼的光泽，然而犹如一根根银针，刺得他内心格外疼痛。他从定陵侯府的前院来到后院，像一个陌生人走入他人府邸，眼前的一切似乎变得生疏起来。

许孊住在第二层阁楼上。淳于长走到楼前，只见两个丫鬟站在楼梯旁，挡住上楼的去路。他气恼地问道：“你们站在这儿干什么？”

“侯爷，刚才奉夫人之命，守候在此。”一个丫鬟回答道。但是她俩并未离开岗位。

“闪开！”

“夫人说，没有她的允许，任何人不准上楼。”仍是那个丫鬟回话。

“这是定陵侯府邸，我淳于长回府上楼，还得向她禀告？”淳于长说着，用手一推，两个丫鬟踉踉跄跄地闪在一旁。

“侯爷，侯爷！”两个丫鬟朝着淳于长的背影大声地喊着，“侯爷，侯爷您不能上楼啊……”

淳于长快步如风，直奔许孊卧室而来。

他的脑海里不住地萦绕着许孅的诡秘行动。难道她有什么不轨行为？还是看我大势已去悄悄地做离开我的准备？

霎时，他来到许孅的卧室门前，一推门，却怎么也推不开，门从里边闩着。他气上心头，“咣”的一脚，将门踢开了。他进入室内一看，许孅和她的贴身小丫鬟小翠正在往包裹内收拾金银首饰、珠宝玉器等贵重东西。

许孅和小翠两人手中分别拿着金马驹、银麒麟，听到异样的声响后，马上回头惊望，一看是气势汹汹的淳于长，一下子吓呆了。

淳于长什么都明白了：许孅和小翠在打点细软，准备乘机逃跑。他看到眼前心爱的小妾许孅，往日那种甜蜜的情感骤然荡尽，曾经的山盟海誓似乎顿即消失。他迈步向前，一步一步地走到许孅跟前，什么也没说，“啪！啪！”两个耳光打得许孅两眼冒金星，只见许孅嘴角处流下殷红的鲜血。

淳于长气得呼呼地喘着粗气。

“老爷……老爷……”小翠哭着跪在地下。

许孅一双秀眸顿时涌出泪珠，扑簌簌地滚落腮下。她有苦难言，有话难吐。

忽然，许孅猛烈地拥抱住他。她脸上又苦又咸的泪水流到他的嘴角。他的心，不知道是憎恨还是怜悯，不知道是懊悔还是自责。

他茫然地望着包裹内的珠宝玉器，久久地伫立在室内地板上。

他的母亲王氏已是八旬开外的人了。这位老人得知此消息后，深知祖宗的功德和全家的命运都已败坏在儿子的手中，气得几天几夜合不上眼，吃不下饭，卧床不起，一蹶不振。

淳于长无精打采地走到老母床前，悄悄地站在那里。王氏微闭双目，面容憔悴，她听到响声，强打精神，睁眼一看：原来是儿子站在床前，一个丫鬟正将一把椅子搬到儿子身旁，淳于长还没来得及问候母亲的病情，只见母亲满脸涌起怒怨，欲挣扎欠身。丫鬟急忙上前搀扶。

王氏的双唇颤抖了好半天，方叫一声：“淳于……长……”

“娘！”淳于长急忙撩袍跪地，双手打躬道。

“过来……”王氏的脸色已被气得煞白，伸出右手招呼道。

淳于长听到母亲那颤抖的呼唤声，不敢怠慢，急速地移动双膝至母亲床头。这时，只见母亲老泪纵横，欲说不能，停了好大工夫，才挥起抖动的右手，“啪”的一声，打了淳于长一个耳光。

“老夫人！”丫鬟赶忙抱住险些跌到床下的淳于老夫人。

“娘，您打吧，您出气吧！”淳于长丝毫没有责怪母亲的意思，而是惭愧地请求对方再惩罚自己一次。

“晚啦，再打也没有什么用啦！”王氏凄楚地落下泪珠。她气喘吁吁，慢慢地躺在枕上。

“娘，我，我对不起您……”淳于长面对八旬老母，面对当今皇太后王政君的一奶胞姊，想到自己的胡作非为，乃至丢官弃爵的可悲下场，心内着实不安，一股辛酸怅然的思绪萦绕脑际，鼻孔一阵酸楚，两眼模糊，流下泪水。

王氏仍然躺在床上，那双眼睛微闭着，泪珠由眼角处淌下。只见她挥动了一下手臂，以示淳于长退去。丫鬟上前搀起淳于长。淳于长默默地离去。

淳于长第一次厌倦起女人来了。

几个晚上，他独自一人宿在书房内的单人床上。他，没有去小老婆许孊的卧室，更不会去正室夫人周怡的卧室。这次，他破例不与女人睡在同一床上。掌灯时分，男仆为他点上蜡烛，默默地走出书房。他和衣躺靠在单人床上，翻来覆去，思前想后，他悔恨自己，贪财恋色；更怨恨许孊，以色害人，尤其是她不顾廉耻，竟然掠财戏耍亲妹妹许皇后。最不可容忍的是，她看他大势已去，居然背着他收拾珍宝细软，准备偷偷地离去。这个女人，无情无义。他恨透了她。这几天，他已经派了四名家丁，在后院轮流巡逻，密切监视许孊的行动。绝不能再让这个女人逃出定陵侯府，去寻求新的生活。

突然，耳旁传来一阵盈盈的脚步声。

“启禀侯爷，二奶奶请您回后院楼上歇息。”一个熟悉的女子说话声。

淳于长翻身一看，原来是丫鬟小翠走入室内，他的怒气顿然涌起，猛地欠身，厉声咆哮道：“你给我滚！滚！”

小翠被淳于长的吼声吓得浑身颤抖，脸色煞白，“啊”的一声，跑出房去。

戌时刚到，更鼓响起。淳于长无情地撵走了小翠，那股怒气虽然尚未消散，但是心底感到平静了许多。他下床转身，拉开那唯一的薄薄的被子，准备睡觉。忽然听到身后传来重重的脚步声，他回头一看，淳于佳抱着一床崭新的被子走了进来。

“父亲，奉母亲之命，给您来送被子。”淳于佳说着给父亲铺好被褥，而后打躬，转身离去。

淳于长的一双眼睛一直盯着淳于佳，直到儿子走出书房。他的思绪翻上扯下，什么话也说不出来。

他躺在床上，心里苦涩涩的。他意识到自己的胡作非为，及夫人周怡的善良心地，深感对不住这个结发妻子，近日，周怡一定是从仆人口里得知，他离开了后院许嬿的阁楼，独自一人住宿，所以才命佳儿送来缎被。但是，周怡绝不会派人请他回房歇息的，因为她恨透了他。他心里明白，全怪自己闯下大祸呀！

淳于长的祸乱，给全府上下带来晦气和不安。

定陵侯府往常那种人来人往、络绎不绝的场面再也看不见了。府中除了膳房的采购人员上街外，谁也不敢走出府门，以免被外人指责唾骂。

惊蛰虽然已过，但春天尚未真正地来临。风，嗖嗖地带有寒意；雨，淡淡地落下几滴。在长安城，人们还没有看到千枝万枝的绿；骊山、蓝田山、大华山也没有呈现出墨绿墨绿的画。

连日来，淳于长四处奔波求救。

今天，他从外面回来，仍是一无所得。

他无精打采，满面愁容。他绕过后院阁楼，无意走到那片石榴林中，发现一冠冠枝条泛绿，春姑娘又开始向他招手，冷凝的心渐渐复苏。忽然，饲马棚传来“咴儿，咴儿”的骏马嘶叫声。他快步穿过石榴林，直接奔往饲马棚。

饲马棚设在定陵侯府后院北端，车乘、马匹可直接由侯府后大门出入。这里，饲养着八十匹精良驭马。因为淳于长身居定陵侯，又是掌管后宫安全的卫尉，所以皇家也就给他很高的物质待遇，其中包括出行卤簿。

卤簿，即皇帝或朝中重臣名将出行时所使用的车驾排列。官位不同，卤簿不一。秦朝皇帝大驾属车八十一辆，于大驾左右行。西汉皇帝大驾有车千辆乘舆，属车同秦，驭马万匹，气势浩大。将臣之乘舆也不尽相同，有的属车二辆，有的属车四辆，有的属车八辆。作为卫尉、定陵侯的淳于长，其属车乘舆限定为四辆。但是淳于长仗势霸权，违规逾制，私下里将乘舆扩充到八辆，与宰相、大司马、御史大夫相同。然而，人们慑于他是王太后姐姐的儿子，成帝的宠臣，贵倾公卿，况又结交诸侯牧守。因此，尽管淳于长为所欲为，超用卤簿，任何人都不敢揭发这位皇家外戚。

淳于长来至饲马棚，看到饲养长和两个仆人正在往槽中加添草料，一些马匹又发出“咴儿，咴儿”的嘶叫声。他走了过去，用手抚摩着陪伴自己多年的驭马，心里七上八下，深感这些奔马曾是权力的象征，曾是富贵的标志，随着他尊位的消失，它们的身份亦将一落千丈，再也不能沿街展示和供他使用了。

“侯爷！侯爷！”

淳于长抬头一看，侍奉他的贴身男仆在呼唤。男仆身后站着一位年轻的侯爵子弟，这位年轻人满脸堆笑，手中提着礼品。淳于长感到诧异，败落的家庭怎么还能来贵客呢？

“侯爷，您看这是谁，过府拜访您来啦！”男仆弓着腰，挥手指着身旁的年轻人，喜不自胜地向淳于长禀道。

“哦，你是……”淳于长站起身，疑惑地问道。

“淳于表叔，您不认识我啦？”年轻人礼貌地反问道。

淳于长仔细地打量着对方，急速地在脑海中搜索记忆。

“我是你表侄王融。”年轻人一看淳于长回忆不起来，主动地通报了姓名。

“哦，王融啊。”淳于长听后马上忆起对方的身世。王融乃是表兄红阳侯王立的次子，因王立是一个挂空名的无权侯爵，从小又不学上进，至今也没有什么功名，只是靠家庭财产游闲度日。可是，王立多年忌恨自己，这次难免幸灾乐祸，趁火打劫。今天，王立派其子王融前来定陵侯府，究竟干什么来了呢？疑团难解，令人费思。

“表叔，王融奉父母之命，前来拜访。”王融说着将手中的礼物提了提。

“落难之人，岂能奢望！”淳于长心里早已恨透了王立，认定是黄鼠狼给鸡拜年——没安好心。

“有道是，疾风知劲草，患难识真心嘛！”王融心里也很清楚，父亲一直就怨恨淳于长，因为淳于长是父亲的政敌，但是他假装若无其事，不去看淳于长那张酸冷的面孔。

淳于长似乎被这位年轻人的语言所打动。这若是在以往，小小的王融岂能哄骗善用心机、口齿伶俐的淳于长呢！看来，人在危难之时，能够得到一两句温暖的话，心中也会感到受用的。淳于长那张憔悴而又疲倦的脸，由酸冷冷变为笑吟吟的，又变为凄楚楚的。瞬间，他的面部表情是极其复杂的。他嘴角上的肌肉在抽搐着，两只小眼睛眨巴着，自我解嘲地说：

“有人理解我淳于长，我就深感荣幸。”

“表叔您莫丧失信心嘛。人常说，‘虎瘦雄心在’。”王融说着，那双贪婪的眼睛不由自主地扫向马群。

淳于长发现王融的目光在注视奔马，心想这是在赞佩他的权力的余威。可是又一想，他将马上带领全家返回故里，这些威风凛凛的骏骑还有何等用场呢？他摇了摇头说：“虎离山冈龙出潭，本领再大也无济于事！”

“表叔，万万不可忘记卧薪尝胆，事在人为。”王融的目光仍在盯着一匹匹昂头骏马。

淳于长的心猛然一动，立即意识到王融的语言和神色大有文章，他回头面向仆人吩咐道：“快快收下礼品！”

“是！”男仆急忙上前，从王融手中接过礼品。

“多谢表叔赏脸。”王融一脸的恭敬。

“通知膳房，预备酒席。”淳于长又吩咐道。

“是！”男仆提着礼品转身离去。

“表叔，您费心了！”王融感激地说。

淳于长转身走向马群。王融对这些快骑当然很感兴趣，快步跟了过去。

淳于长用手摸着那匹体魄高大、油光锃亮的棕色驭马，又看了看棚内昂头激越的一匹匹奔骑，心底权力欲的火焰开始燃烧起来。他飞快地盘算奔马的价值如何再次转换成权力的象征。

王融已经看出淳于长的心思，不禁暗自高兴。听父亲说过，淳于长狡诈多端，朝中卿臣没有人敢同这位侯爵共事，临来时父亲再三叮嘱，与淳于长打交道万万不可粗心，一定要周全、委婉，见机行事。而现在看来，淳于长似乎不像往常，不像大权在握时那样不可一世、阴险狡诈。再大的官员当他失去职权的时候，也会平和下来。但是，他又鼓励地说：

“表叔，您要相信自己的实力。”

王融说着，那种渴望卤簿车骑的心情难以抑制，亦向前抚摩那匹棕色驭马。

淳于长虽然看出王融的动机，但是对这位年轻人将信将疑，担心愿望落空，想起《吕氏春秋》中的一句话，遗憾地说：“春风不信，其华不盛！”

“哎，处逆境心须用开拓法，处顺境心要用收敛法。机遇靠人去创造方能获得，焉能坐等春风？”王融进而劝慰，唯恐淳于长胆怯而不舍奔骑。

淳于长想了想，单刀直入地问道：

“王融，你是不是受你父亲派遣，前来索取卤簿车骑？”

“表叔之言差矣，父亲绝无此意。”王融反应机敏，没有承认父亲的意图。他知道淳于长对父亲怀有恶感，如果承认父亲的指使，那么此事是万万办不成的。他谦和地说，“这是咱们叔侄之间的事。但绝不是白白索取您的卤簿车骑，究竟应该怎样办，方能对表叔有利，尚请表叔指教！”

“既然非你父亲所使，就应该有自己的主见。”淳于长一听王融否认其父王立的主意，心情好像舒畅了许多。

但他又一想，欲办此等大事，年轻人怎么能决定呢？于是说道：“不过，咱们说完后，你回到府上仍需同乃父商量。”

“那是自然。”王融随声附和道。

男仆匆匆走来，向淳于长打躬道：“酒筵备好，请侯爷和公子入席！”

“好。”淳于长转身对王融道，“表侄先行。”

“不，表叔先行。”

淳于长与王融相互谦让着走向客厅。桌上已摆好了餐几和餐具。淳于长请王融上座，王融不肯，硬是请淳于长入了上座。

“这不是专请表侄设宴，也不是为表侄接风，这将俟之来日！今日只是便宴，不成敬意，望表侄见谅！”淳于长说了一连串的“表侄”，这种谦恭之举在往日是不曾见的。

“表叔如此宽待，表侄受宠若惊！”王融欠身抱拳打躬道。

“坐，坐，坐……”淳于长伸臂说道。

酒过三巡，菜过五味之后，淳于长看了看王融，见他连吃带饮，满面红光，似醉非醉，酒意大浓，心想已到了谈论正事的时候了，于是先入为主地说：“卤簿车骑之事，我想表侄一定会妥善处之。”

“岂敢！岂敢！”王融说着放下酒樽，掏出手帕擦了一下嘴唇，兴致勃勃地，“我考虑表叔及全家人将要返回故里封邑定陵，那里地方小，人又少，用不上这种吆五喝六的车骑卤簿，干脆，您就把您的所有车驾转送给愚侄算啦！”

淳于长一听王融说得这么轻快，不禁心中暗暗骂道：

“猴儿崽子，做美梦！”

王融说完这番话，发现淳于长面色不悦，没有作答，而是饮了一杯酒，他心中亦暗暗盘算，看来不动真的，淳于长是不会答应的，他只好露出底牌，满脸赔笑地道：“表叔，我刚才在饲马棚的时候，不是讲了嘛，绝不是白白索取您的车骑，我说到做到！”

“王融，你给我快言快语，不要再兜圈子了！”淳于长有些不耐烦。

“好，表叔，您听着。”王融欠身离座，走到门首，警惕地听了听，没有来人，他又转身入座，俯首低语道，“今晚我就请求家父，赶紧奏请圣上，将你留在京城，而后待机谋取职务。”

淳于长是个伶俐鬼，马上笑脸相赔道：

“表侄果真爽快，重义重情，我淳于长焉敢不从？！”

“表叔如此厚爱侄儿，实在令我不安。但不知表叔尚需多少钱财，方可将车骑转交于我？”王融担心对方以金银交换。

“哎，表侄言之差矣。”淳于长已经权衡得失，绝不能买卖车骑换得权力，于是装作慷慨神态，似乎诚恳地道，“我仅有八辆属车乘舆，六十四匹奔骑，一定全部赠送给表侄！”

“多谢表叔大恩大德。”王融走下座位，伏身急拜道，“但不知何日可前来带走车骑？”

“快快请起。”淳于长赶忙搀扶，又使了个不见兔子不撒鹰的手腕，“至于车骑好说，只要表侄同乃父商量好，奏书及时呈上，皇上确实允奏，我一定亲自将卤簿车驾送至红阳侯府。”

"愚侄焉敢劳驾表叔！"王融嘴上虽然这么说，心里却不住地揣摩，淳于长的的确确是个老滑头。他唯恐这位被免职的定陵侯节外生枝，说完后欲告辞回府。

"等等！"淳于长灵机一动，扬起手臂道。

只见淳于长走进内室，急匆匆地取出一个红绸布包，递给王融道：

"表侄，这是稀世珠宝，请你转交乃父。"

"表叔，您，您这一片真情，我实在过意不去……"王融一见淳于长不仅答应奉送车骑，而且还奉送珠宝，高兴得那颗贪婪的心差点儿蹦出来。他一边推辞一边接过红绸布包儿。

淳于长心中踏实了许多，但是仍担心中途变卦，于是带着催促的口吻道：

"表侄，我静候你的佳音。"

"表叔，请您尽管放心！"王融双手抱拳告辞回府。

王融走后，淳于长的企盼之心一直悬挂着。一天过去了，没有消息；两天过去了，还是没有消息；三天过去了，仍是没有消息。

第四天清晨，淳于长没有吃早餐，就独自来到客厅。他如坐针毡，心神不定。现在，他不是盼望王融能够说服其父王立，为他请奏皇上，留在京城，而是担心王立反戈一击，置他于死地。他在厅前踱来踱去，思前想后……

忽然，男仆兴冲冲地走进客厅，屈身向他禀道：

"启禀侯爷，红阳侯之子王融求见。"

"快，快请王公子进来！"淳于长急不可待。

男仆转身将王融引入客厅。

王融施礼参见淳于长，淳于长顾不上说"免礼"，一下子抓住对方的手臂，焦急地问道："王融，情况怎么样？"

"表叔，愚侄来迟，请你谅恕！"王融看出淳于长迫不及待的样子，赶忙致歉。

淳于长摇了摇头，追问道："你快说，到底怎么回事？"

"回到府上，我向父母和盘托出，并转呈您奉送的珠宝，没想到家父犹豫不决，家母极力反对……"王融述说到这里，停了下来。

淳于长精神紧张，两只手更加死死地攥住对方的手臂。

“经过三天三夜的争论，家父终于同意我的请求，修书上奏皇上，请示皇上允奏，将表叔留在京城。不过家母仍持不同态度，再三劝阻家父行动，唯恐惹下祸端……”

“最后怎样？”淳于长打断对方的话。

“家父已撰写好奏章，今天继续说服家母，明天准备去华玉殿面见皇上，为表叔动本。”王融看到淳于长那紧张的神情逐渐趋于缓和，愈加觉得此事关系重大。

淳于长撒开了双手，长出了口气。他心中暗想，红阳侯王立总算没有坏他的事情，谢天谢地呀！他稳了稳神，面向王融道：

“表侄，请你派人取走卤簿车骑。”

“表叔，但不知何时取走？”王融恨不得立即将卤簿弄到手。

“为了安全，定于今天夜晚。”

“多谢表叔！”王融急忙伏地叩拜。

第二章　红阳侯败谏

阳春三月，长安城被春风一天天刷新。后宫的花木草坪开始绽绿吐翠，御花园内的湖面缀满了亮晶晶的波纹细浪。然而，萦绕的炊烟仍不时遮住晨阳，那种浴光驱寒的感觉尚不尽如人意。

成帝已经长期居住在昭阳舍宫，每晚同赵合德厮混在一起，因而他起床就餐也就更加迟了。今天，不是成帝赴朝理政之日。中常侍郑永前来禀报说，红阳侯有事急于求见皇上。于是他从昭阳舍宫返回华玉殿，途经御花园门前，停下脚步，朝里张望。他被昭阳湖畔的景色吸引着，但一眼看见飞燕皇后率姜秋、姜霜等七八名宫女，正在沿湖岸慢行，心里不由有些沉重。他深知皇后的苦衷，但是说什么也爱不起来了，生活上不再往来，只是在政事上还听信于她。这时，身旁的郑永呼道："陛下……"

成帝叹息一声，转身疾步向华玉殿走去。

成帝进入华玉殿大厅，执羽扇、团扇的宫女们和众宦官拥着他走向御座。他刚坐下，只见未央宫舍人吕延福迎了过来，伏身禀道：

"启奏陛下，皇后求见陛下！"

"哦。"成帝心想，她来干什么？她刚才还在游览御花园，这么快就到华玉殿了？他应道："延福，请皇后进殿！"

"是，陛下！"吕延福欠身离去。

赵飞燕在御花园内发现成帝停步于御花园门首，便将宫女们打发回远条宫去了，独自一人追赶至华玉殿。她满肚子的话，想对成帝倾吐。

吕延福由华玉殿大厅转来，向她传达成帝恩准进殿的口谕。她听后十分高兴，跟随吕延福步入大厅。

成帝离开了御座，在中殿急促地踱步。他反复思考着，红阳侯急于求见，皇后也来求见，他们到底为了何事呢?

飞燕皇后参拜了成帝，坐在御座右侧。

“皇后，你来找朕，不知有何事？”成帝心急地问道。

“多日未见陛下，有要事相告。”赵飞燕说着看了看两旁的宦官和宫女。

“退下！”成帝面向侍立宦官、宫女们命令道。

郑永、吕延福及众宦官、宫女们顿即离去。

赵飞燕仔细端详着成帝，脸颊又黑又黄，几乎没有光泽，前额布满了褶皱，额旁新增了几颗褐色斑点，颧骨显得更加突出，嘴角两侧刻下了深深的皱纹，只是双目尚炯炯有神。她心内不禁一阵酸痛，既恨成帝不懂得珍惜身体，又恨妹妹合德恣意纵情。她心里清楚，再劝成帝也是无济于事，但口里仍婉转柔和地说：

“陛下，您上为百官，下为百姓，日夜操劳，呕心沥血，普天下人深感陛下德贯九州，功大如天。然而，一国之君龙体康泰与否，直接关系到国家社稷。臣妾衷心热望陛下保重龙体，万万不可等闲视之！”

“多谢皇后一片真心，朕一定牢记。”成帝知道赵飞燕的良苦用心，哪里是称赞他理政操劳，分明是暗指他与合德同枕共欢，致使身体衰弱。

“谁人不知，陛下继承先祖遗志，巩固汉家基业，一向具有知人知事之明，贤能则举，无能则下，执法如山，奖惩严明……”

“飞燕，是不是对朕处理政务感到有所不妥？”成帝意识到赵飞燕前来肯定有什么目的，便打断她的话。

“不敢不敢，臣妾绝无此意。”飞燕急忙走下御座，伏身下拜道，“请陛下不要过虑，刚才之言乃臣妾衷心感慨！”

“好啦好啦，请平身，望皇后直言。”

“臣妾乃女流之辈，无才无识，如言语不当，请陛下责罚。”

“恕你直言无罪，但讲无妨。”

“多谢陛下！”赵飞燕又施一拜，欠身继续说道，“十天前，陛下在宣明殿理政，因淳于长密谋‘三公’，违犯汉律，故免去其卫尉及定陵侯官职，并限定十日内本人携全家返回封邑河南定陵，不准居住在京城长安。满朝文武一致拥护，唯红阳侯王立提出异议，对淳于长处极刑方觉后快。陛下心明眼亮，处事公允，仍按御史查证裁决，维持原判。然而淳于长至今未离长安，早已逾期十日。臣妾考虑陛下日理万机，难免疏漏此等小事，故来华玉殿打扰万岁。”

“飞燕所言极是，吾立即通知御史府催办。”成帝没有反感，很痛快地答应下来。但他发现赵飞燕站在原地不动，紧锁眉宇，似乎还有话要说，就离开御座，走至飞燕面前，诧异地问道：“飞燕，你是不是听到了什么？”

“没，没，没有——”

赵飞燕避开成帝的目光，挪动玉足，转过身躯，低头思索。因为她从不愿当着成帝的面弹劾他人，好半天她才喃喃地重复着那两个字：

“没有……”

成帝一时摸不着头脑。他哪里知道赵飞燕的心底之言呢？

昨天夜间，赵飞燕正在自己的寝宫内秉烛读书，中少府王盛突然来报：红阳侯王立之子王融带着家丁仆人，将定陵侯淳于长的八辆属车乘舆，由定陵侯府赶往红阳侯府。此事非同小可，如若处理不当，关系到朝廷声望。然王立又是成帝之母王太后的庶弟，五大侯之一，焉能轻意弹劾举报？必须视成帝神色而行。

赵飞燕越是半吞半吐，成帝越是想问个究竟。他用激将法催问道：

“怎么，你对朕不相信吗？”

“万岁，臣妾岂敢！”赵飞燕一时语塞，难以作答。

“那为什么言而又止呢？”

“万岁，臣妾的确无他事。”赵飞燕矢口否认，决心不谈。但这时她却听到中常侍郑永对成帝的说话声：

“陛下，红阳侯已在殿门外候驾多时。”

赵飞燕一震，心想：红阳侯王立来华玉殿是陛下召见，还是他主动求见陛下？难道他果真贪图卤簿车驾，贸然向陛下给淳于长开脱罪责、申辩讲情来了吗？可是，尽人皆知，淳于长是王立的政敌，王立对淳于长一直怀恨在心。此举岂不反常吗？她要看个明白，待机行事。

成帝早已知晓赵飞燕工于心计，藏而不露，她的心底深处肯定还有难言之隐，若不然怎能欲言又止呢？

淳于长违旨逾期离京，恐怕已遭卿臣指责。王立求见于朕，大有可能是为了指控淳于长，因为他俩是死对头，且王立心胸狭窄。成帝经过一番思索后，转身对郑永道："宣红阳侯进殿！"

"是！"郑永应声转身面向殿门呼道，"陛下有旨，红阳侯进殿！"

"遵旨！"殿门外传来红阳侯王立的喊声。

喊声过后，王立脱履进殿，步入大厅。他撩袍跪于地上，施三拜九叩大礼。

"王爱卿平身！"成帝挥手道。

"多谢陛下恩准愚臣进殿！"王立又施一礼，跪地欠身。当他抬起头来时，发现赵飞燕皇后站在一旁，他吸了口凉气，万万没有想到，皇后也在华玉殿。他第二次撩袍跪于地上，朝着赵飞燕又施三拜九叩大礼，口呼道，"皇后千岁、千岁、千千岁！"

"王大人，快请平身！"赵飞燕心里知道这位红阳侯实属无能之辈，但嘴上还是热情谦和。

"多谢皇后！"王立再施一拜，方站起身来。他心里不住地琢磨，赵飞燕惯耍权术，阴险狡诈，一个舞女能够轻而易举地击败许皇后，爬上皇后的宝座，可见一斑。此次面君，她在一旁，须多加小心。但又一想，我为淳于长讲情，上书动本，淳于长是赵飞燕的恩人，难道她会不顾前恩，以怨报德不成吗？想到这里，王立心内似觉踏实了许多。

"王爱卿，百忙进殿，不知有何赐教？"成帝念其为五大侯之一，况又是母后之庶弟，故而谦和地问道。

"岂敢岂敢！愚臣惊扰陛下，本应受罚，而陛下如此厚爱愚臣，实感不安！"王立听了成帝的温和问话，心中受到莫大慰藉，从而又阿谀奉承道，"陛下广开言路，从善如流，诚恳纳谏，逆耳亦听，欲与天下贤者共图大业，我朝文卿武将皆感心情舒畅。愚臣愿追随陛下，巩固汉室，特拟谏书一封，斗胆动本一次！"

“王爱卿，呈上奏书。”

王立急忙从袍袖内取出布帛奏书，双手递与郑永，郑永转身呈与成帝。

赵飞燕睨视着王立，看到他那副卑躬屈膝的神态，不难透视出其丑恶灵魂——为了个人利益，十有八九同淳于长达成交易，大有可能是为淳于长讲情动本。皇上一直不起用这位红阳侯，也可谓慧眼识“珠”啊！

成帝已经阅毕奏书，但他沉默无言。

王立一看成帝没有表态，心中有些慌乱。他向前跨出一步：

“陛下！您就看在王太后的面上，就，就将淳于长留在京城吧！以观后效，戴罪立功！”

成帝没有吭声。心里嘀咕，淳于长与王太后的关系，还用你红阳侯提醒吗？令人费解的是，王立与淳于长是冤家对头，势不两立，王立从未给淳于长说过一句好话。上次在宣明殿宣判淳于长密谋“三公”罪行时，王立怒声怒色地指控淳于长用心险恶，并提出应以极刑处之。如今，却一反常态，为其讲情，与常规不符，与常理不合。王立对淳于长不落井下石就不错了，怎能以其为友，为其苦谏呢？这，这绝不是一份简单的奏书。成帝将布帛奏书转给赵飞燕。

赵飞燕通过观察成帝的面部表情，又听到王立的一番苦谏，已料知奏章的基本内容，所以她接过奏书后，很快浏览了一遍。然后，将奏书放至御案上。

王立又转向赵飞燕，先施一拜，后乞求道：

“启禀皇后，您与陛下同具大度包容、广纳贤士之胸怀，共有明目达聪、妥善理政之艺术，望念淳于长多年担任后宫卫尉要职，确系国家栋梁之材，况又是您的忠诚下属，可否将其留在京城？望皇后殿下三思！”

赵飞燕低头不语，心里说，王立属谗言惑主者，表面上装得多么关心朝政多么关心他人，为图私利，为得卤簿，宁认政敌为友，宁将佞臣留用。不知他要把皇上引到何处？把国法置于何方？

“红阳侯。”成帝突然开口，改换称谓。

“陛下！愚臣在。”王立急忙伏身应道。

“你之所言，句句合情，条条是理。朕听后无可挑剔！”成帝饱含讥讽之意，那种谦和的情绪消失了。

“折煞愚臣！”王立觉得皇上的语气不对头，一时不知所措。

“王爱卿，你身为红阳侯，系母后庶弟，本应尽力辅佐朕，而你竟然不顾国法，为一个谋划‘三公’的罪臣动本讲情，未免有失尊严！”成帝边说边走下御座，行至王立跟前，狠狠地甩了一句，“红阳侯，你欲为淳于长谏奏留京，图谋何在？”

“陛下，愚臣我，我，我……”红阳侯王立顿觉语塞，无言以对。

成帝面部冰冷，态度严峻。

飞燕为成帝的言辞切弊而暗暗称快，为王立的遏善扬恶而默默鄙视。她旁观不语，若无其事。

王立被成帝斥责后当然不快，而被皇后鄙夷则更加颓丧。他已经意识到此奏无望，再苦谏也是枉费心机。他撩袍跪拜道：

“陛下、皇后，愚臣草拟此奏帛，考虑不周，罪该万死，诚望宽恕！”

成帝看了看飞燕皇后。

赵飞燕点了点头。

成帝转向王立。只见王立将头死死地触到地上，两手伏尘，后背微微地颤抖。他已猜出王立的心思，上奏失败，无地自容，只有乞求他这位君主赦免了。他缓和语气道：“王爱卿，平身！”

“愚臣有罪，不敢平身！”王立声调凄楚。

“朕赦你无罪。”成帝补充了一句。

“多谢陛下！”王立抬起头，双手抱拳又施三拜。但他仍未起身。

“王爱卿，快快平身。”赵飞燕的语调亦较平和。

“愚臣启奏陛下、皇后，奏书荒谬，自惭形秽，诚请陛下、皇后将奏书退还于我。”王立恳求道。

成帝犹豫无言。

赵飞燕顺手从案几上取过布帛奏书，递给王立，果断地说：

“王爱卿，完璧归赵，请您安分守己。”

“谢皇后！愚臣谨记。”王立伸出双手，接过奏书，再施一拜。而后，他躬身倒退数步，转身离去。

“飞燕，你为何将奏书归还于他？”成帝不解地问道。

“陛下，红阳侯乃居五大侯之一，朝中重臣，又是太后庶弟，留此奏书谏章，必影响汉室信誉，故将奏书退还于他。”赵飞燕此举旨在试探成帝的惩恶决心。

“飞燕，你怎么能这样呢？”成帝来回踱步，心情焦虑，带有抱怨的口吻说，“你知道吗，你将红阳侯的奏书退回，朕还拿什么证据惩处他呢？”

“陛下，此言差矣，一份素帛奏书就能给人治罪吗？”赵飞燕激将道。

“红阳侯依仗母后亲情，以五大侯自居，从不关心朝政，更不关心他人，只拿俸禄，不干实事，满朝卿臣敢怒不敢言。如此外戚，岂能长存？”成帝一股脑地倒出了对王立的极度不满。

“陛下所指，百官所恨。”赵飞燕赞肯道。

“你既然同意朕对王立的评价，怎么就不知道朕将对王立惩处呢？”成帝还在埋怨她。

“一纸空文，可以责罚，但不能定罪。”赵飞燕盼望成帝采取行动。

“王立为罪臣淳于长动本说情，不仅同流合污，而且包藏祸心。”成帝进一步分析道。

“对对对！陛下说得对，王立确实包藏祸心。”赵飞燕说着走至成帝跟前，将成帝搀扶到御座上。

成帝听完这句话，意识到对王立的包藏祸心应进行查证，追根溯源。于是，他呼叫道：“郑永！”

“小人在！”

“通知御史大夫，查证红阳侯为淳于长留京动本之实情！”

红阳侯王立疲惫不堪地返回府邸。他像茫茫夜海里的灯盏，虽然没有被海风吹灭，但是光亮极其微弱，似乎难以找到准确的前进方向。

他一头扎进卧室里，躺在床上，筋疲力尽。不知应该怨天，还是怨地；应该怨自己，还是怨儿子。感到一时比一时更加无力。

王立的夫人齐宏茹步入室内。她看见丈夫无精打采地躺卧在床上，一定是上奏碰壁，颓丧归来。她拿过一条夹被，给丈夫轻轻盖在身上，而后悄悄坐在一旁。

齐宏茹亦属于大家闺秀，其父齐云天在元帝时期任河南刺史，为官清正，执法如山，备受百姓爱戴。对子女教育更加严格，讲忠孝，遵法度。齐宏茹深受父亲教诲，对人和蔼，处事公道，从不以父亲官位显赫自居。

贤德良善而又知书达礼的齐宏茹，生了三女二男。女儿们早已出嫁，虽不是嫁到官宦家庭，但日子过得都算殷实。长子王和，立志早，成才快，二十岁考官，现在官居洛阳郡守，职权重要，声望颇高。当时，中央以丞相、太尉（司马）、御史大夫分掌最高政务、军事、监察三权。地方则以郡守、郡尉、郡监与之相应。可见郡守的权威确实不可忽视。次子王融则与其兄王和恰恰相反，不求进取，贪图享乐。作为母亲的齐宏茹，曾费尽脑汁地教诲王融，但见效甚微，她感到这是终生的遗憾。

此次王融私自索取淳于长的卤簿与珍宝，齐宏茹苦口婆心，再三劝止，也未能说服王融，特别令她愤慨的是，身居侯爵的丈夫竟然纵子受贿，面君动本，为罪臣讲情。

王立根本没有睡着，猛一骨碌欠起身，怨声怨气地说：

"淳于长是我的政敌，但不是皇家的仇人，他们为何这样狠心呢？"

"老爷，既然皇上未能允奏，你就应该作罢！"齐宏茹仍在规劝丈夫。

"妇人之见！"王立起身站起，看了看窗外，皱了皱眉头，非常担忧地说，"淳于长未能留京，对咱们岂能善罢甘休！"

"将卤簿赶回定陵侯府邸，将珠宝退还淳于长手中，而后你主动去向皇上认罪。"齐宏茹坦诚而果断地说。

"说得容易，淳于长能够接受吗？"

"向他讲清道理，说破利害，他会接受的。"

"我的夫人！你知道吗？淳于长狡诈多端，那不是个善茬。"

"告诉他，皇上驳回谏奏，十有八九要追查责任。"齐宏茹已料到此事的危害和后果，坚定不移地劝说丈夫，"如果铸成事实，一旦败露，那么皇上怪罪下来，双方都得去受罚！"

王立听了夫人这番话，不禁打了个寒战，他吸了口冷气，着实感到后果不堪设想。他一屁股坐在床上，静静地思考着……

齐宏茹一看丈夫那颗贪婪的心有所动摇，马上紧跟一句：

“老爷，你就死了那条心吧，干脆，将卤簿与珠宝全都还回去……”

“不行！”王融闯入室内，截住母亲的话题，贪心不足地说，“如果将卤簿和珠宝退还人家，那么我们不成傻瓜了吗？”

“混账！”齐宏茹一听小儿子作梗，气上心头。

“娘，你听我说……”王融欲向母亲辩解。

“住口！”齐宏茹怒气冲冲，用手指点着王融道，“你就知道图虚荣，贪财宝。你知道吗？你父亲听了你的话，向皇上呈递奏章，已被皇上驳回，人家淳于长能让你贪了这个便宜吗？”

“我去长信宫，向太后请奏。”王融说罢欲走。

“回来！”王立喝止道，久经世故地道，“你小小年纪，是个娃娃，不知道天高地厚！”

“王太后有什么不好见的，我就说为她的外甥来的，也不是为了我自己！”王融很不服气地说。

“说得好听！如果露了底，你不是自投罗网吗？”王立唯恐原形毕露，警告儿子说。

“那，那我就白费了那份心啦？”王融惋惜同淳于长所打的交道白废了，自我辩白道，“父亲、母亲，你们应该理解我，增加卤簿车骑，是为了提高我的身价。”

“呸！不知羞耻！”齐宏茹讨厌王融的说法，破口大骂，并指出要害道，“王融，你懂不懂？为了个人利益，收罪臣贿赂，为罪臣奏本，皇上一旦知道真情，你还有命吗？”

“这是他主动奉送的。”王融仍在狡辩。

“畜生！”齐宏茹怒不可遏，“啪”的一下，打了王融一记耳光。

“母亲……你……”王融委屈地喊道。

“今天晚上，你必须把卤簿和珠宝全部退回！”齐宏茹厉声命令道。

“父亲！”王融用乞求的目光看着父亲，大声哀号。

“退回——”王立无可奈何，迫不得已地按照齐宏茹的意见去做，他对王融懊丧地喊道。

王融怏然不快地离去。

午后，西斜的太阳被几缕浮云遮住，时而露出，时而隐没。

微弱的春阳光辉，透过定陵侯府后院阁楼的窗棂，洒进了许嬚的住室。靠窗下的地面上，忽而一片白，忽而一片暗。

床上，躺卧着淳于长和许嬚。他俩裸露着臂膀，在被窝内厮磨亲吻。

忽然，“砰！砰！砰！”一阵敲门声。

他俩急忙起床，各自手忙脚乱地穿上睡衣睡裤。淳于长猫腰下地，飞快地穿好鞋子。

“砰！砰！砰！”又是一阵急促的敲门声。

淳于长自感慌乱，似乎意识到不好的事情发生了。他快步走至门前，拉开门闩，双手打开门扇后，发现小翠站在对面：

“侯爷，红阳侯府的二公子王融来啦，他说有急事求见。”

“小翠，你咋不告诉他等一等。”坐在床上的许嬚不耐烦地说。

“我说啦，他不干，他说事情紧迫，要立即见到侯爷。”小翠解释道。

“行啦行啦，不要说啦！”淳于长说着转身走到衣帽架前，边穿外衣边吩咐道，“小翠，你快去告诉王公子，请他到客厅叙话。”

“是！”小翠应声后，飞步离去。

淳于长很快地穿好外衣，没来得及向许嬚告别，急匆匆地走出卧室。

王融早已等候在客厅，这里是他上次同淳于长达成交易的地方。男仆不敢怠慢地赶了过来，给这位侯爵公子端茶送水、搬椅备座。小翠告诉他，淳于长侯爷马上就到，请暂等喝茶。王融点头致谢，但没有入座饮茶，而是焦躁不安地来回踱步。王融受命于父母，前来找淳于长退还珠宝与卤簿。如果淳于长设置难题，不予接收，那将违背二位高堂之命，特别是大有可能给红阳侯府带来麻烦。他考虑来考虑去，决心放宽条件，无论如何要让淳于长收下来，争取闯过这一难关。

淳于长快步踏入客厅。

“愚侄参见表叔！”王融一见淳于长来到厅前，急忙伏尘跪拜道。

“表侄请起！”淳于长上前搀扶道。

“表叔……”

“等等！”淳于长挥手打断对方的话，并向男仆、小翠递了个眼色。

男仆、小翠躬身退去。

“表叔，情况有变化。”王融难以启齿地说。

“说下去！”淳于长心情急切地催促道。

“家父为您的请奏，皇上未能应允。”

“再说一遍！”淳于长一下子抓住王融的前胸衣襟，气势汹汹，咄咄逼人。

“家父呈上奏书，已被皇上驳回！”王融继而加重语气道。

“嘿！”淳于长松开王融的手臂，像泄了气的皮球似的，缓缓地移步于窗前，目光茫然地射向窗外。

“表叔！”王融一看淳于长那副颓丧的表情，心里不是滋味儿，他一步一步地跟了过去，面对淳于长的后背，带有安慰的口气说，“表叔，事已至此，我看您应该想开些，日后再议，好事多磨嘛！”

“什么？”淳于长猛一转身，厉声喝问道，“你说什么？堂堂红阳侯，就这样愚弄我？”

“不不不！表叔，您千万不能这样想。”王融恳切地辩解道，“家父在华玉殿再三苦谏，说您是国家栋梁、朝中贤才，请陛下豁达开恩，无论如何将您留在京城，戴罪立功！”

“忠君智谏，谏臣存矣；忠君死谏，谏言可批。难道你父亲不懂得这个道理？”淳于长感到红阳侯愚庸无能，力未使足，讥讽挖苦道。

“表叔，常言说，一言不中，千言无用。”王融表示无奈，很显然将责任转嫁到皇上那里。

淳于长很不服气自己的权力丢失，更不死心自己的官位被免，眯缝着那双三角眼，打了个长长的唉声，自言自语道：“人常说，龙归晚洞云犹湿，麝过春山草木香！”

王融听后，觉得淳于长的想法太不现实了，明明是被赶下政治舞台的人，怎么还这样自命不凡呢？他想杀一杀淳于长的威风，以便顺利地归还卤簿和珠宝，于是劝解道：

“有道是，凤凰落架不如鸡，虎落平川受犬欺！”

淳于长听了王融的话后，心中很是生气，觉得王融在讽刺自己，猛然间，他控制不住自己的气愤之情，厉声斥责道：

“王融，你是不是也想来欺负我？”

“不敢不敢！请表叔息怒。”王融赶忙抱拳施拜道，“愚侄多嘴，请表叔责罚。”

“现在我来问你，我的事情既然没有结果，那么你和你的父亲还想怎么办哪？”淳于长仍然企图让王融父亲继续帮忙，反问道。

“表叔，我奉二位高堂之命，过府与您商量，准备在今天夜间，将卤簿和珠宝如数退还于您。”王融说这番话的时候，一双不大的眼睛死死盯住淳于长那双三角眼，唯恐淳于长再翻脸无情。

“怎么，这样退回来就算完啦？”淳于长歪着脑袋问道。

“家父说啦，只要有机会，就要给您说话，还要向皇上苦谏。”王融看到淳于长难以对付，只有以谎言蒙骗道。

“哼，说得轻巧！有机会了给我说话？”淳于长意识到王融在说谎，讽刺道，“没想到红阳侯也会搞迂回战术！”

“表叔，您千万别误会，家父确实这么说了，对您的事儿绝不会放弃。”王融看出淳于长的怀疑神态，只好重申谎言，以表真诚。

“好吧，为了感激红阳侯的一片真情，我的卤簿和珠宝就算无偿奉献啦！”淳于长违心地将了一军。

“这可不行，常言说，无功不受禄。”王融终于体会到淳于长的狡猾奸诈，最担心的是他这一招儿，随即补充道，“事情没有办成之前，怎能贪占表叔的家财呢？”

“一个无权无势的受贬侯爵，给一个有权有势的侯爵行贿，岂不是应该的吗？”淳于长几乎是一个字一个字地吐出了这句话，他心怀歹意，大有威胁之势道，“你要知道，我是一个罪臣，根本不想好啦！而你的父亲，身居红阳侯，正值朝廷任用，享受国家俸禄，其后果是可想而知的！”

贼咬一口，入骨三分！

王融听罢吓得浑身打战。他“扑通”一声，双膝跪地，不住地磕头礼拜，声调凄楚而哀号道：“表叔表叔，我求求您啦！您，您，您，您可不能这样啊！这件事，这件事，权当我……一个人办的，我是您的晚辈，家父是您的表兄……您，您，您就将卤簿和珠宝……收下吧，表叔……”

淳于长一看王融泪流满面，哀求不止，他灵机一动，马上应道：

“好吧，我答应你。”

“谢谢表叔！谢谢表叔！”王融说着，又是一连磕了三个头。

“起来吧！快回去准备，今晚亥时！”

“一言为定！”

淳于长点了点头。

“多谢表叔！”王融又施一拜，而后欠身，急忙退去。

傍晚，夕阳的光辉洒进远条宫前厅，地面像血一样红。

坐在大厅御座上的赵飞燕，正在等候御史大夫孔光。

孔光刚从华玉殿出来，向成帝回禀了侦办红阳侯案情的经过。眉目已清，成帝赞肯，确实没有必要面见皇后。但又一想，此案还涉及曾是皇后恩人的淳于长，看看皇后的态度，对下一步的举措也是大有益处。且赵飞燕是一个政治上不甘寂寞的皇后，万万不可忽视。

孔光来到前厅，按君臣大礼参拜了皇后。

赵飞燕命王盛为孔光备了座，倒了茶。孔光是首次进入远条宫，享受这种待遇，可谓殊荣。孔光谢座施拜，向皇后寒暄问候了一阵后，转入正题说：“愚臣奉皇上谕旨，已将红阳侯为淳于长上书呈谏之内幕调查清楚。”

“哦，到底是怎么回事？”赵飞燕很感兴趣地问道。

“我责成御史府孙越，先从定陵侯府打开突破口。”孔光说到这里，停了下来，注意观察赵飞燕的表情。

赵飞燕听后丝毫没有异样表现，而是马上给予肯定：

“对，淳于长那里容易出现破绽。”

“当时我想，淳于长在朝内、后宫举足轻重，颇有影响，但皇上对其罪行已作出惩处，一旦继续深究，不知妥否？”孔光眼睛盯着皇后试探道。

赵飞燕听孔光这么一说，感到这位忠良大臣思想深处还有顾虑，无非是想到淳于长乃成帝的内亲，是自己的宠卿，唯恐处理不当引起麻烦，不禁替卿臣感到为难，并产生同情之心。她不想引导他这么说下去，便直接切入正题道：“忠于皇上，办理此案，任何人都无可非议！”

“赵皇后高瞻远瞩，满朝文武皆有同感！”孔光急忙改口道。

“孔大人，证据可属实？”赵飞燕追问道。

“人证已有。”孔光一看皇后确实没有包庇淳于长之意，心中有了底数，胆子壮了起来，继续陈述道，“多亏了御史府的一位差人，名叫辛元，他曾是定陵侯府的舍人。他奉命后，悄悄找到淳于长的贴身男仆，男仆向他供出，王融曾两次去定陵侯府，向淳于长索取卤簿车骑。只是现在还不清楚，卤簿车骑是否被赶到红阳侯府。”

“嗯，这就是红阳侯府为淳于长上书之目的。”赵飞燕肯定地说。

“赵皇后，您看是不是还有必要弄到物证？”孔光暂未定论，请示道。

“当然很有必要！”赵飞燕叮咛道，“人证物证皆有，方可治罪，也可防止那位男仆翻供。孔大人，你要立即派人去侦察，弄清定陵侯府和红阳侯府两家的马厩状况。”

“遵旨！”孔光起身施一拜礼。

“最好是夜间。”赵飞燕说罢朝窗外望了望。

“是！”孔光应声后告退离宫。

夕阳沉下，夜幕降临。孔光回到御史府，赶紧向侍御史孙越部署任务。孙越带领辛元及二十余名卫士去往红阳侯、定陵侯二府，暗中侦察。

孙越他们到红阳侯府后院大门旁，观察动静。等了好大工夫，没有一点声响。孙越便派两个人，越墙跳入院内，直奔马厩。

不一会儿，两名卫士翻墙跳出，低声禀告孙越，红阳侯府马厩内没有异样表现，一切正常。孙越感到奇怪，那么多的车辆马匹哪儿去了，难道定陵侯的男仆提供了假情况？他仔细一想，不会，谁有这么大胆？他马上命令一部分人留在这里，同他一起守住后院大门，命令辛元带领另一部分人速去定陵侯府侦察。

大约戌时过半，辛元等人返回。辛元喘着粗气，低声禀道：

“孙大人，定陵侯府马厩内，确实少了许多车驾马匹。”

“啊！龟孙子，果真行贿。”孙越骂着分析红阳侯府的情况，红阳侯绝不敢将卤簿留在自己府中，将来暴露了案情，他也好金蝉脱壳，矢口否认，咬定全是儿子王融所为，皇帝对他也奈何不了。对，王融一定是将车骑马匹转移到别处了。但是，红阳侯上奏被驳，很有可能指使儿子退回车骑马匹。事不宜迟，仍需追踪。孙越果断地命令道，“大家跟我走，去定陵侯府！”

辛元在前，孙越在后，众人紧跟他俩，快步跑向定陵侯府后院大门。他们在大门外不远的地方停了下来，分头藏在两棵槐树后边。

亥时刚到，只听东方隐隐传来马蹄声、车轮声。

卫士们稳不住了。孙越低声命令道：

“没有我的命令，谁也不许动！”

不一会儿，王融乘骑指挥着八辆车驾、数十匹骏马朝定陵侯府后院大门涌来。当首车赶至大门前时，王融双足磕镫，驱马向前，截住首车道：“停下！”

驱赶首车的车仆，用手勒了一下辕马缰绳，车骑停了下来。紧接着，整个卤簿车队停下。但是那“咔吱、咔吱”的刹车声，划破寂静的夜空。王融听后，感到一阵揪心。只听他面向车骑队列命令道：“保持肃静！”

孙越等人警惕地注视着。

王融看了看四周，寂静无声，他放心地翻身下马，一手牵快骑，一手持短刀，轻步走至大门前。马背上挂着红绸布包儿，内装淳于长之珠宝。他下意识地用手摸了摸布包儿。

定陵侯府后院大门紧闭着。

王融嘴对着两扇大门的门缝，悄声呼道：“开门，开门！”

门内没有回音。

“淳于表叔，淳于表叔，快开门哪！”王融的嗓音更高了。他担心被外人听见，回头向大街上看了看。

门内仍然没有动静。

王融心里明白了，原来淳于长欺骗了他，故意封门，拒不接收，让红阳侯府背上受贿的罪名。他恼怒至极，不可抑制，大声骂道：“淳于长，王八羔子！”

车骑队列哗然。

“淳于长，你不得好死！”王融骂后，又用脚使劲踹击大门，“咣，咣，咣！”

孙越一看时机已到，厉声命令道：“做好准备，拦截车骑！”

卫士们人人拔出短刀，待命出击。

王融不敢在此停留，大声命令道："各位，驱驾车骑，赶快离开这里！"

车骑队列刚刚启动，只听一片呼喊声："站住！不许动！"

"快走！快走——"王融边喊边搬鞍跨镫，挥鞭欲逃。

车仆们甩掉车驾，也拔出兵刃迎击。孙越率众卫士追杀过来。

双方陷入一片混战厮杀之中。

辛元率领两名卫士徒步疾跑追赶王融。王融在马上还击，砍倒了一名卫士后，掉转马头逃奔。

辛元一看，义愤填膺，持刀追杀王融。王融从身后取出了弓弩，放上雕翎箭，"砰"的一声射出，那尾雕翎箭恰巧射在辛元的右臂上。"当啷"一声，辛元的短刀掉在地上，他马上用手握住受伤的右臂，强忍剧烈的疼痛。

"辛元！"孙越大声呼喊着，快步跑了过来，搀住辛元道，"辛元，不要追了，车骑已经全部拦截住！"

"唉！"辛元望着乘骑逃去的王融，遗憾地叹道。

第三章　生父逼子亡

凌晨。乌云滚滚，使得天空渐渐低垂下头颅。启明星早已隐没起来，黎明前显得更加黑暗。

红阳侯府的两扇红漆大门紧紧关闭着。

紧挨红阳侯夫妇卧室的内屋，长明灯发出“哧啦、哧啦”的燃烧响声，齐宏茹安静地坐在案几前，一声不吭。她上身竖直，头部微倾，双手靠胸，嘴里不住地祈祷……

昨天夜间，王融狼狈地逃回府中。她和丈夫一夜没有合眼，分析恶果，商量对策，但一直找不出好的办法。王融急得团团转，怨天怨地，后悔当初。她把儿子打发回房歇息后，埋怨丈夫贪财图利，不听劝告，将儿子推向深渊。而丈夫心中不服，还在恼恨皇上不给情面。气得她实在没法说下去，只好来到内屋，静心养性，乞求苍天，消灾灭祸，保佑平安。

她一直跪到了天亮，流洒了无数泪水。

忽然，窗外“嘎啦”一声，惊雷炸响贯耳，窗布被风抽打得“噗噗”颤抖，长明灯一下子熄灭了。

齐宏茹吓得浑身打战，无所适从，停了好大工夫，才站起身来，踉踉跄跄地走至窗前，望着窗外，疾声呼道：

“天哪！难道红阳侯府真的要遭报应吗？”

王立被惊雷震醒。他急忙起床，披上衣服，由卧室闯入内屋。他一看室内昏暗，站在窗前的妻子披散着头发，仰望着窗外，不由得心头一震，吓出一身冷汗，赶忙上前用手搀扶道：“夫人，夫人，夫人！”

齐宏茹不语，两眼呆呆地瞪着。

“夫人，夫人，你怎么啦？”王立两手不停地摇晃着妻子，大声喊道，“夫人，夫人，你说话呀！”

一种悲凉无望的情绪涌入胸膛，齐宏茹两行泪珠扑簌簌地滚落下来。突然，她大声哭泣：“我说，我说，我恨自己，恨自己前世作了孽，我给你们，给你们红阳侯府……生了个逆子，带来了祸根。我，我应该……受到老天爷的惩罚……”

“不！母亲！”王融眼含泪水，跑了进来。

“融儿！”齐宏茹一见儿子王融，那颗慈母之心促使她怒恨渐消。

“母亲！”王融“扑通”一声，双膝跪地，两手紧紧地抱住老母的双腿，泣不成声，“母亲，是我不好，是我没有听您的教诲，是我闯下大祸……是我连累了母亲……是我连累了父亲。我，我，我应该受到惩罚……”

“我的孩子！”齐宏茹哭叫着紧紧抱住儿子。

王立看到此情此景，心内亦觉酸痛，但是他并没有儿子王融那颗自省自惭之心，而是更多地考虑眼前的处境，如何闯过这一难关，并保住自己的红阳侯爵位。他走向他们母子身前，用手搀起儿子道：

“融儿，快起来，哭是没有用的。”

“父亲，我有罪，我愿受罚！”王融欠起身，抱拳伏首道。

“这件事也不全怪你。”王立说到这里停顿下来，转过身体，面对窗外继续说道，“我若当初制止你就好了。”

王融咀嚼着父亲说的这句话，闭上眼睛，泪珠滚落下来。

“都到什么时候啦，还说这些话！”齐宏茹听了丈夫的话，感到十分刺耳，极为不满地说，“当初你为什么不制止？为什么还纵容？”

“不。母亲！母亲不要说啦，这件事是我所为，与父亲没有关系。”王融坦诚地说。

“好汉做事好汉当。”王立担心儿子被捕后把握不住，给自己、给家里带来麻烦，于是又重申了一句。

“呸！亏你还是个父亲！”齐宏茹怒斥道。

“父亲咋啦？父亲看问题应该看得深些，想事情应该想得远些。”王立不同意妻子的说法。

“成事莫说，覆水难收；早有远虑，焉有近忧！”齐宏茹对丈夫深感气愤，她弦外有音地转向王融道，“融儿，你要记住，一个人活着，不能只为了自己！”

“母亲，孩儿一定记住您的话。”王融说着向母亲施一拜礼。

“老爷，我们都得保护您。”齐宏茹讽刺道。

“夫人，你……”王立听出话音，有些不满。

“父亲、母亲！请你们不要争吵啦。我知道自己应该怎么做，只要我活着，我一定会保护父亲，保护母亲，保护红阳侯府！父亲，您就放心吧。我是您的儿子，怎能忘记您的养育和教诲之恩呢？”王融态度诚恳，没有丝毫怨恨父亲的情绪。

“砰！砰！砰！”外边传来敲门声。

全家人警惕地听着。

“砰砰砰！”又是一阵急促的敲门声。

“夫人，你快去看看。”王立感到一定有紧急情况，便让齐宏茹去开门。

“嗯！我去。”齐宏茹用手简单地梳理了一下头发，快步走出内屋，穿过卧室，奔向正门。她紧张而又担心地拉开门闩。

舍人王肃敏捷地闪了进来，随手将门扇关好。他随她转身步入卧室。

“王肃，外边有什么风声？”齐宏茹焦急地问道。

“夫人，不好啦！”王肃喘着粗气说。

“快说。”

“昨天夜里，御史府传出消息，准备捉拿二公子！”

“啊！他们果真要抓融儿？”齐宏茹大吃一惊。

“今天早晨，我打开大门，走出门洞一看，大门两侧的沿街路上，站满了手持兵刃的卫士。”王肃的目光透着恐惧和不安。

“没想到，他们来得这么快！”齐宏茹转过身躯思索着。

“夫人，赶紧想个办法，让二公子躲一躲吧！”王肃心情焦虑地催促道。

齐宏茹一时拿不定主意，急得团团转。

王立携王融走出内屋，进入卧室。

“夫人，不要犹豫了，马上让融儿逃走。”王立在内屋什么都听到了。

“老爷，不行，府门外站满了卫士。”齐宏茹不同意丈夫的意见。

“从后院逃走。”王立仍坚持己见。

“这样也不妥。”齐宏茹想了又想说。

“那，那怎么办？也不能坐以待毙呀！”王立有些不耐烦了。

“融儿即使逃出去了，也有被抓回来的可能。”齐宏茹万分担忧地说，“融儿一旦被抓回，罪上加罪，性命可就难保啦！”

“母亲，我不同意逃走。”王融理解母亲的心意，挺身而出，“我就在家里等着，大不了一条性命！”

“你这个傻瓜，岂不是白白等死吗？”王立还是不同意他们母子的意见。

“父亲，我不能连累您，也不能连累母亲，我如果逃跑了，他们绝不会放过你们，势必找你们的麻烦。”王融决心留下来，诚直地恳求道，“父亲，我理解您的心情，您是怕我受屈，怕我受罚，可我不能只顾自己，株连二位高堂啊！”

“我们俩都老啦，还怕什么株连！”齐宏茹说到“株连”二字，忽然想起大女儿给隐藏卤簿之事，感慨地说，“融儿，您大姐总算万幸，如果你不将车驾马匹从你大姐家赶出来，送至定陵侯府后大门前，那么你大姐家可就要受到株连了！”

“父亲，您就答应我吧，我留下来，我留下来什么都好说啦。”王融一再恳求道。

王立飞快地思考着。

突然间，齐宏茹想出一条妙计，眼睛一亮，似乎看到一线光明，高兴地对丈夫道：“老爷，我倒有个好主意。”

“讲！”王立愿意听一听妻子的主意。

“老爷，在他们没有宣布逮捕融儿的命诏之前，您亲自绑缚融儿，带着他，立即出府，进殿面君，主动自首，认罪受罚！”

“哦！”王立听后不由心头一震。

“你们走后，我马上去长信宫，面见王太后，讲明真情，请她老人家伸出贵手，给予帮忙！”齐宏茹亦讲出自己的打算。

“天子无情，怎么办？”王立担心皇上不给面子，此举铸成大错，“到头来岂不自投罗网、飞蛾扑火？”

“那怎么会呢？皇上会通情达理的。皇上一看你这位红阳侯，亲自绑着儿子来认罪，一定能够动恻隐之心的。”齐宏茹分析得头头是道，“家法配合国法，国法必能宽容，何况你又是皇上的外戚、皇上的舅舅呢？”

“你怎么知道皇上的想法？你又不是皇上。”王立没有被妻子的诚恳话语所感动，觉得成帝不是那么好说话的，“如果皇上仍按国法惩处融儿，那可就悔之晚矣！”

“王太后一定会前往说服皇上的。我就不信，你这位堂姐就不给你面子！”

“就算你搬动了王太后，皇上不给王太后面子，谁又能奈何皇上呢？”王立十分固执，硬是不相信成帝能够开恩。

“王太后是皇上之母，皇上是王太后之子，母爱子、子敬母，这是天经地义的！”

“夫人，你是不是太天真了？”王立根本听不进妻子说的话。

站在一旁的舍人王肃，觉得老夫人的话有理，便上前对红阳侯道：

“老爷，我听了大半天，感到老夫人的话说得对呀！”

“胡说！难道我堂堂七尺男儿，见解还不如一个女人？”王立根本瞧不起妻子。说这句话的时候，他的一双眼睛眯缝着。

“是。老爷，奴才该死。”王肃说罢，躬身退回。

“唉！”齐宏茹长叹一声，摇了摇头，无可奈何，“没想到，没想到啊！官居侯爵，竟然如此……刚愎自用……”

“家有千口，主事一人。”王立居然以家长的身份，欲主导一切。

众人不语。

王立不管不顾，打算铤而走险，利令智昏地吩咐道：

“夫人，你在前院应付情况。王肃留下，注意保护夫人的安全！”

“遵命！”王肃屈身施拜道。

齐宏茹未语。

“融儿！”王立走至王融身前，伸出右手抓住儿子的臂膀，貌似关怀地说，“融儿，你不要管我们了，你还是逃走吧，从后院逃走，父亲掩护你！”

王融点了点头。

“融儿！”齐宏茹难舍难离地叫道。

“母亲！”王融眼睛涌出泪珠，拿开父亲的手臂，一步一步地走到母亲跟前，“扑通”一声，双膝跪地，泪珠大颗大颗地滚落下来，情不自禁地泣声哭道：“母亲……”

“融儿……”齐宏茹泪珠吧嗒吧嗒地流了下来。

“母亲，恕孩儿不孝！儿走后，您一定要保重……”

“融儿，你要多加小心，你放心地去吧！”齐宏茹强忍悲痛道。

“母亲，请您受孩儿一拜。”王融说着向母亲叩了三个头，欠起身来又施一拜礼。

“事不宜迟，快走吧！”王立催道。

王融转身走出卧室，王立紧紧跟随。他俩飞快地朝后院跑去。

齐宏茹疾步追到门外，望着儿子的背影，那颗心又悬吊起来。她的视线被泪水模糊了。

天已大亮，但乌云压头，仍是很暗。

王立、王融来到后院门房前。王立告诉王融，开门时一定要轻轻的，注意观察一下街上的动静。

王融点点头。他快步跑到大门前，用手慢慢地拿下那根关锁门扇的横木桩，又一点一点地拉开门闩。然后屏住呼吸，轻而又轻地启动门扇。门扇还是发出“嘎吱、嘎吱”的响声。

“轻点儿，轻点儿！”王立叮咛道。

王融停下手，躬下身，一只眼睛从门缝儿望去。啊！卫士们正在后街来回巡逻。他，不由得一震。

“怎么样？有人吗？”王立担心地问道。

王融欠起身，没有吭声。他轻轻地合拢门扇，锁上门闩，回头道：

“不行，从后门是出不去了。”

“怎么？有人警戒？”

“全是卫士。”

王立听了吸了口气，想了一会儿说：“走，翻过院墙，从邻居家逃出去。”

“那怎么行呢？到邻居家也得走后门啊！”王融不同意，因为只要出门就逃脱不了卫士的监视。

王立不再坚持让儿子从邻居家逃走，马上改口道：

“你先逃到邻居家，隐藏起来，千万不要暴露！”

“行，就这么办。”王融答应后，又把横木桩穿放在门扇原处。

王融随王立走了出来。他俩合搬一架长长的木梯，将木梯置搭在衔接后门房的东侧院墙上。

王融急速转身，攀梯而上。只用几下，他便攀到墙头。他慢慢地探头，举目察望。啊！东院内站满了卫士。他迟疑了一会儿，决定还是回去，不能冒这个险。他一步一步地沿梯退下。

“怎么？东院有人？”手扶木梯的王立急切地问道。

“对，卫士们已进了东院。”王融从木梯上跳下来。

“融儿，去西院邻居家躲一躲。”王立一听东院有卫士，马上提议去西院。

王融又同父亲一齐搬起木梯朝西院走去。

他俩将木梯搭置在西侧院墙墙头上，就听到墙外的脚步声。王融立即判断：西院一定也有卫士监视。心想，这下子可糟啦，东西两院有卫士巡逻，南北大街有卫士监视，想逃是逃不出去了。但是，他并不害怕，直起了身体，沉着而又平静地说：“父亲，红阳侯府四面被官兵包围，我就是插翅也难飞呀！算啦，任他们问罪，大不了一死！”

“不不不，不能让他们白白抓走。”王立一看儿子确实难以逃走，但也不愿意儿子被抓走，他在不断地思考和盘算。

“父亲，不要费心思啦。”王融可能预感到末日来临，但想到父母安危，虽说是逃不走，但心里却踏实。他不愿意年过花甲的父亲为他提心吊胆，于是劝慰道：“如果我被官兵抓走，那么您和母亲就能被皇家宽恕，他们只能施法于一人，不能再株连二老。所以，我逃不走并不是坏事。父亲，您何必大伤脑筋呢？”

王立不语。

“父亲，您就将我交给御史府，一切后果由我承担！”王融坦然地劝说父亲。

王立已束手无策，仍默然无语。

“父亲，您就下决心吧，不要瞻前顾后了，把我交给他们也就完事啦！”王融还在恳求父亲。

“没那么简单，他们绝不会轻易放过你的。”王立思考着儿子被捕以后的情况。

“没啥了不起的，他们无非是动刑审讯。”王融满不在乎地说。

王立听了儿子这句话，他的心咯噔一下，儿子年纪轻轻，在家娇生惯养，面对残酷的刑具能够吃得消吗？他还是不同意儿子被捕。他，摇了摇头。

“请父亲放心！不管御史府怎样动刑审讯，怎样动刑逼供，我都不会说出您，连累您，更不会连累母亲。我要把责任统统揽在我一个人身上。父亲，您尽管放心吧！”王融态度明朗，意志坚定。

然而，作为父亲的王立却没能完全听进去。相反，他对儿子所说及的“审讯”“动刑”“逼供”“责任”等字眼儿想得更多了。归结为一个实质性问题：怀疑儿子，面对那残酷的刑具能否吃得消。

“父亲，时间紧迫，事不宜迟，咱们走吧。”王融诚恳地敦促道。

“走！”王立不太情愿地应道。

“多谢父亲！”王融高兴地抱拳躬身，随即伏尘跪地，一连叩了三个头。

王立伸手拉起王融，快步往回走。

此时的王融心里很坦然。一个人犯了法，与其东躲西藏，还不如干脆被捕，任责任罚，心里痛快。即刻就将离开父母了，他的内心深处难以平静。他想，如果活着回来，一定痛改前非，重新做人，尤其要听从母亲的教诲，苦学苦读，进取向上，好好孝顺父母。

王立带领王融绕过后院，穿过北屋堂室，沿廊下东行，至耳房北侧的一个独立房间前停了下来。王融不解其意，着急地问道：

“父亲，您怎么把我引到这儿来啦？”

“为了你的安全！融儿，父亲全是为了你呀！”王立违心地说。

“您改变主意，不让我……”

“对！我不能让你被人家活活抓走。”王立打断了王融的话。他边说边从衣袋里掏出钥匙，打开独立房门的锁头。

“父亲，这怎么行呢？”王融以为父亲要将他藏在这里。

“你慌什么！这里最安全了。”王立说着推开门，先走了进去。一股发霉而又潮湿的气味儿蹿入鼻孔，他忍了下去，而后回头道，“融儿，快进来。”

王融极不情愿地走进这个房间。这里光线很暗，地面阴湿，窗户又小，土炕上光秃秃的，墙上泥皮已斑驳脱落，墙角上挂满了蜘蛛网，墙根处堆放着长鞭、木棍、烙铁等刑具。王融心里明白，这所暗室是红阳侯府惩治违反家规的仆人的地方。他着实心中不快，但是想到父亲一片好意，就没有计较环境的好坏。他半信半疑地说：“父亲，这里能藏住人吗？”

“当然可以。”王立说着，伸手从墙角处搬过一个圆木凳，放在王融面前，“来！你就坐在这儿。”

王融没有落座。

“站累了就得坐下歇一歇。”王立貌似关心儿子。

王融哪有心思听这些话，自己生死未卜，岂能顾上累不累。他还是很不放心，又一次询问道：“父亲，这里能行吗？”

“我说行就行！”

“如果他们到这里搜查，我可就束手就擒啦！”

“不会，他们不会来的。越是简陋的地方，越是不会来。”王立担心儿子不同意藏留在这间破陋的孤室，一再劝说。

“好吧，听天由命！”王融无奈，只好答应下来。他搬起圆木凳，放在靠北窗的墙角，一屁股坐在那里。

“这就好，这就好……”王立经过一番苦思盘算，心中打好了主意，然而神态显得却不自然了。

“父亲，您怎么啦？”王融似乎看出了什么，觉得有些奇怪，接着说，“您赶快走吧！把门给我锁好。”他天真地催促父亲离去。

“我走，我走。”王立倒退着一步一步地到了门外。他伸手带上两扇门，即将锁门的时候又叮咛了一句，“你千万不要动，我到前院看看就回来。”

王融没吱声。王立锁上门，从门缝儿朝里望了望，儿子还坐在原处。他转身一溜儿小跑离去。

王融听脚步声越来越远，便站起身，走到门口，从门缝儿向外张望。他看到父亲歪歪扭扭的背影，不知为什么，脑海里忽然产生一种陌生感。

他对父亲刚才的举止大惑不解。父亲究竟干什么去了？父亲说到前院看看就回来还要干什么？他开始重新审视父亲。他在少年时期，父亲从未督促过他发奋读书，而是常对他说：“你看你大哥，我从未管过，人家照样官居郡守，有名有利，光宗耀祖。”

到了青年时期，他学业废止，父亲又常对他说这样的话：“大丈夫不可一日无权，大丈夫不可一日无钱。你没能读好书，当不了官，但要想办法发大财，照样可以活得痛快。”

他到订婚的年龄，先后有七八家来提亲，但父亲都没有同意。父亲还常对他这样说：“门当户对，福禄祯祥。遇上穷亲戚，你一辈子别想翻身！”

他看到父亲在官场上失意。父亲是个没有实权的侯爵，背地里经常咒骂成帝有眼无珠。特别让他难以容忍的是，父亲当不上朝廷要臣，老是怨他，认为他是个小克星，只要他活着，一辈子也好不了。为此，母亲同父亲吵得不可开交。

他这次遇到灾难，觉得父亲的态度令人费解。母亲再三苦劝父亲，请求父亲带他自首认罪，本想求得皇上从轻发落，大事化小，而父亲极力反对。当父母勉强取得一致意见而让他逃走时，父亲不让舍人和仆人护送，自己却一直跟着。他虽费尽心思，但潜逃未成，父亲焦虑不安，唯恐他被捕，在后院还说了这么一句话：“他们绝不会轻易放过你的。”当时，父亲那种担心和后怕的情绪亦反映出来。

现在，他明白了这一点：父亲不是担心他被捕受刑吃苦，而是担心自己吃上官司卷入旋涡。

这时，王立匆匆地回来了。他从前院东耳房走出后，到侯府正门看了看，没有什么动静，马上折回，但没去卧室见夫人，而是径直返回这间陋室。

这是一个深宅大院，走起来总得需要一段时间。他的思绪随着长长的石板小路不断地延伸。在他的一生中，机不逢时的命运始终在捉弄着他。朝中卿臣、后宫嫔妃乃至皇帝，没有任何人为他说过好话，从没任过要职，从没掌过要权，仅仅得到一个“五大侯”的虚名桂冠，他感到十分孤独。然而稍不留神，这顶桂冠就有得而复失的危险。保住名位，继续为侯，是他始终所想。

因此，在他的爵位面临失去的危险时，他，这位红阳侯，变得六亲不认了。

说实话，他也不愿意惩治儿子，儿子是他的亲骨肉，儿子是他的后代，终究是骨血之亲，终究有父子之情。何况尚有虎毒不食子之说呢。一想到要惩治儿子，他那颗心在胸腔里就慌乱地跳弹！他又一想，量小非君子，无毒不丈夫。要消灭这场灾难，必须横下一条心！

王立走至门前，没有急于开门，而是将一只耳朵贴于门缝，听了听里边的动静。室内传出“嚓！嚓！嚓”不间断的脚步声。过了一会儿，脚步声停止了。室内一片寂静。

王立的大脑涨了起来。一念之差，可要引起不同的后果呀。他再次下定决心，一不做，二不休。他平静了一下，取出钥匙，打开门锁。

“咣啷”一声，王立用双手猛地推开门扇。

坐在圆凳上的王融，被这开门声吓了一跳。

“怎么，融儿，”王立假惺惺地问道，“你受惊了吧？”

王融看到父亲打开门扇，又听到父亲这么言不由衷的问话，心中觉得很蹊跷。他站起身来，一声不吭地望着父亲。

“融儿，你在咱们红阳侯府生活了二十来年，父母对你怎么样？”王立换个话题问道。

“恩重如山，永世难忘！”王融虽然感到父亲的问话不可思议，但还是出于对父母双亲的尊重和爱戴而答道。

“融儿，你看父亲这个人怎么样？”王立进而又问道。

王融越听这些问话越感到糊涂了。父亲对自己的养育之恩，是无可挑剔的。至于父亲本身存在的教子不严、为人不好等缺点，作为儿子是无可厚非的。他不愿意评价父亲，只是简单地回答道：“父亲，我知道你对我不错。”

王立在向儿子提出一连串的问题后，忽然想到房门没关，马上转身合上门扇，插上门闩，回过头来又继续发问道：“融儿，我再问你，你懂得‘三纲五常’吗？”

“略知一二。”

“那好，你说说看，何为‘三纲’？”

“父为子纲，君为臣纲，夫为妻纲。”

“既然父为子纲，父亲说了话，儿子怎么办？”王立切入主题问道。

“子听父命，父命难违。”王融说着，开始警惕父亲的问话。

“融儿，你能说到做到吗？”王立追问道。

“孩儿从不敢违抗父命。”王融爽快地答道。

“哈哈哈哈！”王立忽然大声狂笑道，“我红阳侯府生有此子，乃大幸也！”

“孩儿有罪，孩儿不孝。”王融抱拳低首，深感不安，“父亲，请您谅恕，儿子给红阳侯府带来灾难！”

“不，不能这样说。”王立一步一步地逼向王融，大声说道，“儿子的灾难将要变成父亲的灾难！”

王融不由得心头一震，他看清了父亲的狰狞面孔，立即猜测到父亲藏有的杀机。

王立走到王融面前，他从衣袋内掏出一个小而精致的蓝花白底瓷瓶，递过去，冷冷地道：“拿着吧！”

王融什么都明白了。他双手颤抖着，接过小瓷瓶，眼泪一颗颗地掉了下来。王融怎么也没想到，自己的亲生父亲，将要把自己推上绝路；更没想到，自己的亲生父亲，会是杀害自己的凶手。他百思不得其解。

“融儿，你还有什么话没有说？”王立一看儿子落泪不语，又不服药，便督促道。

王融没有说什么，只是狠狠地瞪了一眼父亲：“哼！”

“融儿，你有什么话就快说吧！你还要‘赶路’呢！”王立再次催促道。

“请放心吧，我绝不贪生！”王融虽然不愿意离开人世，但是在父亲的逼迫下也只能服从。

“好，好样儿的！”

“我是好样儿的，我居然死在了我的亲生父亲手里！”王融气愤难抑，自我嘲讽地说。

“融儿，我这可是为了你好啊！”王立虚伪而又欺骗地说。

“嘿嘿嘿嘿……”王融听罢不由得发出一阵冷笑，随即问道，“父亲，您也配当人父？”

王立被王融问得哑口无言。

王融看了看小瓷瓶，准备启盖服药，忽然想起慈母，他向房门走了几步，“扑通”一声，跪伏于尘，泣声呼道：“母亲！”王融哭着抱拳打躬，一连叩了三个头，“母亲，孩儿不能孝顺您了，孩儿对不起您。我死后，请苍天保佑，保佑母亲……安度晚年……”

“行啦行啦，快起来吧！”王立的心灵似乎丝毫没有被儿子的哭声触动。

“母亲——”王融大声哭喊着，泪水洗面。

王立走到近前，欲拽起王融，王融使劲甩开父亲，猛地站起身来。王立无地自容，将身体背了过去，面向北方窗口，但依然无情，狠了狠心说：

“融儿，你就原谅父亲吧！”

站在王立身后的王融，没有再作声，他将身体背了过去，毅然决然地拧开瓶盖，将瓶内的砒霜倒入嘴中，一口吞下。霎时，王融只觉两眼模糊，精神恍惚，腹中一阵一阵地疼痛起来，身体不住地摇晃。

这时，“砰砰砰！砰砰砰！”门外传来急促的敲门声。王立不禁一惊，转身看着房门。

剧烈的敲门声过后，传来齐宏茹的声音：“开门，开门，快开门！”

王立看了看东倒西歪的王融，知道儿子已经服下毒药，那颗凶狠狂躁的心放了下来。

“砰砰砰！”伴随着急促的敲门声，传来齐宏茹的呼叫声：“老爷，老爷，快开门！快开门！快开门哪！”

“咣当”一声，门打开了。

齐宏茹一看，丈夫站在门旁，儿子双目直呆呆的，身体不住地倾斜。她愣住了，呼喊了一声：“融儿？”

王融只觉得腹中剧痛难忍，药毒迸发，但模糊的双眼看见了母亲。他万分思念，百般挣扎，伸出一只手臂，发出最后的呼喊声：“母……亲……”

“融儿！”齐宏茹哭叫着跑了进来。她一下子抱住顿即倒下的儿子，继而发出撕心裂肺般的哭喊声：“我的孩子！”

第四章　巧免红阳侯

这天夜里，定陵侯府内烛光点点，上上下下一片紧张气氛，人们手忙脚乱地忙碌着。

淳于长跑前跑后，出屋进院，里里外外地指挥着仆人们收拾行李和细软，捆绑衣箱和书籍，准备彻夜离开京城，返回故里河南定陵。

昨天夜晚，淳于长拒绝收下王融送回的卤簿车骑。无论如何，让这个贪得无厌又腐败无能的红阳侯吃官司，这就是淳于长的目的。

目的实现了，他在京都长安的最后一日也就来临了。

淳于长没有料到王融之案暴露得这么快。皇上肯定抓住不放，追查到底，那王立非把责任推过来不可，到时候想摘是摘不清的了，全家人不但难留长安，恐怕还有更大的危险，他的性命大有可能保不住。大势不好，不可犹豫，一走了之，方为上策。

他跑到母亲卧室。王氏老夫人一见儿子那慌里慌张的神情，吓了一跳。一听儿子禀述发生的事情，她又惊又气，又怨又恨，险些昏了过去。待母亲的情绪稳定后，他方将全家人准备立即逃往故里的想法说了出来。事到如今，也只有如此了。年近八旬的老母，答应了儿子的做法。

紧接着，他又先后通知了夫人周怡、小老婆许嬺，马上准备出走。两位夫人的埋怨和指责自不必细说。但他一声令下，周怡、许嬺不敢怠慢，更不敢拒而不行，她俩指挥自己的仆人和丫鬟，尽快地收拾东西，准备逃离定陵侯府。

周怡安排完后，又命儿子淳于佳随她去婆母房间收拾东西。

大约子时末，全府上下人等收拾完毕。

淳于长指挥着众人迅速离府，由府邸后院大门出走。后院大门敞开着，两名家丁警惕地注视着大街上的动静。

沿街一溜长线停放了六辆马车，辕马不时地打着响鼻。车仆们手持长鞭，勒着缰绳，随时准备出发。

许孊携小翠等贴身丫鬟，随同肩扛行李、手拿包裹的仆人们，第一个走出府邸后院大门。她们走到自己的车驾前，赶紧把东西放入车内。许孊迅速登上了车。

周怡和儿子淳于佳一齐搀着婆母，一步一步地朝后院大门走来。她把婆母扶到车上后，还帮助仆人们将婆母的东西和包裹一件一件地放入车厢里。这时，她发现自己的仆人和丫鬟尚未赶到，便急忙折回。

周怡刚进入大门，就迎上了自己的仆人和丫鬟，见他们人人肩背着行李、手提包裹，便从一个丫鬟手中接过灯笼，给他们照路。她和众人走出府门，直接奔往自己的车驾。

淳于长最后一个走出自己居住多年的府邸。他让男仆将两扇大门虚掩带好，并让男仆把两盏灯笼悬挂大门两侧。定陵侯府啊，永别了！淳于长心中苦辣酸甜咸，五味俱全。这里是他的权力的象征，是他的权力光辉闪耀的地方。随着他的权力的丧失，府邸的光辉已经暗淡消失。他怎么也没想到，十多天前，他淳于长还是权贵九卿、赫赫朝野的人物，不管是怕他的人，还是恨他的人，见了他都要屈身打躬，阿谀奉承，包括后宫赵皇后、赵昭仪见了他也要谦恭礼让，甚至于皇帝也要给予他这位表兄弟特殊的礼遇。而如今，他却被皇帝抛进历史的深渊，满朝文武和后宫嫔妃都对他怒目而视。

他着实怨懑和悔恨，默默地流下无声而又痛苦的泪珠。

他怀着恋恋不舍的心情，抱拳伏首，朝着府门深深一拜！

突然，大街西端传来卫士队伍跑步行进的脚步声。

他不禁心头一震。难道说定陵侯府的行动被皇家发现，未央宫的卫士前来拦截？还是红阳侯府索取卤簿之案被皇家侦破，御史府的卫士们前来抓他？怎么办？……是按原计划执行，即速离去？还是留下来吃官司，对付红阳侯？他一下子蒙住了。脑海中急剧地选择决策。不行！绝对不能留下。如果王融反咬一口，说他淳于长主动将卤簿送给红阳侯府，到头来岂不落个违抗圣旨的行贿罪？他转身面对男仆命令道：“立即通知车仆，马上出发！”

他又命令两个家丁去侦察一下卫士队伍行踪，弄清情况后马上追赶车驾。车仆们吆喝辕马，启动车驾。定陵侯府仅有的六辆马车，载着全家老少、仆人丫鬟，离开了府邸，朝东方驶去。

坐在首车上的淳于长，不住地回头张望。他心中难受极了，翻上起下。说不清是留恋还是恐惧，是遗憾还是怨恨，那种复杂的思绪难以名状。

车队行驶到离东关不远的地方，两名家丁追赶上来。他俩追至首车旁，气喘吁吁地向淳于长禀报侦察情况。

原来是御史府的卫士们奉命执行任务，去包围红阳侯府。

淳于长松了一口气。他为自己和全家人逃离虎口而暗暗高兴。至于红阳侯府将要发生什么骇人听闻的事情，他是不会有半点牵挂的。

淳于长听完禀报后，让他俩坐在尾车上，随车前进，并让他俩注意回头观察城内情况。两名家丁应声退去。

不一会儿，首车行至东关城楼前停了下来。后边的车仆们，也一个接一个地勒缰停车。

城门紧闭，一片森严。

城楼上站满了持戟握矛的守城军士。这种警戒，在往常是不常见的。

这时，天虽拂晓，云层很低。可谓三分曙色，七分黑夜。

“你们是什么人？是哪里来的？”城楼上传来带班伍长的喊话声。

“我是定陵侯！”淳于长应声后，跳下车来。

“你是谁？”带班伍长又问了一句。

“定陵侯！”淳于长提高了嗓音回答道。

带班伍长丁四一听是定陵侯，马上想起来了，这位侯爷曾是主掌后宫护卫大权的淳于卫尉。当年，丁四在远条宫值勤时，因夜晚擅离职守，躲在室内偷着睡觉，被赵飞燕发现，而遭到责罚。多亏淳于卫尉从中讲情才保住这个差事。后来，丁四被调离后宫，到东关值勤。所以，他心里一直感激淳于卫尉。前几天，他从后官卫士朋友那里得知淳于长被贬的消息。现在，淳于长要去哪儿，车上坐的什么人，他都不清楚。虽然天暗看不清来者的面容，但是从声音听得出是淳于长。他马上大声问道：

“淳于大人，您要去哪儿？”

“弟兄们，请打开城门。”淳于长没有告诉去向。因为他没有辨认出带班伍长的声音。

“淳于卫尉，对不起！你们不能出城！”丁四很客气地喊着话。

“丁伍长，丁伍长！”淳于长听罢对方喊话声，辨认出了丁四，不由得增强了出城的信心，从而继续喊道，“请你打开城门，你我后会有期！”

“淳于卫尉，请你原谅。我奉上司命令，任何人不得出城！”丁伍长讲出真情。原来御史府在昨夜子时初，下达了封锁城门的命令。

淳于长被东关城门挡住去路。他原来没有预测到出城会受阻，没想到御史府行动这么快，更没想到御史府的命令是朝自己来的。看来，全家离京脱险的愿望是要落空了。

他顿感走投无路，痛苦至极，不停地在城楼下来回踱步，两只手使劲地攥进掌心，陷入绝望之中。他怀着即将被狂风巨浪吞没的感觉，恍恍惚惚地返回到身后的一辆辆车驾前，对家眷和仆人似看非看、欲言又止，他从首车来到尾车，又从尾车来到首车。

突然间，车后面传来急促的车驾马蹄声。

淳于长心想，这下子全完啦！前有城门阻拦，后有官兵追赶，全家人岂不成了笼中鸟、瓮中鳖了吗？想逃生是万万不能的了。

瞬间，一位骑兵卫士赶到，向淳于长通报道：

“赵皇后乘辇随后就到，请淳于将军接驾！”

“遵旨！”淳于长抱拳打躬道。他一听赵飞燕皇后赶来，当时就吓出了一身冷汗。

他稳定了一下情绪，马上命令所有人等，立即下车，准备接驾。

赵飞燕乘辇至城楼前，淳于长率全家老幼、仆人丫鬟，一齐跪伏于尘，向皇后施三拜九叩大礼。

赵飞燕走下御辇。骑士们也都纷纷离鞍下马，站在一旁。

赵飞燕挥手说了声“平身”，向前倾身搀起了王氏老夫人。王氏再次向飞燕皇后致谢。

在场的人们看到皇后对已被免职的淳于长的母亲如此尊重，心中疑团逐渐化解，升腾起一种安全感。

站在车首旁的淳于长，跨步向前伏首拜道：

“参见皇后，您凌晨至东关，不知有何赐教？”

“淳于大人，这话应该是我说。”赵飞燕对淳于长的狡黠表示不满，冷冷地甩了一句。

“末将有罪，罪应当诛！”淳于长猜测到赵皇后亲自率领骑士前来阻截他。他撩袍跪地，低首叩拜道，“请皇后发落！”

“唉，没那么严重。淳于大人快快平身！”赵飞燕又缓和了一下语气道。

“末将戴罪，焉敢平身？”淳于长仍低头跪伏于尘。

“本宫赦你无罪，请起。”赵飞燕又重申道。

“多谢赵皇后！”淳于长双手又施一拜，而后站起身来。但他一时间猜不透皇后的用意，真好似丈二和尚摸不着头脑。

“淳于大人，我料到你会带领全家人离开长安，返回原籍，并且是在今天凌晨。”赵飞燕笑道。

“皇后料事如神，末将莫及。”淳于长多年在后宫办事，深知赵飞燕皇后心计超人。

“然而你却不知，全城已经戒严，东西南北四关城门都已封锁。”赵飞燕直言不讳，用藐视的目光看着淳于长。

“军令如山倒，这是毫无疑问的。”淳于长随声附和道。

“你说对啦！御史府的命令当然是军令。”

“赵皇后，有道是，天上人间，方便第一。”淳于长担心赵飞燕怀歹意，故请她多行方便。

“淳于大人，言之有理，但理解差矣！”

淳于长见赵飞燕一直不亮明来意，不免心中有些忧虑，所以他再三乞求道：“赵皇后，请您看在末将尚有八旬老母的情分上，大开洪恩，放我们出城！”

赵飞燕不由得笑了起来。这位王太后的外甥竟然也有乞求他人之日，恐怕皇宫内任何人也是意想不到的。她笑后答道：“这一点我早就想到了。太后之姊，焉敢怠慢！”

“如此说来，皇后能够放我们出城？”淳于长半信半疑问道。

“如果本宫不来东关，我看淳于大人怎样收场？”赵飞燕没有急于回答他提出的问题，而是又向他反问道。

“是，是……”

赵飞燕一番冷嘲热讽，呛得淳于长理屈词穷，无言以对。是啊，皇后虽然居高临下，话语难听，但其中不是没有道理。戴罪之臣，妄图逃脱，谈何容易呀！

淳于长默默地站在那里，期待着皇后的最后开恩。

王氏老夫人愁苦地望着车下的赵飞燕，亦期待着皇后对儿子的宽恕。

众人亦忧心忡忡，默默地期待着。

赵飞燕沉默了半天，终于对身旁的中少府王盛说道：

“王盛，传本宫口谕，守城伍长，立即打开城门。”

“遵旨！”王盛躬身领命，转身面对城楼守城卫士喊道，“皇后谕旨：守城伍长听令，立即打开城门！”

“小人领旨，立即照办！”丁伍长心想，谁官儿大就听谁的，皇后的命令当然要高于御史府的命令。他马上命令两个守城卫士去开城门。

霎时，“嘎吱”一声，城门打开了。

赵飞燕对淳于长说道：“城门已开，你们出城吧。”

“赵皇后恩重如山，末将淳于长终生难忘！”淳于长双手抱拳屈身打躬，并急忙撩袍跪于尘上，向赵飞燕施拜叩大礼。

定陵侯府老老少少也都跟随淳于长向赵飞燕皇后施叩拜大礼。

赵飞燕说了声“平身”后，又让大伙儿赶紧启程。淳于长和他的家人捏了一把汗，登上了各自的车驾。

定陵侯府的六辆车驾驶出了东关城门。他们永远地告别了京都长安，朝着河南方向奔去。

赵飞燕终于将她的恩人淳于长打发走了。她不愿看到他在京都被皇家严惩的悲惨结局，亦可防止其余人因他而中伤她！因而她顺水推舟做个人情，把他及时而又不露声色地送出长安。

赵飞燕登上凤辇，率领亲随和骑士们返回皇宫。

刚用罢早餐，王盛匆匆走入，向她禀告侍御史孙越有急事求见。

赵飞燕匆匆来到客厅。孙越急忙躬身禀道：

“启赵皇后，红阳侯拒绝御史府命令，不让儿子王融出府交代问题，言说王融患病卧床，实在不能起身。微臣奉孔大人之命，前来请示皇后。”

她一听，觉得很奇怪，问道：

“一夜之间，怎么突然患病了？王融不是在昨晚还去送还卤簿吗？”

“是啊！我们也这样认为。不过，红阳侯夫人大哭大闹，说什么老天爷不睁眼，为什么跟她的儿子过不去？看样子王融患病是真。”

“不！绝不是这样。”

赵飞燕听后，不赞同孙越的说法。她沉思不语。

过了一会儿，她进一步问道：“你们亲眼看到王融了吗？”

“没有。红阳侯说，王融躺在他的卧室里。”孙越摇了摇头，回答道。

赵飞燕听孙越这么一说，马上断定其中有诈，吩咐道：“孙大人，你去转告孔大人，立即派御医前往红阳侯府，弄清王融患病真伪。”

“遵旨！”孙越打躬受命，转身离去。

赵飞燕思考着事态的发展。红阳侯之所作所为，其后果大有可能不可收拾。他想挽回败局，唯一出路是去找王太后求情。王太后如果得知红阳侯因受贿卤簿而犯了国法，并且涉及自己的外甥淳于长，很有可能给予帮助和从中周旋。因为红阳侯王立是自己的庶弟，又是成帝外戚王氏门庭五大侯中仅剩的第二名侯爵。敬侯、大将军王凤和曲阳侯王根，是自己的同母弟，但是王凤已经作古，王根因病且又被免去大司马之职；而庶弟、丞相、成都侯王商因违规逾制被处惩又气绝丧身；庶弟、御史大夫、安阳侯王音虽为官谨慎，但亦病逝。外戚的政治力量日渐削弱，一直关心朝政的王太后焉能不顾忌！可是，外戚的政治力量不彻底削弱，成帝的政权则不能巩固，赵氏姊妹在宫廷中的势力也就不能稳固。

赵飞燕这样想着……对！绝不能让王立走在前面。她朝外边喊了一声：“王盛，快来！”

“皇后，请吩咐。”王盛疾步走来，屈身听命。

“立刻通知后宫卫士长燕赤凤，带领五十名持械卫士，躲在御花园进口处，截住去往长信宫的去路，任何人不准入内！”赵飞燕进行了周密的部署。为了防止后宫诸嫔妃的怀疑，还特别叮嘱道，“要记住，只防范宫外的人！”

“遵旨！”王盛领命转身急去。

时间不长，孙越跑得满头大汗，闯进了远条宫。他还没等皇后问话，便跪伏于尘禀道：“启皇后，微臣遵您的旨意，句句照办。现已查明，红阳侯之子王融因服毒而毙命！”

“王融为何服毒？原因可查清？”赵飞燕尖锐地问道。

“孔大人已将红阳侯传到御史府，进行严肃追查，但红阳侯一口咬定，王融畏罪自杀。”

“无耻！”赵飞燕狠狠地骂道。显然，红阳侯王立在耍花招，恶父逼恶子，旨在杀人灭口。但是，她没有讲明，转而说，“孙大人，你回去转告孔大人，马上进殿奏明皇上！”

“愚臣遵旨！”侍御史孙越抱拳领命，欠身辞去。

赵飞燕刚刚命令孙越离去，王盛又引着燕赤凤走了进来。赵飞燕问道：

“燕将军，情况怎么样？”

“启皇后，末将按您的旨意，带领卫士们秘密潜藏在长信宫门口两侧的树丛里。刚才忽然发现，红阳侯走来，欲进长信宫。卫士们上前阻拦，但他执意要进……”

“难道你不知道我的命令？任何人不准进入！”赵飞燕打断了燕赤凤的话。

“末将当然清楚。后来我走了过去，再三劝止红阳侯，而他大吵大闹，说有急事面见王太后。我让卫士们把他拉到离宫门口较远的地方，特此前来请示皇后！”燕赤凤如实禀报道。

“不行！绝对不准进入。”赵飞燕斩钉截铁地说。

“皇后，红阳侯被列入了五大侯啊！”燕赤凤出于对相识多年的赵飞燕的关心，直率地提醒道，“皇上的外戚，你我能惹得起吗？”

“正是因为如此，你我才不能掉以轻心！”赵飞燕想到成帝外戚对朝廷和后宫的威胁，更加下定决心，必须遏制红阳侯去会见他的堂姐王太后。她耐心地说，“燕将军，你想过没有，如果红阳侯得以进入长信宫，苦苦求情于王太后，王太后很可能动恻隐之心，非出来干预不可，到头来势必影响御史府审理此案，就连皇上恐怕也奈何不了这位老人家。”

燕赤凤听罢赵飞燕一席话，深受触动，觉得颇有道理，不住地点头称是。

“燕将军，吾心底还有一言相告。”

“皇后请直言赐教。”

“在后宫，皇上外戚的势力不削弱，焉有我赵氏姊妹的立足之地？”

“皇后语重心长，末将听后，顿开茅塞。”

“好，燕将军，请你马上行动，无论如何要把红阳侯驱逐出后宫！”赵飞燕再次下达口谕。

“末将领旨！”燕赤凤抱拳打躬，转身告辞。

当燕赤凤快步走至厅门时，赵飞燕又叮嘱道：

“燕将军，千万不要打草惊蛇！”

“请皇后放心！”燕赤凤停下脚步，回头应道。

赵飞燕挥了挥手，以示快去。

燕赤凤迈开虎步，走出厅门，离开远条宫，朝长信宫门前奔去。

巳时刚到，成帝和大臣们都已聚集在宣明殿。

大约过了半个时辰，中常侍郑永来到远条宫，向赵飞燕传达成帝谕旨，请她立即去宣明殿。

赵飞燕领旨后，携中少府王盛直奔宣明殿。

宣明殿——她是再熟悉不过了。宣明殿，是成帝处理大案的地方。先祖高帝刘邦曾几经周折，在此处理相国萧何之案，并令其锒铛入狱；成帝执政以来，亦曾在此对成都侯王商、曲阳侯王根之奢侈逾制大过给予严惩，并在此对担任车骑将军的安阳侯王音因犯失职之过而给予降薪降职的惩处；前几年，也是在此对丞相、高阳侯薛宣由于忽视邛成太后葬礼并冒犯龙颜之罪过，给予免侯罢相处理。今天，成帝又是在此登殿议政，十有八九是审理红阳侯王立受贿淳于长卤簿之要案。此殿，非同小可！有多少名卿名将跌倒在这里，有多少名侯名相失败在这里。

赵飞燕在殿门外下了凤辇，在郑永、王盛、姜秋、姜霜等宦官和宫女们的簇拥下，步入殿内大厅。她昂首挺胸，迈动款款碎步，朝着御座方向走去。

站在大厅一角的红阳侯王立，不敢正视这位善用权术、深藏心计的皇后，但他乜斜着眼睛盯着她，心中暗暗骂道：“哼，坏娘儿们！”如果不是她在长信宫门外设立岗哨，自己焉能见不到王太后？唉！也怪自己当初没听夫人的话，若不然儿子也不会丧命啊！现在，成帝将皇后召进殿来，肯定是准备一起对付我。皇上再审问，我也不招供！

伫立在御座左前方的御史大夫孔光，面对殿内群卿。赵飞燕发现他手中拿着一份布帛奏书，猜出这是一份关于红阳侯受贿卤簿的案情报告，看样子他已是受命于皇上，向卿臣们刚刚宣布完毕，可能红阳侯不服，处于僵持阶段。

赵飞燕行至御座前，面对成帝微微倾身，施礼参见。成帝点了一下头，但龙颜极其严肃。当她走入御座，转过玉体时，只见殿内所有卿臣跪伏于毡罽，之后山呼皇后千岁。

位于御座右前方的高陵侯、丞相翟方进，见皇后入座后，向成帝打躬奏道：“启奏陛下，可否继续审理红阳侯之案？”

成帝挥手道：“继续进行。”

“臣遵陛下旨意！”翟方进应声后，转向御史大夫孔光道，“孔大人，请您说吧。”

“遵旨！”孔光躬身抱拳，而后转对王立质问道，“王大人，刚才我以御史府之名，宣布了红阳侯府受贿于淳于长卤簿之罪行，你矢口否认。那么请问，是什么人唆使王融做此等违规越制的事？”

“此乃王融个人所为。”王立采取了金蝉脱壳的方法，一推了之说，“老臣一直在府中，深居简出，怎知王融的行动呢？”

“王融突然死去，经御医化验遗体，判断其服毒身亡。请问王大人，他为什么要这么做？”孔光又一次提问道。

“我已在御史府说过，王融纯属畏罪自杀。”

“王融并未收到御史府传他的命令，更没收到陛下召他的御旨，何以说他畏罪自杀？”孔光再一次提问道。

王立被逼问得哑口无言，但心里在打主意。

赵飞燕的一双眸子不时地看看面容难堪的王立，又看看正义在胸的孔光。

心想，这位御史大夫分析问题很有见地，审问罪犯一针见血，确实很有才干。但是，如果王立死不承认逼迫王融自杀的话，那么也就难以判他死罪。

“红阳侯，你怎么不回话？”成帝已按捺不住内心的焦躁，插话质问道。

“启奏陛下，”王立急忙屈身拱手道，“微臣只知道王融畏罪自杀，对于孔大人所提出的问题实在无法回答。”

殿内又是一片沉寂。停了好大工夫，成帝将目光抛向赵飞燕，示意她拿出个办法，如何进行下一步？

赵飞燕点了点头，想了想说：“陛下，依妾身愚见，还是请孔大人直谏。”

成帝听赵飞燕这么一说，龙颜不悦，心想这位皇后从来都是明哲保身。但又一想，审理此案的确应该是御史大夫，于是转向孔光道：

“孔大人，你看应该怎样终结此案？”

“启奏陛下、皇后，”孔光心里早有准备，赵飞燕绝不会事先表这个态的，但自己又无权给红阳侯定罪，于是他向前打躬道，“御史府受理此案已经全部查清，原定陵侯犯行贿罪，现红阳侯犯受贿罪，王融服毒自杀尚不确凿，但可以肯定与此案有关。至于如何处置定陵侯和红阳侯，诚请陛下定夺！”

“飞燕皇后，朕还是要听听你的意见。”成帝仍然坚持让赵飞燕发言。

“多谢陛下器重！”赵飞燕欠身施拜道，“在此，本无妾身说话之地，但陛下抬举我，我焉能闭口不言？”

“请讲！”成帝催促道。

“红阳侯可免除死罪，因无证据，对其子之死暂不定论；但红阳侯受贿于原定陵侯之卤簿，亦可认定。究竟怎样处置红阳侯，尚需陛下明鉴。”赵飞燕将王立的罪过分析得头头是道，可就是不说怎样处理这位红阳侯。

王立听了赵飞燕一席话，觉得这位皇后还够意思，没有置他于死地，心里踏实了许多。但非常担心皇帝收回他的红阳侯桂冠，自己求情反而无力，如果此时有一位朝中重臣替他向成帝说句好话，也许可以让成帝大开洪恩。他一眼看见了站在身旁的新都侯、光禄大夫王莽，心想，王莽是家侄，又是陛下、太后所宠信的年轻大臣，在朝中举足轻重。他赶紧拽了拽王莽的袍袖。

王莽已知其意，但他装作无事，仍然目视御座方向，嘴唇死死地闭着，一言不发。

王立气得长出了一口气。

成帝没有急于作出对红阳侯的处理决定，而是考虑王融之死大有文章，不但与红阳侯有关，而且一定涉及淳于长。因而他又转向赵飞燕，问道：

“皇后，你看，王融之死，淳于长是否也有责任？”

“启奏陛下，毫无疑问，王融服毒毙命，淳于长负有不可推卸的责任。”赵飞燕直率地回答道。

“那么你说说看，对淳于长应如何处置？”成帝非要赵飞燕拿出个意见不可。

赵飞燕听后，觉得皇上又在给她出难题。皇上明明知道，淳于长是她的恩人，可让她当着满朝文武的面，说出处置淳于长的意见，这不是故意难为人吗？她一转念，马上想出个好主意，道：

“据有司、御史府掌握，淳于长已犯有四条罪行：其一，不顾国法，谋划‘二公’，妄图篡夺大司马要权；其二，不顾礼教，生活糜乱，霸占已故龙雒思侯韩宝之夫人许孊；其三，行贿卤簿，敦促红阳侯上谏，以求留京，盼东山再起；其四，发现上谏驳回，闭关府门，拒不收回王融所送还之卤簿，旨在逼害红阳侯府。但是，据后宫嫔妃反映，淳于长在职期间，长期往来后宫，挥金如土，花钱似水，列支数额庞大，远远超过朝廷给予他的俸禄。在此，我建议陛下，立即派人查证，弄清钱财来源，方能对淳于长作最后的处置！臣妾之此谏，不知妥否？”

成帝听罢赵飞燕一番谏述，深深感到淳于长的问题严重，怎能因为免其卫尉和侯爵而就此罢休呢？他认真思考着……

御史大夫孔光、侍御史孙越更加感到这位皇后的心机之深不可探测，凌晨乘辇至东关，将淳于长放走是多么虚伪！宣明殿上，将淳于长的罪恶罗织成堆是多么阴狠！他俩目光相对，心照不宣。

丞相翟方进对赵飞燕皇后早有领教。心想，谁若是惹了她，谁就得彻底垮台！当年，淳于长如果不制造血染三姑堂事件，今天，赵飞燕就有可能千方百计地力保淳于长。

“孔大人，请你在三日内，将淳于长的问题查清楚。”成帝思考后，果断作出第一个决定，“待问题彻底查清后，再作处理！”

“微臣遵旨！”孔光躬身领命道。

成帝顿即眉峰锁起，龙颜严肃，先是看了看垂头侍立的王立，后又将目光转向高陵侯、丞相翟方进，催问道：

“翟大人，根据御史府对红阳侯罪过的调查，朕欲撤销王立之红阳侯职衔，不知妥否？”

“陛下英明，焉有不妥之理！”翟方进跨步上前，抱拳称颂道。

“皇后，你看呢？”成帝再次向赵飞燕提问道。

“陛下洪恩浩荡，王大人理应接受！”赵飞燕赞肯道。

“不，不能这样……”王立像丢了魂似的大声哭喊道。

众人一下子将目光又射向王立。

当成帝怒视王立的时候，王立已经跪伏于毡罽上，继续哭诉道：

“陛下万岁，您万万不要罢免我……”

成帝当然不会动心。他看了一眼赵飞燕，赵飞燕明白成帝的用意，她稍一琢磨，面向群卿说：“列位大人，谁有不同谏议，请当面陈述。”

众卿不语。大家心里很清楚，这是皇上的家事，谁肯惹这个麻烦呢？

突然，王立又是一阵哭叫哀号：“万岁爷，您就看在我是您舅舅的情分上，把我这顶……六梁冠……留下吧……”

成帝狠狠地瞪着他。殿内又趋于一片沉寂！

“陛下、皇后！”光禄大夫刘向跨步上前、双手施拜，请奏道。

“刘大人请讲。”赵飞燕允奏应道。

“谢陛下！”刘向深深一躬，而后转向王立道，“王大人，吾有拙见。李陵在《答苏武书》中写道：‘虚死不如立节，灭名不如报德。’虽说是对苏武之称赞，但对后人亦有教诲作用。王大人，人活一世应该有骨气、有气节，何必为此虚名侯爵怜惜不舍而又大放悲声呢？”

王立语塞，内心愧疚。人们心中暗暗为刘向叫好。

“刘大人所言极是。”赵飞燕对谏臣刘向赞恳道。

成帝一看，对王立之案的结论时机已到，转对丞相翟方进和御史大夫孔光道：“翟大人、孔大人，把今天朕之口谕，撰拟帛书，放入麒麟殿存档。”

“微臣遵旨！”翟方进、孔光齐声拱手道。

“王立！”成帝严肃地呼道。

"微臣在！"王立急忙伏尘应道。

"朕免去王立红阳侯之职，限十日内出京就国！"

成帝宣罢口谕，继而响起"咚！咚！咚！"散朝鼓声。

王立再次呼号道："陛下！"

第五章　奉旨赴洛阳

夹杂寒意的春风吹拂到长安城郊外的上林苑，微暖惨白的阳光射入上林苑中的昭台宫。宫墙外四周的柳林开始复苏，泛着一簇簇疏疏密密的颤弱嫩绿，春鸟的啼叫声隐隐约约从林中深处传来，这声音仿佛在同另外一个世界对话。宫墙内四周的草带已经吐绿，柔弱的草叶上闪烁着晶莹的露珠。

一直被囚禁在昭台宫的许皇后，洗漱完毕，尚未进早膳，就随同凌玉走出寝室，轻步至院内。

许、凌二人曾是主仆，但现在一个是囚犯，一个是她的女看守。多年的囚牢生活，促使她俩相依为命，感情越来越深厚。无论是许皇后病了，还是许皇后饮食不佳，凌玉都能够想办法来关怀和体贴她，有时还从后宫为她请来御医，看病诊治，甚至亲手为她煎汤熬药。许皇后对凌玉的感情也随之发生很大的转变，她不但态度和蔼，而且还主动关心凌玉的个人生活和婚姻。她语重心长地告诉凌玉，借出去办事的机会，托一托人，找个合适的男人，待有朝一日，她能够离开昭台宫出人头地时，一定帮助凌玉成全此事。

许皇后同凌玉肩并着肩、手拉着手，沿着院墙周围的草带漫步。许皇后唯一能够欣赏的自然景观，就是院墙外边的柳林树冠，嫩绿嫩黄，生机盎然。看到一簇翠绿的柳梢垂落到墙内，距离头顶已经很近。许皇后仰头伸手，折了一枝长长的柳梢，并将湿漉漉的枝叶放到鼻孔下闻了又闻，一股苦涩但很清新的味道沁入心房。凌玉见许皇后不住地闻嗅那条新柳枝，很是理解她的心情，于是上前劝道："许皇后，春天到了，您何不吟诗一首，也让我同您一起感受一下春的喜悦。”

“好。”许皇后点了点头。

这时，一队南来的大雁排成人字形，欢叫着朝北方飞来。

许皇后有感而发道：

云外遥山，垂柳横翠。
春山恨长，秋水无度。
身陷囹圄，十二冬春。
萦愁叠恨，无寻梦处。
苍穹九霄，鸿雁成阵。
劈疾风雨，穿烟霞路。
自惭平生，江山无助。
天近春寡，岁寒庭户。

“好，好！许皇后触景生情，脱口而出，乃一首佳作！”凌玉听后，兴奋地赞道。

“瞧你说的。”许皇后不好意思地笑了笑说。

站在监室门前的五官署卫士们，一直在看着许皇后走来。见她头上梳着民妇的绾环发髻，不但没有任何金簪凤钗装饰，而且也没有任何耀眼的发卡，只有一条黄色丝绒线系绕着头顶发髻。她那透亮的青丝中间已生长了花白头发。她的上身穿着白色的绣袂，交领右衽开襟，虽然领与袖口皆有纹饰，但是布料一般，并非绸缎；下身藕荷色长裙，胸下勒系一条紫色布带。面容淡妆轻抹，秀眸闪亮，只是两侧眼角处爬满了褶皱。不过，这位废后仍不失端庄秀丽、举止大方之态。

许皇后的一双眼睛还在观赏墙外景色，这时，凌玉用手拽了一下她的衣裙说：“许皇后，请您用早膳吧！”

“哦，走。”许皇后说着随凌玉转回房去，但她仍不住地回头仰望大墙外边。

早膳用过，许皇后同凌玉回到囚室。两人休息了片刻后，许皇后站起身来，又在观看她当年绘作的《皇后恐怖图》，不时地打着唉声。凌玉也凑了过去看了一眼这栩栩如生的画图，本想赞颂几句，但一听皇后的唉叹声，随即劝慰道：

“许皇后，您常说，识进则量进，纳河则海宽。当年，您也曾是一国之母，见多识广，胸装天下；如今，虽陷囹圄，身遭羁绊，但您的度量之大、胸怀之阔，他人是无可比拟的。且又满腹经纶，书气在身，无论到什么时候、到什么地方，您照样能够很好地生活下去，为何还这么伤感呢？”

“谢谢你的一片好意。”许皇后诚恳地道，“凌玉你可知道，天下何代无奇才，我的粗浅才识算得了什么呢！”

“我发现，越是有才华的人，越是谦虚。许皇后，您不愧为后宫之母、三宫六院之首啊！”凌玉见许皇后如此谦逊，更加尊敬和爱戴她。

“孔子《论语》中言道：‘如有周公之才之美，使骄且吝，其余不足观也已。’”许皇后谈起孔子这句话，感慨不已，叹了一口气说，“唉！我焉能与周公比拟。惋惜的是，今生今世身被囚禁，再也没有机会读书了！”

“我懂得的道理太少了，跟您简直没法比。唉，我一辈子做奴仆，活像一个大傻子！”凌玉内心惭愧，深感学识微浅。

许皇后一见凌玉如此好学，心里非常高兴，鼓励道：“凌玉，别着急。有一天，你真的能够彻底离开这里，一定要去读书，充实地活一辈子！”

“您看您看，又来啦，我怎么能离开您呢？”凌玉不愿意许皇后说这样的话。

“你也不能守我一辈子呀！”

“不，我一辈子也不离开您！”凌玉说到这里，一双秀眸湿润了。

“好啦，就按你说的办，咱俩一辈子不分手！”

凌玉听后破涕为笑。

许皇后走至案几前，铺开素帛，拿起毛笔，正准备绘制一张《报春图》时，只听“咣咣咣”一阵敲门声，她放下毛笔，朝虚掩的大门喊道：

“请进！”

门扇被推开。

卫士引着王盛走了进来。王盛见了当年的皇后，仍然施叩拜大礼，道：

“小人王盛参见许皇后！”

许皇后一见远条宫的中少府王盛来了，心中感到异常，马上意识到赵飞燕又要施什么阴谋诡计，冷淡地问道：“王盛，你来干什么？”

“启禀许皇后，赵皇后前来看望您，现在正在大门外等候。”

仇人来了，许皇后更感到奇怪。九年囚牢生活，赵飞燕一共来昭台宫两次，一次是她刚被监禁不久，假仁假义地到此以示关怀；一次是现在，这位如日中天的皇后，又到此找她干什么来了呢？她本想不见她，但反复琢磨，唯恐赵飞燕在成帝面前给她使坏。于是，她对王盛道：

“你去回话，请赵皇后进来。”

“多谢许皇后！”王盛施拜叩头，然后同卫士走出门去。

昭台宫的大门外，赵飞燕已经下了凤辇。王盛急急忙忙跑了回来，告诉飞燕皇后，许皇后同意相见。赵飞燕命王盛、姜秋、姜霜等人在此等候，她一个人去昭台宫。

囚室的房门打开了。赵飞燕一个人走了进去，凌玉慌忙施礼，赵飞燕说声“免礼”后，就欲上前搀扶。凌玉赶紧欠身，而后屈身退了出去。

两人相见，按理说，许皇后应首先屈身伏地拜见赵飞燕，但是许皇后想到上次赵飞燕来昭台宫的情景，她就没有很好地理睬她，更没有屈身下拜。尤其想到自己当皇后的年代里，赵飞燕先是婕妤，后为昭仪，每次见面，赵飞燕总要先下拜，她则昂首挺胸地接受拜礼。如今，她怎能把被参拜与参拜的礼仪完全颠倒过来呢？况且，她的被废，几乎全是赵飞燕一人造成的。她将头转向窗外。

赵飞燕早已看到许皇后的骄矜神态，但毫不计较，立即屈身伏首，施大礼拜道：“许皇后，赵宜主祝福您千岁千岁千千岁！”

“你，你这是干什么？”许皇后一下子僵住了，不知怎样对待才好。

赵飞燕没有应声，仍在屈着身，低着头。

停了好大工夫，许皇后才急忙说道：“请平身！”

“谢谢许皇后！”赵飞燕又施一拜。

许皇后没再说什么。她看了一眼赵飞燕，见对方的头饰服装和安然举止，心里不是滋味儿，暗暗慨叹自己的不幸处境。

沉默。尴尬的沉默。

赵飞燕此次来昭台宫，当然怀着一定的目的。她抬头看到北侧墙壁上悬挂着四张《皇后恐怖图》，知道是出自许皇后手笔。深知许皇后的心态，为打破眼前窘境，她说：

“许皇后，你的书画技艺非一般人所追求，何必画此伤感之图？”

“利剑在掌几多时，得意休笑失意人。”许皇后不屑一顾地反唇相讥道。

“您理解差矣，我并非此意。”赵飞燕知道许皇后的悲苦心情，没有计较她的讽刺，仍继续道，“我是说，当一个人处于劣势时，应千方百计地创造条件，去夺回原来失去的东西。”

许皇后一听这话更是气愤，她瞪了一眼赵飞燕，没有应声。

“许皇后，您不是曾经托付过淳于长吗，难道他没有帮您去办？”赵飞燕终于把话题扯到了此次来昭台宫的意图上。

“皇后，您这不是明知故问吗？淳于长是你的恩人和朋友，怎么会给我办事？”许皇后矢口否认，警惕对方道，“我是废后，请你不要雪上加霜！”

“许皇后，您多心了。”赵飞燕说到这儿停了下来。为消除许皇后的疑虑，又说，“我对淳于长其人的认识，亦是由表及里、由浅入深。我想，许皇后，您也会有此同感吧？”

见许皇后不语，赵飞燕一针见血地说：“许皇后，你想过没有，淳于长为了向你效忠，曾经冒着风险，制造血染三姑堂事件，劫持我；后来他又反戈一击，卖主求荣，舍你靠我，在太后面前力荐我册封为皇后。如此小人，能信吗？”

许皇后思索着。赵飞燕的话似乎有些道理，但她的疑虑尚未消除。

凌玉端茶进入。她将沏好的茶水，先递给赵飞燕一杯，后又递给许皇后一杯。赵飞燕一见凌玉进来，马上想起几个月前，凌玉先到远条宫，后又去新都侯府，揭发淳于长敲诈勒索许皇后的罪行，心里一动，带着煽动的语气道：“凌玉，你对许皇后的处境很是同情。年前，你冒着严寒去揭发淳于长，至今想起都令我难忘！”

凌玉自感气馁地说：“唉，我是个草民，人微言轻啊！”

“你有所不知啊，当时御史府正在审理淳于长密谋‘三公’之罪行，皇上已经很气愤了，怎能再让皇上怒火中烧呢？”赵飞燕如实地解释，并启发道，“凌玉，那是时机未到嘛，而现在才是揭发的时候！”

“赵皇后，奴才请问，这是为什么？”凌玉施一拜礼问道。

赵飞燕看了看迷惑不解的许皇后，而后对凌玉道：“现在，我郑重地告诉你们，淳于长已被皇上贬职，并被勒令离开京城，返回故里。”

“那么再告他也没有什么意义啦！”凌玉接着说道。

“不！不能这么说。”赵飞燕走到许皇后跟前，道，“许皇后，你是知道的，淳于长这个人从来不老实。这次，他临行前还向红阳侯行贿卤簿，已经败露。皇上发出圣谕，对淳于长的罪行追查到底。”

“还有，红阳侯之子王融亲自参与受贿卤簿之事，正值御史府调查此案之际，他突然服毒身亡，其死因不仅与红阳侯有关，而且与淳于长有直接关系。所以，皇上才下了这个决心！”赵飞燕说到这儿，将头转向室外，咬牙切齿，“淳于长，你就是跑到天涯海角，朝廷也不会轻饶！”

许皇后听罢不住地点头，心中暗暗骂道：淳于长，你也有今天！

“好啦！究竟怎么办，你们考虑一下吧。”赵飞燕说完后，向许皇后告辞，转身走出囚室。

赵飞燕走后，许皇后同凌玉认真商量了一阵儿，最后决定让凌玉去御史府再次申诉并控告淳于长。许皇后哪里知道，从前，赵飞燕给她掘下坟墓；今天，赵飞燕要对她进行埋葬！许皇后揭发淳于长越彻底，其末日就越近。

当天下午，凌玉去往御史府，当面向御史大夫孔光和侍御史孙越控诉淳于长的罪行。

许皇后在她的囚室里，又铺上玉帛，操起毫管，一边绘画已经构思好的《报春图》，一边等待凌玉。她想过，在昭台宫这所嫔妃牢狱里，整整苦苦煎熬了九个春秋，吃的是粗茶淡饭，穿的是平民素衣，朝夕不得离开这个高墙小院，行动没有一点自由。就连山东老家来人看望她时，也要受到卫士们的监视。

前年，七旬的高堂老母不远千里，由山东赶到长安，直接来到昭台宫，刚刚与她见面，就老泪纵横，号啕大哭，哭了半天，怎么也劝不住，还泣不成声地安慰她道：“孩子，这般光景……你，你，你怎么忍熬得了！你可千万要保重啊……”那次，母亲为她带来许多黄金和珠宝，行至途中竟被弘农太守萧咸所劫持，回到京城后，多亏皇上秉公执法，追回所有财物。但由于自己盼望早日复出，还是将黄金和珠宝统统交给了淳于长，结果上当受骗，财宝皆空。如今想起此事，心中极为愤慨。好在赵飞燕前来敦促状告淳于长，很有可能索回钱财和珠宝。待有机会后再托人周旋，无论如何争取活着出去，逃离这所置人于死地的昭台宫。

傍晚，凌玉风风火火地由城内赶回来。许皇后急忙问道：

“凌玉，情况怎么样？顺利吗？”

“许皇后，真没想到，御史府的差人们很热情，直接把我领到孙大人那里。孙大人说，来得正好，不然他还要来昭台宫哩！”凌玉兴奋地叙述道。

“你全讲了吗？他们的态度怎么样？”许皇后心急地催问道。

“该讲的，全讲了。我把淳于长亲笔写给您的八封欺骗信件，也都交给了孙大人。不过，孙大人说，钱财恐怕难以追回，因为淳于长挥霍过度，可能早已花完了。但是孙大人再三表示，请许皇后尽管放心，这口气一定给出，非严惩淳于长不可！”凌玉一五一十地讲述了控诉淳于长的过程。

许皇后听了凌玉的话，心情着实沉重，眉峰骤然锁起。

凌玉发现许皇后的神态变化，误认为她担心御史府不会惩治淳于长，随即又补充道：“请您放心，孙大人说御史府一定秉公办案，严格执法。孙大人还领着我去见御史大夫孔光。孔大人也很公正，表示一定惩恶扬善，坚决严惩淳于长！”

许皇后默然无语，仍在思索。

“许皇后，您还有什么不放心的？”凌玉走近前问道。

“这都怪我考虑不周，我忘了嘱咐你啦。你把淳于长写给我的那几封欺骗信，让孙大人看过之后，还应该拿回来呀！”许皇后不无遗憾地说。

“这有什么关系呀？”凌玉不解地问道。

“凌玉，你可曾想过，淳于长几乎在每封信中，都向我提出索取黄金和珠宝，并答应给我谋取‘左皇后’职衔。但是，一旦信件转呈于皇上，皇上很可能怀疑我为了复出，不惜财宝而向淳于长行贿！”

“哦，是这样……”凌玉点点头，亦觉遗憾，于是说道，“孙大人说，信件是证据，必须留下！”

“信中还有污秽之话、戏谑之语，我是担心皇上看后产生反感。”许皇后的忧虑似乎更加重了。

凌玉听许皇后这么一说，心里更加后悔，想了一下说：

“许皇后，明天一大早，我就去御史府要回那几封信。”

“不，不要去啦。”许皇后摇了摇头，心里知道皇上对她早已绝情，再怎么做也不会有啥好结果，无可奈何地说，“事已至此，由它去吧。”

“许皇后，我真笨哪。”凌玉捶了一下自己的胸膛，自责自怨地说。

许皇后苦笑了一下，没有再责怪凌玉，而是关切地道：

“天都这么晚啦，你还没用饭吧，快去吧。”

凌玉用歉意的眼光看了看许皇后，而后转身走出囚室。

许皇后也走出房门，站到院心，夜幕垂下，满天星斗，她茫然地将目光抛向大墙外边……与其说她愿意成帝严厉制裁定陵侯淳于长，不如说她盼望成帝因此而想起她这位孤苦的妻室。她真想插上双翅，飞出这禁锢她的昭台宫。

当天夜晚，孔光和孙越前往远条宫，去见赵飞燕。

赵飞燕仔细阅示了御史府的调查奏书，才得知：淳于长多年往返昭台宫，以许愿许皇后复出当左皇后为由，从许皇后手中索贿黄金一百二十余斤、珠宝玉器八十余件。之后，赵飞燕又翻阅了昭台宫凌玉和五官署卫士们提供的证词与证据，特别认真审阅了淳于长写给许皇后的一封封书信。赵飞燕对这些书信深感兴趣，心想，目的达到了。这些书信，不仅是淳于长贪占与受贿的证据，而且也是许皇后通往死亡之路的路牌。成帝阅后，必然大怒。

赵飞燕阅毕，指示孔、孙明天可立即报告成帝，尤其叮嘱他俩务必将淳于长的亲笔书信呈于成帝，请成帝作最后的裁决。她说完后，将奏书、卷宗与那摞书信一并交还给孔光和孙越。

孔光、孙越对赵飞燕言听计从。他俩领命后，急忙退去。

第二天上午，孔光、孙越心急如火地去华玉殿面见成帝。他俩如实汇报了调查淳于长向许皇后索贿的情况，随后呈上奏书、卷宗和那摞龌龊书信。

成帝阅罢奏书、卷宗，特别是看了淳于长亲笔写给许皇后的那些卑鄙信件后，果然勃然大怒，厉声吼道：“混账！无耻！都是败类！”

孔光、孙越惊呆了！他俩互相看了看，心照不宣。

成帝骂后，随即铺帛握毫，飞快写就了一份极刑处死淳于长的谕旨，“啪”的一声，将毛笔掷于案几上，面对侍御史孙越命令道：

“孙大人，立即行动，并通知屯骑校尉宫浩护卫，一定要注意保守秘密！今天晚间，你们连夜出城，追捕淳于长，追到哪里，就请哪里的郡守、郡尉当地正法！”

“微臣谨记！”孙越抱拳打躬道。

“此谕旨万万不可丢失！”成帝说着将御旨递向孙越，又叮嘱了一句，“一路之上，切记当心！”

“请陛下放心！微臣誓死完成圣命。”孙越跨步向前，屈身打躬，伸出双手接过布帛御旨。

成帝向侍御史交代完毕以后，又转向御史大夫道：

“孔大人，待孙大人完成圣命回京后，立即报知于朕！”

“微臣遵旨！”孔光上前打躬施礼，而后同孙越一起离开华玉殿。

这天夜晚，戌时过半，云遮星空，春意尚寒。侍御史孙越、屯骑校尉宫浩和御史府卫士辛元，他们肩背短刀，携带御旨，各乘一匹快骑，扬鞭磕镫，像离弦的三支利箭穿出长安城，朝着淳于长家乡——河南舞阳奋蹄奔驰！

他们一路向东，连夜越过临潼，拂晓到达华山。马背上大汗滂沱，他们也疲劳无力，于是勒缰停奔，翻鞍下马。他们牵着坐骑，进入一个倚山临谷的小山村，寻处休息。

幸好，一个养蚕的孤身老太太给他们方便，专门收拾一间房屋，搬过三床粗布被褥，还特意端来一盆热过的大饼。他们整整奔跑了一个深夜，又饿又累，一边致谢，一边拿起大饼吃起来。吃完，他们就躺下休息了。

辰时末，他们被老太太煮饭烧火声惊醒。三个人一骨碌爬起床，穿上衣服，叠起被褥。

不一会儿，老太太给他们端来热气腾腾的饭菜。孙越心里过意不去，于是客气地说：“老人家，真不好意思，给您添这么多麻烦！”

“还客气啥，你们快吃吧！”老太太说着，仔细打量了他们一番，又问道，“三位客官，你们从哪儿来，到哪儿去呀？”

“从长安来……”辛元说着发现侍御史孙越给他递了个眼神，便止住了。

“长安是个大地方啊！听说有个皇后叫赵飞燕，长得又瘦又漂亮，还能跳‘掌上舞’呢！”老太太说完，哈哈大笑起来。

众人也都笑了起来。

“这位年轻客官，你只告诉我从长安来，还没告诉我到哪儿去呀？”老太太面对辛元问道。

辛元没敢再回话，只是微笑了一下。

“老奶奶，我们去河南一带。”孙越接过话题，但没说出所去的具体地方。

老太太突然想起了什么，瞪了瞪那双昏花的老眼说：

“唉，昨个一大早，来了一行车马，他们也说从长安来，去河南呀！”

“去河南什么地方？”孙越紧接着老太太的话问道。

“他们开始说去舞阳，后又说去平顶山。”老太太说到这儿有些不高兴，眉头一皱道，“哼，他们对我有点儿不信任，车上坐着那么多家眷，都说去舞阳！”

“他们从哪条路走了？”屯骑校尉宫浩插问道。

“他们想从这儿抄近路，朝东南奔舞阳，我说不行，近路不好走，全是大山。必须先沿黄河向东。”老太太说着停了下来，想了想继续道，“唉，当时我真不想告诉他们，可又一想，出门儿的人也不容易呀！”

“老人家，您的心真好！”宫浩诚恳地赞道。

“唉，这算什么。”老太太说罢又催促道，“快，快吃饭！光顾着说话啦。”

孙越、宫浩、辛元拿起碗筷，急速地吃了起来。

片刻，餐毕。孙越从衣袋里掏出一些钱，交给老人家，以示感谢。随后三人立即起身，向老人家打躬告辞。

孙越根据老太太讲述的情况，知道淳于长一行车马，一定是沿黄河向东直奔洛阳，而后再由洛阳择路赴舞阳，无论如何，力争赶到洛阳截住淳于长。

他把自己的想法说给了宫浩和辛元。三人扬鞭策马，沿着黄河南岸，向东疾驰。

他们很快穿过潼关，越过灵宝。傍晚，他们甩开黄河南岸，择一条崎岖小路，朝着一个灯光闪亮的村镇奔去。不足半个时辰，他们到达了这座名为渑池的村镇，他们放松了缰绳，翻鞍离镫。

他们走到一个小铺前，停了下来，孙越买了几个烧饼。他们一手拿着烧饼吃，一手牵着马往前走。街上看不见行人，当走到村镇东头时，碰见一位老翁迎面走来。孙越上前询问道：

“老丈，我向您打听一下，洛阳离此地还有多远？”

“大约还有一百二十里路。”老翁说着，回头向东指了指，“前面不远有一片林子，过了林子就到三岔路口，你们千万记住要走当中那条路！”

“多谢老丈！”孙越屈身施礼。

他们仨又各自拽过快骑，飞身跨鞍，一抖缰绳，骏马“咴儿、咴儿”叫着，扬蹄奔驰向前。

“叭！叭！叭！”清脆而嘹亮的鞭声划破寂静夜空。

鞭声过后，催蹄奋进。“嘚嘚！嘚嘚！”疾驰飞奔而又富有节奏的马蹄声越响越急，越传越远。

霎时，三匹骁骏穿进一片杨树林。这里的树木枝叶比长安的树木枝叶翠绿得多，茂盛得多。林道湿润，逶迤蜿蜒，夜风袭人，林涛阵阵。茂密的林荫相搭，遮掩住黛色的夜空，通道好似幽深的绿色长廊。由于林中道路黑暗，他们减缓速度，然而马蹄声在树林深处仍激发出瘆人的回响。驰行中，还没等骏马靠近，归巢的鸟雀就“扑楞楞”地飞出林冠。

大约半个时辰，他们穿出这片杨树林，一下子豁然明亮起来，繁星点点，弯月缀空，眼前的道路清晰可辨，走着走着，突然来到一个三岔路口，果然发现如扇子面般的三条大道向远方伸去。他们按照老翁的指点，选择当中一条路线，挥鞭策骑，朝洛阳方向疾进。

忽然，前面闪现出一片硕大的辉煌灯光。

“洛阳，一定是洛阳！”宫浩喊道。当年，他护驾成帝视察黄河灾情时曾经到过洛阳。

“对！从灯光看这座城镇像是洛阳！”孙越亦赞同宫浩的判断，而后对身后的他俩说，“快点儿，争取快点儿进城！”

宫浩、辛元猛磕了一下马镫，跟了上来。

转眼间，三匹骏骑并辔驰行，到达洛阳北关城楼下。他们勒缰停奔，翻身下马。孙越急忙走向持戟握矛的护城兵士面前，询问可曾看到一行六辆车驾进入城来？护城兵士们告诉他们，半个时辰前，确有六辆车驾由此进城，车上还坐着家眷们。孙越听罢非常高兴，连忙抱拳致谢，随即招呼宫浩、辛元一起进城。

他们仨走至北关正街南端，在一个影壁墙下停下来商量今夜的行动。他们首先分析淳于长一行车驾的行踪，认定他们绝不会连夜出城，肯定住了下来，因为天亮后才能打听或选择向南奔往舞阳的路线。其次决定找到郡守府，向郡守讲明来意，并传达成帝的御旨，会同郡守府的卫士们，连夜行动。

商量以后，他们仨由宫浩带路，奔往洛阳郡守府。穿街绕巷，不一会儿看到郡守府的大门了，府门两侧各侍立两名卫士，于是，他们将三匹坐骑拴在路旁的榆树上，孙越让辛元留下看守骏马，他同宫浩去见洛阳郡守。

守卫府门的卫士们一听京城来人，要向郡守传达成帝谕旨，不敢怠慢，更不敢盘问，立即进府门禀报去了。

霎时，卫士转来，告诉他俩，郡守已经穿好衣服，在客厅等候接旨。

孙越、辛元走上台阶，进入府门。里面的一道道门扇全都大敞大开，院心内悬挂的一盏盏灯笼也都点燃起来，一片通明。

洛阳郡守王和已经站在客厅门外，双手抱拳，屈身打躬，迎接孙越、宫浩两位钦差大人。孙越、宫浩两人抱拳还礼，而后由孙越向王和传达成帝缉捕惩处淳于长的谕旨。王和急忙撩袍伏尘，跪拜接旨。

孙越、宫浩被王和让到客厅。他俩讲述了一路上追寻淳于长的情况，并说淳于长和全家人大有可能住在洛阳城内，请求王大人积极配合，立即行动，完成君命。王和满口应诺，并马上叫来卫士长，组织卫士队伍，协助他俩缉捕淳于长。

他俩非常感谢王大人。孙越心想，王和这位洛阳郡守，不愧为满朝卿臣赞誉的朝廷命官，的确同其父红阳侯王立有着截然不同的品德与才识。

他俩还以为王和不知道其家中发生的事情，所以也不愿意提及此事，以免惹起王和的悲痛和牵挂。

殊不知，头天傍晚，未央宫麒麟殿派出的朝使已赶到洛阳，将信件交给了王和。王和阅罢书信，惊悉弟弟王融服毒身亡，父亲王立之侯位又被撤免，全家也被遣返就国，他心如刀绞，悲恸难抑。

现在，洛阳郡守王和忍悲执行君命，具有多么大的度量和多么宽阔的胸怀呀！

孙越、宫浩暂时告别郡守王和，随同郡守府五十名手持兵器的卫士队伍出发了。没走多远，辛元追了上来，他将三匹骏马交给府门卫士们看管。

夜里的城镇虽然有些灯光，但是仍然黑暗，他们小心翼翼，走走停停，几乎走遍全城，搜尽所有较大的客店，但是仍没有淳于长的踪迹。

孙越仰首瞭望夜空，那钩弯月早已消失了，根据三星移动的位置判断，大约丑时过了大半。他心中不免有些焦急，难道说淳于长没有住在城里，或者连夜出了城，去往舞阳了吗？他仔细想了想，不会的，从长安到洛阳，行程少半，再从洛阳奔往舞阳还有大半的路途，说什么也得住下，给车骑骡马一个休息的机会。他坚定了信念，决心在天亮之前，找到淳于长的住处。孙越将卫士长叫到身边，悄声询问道：

“卫士长，城内还有较大的客店吗？”

“没有了。”卫士长肯定地回答道。

孙越听后心往下一沉。他让卫士长把卫士们集合到一起，暂且待命，遂将宫浩、辛元及卫士长叫到路旁墙根下，一起商量。这时，卫士长想了想告诉他，城外还设有车马店。他激动地站起身道：

“对呀，我咋忘记了城外呢？”

“东、西、南、北四关城外，都设有车马大店。”卫士长说。

孙越听后，默然无语。他认真分析了淳于长去往舞阳的方向，当即判断道：

“南关城外，南关城外的车马店。淳于长一定住在那里！”

“走，立即行动！”卫士长向卫士们挥手命令道。

他们跑步前进，飞快地穿过南关大街，越过南关城门，迅速包围了这所车马大店。大家隐蔽在店墙四周，寂静无声。

不大工夫，更鼓响起。寅时到了，大店墙内传出骏马连喷响鼻的声音。

卫士长更是心急。他脱下铁裆裤，换上便衣，将武器藏在背后，只身行至大店门口，等候开门，询问情况。

孙越与宫浩守在店门两侧，注意观察动静。

瞬间，卫士长转来，告诉孙越，店门已开，看门的老翁说，的确有一行六辆车驾住在大店里。

孙越点了点头，松了一口气。而后他命令卫士长通知所有人员，卯时动手，绑缚淳于长！卫士长急速离开，沿墙四周下达命令去了。

现在大家的心情仍然很焦急。等啊，等啊，苦苦地等啊！

更鼓响起，他们终于等到了卯时。

孙越手举短刃，厉声喊道：“冲进去！”

喊声未落，他们四处飞身腾起，越过店墙，直奔马厩。骡马听到急促的脚步声，嘶叫起来。

孙越与宫浩从店门闯入，寻找淳于长住室去了。

看守马厩的定陵侯府八名家丁一见官兵从天而降，惊叫着奋力迎击。卫士们势如猛虎，挥刀厮杀。

店内顿即大哗！

孙越、宫浩各持短刃，首先进入门房，找到店主，询问淳于长住室。店主被惊吓得浑身颤抖，用手指着大院后边道：

“新来的那位领头儿客官，住、住、住在最后第三排房内。”

孙越、宫浩甩开店主，直奔淳于长住室。

住在第一排房的淳于长母亲王氏夫人，以及她的随身丫鬟、仆人，听到后院的喊声后，全都被惊醒了。他们惊慌失措，急忙穿上衣服。

周怡、淳于佳带领丫鬟们，从第二排房向第一排房跑来，看望王氏老夫人。

而住在第三排房的淳于长早已被厮杀声、刀击声惊醒，穿上衣服，拿起短刀，欲逃离客店。他刚跳到堂屋，许孊、小翠拼命地拽住他的裤腿，呼他救命，一齐逃走。淳于长自知大势已去，四面受敌，自己的性命尚且难保，哪里还有心思顾得上她俩，便一脚踢开她俩，只身逃到后院的草垛里去了。

孙越、宫浩跑到第三排房一看，淳于长不见了。他俩立即冲到后院，警惕地注视一排排草垛的动静。

这时，仅剩的一名家丁持刀跑来，准备朝前院逃走，但一看孙越、宫浩横在对面，一下子愣住了。他俩还没来得及挥刀砍杀，只听那家丁“啊——”的一声，撕心裂肺、破命亡魂地惨叫着便倒下了。原来是藏在草垛后边的辛元突然跑出来挥了一刀！

淳于长还没有出来。

孙越急中生智，喊了一声：

“准备火把，点燃草料场！”

第二排草垛突然掀动开了。淳于长一听这喊声，惊吓得跳了出来。

孙越、宫浩、辛元将淳于长包围起来，三人对一人，挥刀猛杀。

卫士长率领卫士们跑了过来。

淳于长欲战不能，欲逃不成。又一看官兵这么多，挥刀的右臂酸麻无力。“当啷”一声，他的短刀被孙越的短刀击落在地。淳于长“扑通”一声跪伏于尘，哀号道：“孙大人！”

第六章　麒麟殿索信

三月季春，在长安虽然不够温暖，但也显得湿润和温馨。

成帝在昭阳舍宫用完早膳，告别了赵合德，在中常侍郑永的陪同下，徒步返回华玉殿。他信步走进院中，忽然看到吕延福正领着一群宫女和小宦官观赏树木和花草。他也仔细瞧了瞧，只见一棵棵石榴树冠长出青翠枝条，缀满了一簇簇绿色叶片；还发现殿基脚下和铺地灰砖接缝处钻出几丛新鲜的绿草，又嫩又翠。他朝着众人，漫不经心地说道：

“花开花落总是春，有什么好看的？”

众人一看万岁爷来到华玉殿大院，急忙参拜。

“如果你们喜欢赏花弄草，可以让吕延福带着你们去御花园看看。”成帝不愿意扫了大伙儿的兴致，随即又说了一句。

众人不敢言语。

吕延福急忙向前跨了一步，自怨自责地道：“陛下，这都怪奴婢疏忽，不知道您这么早就光临华玉殿，回头我们就打扫院落。”

“这个我不管。我只是说，花开花落，草枯草绿，年年如此，循环不已，没有必要那样留恋春意。”成帝说完走了过去，直奔华玉殿书房。

成帝进入书房后，并没有阅览书籍，而是开始批阅奏书。他不愿意人们总是从昭阳舍宫把他找回来处理朝政。近些年来，几乎人人皆知，他和赵合德的关系已密切到不可分离，后宫任何嫔妃无有一人可与赵合德抗衡，包括赵飞燕皇后在内。当然，他最忌讳的也是赵飞燕。赵飞燕越是假装视而不见，听而不闻，他越是心中不安，遮遮掩掩。太后王政君十分心疼儿子，不止一次地劝说他不要沉湎于酒色，千万要保重身体。但他的那颗心也是非常沉重。论及原因，固然因其贪色，不可自拔，但也因久不见皇嗣，他担心汉家基业无人继承。尽管去年物色和考选了定陶王刘欣为太子人选，但他实在不甘心册立他人为太子，一心一意盼望自己的后代能够即位，主掌乾坤。所以，他才不顾一切地同赵合德交欢不止。他没有想到，赵合德与其姊赵飞燕一样，是一棵永远不结果实的荒树！

案几上的那摞奏书堆积得好高。他有半个多月没有按时批阅奏章了，丞相翟方进、御史大夫孔光经常来催问，光禄大夫师丹、刘向、班伯、许商也时常来催问。特别是由于大司马空缺，那些军机奏书直接呈报于他，根本没有人拟批初审意见，使得他在批阅处理时更加费时费心。这么多奏书，他怎能一下子处理得完呢？再加上他的疲乏倦怠，力不从心，不住地打着哈欠，看着看着，他手中的毫管掉在案几上，原来是那双疲倦的眼睛已经合上了。他身子往后一仰，躺靠在御座上睡过去了。

不知什么时候，他醒了过来。睁眼一看，赵飞燕坐在一旁。他惊诧地问道：“你什么时候来的？”

“陛下，我来华玉殿书房大约半个时辰了。”赵飞燕说着欠起玉体，屈身施拜，似觉内疚，“如此惊扰陛下，臣妾深感不安，诚望陛下恕罪！”

“哼，说得好听，无非是监视朕罢了。”成帝心中不悦，脸上涌出不满。

“陛下言重了，臣妾焉敢监视陛下！”赵飞燕急忙给成帝端来一杯热茶，继续劝解道，“您千万不能生气，一定保重龙体。国家要事，社稷重任，亟待陛下去完成。臣妾就是有一百个胆子，也不敢监视陛下呀！”

“你到底干什么来啦？”成帝余怒未消，严厉地质问道。

“启禀陛下，今天早饭后，曲阳侯府舍人朴巨龙前来远条宫，送来王根大人一份荐贤奏书，让我转呈于陛下。”赵飞燕从袍袖内取出帛书，双手呈上道，“朴巨龙唯恐干扰陛下理政，故交我转呈陛下，请陛下定夺。”

成帝一听是曲阳侯王根拟写的奏书，立即打开，仔细阅看，原来是王根呈报新都侯、光禄勋、侍中王莽的闪亮业绩，特别是这次王莽揭露淳于长密谋“三公”之罪行，可谓为汉家基业立下大功，不论是才能，还是胆魄，不论是忠诚于皇室，还是交往于名仕，皆得到众人赞肯。王根在谏书的最后段落里明确地提出，王莽可接替他担任大司马要职，特此推荐贤才，诚请圣上定夺！成帝阅罢，合上奏帛。他觉得曲阳侯的奏谏正合他的心意，大司马重任非王莽莫属。只是眼下发落淳于长的结果尚未得知，成帝无心商议曲阳侯的奏谏。他婉转地问赵飞燕道：“飞燕，你对曲阳侯的奏谏怎么看？”

“陛下，此等大事，臣妾焉敢胡言！”赵飞燕心里已猜出成帝十有八九同意王根的奏书。但她不愿直接表态，以免成帝生疑。

“好吧，你不说也罢。”成帝知道赵飞燕一向狡黠，不肯吐露真言，没再逼问。

“但据闻，新都侯忠君敬汉，满朝皆知，勤俭持家，名声在外，况且此次揭发淳于长密谋‘三公’之罪行，维护了汉家皇室，可算立了头功！”赵飞燕担心成帝怀疑她，只好讲出对王莽的评价。

皇后的这番话，成帝很显然是愿意接受的，他点了点头，把王根的奏书放在案几一角，道：“等过了这段时间，再安排商议这件大事。”

“万岁理政，有条不紊！”赵飞燕赞同成帝的想法，她知道他是在等待惩处淳于长的结果。

中常侍郑永快步走了进来，屈身禀道：“启奏陛下，御史大夫、侍御史求见！”

“快，快请他俩进来！”成帝急需御史府汇报处理淳于长的结果，高兴地回答道。

“是！”郑永应声转去。

赵飞燕没有急于提出离去，而是向成帝递了个请示的眼神，是留下还是回避，并站起身。

“飞燕，你也听听。”成帝允许道。

“就依万岁。”赵飞燕说着，坐在成帝一旁。

孔光、孙越急步进入华玉殿书房，举目一看，赵皇后坐在成帝旁边，二人急忙撩袍跪于毡罽上，向成帝、皇后施大礼。成帝令他们平身后，马上垂询侍御史孙越赴河南落实御旨情况。孙越躬身抱拳，简明扼要地回禀道：

“回禀陛下、皇后，我等奉旨昼夜兼程，一鼓作气赶到洛阳，在当地郡守王和的大力支持和配合下，把定陵侯府所有人员统统截住，逐人拘审。我们……”

“王和大人不愧为我汉室良臣！”成帝插话道。

“是啊，我和屯骑校尉宫浩也有圣上之同感，王和大人以大局为重，不为家庭问题所左右！”孙越也赞同成帝对红阳侯长子王和的称颂，继而述道，“我们遵照圣谕，将淳于长捕抓入狱，处以极刑；将其夫人周怡和儿子淳于佳及许嬺等人，放逐到南方蛮荒地区；将其老母王氏和仆人、丫鬟放归到故里舞阳。微臣已完成圣命，于昨夜晚回京，特此奏上，请圣上明察！”

“陛下，现有洛阳郡守王和、郡尉张琦呈报给圣上的严惩淳于长的奏书。”孔光一面说着，一面手捧奏帛呈送成帝。

成帝兴冲冲地浏览了一遍奏书，感到非常满意，大声地喊道：“来人哪！”

中常侍郑永疾步跨入书房。

“郑永，你去通知舍人吕延福，从未央宫宝库里取出二百两黄金，馈赠御史府，由孔大人奖给有功人员。”成帝神情愉悦地吩咐道。

“遵命！”郑永屈身应声后，转身欲走。

“等等！”成帝继续命令道，“再加取二百两黄金，交给未央宫朝使，命其立即送往洛阳郡守府，奖给王和大人及有功人员。”

“是！”郑永领命离去。

成帝认为淳于长一案已经了断，于是命孔光将淳于长卷宗及有关材料和证词，全部交麒麟殿存档。孔光屈身应是。

赵飞燕觉得成帝太粗心了。淳于长写给许皇后的八封书信怎么能存入麒麟殿呢？这不是给后人留下口实吗？她本想提醒成帝，但又怕因此勾起成帝对许皇后的恼恨，尤其孔、孙两位大人还在这里，自己岂不落个挑拨是非的恶名？她的话刚到唇边又咽了回去。

孔光、孙越在成帝、皇后面前说了一阵恭维、感谢的话，然后退下。

当天午后，御史大夫孔光携带淳于长一案处置的卷宗来到麒麟殿。他先走进东暖阁，将卷宗交于管理文帛的马司直。这时，坐在几前审理文帛的高陵侯、丞相翟方进站了起来，招呼道：“孔大人！”

“哦，翟丞相！”孔光迈步向前，朝翟方进施了一礼。

翟方进急忙抱拳还礼，深表歉意道：“孔大人，我知道您近日忙于处理定陵侯一案，未敢去御史府拜访和打扰，诚请孔大人谅恕！”

“岂敢岂敢，翟丞相身负国家重任，日理万机，呕心沥血，怎敢劳驾您过府看望？待日后抽机会，我去相府登门拜访和请教！”孔光说话间不由得将目光落在翟方进面前的几案上，发现一大摞奏书，而顶端放着新都侯、光禄勋、侍中王莽的卷宗，马上意识到王莽大有可能被晋升，但他谨慎从事，从不干预他人，又立即抬头望着翟方进。

翟方进已看出孔光发现了王莽的卷宗，心想，不能让对方怀疑自己有何动机。十多年前自己曾经向成帝和卿臣推荐过淳于长，结果淳于长不做脸，险些牵扯到他这位相国。惨痛的教训，一定要吸取！他再也不敢随随便便地举荐他人了。于是他如实地告诉孔光道：

“孔大人，我奉圣上口谕，审理一下新都侯的卷宗。”

“翟丞相，您只管奉旨行事。”孔光毫不介意。心里暗笑道：翟方进哪，你也太多疑了，何人不知你是大胆不足、谨慎有余呢？

这时，马司直手拿一份卷宗走到翟方进的面前道：

“翟丞相，这是新都侯当年就任光禄勋时向皇上拟写的十多份奏书，均被皇上采用，上边记有皇上的批示。呈请您一并过目！”

“好，我来看。”翟方进从马司直手中接过卷宗。心里不住地琢磨，今天我在麒麟殿审阅王莽的卷宗，准备为成帝提供册封王莽的有关材料，明天王莽就有可能也在麒麟殿审阅我的卷宗，但绝不是为了晋升我，而是为了击垮我。大奸似忠，谁人能够识破呢？他心里着实感到怅然和凄楚。

孔光正欲离开麒麟殿，忽然见到麒麟殿的一位大宦官尤盖引着远条宫的王盛走了进来。尤盖首先向御史大夫施礼道：

“孔大人，远条宫的王盛前来求见。”

“哦！”孔光应声后，眼睛定定地看着王盛。

王盛是个机灵鬼，早已看见翟方进站在孔光附近，他急忙跪尘参拜道：

“翟丞相、孔大人，小奴王盛向你们叩头啦！”

“免礼！”翟方进挥手道。

王盛又施一拜，站起身来。

尤盖给王盛搬来一把椅子，并殷勤地打着招呼。但王盛没有落座，只是点了点头。

“王盛，你来麒麟殿找我，一定有事吧？”孔光深知王盛所处的位置非一般宦官能比，所以格外高看一眼，主动而又热情地问道。

“小奴奉赵皇后之命，前来找孔大人商量，欲索取淳于长写给许皇后的八封书信。”王盛很客气地道。

“皇后谕旨，微臣一定照办。王盛，你太过谦了。”孔光满口答应，并向马司直道，“马司直，你从淳于长案卷中查找一下，将淳于长写给许皇后的所有信件取出来。”

“是，我现在就查找。”马司直说着奔向卷橱，将刚才放入的淳于长案卷取出来，很快翻出那些书信，还一封一封地数了数，而后双手捧着信件交给御史大夫。

孔光亦查数了一遍，递向王盛道：“八封信件，全部在此，请你如数转交给皇后。”

“是！孔大人。”王盛接过信件，又向翟丞相、孔大人施一拜礼，道，“小奴告辞。”

许皇后多年来无人提及，几乎被朝中和后宫淡忘，又一次被赵皇后想起来了。这究竟是什么原因呢？翟方进一时难以猜透。他还没有目睹这些书信，当然说不清楚了。

孔光心里明白。王盛替赵飞燕索取这些信件，决不是因为保护皇家的声誉，而是怀有一定的动机乃至不可告人的目的。他转向翟方进，道：“翟丞相，你已经看到了，赵皇后派王盛索取信件，说明淳于长一案的后续影响还在延续。”

“孔大人，洞察秋毫，言之有理。”翟方进恍然大悟。他马上意识到，淳于长写给许皇后的八封书信，将要对许皇后造成威胁。

两人四目相对，心照不宣。

过了一会儿，孔光向翟丞相告辞离去。

翟方进复又坐在案几前，开始查看新都侯的卷宗。他先把王莽的简历、任职、奖励和主要谏书挑选出来，装入布袋里，再把其他无关紧要的帛卷交与马司直保存起来。他手拿布袋，向马司直打了个招呼，转身走出东暖阁。

当他走出麒麟殿大门时，正碰见中常侍郑永。郑永向这位相国施礼，并说皇上催查新都侯卷宗。他提了一下手中布袋，道：“全部审理完毕，马上报于皇上！”

翟方进随同郑永，疾步奔向华玉殿。

正在华玉殿书房批阅奏书的成帝，一见翟丞相手提布袋进来，立即放下毫管，接过新都侯帛卷，一份接一份地审阅。成帝阅过王莽的帛卷，脸上露出笑容，道：“好！新都侯政绩突出。”

“陛下万岁，慧眼识杰，唯才是举！”翟方进赞同道。

“翟丞相，你代朕草拟一下新都侯的业绩，及预提大司马的谕旨，以供朝中要臣再作商议。”成帝说完又将新都侯之帛卷装于布袋内，交还给翟方进。

“请陛下放心，我即刻办理。”翟方进接过布袋，双手打躬，告退而去。

夕阳斜下，猩红色的余晖映照在室内，书房四周暗淡下来。

成帝将批阅过的奏书逐份拾起，叠放整齐，推至案几一角。他靠坐在御座上，伸展了一下双臂。

中常侍郑永引着昭阳舍宫宦者令任善走了进来。他俩一齐躬身，参拜施礼。

“启奏陛下，小奴任善奉赵昭仪之命，前来请您用晚膳。”任善向前跨出一步道。

“好！任善、郑永，前边带路。”成帝说罢起身，走出书房，穿过华玉殿大厅。

郑永、任善和一群小宦官簇拥着成帝，奔往昭阳舍宫。一般情况下，成帝用早膳在昭阳舍宫，而用午膳、晚膳则在华玉殿。今晚，成帝一见任善携赵合德之命前来请他用晚膳，便愉快地答应了，一是愿意同合德共用晚餐，二是趁此机会留住在昭阳舍宫温柔乡。

成帝携众宦官行至昭阳舍宫门前，唯见两盏红彤彤的硕大灯笼悬挂在飞脊绿瓦的宫门两侧，宫门上槛的烫金匾额“昭阳舍宫”四个大字被灯光映照得辉煌灿烂。他和众人跨入宫门，又见院心亭榭、画廊、耳房、二门等处挂满了灯笼。他愈发觉得奇怪，非年非节，挂的是哪门子的灯笼呢？他携众人进入二门后，着装艳丽的冷艳、冷花迎面走来，急忙下拜。他命她俩平身后，马上又问道：“今天是什么日子，院内、门首悬挂这么多灯笼？”

“回禀陛下，您到用膳厅一看就知道啦！”冷花屈身抢先回答道。

“哼，大胆！”成帝假装恼怒道。

“陛下息怒！”冷艳急忙跪伏于地；冷花也害怕了，赶忙跪在一旁。

冷艳继续禀述道，“今日张灯结彩，一来为迎接陛下，二来为皇后、昭仪庆祝诞辰！”

“哦！原来是这样。”成帝恍然大悟，马上想到今天乃三月十八，是飞燕、合德双胞胎姊妹的生日，他放缓了语气道，“好啦，快起来吧！”

“谢陛下！”冷艳说完后，同冷花一齐向成帝叩了一个头，欠起身来。

成帝等人直奔用膳厅。赵飞燕、赵合德两位后妃的诞辰之日，成帝确实给忘了，主要是因为近日政务繁忙，加之对其二人长年不孕而产生不满情绪，也就没有这方面的心思了。

赵飞燕、赵合德已在用膳厅等候多时，她俩见成帝走了进来，立刻离开座位，双双下拜。成帝一面说免礼，一面走入御座。他坐在了飞燕、合德中间。

成帝看到几上菜肴丰盛，酒坛精美。他沉思半晌，回眸先是看了看赵飞燕，后又看了看赵合德，她俩面带微笑，也没有吭声。他灵机一动，主动道：“皇后、昭仪，今天三月十八，此乃二位而立之年寿辰，为何不事先告诉朕？也好给你们准备一些礼物啊！”

“万岁！”赵合德知道成帝忘记了她们的诞辰，娇嗔地说，“万岁，瞧你说的，您本来……”

“您本来国事缠身，政务繁忙，还参加我们的诞辰筵席。”赵飞燕听到妹妹的回话不妥，立即打断道，“万岁，我们姊妹终生难忘！”

“哈哈哈哈！好……飞燕皇后说得好！”成帝高兴地开怀大笑，面向众人道，“来！咱们大伙儿祝愿皇后、昭仪诞辰愉快、健康长寿！”

郑永、王盛、任善、姜秋、姜霜、冷艳、冷花和小宦官们、宫女们一齐跪于席前，施叩拜大礼，山呼道：“祝愿皇后、昭仪诞辰愉快、千秋万岁！”

“诸位平身！”赵飞燕、赵合德齐声道。

“谢皇后、昭仪！”众人又施一拜，站起身来。

飞燕、合德的诞辰酒席宴会本来应该设在远条宫，但是作为皇后的赵飞燕想过，成帝已经全身心地移情于妹妹赵合德，何不成全妹妹？她和妹妹经过认真商量后，决定将筵席安排在昭阳舍宫。赵飞燕心想：这样，一来可以使成帝顺理成章地住在昭阳舍宫，心情必然愉悦；二来可以完成自己更重要的事情，达到预期目的。赵飞燕向赵合德递了个开始的眼神。

赵飞燕这一切的安排和设想，赵合德心里都知道了，今天，她以昭阳舍宫东道主的身份，说道：“陛下、姐姐，开始吧。”

成帝、赵飞燕点了点头。

“任善，斟酒。”赵合德命令道。

“遵命！”任善躬身领命后，急忙走到桌案前，取过酒坛，相继给成帝、赵飞燕、赵合德酒樽内斟满了酒。

“首先，感谢万岁光临，参加我们赵氏姊妹的寿诞宴会！”赵合德第一个举起酒樽道。

“陛下洪恩浩荡，我和妹妹没齿难忘！”赵飞燕第二个举起酒樽，对成帝道，“这第一杯酒，敬祝陛下万寿无疆！”

“好！多谢皇后、昭仪一片深情！”成帝心中格外高兴，随手捧起酒樽，道，“来，咱们共同干！”

“干！”赵飞燕、赵合德亦捧樽一饮而尽。

郑永、王盛、任善又分别给各自的主子斟满了酒。

“这第二杯酒，祝愿你们姊妹健康长寿！”成帝举樽提议道。

“多谢万岁！”

他们仨又一饮而尽。

他们开怀畅饮，一樽接一樽。酒过三巡之后，赵飞燕、赵合德亦觉面烧耳热，不敢再饮了。可是，成帝的酒兴正旺，越饮越浓，似乎还远远没有尽兴。看到成帝汗珠淋漓，脸色有些黄白，赵飞燕急忙劝止道：

“陛下，您不能再饮了。”

“没关系！”成帝又端樽欲饮。

站在成帝身后的中常侍郑永，赶忙抢过酒樽。

“万岁，为了您的龙体健康，为了我和妹妹，您就少饮几樽吧！”赵飞燕说着向合德递了个眼色。

“万岁，您就听我和姐姐一句话吧，不要再饮了！”赵合德劝说之中，想起了宴席歌舞，这一定能够打消成帝的酒兴。她转向大厅一角，朝承明殿内史打了个开始演奏的手势。

内史立即转身，面对乐队，发出命令。古琴首先弹起，笙竽渐渐吹响，箫管低沉动情，钟鼓震荡心弦，悠扬而又动听的合成乐曲胜如奔腾的江水，激荡着人们的心房。

接着，后宫宫长樊嫕迈着款款细步，引着一队二十余名舞女，伴随着乐曲轻盈而至。

樊嫕闪出队列，步向几前，撩起裙带，屈身施拜，而后侍立一旁。

一股股脂粉香味儿扑入鼻孔，一阵阵玉佩响音清脆悦耳。成帝立刻停止饮酒，双目注视着飘然而至的美女。

美女们踏着乐曲音响和节奏，开始挥动手臂起舞。那飘起的彩绸、旋转的舞姿，令人眼花缭乱；那雪白的臂腕、绵软的腰肢，更令人心情陶醉。

那领舞的女子和那队尾的女子，不但动作优美至极，而且容貌如花似玉。成帝看后神魂颠倒，如痴如醉，那双眼睛顾盼不暇。心想，这岂不是当年的赵飞燕、赵合德起舞再现吗？索性，他的两只眼睛一会儿盯着“队首”，一会儿盯着“队尾”，其他舞女再也不想看了，他的耳朵都能听得见自己“呼哧、呼哧”的喘气声。那颗迷荡之心似乎难以抑制，但苦于赵飞燕、赵合德在旁边，什么要求也不敢提出。不过，他暗下决心，非将这两个美人弄到手不可。他沉思了一下，向站在大厅一侧的樊嫕打了个手势。

樊嫕一看皇帝在叫她，赶忙绕至成帝身后，轻步向前，屈身问道：

“陛下，请指教。”

“樊宫长，这队首、队尾的两个舞女叫什么名字？”成帝直截了当地问道。

“队首领舞的是许美人，队尾伴舞的是女史，名叫曹伟。”樊嫕如实回禀道。

“哦。”成帝点点头，眼睛仍在注视着许美人、曹伟。

站在成帝身后的樊嫕，一双秀眸担心地望着赵飞燕、赵合德，唯恐她俩听到这番对话，好在她俩一直聚精会神地欣赏场上的舞蹈，根本没有发现她来到成帝身后。她想赶快离开，于是试问道：

“陛下，您是不是想单独见见她俩？”

“对！”成帝一听这话，马上应道。

“请陛下放心，我一定给您安排好！”樊嫕心里什么都明白了，便一口应承。之后，她很快地离开了这里，又去大厅一侧，侍立在那里。

成帝又将迷恋的眼光投向舞女。

只见舞女们一会儿组成一朵含苞待放的芙蓉缓缓绽开，那队首之美女跃然花心之上如同花中仙子；一会儿舞女们又飘飘散开围绕队首之美女，组成一只美丽的孔雀，不停地抖动着那艳丽的羽毛，仿佛在向人们展示它那诱人的身姿；一会儿舞女们又徐徐散开，形成一片起伏不断的花之海洋。这舞姿伴随着乐曲的节奏，浑然一体，真是美的杰作。

赵飞燕、赵合德观后赞叹不已。

成帝看着看着，竟然下意识地称颂道："美、美，实在是美！"

成帝的说话声被飞燕、合德听到了，两人不约而同地望了望成帝。成帝那贪恋美色的痴醉神态，已赤裸裸地暴露在大庭广众之下。她俩心中虽然不悦，但也无可奈何。

乐停舞毕。樊嫕领着舞女们退去，内史带着乐队走出用膳厅。

成帝的一双眼睛还在望着舞女们的背影。

飞燕、合德相互看了看，两人会意地苦笑了一下。这场生日舞会总算结束了，若不然，时间一长，成帝说不定还要作出什么丑态哩！

"陛下。"赵合德呼唤道。

成帝的那双眼睛仍在凝滞地望着。

"陛下，咱们该走啦。"赵合德继续提醒道。

"哦，走！"成帝收回思绪，抬头一看，飞燕、合德已经站在他身旁，着实不解地问道，"去哪儿？"

"瞧您问的，还能去哪儿？"合德嗔怨地说。

成帝看了看这位娇艳的昭仪，心里荡漾起甜蜜的溪流，一下子抓住了合德的白嫩手腕。

"合德，咱们是不是去温柔乡？"成帝瞪起了一双色眼，焦急地问道。

"瞧你那没出息的样儿，我姐姐还有事跟您说呢！"赵合德翻了翻那双含情的杏眼，挣脱手臂。

"哼！"赵飞燕白了一眼成帝，心中升腾起一股妒火。

成帝马上想起赵飞燕还站在身后，不好意思地看了看她，随即又转向赵合德问道："那，那到底去哪儿？"

“二堂。”

“哦！对对对。”成帝说着站起身。

赵飞燕、赵合德搀扶着成帝，走出用膳厅，来到二堂。这里并非是客厅，而是仅供直系亲属休息小坐。当然，作为主人的赵合德，必然要在此处作陪。所以，成帝和飞燕都很愿意到二堂座谈。另外，二堂还有一个最大的优点，就是距离温柔乡较近，成帝和合德谈话疲倦了，可以立即去就寝。

他们仨入座后，冷艳、冷花端来热茶，给他们分别放在几上，转身悄悄走出二堂。

成帝想起飞燕有事跟他谈，便笑吟吟地问道：

“飞燕，你不是有事吗？说说看。”

“万岁，不说也罢，天这么晚了，您该休息啦。”赵飞燕笑盈盈道。

“没关系，今晚我一点儿也不感到疲劳。”成帝确实很兴奋，心情愉快地催促道，“说吧，到底啥事？”

“没有太要紧的事儿，啥时候说都行。”赵飞燕表现出毫不在乎的样子。

“姐姐，看你……”赵合德已经知道赵飞燕所要谈的事情，并且极为重要。此时，她见姐姐又不想向皇上谈了，不禁有些着急和不解，因而朝姐姐递了个嗔怒的眼神。

赵飞燕越是不想谈，成帝越是想知道。于是，他使了个激将法，道：

“怎么，你还有什么顾虑吗？”

“不，陛下，我是怕打扰您的休息。”赵飞燕很有分寸地回答道，“如果陛下这样给我面子，我当然愿意谈啦。”

“唉，这就对啦。”成帝的心绪很好，开了个玩笑道，“皇后说的话，我们可要注意听啊。”

“岂敢，岂敢！”赵飞燕欠起玉体，屈身施拜道，“陛下，容妾身启奏。”

“讲！”成帝挥手道。

“陛下，今天上午，您听了侍御史孙越落实御诏的汇报，得知洛阳郡守严惩淳于长的准确消息，随后您即令御史大夫将淳于长一案的卷宗送藏到麒麟殿。陛下，您当时忽略了一件事……”

“哦，什么事？”成帝听后，顿觉疑惑，便打断对方的话。

“您可知卷宗内，还有淳于长亲手写给许皇后的八封信件？”

“对，我给忘了。”成帝用手敲了敲前额，遗憾地说。

“我觉得那样的信件是不能存档的，将来一旦传到后人手里，势必影响皇家的威信。”赵飞燕很巧妙地讲清利害关系。

“你怎么不及早提醒我？”成帝当然也意识到这些信件的危害，不无责怪地说。

“考虑御史大夫和侍御史都在场，妾身不便提出。”赵飞燕说了个冠冕堂皇的理由。

“马上派人去麒麟殿索回信件！”成帝的兴奋劲儿立刻消失了，脸上涌起严肃之色。

“陛下，我已经派王盛取回信件。”赵飞燕说到这里，从衣裙里抽出布帛信件，双手递向成帝。

成帝曾经阅览过这些龌龊信件，对淳于长如此戏弄和欺骗许皇后深恶痛绝，义愤填膺，于是责令御史大夫抓紧审理此案，刨根问底，“穷治”不舍，连同其他罪状，将淳于长处以极刑。值得庆幸的是，当时成帝只对淳于长产生了愤慨和怒恨，对许皇后还没来得及琢磨和分析。

现在，成帝又接过那些卑鄙信件，开始重新阅视，再次审查……只见他眉峰紧皱，怒容满面。

赵飞燕注意观察成帝的神态变化，心里已经有了底数，但是为了促使成帝下定决心，及早除掉许皇后，便旁敲侧击地说：“陛下，妾身之所以赶紧派人为您索回这些信件，则是为了维护皇家的威信！”

成帝沉思无语。

“更是为了维护您的尊严！”赵飞燕感到火候不够，又补充了一句带有刺激性的话。

成帝咬紧牙关，两腮的肌肉棱角格外分明，但他仍是沉默无语。

赵合德几次欲言，全被姐姐摇头制止。她从姐姐口中已经知道信件的基本内容，并认识到此时乃关键时刻，一定要抓住时机，借用成帝的口，干掉许皇后。她急得站起身，团团转。

“陛下，雪耻平愤乃为大丈夫，尊严至上则为一国君！”赵飞燕决心将成帝对许皇后的怒恨推向极点。这时，她才示意妹妹进谏。

赵合德早就憋不住了，随即一针见血地激将道：

“万岁，淳于长给许皇后的信件之多，索贿不止，足见许皇后心甘情愿地接受戏谑，这样的淫妇岂不给陛下丢尽了脸面？”

成帝“啪”的一声，挥手击案，猛地站起，厉声呼道：“来人！”

站在二堂门外等候的郑永，听到成帝的呼唤声后，急忙进入，屈身恭道：“陛下！”

“郑永，你即刻通知御史大夫，速速见朕。”成帝怒不可遏地催促道，“快去！”

“遵旨！”郑永打躬受命，急速转去。

第七章　许皇后之死

这天清晨，许皇后起得特别早，很快梳洗完毕，把自己打扮得像一个准备从娘家回婆家的民妇一样，既端庄秀丽，又朴实无华。

凌玉一直看着许皇后，心里觉得很奇怪。她今天是怎么啦？起床又早，梳妆又快，穿着又很讲究，那衣裙、衣裤是从包裹内经过反复挑选出来的。再看那兴奋神态，在往常也是极少见的。从前，她每逢早晨起床，或者晚上就寝，忧郁的眼睛总要反复注视挂在墙上的那幅《皇后恐怖图》；今天，却一反常态，她似乎忘记了自己绘制的那份抒发情感的佳作，从起床到现在，根本没有顾盼那幅图画，而是忙忙碌碌，梳妆打扮，似乎准备远行。

许皇后转身看了看床铺，觉得不是很如意，又重新整理了一番，弄得整整齐齐、平平展展。她回头又看地面时，凌玉已经拿笤帚清扫干净。她环顾四周，心中满意，认为从人到物，气象一新，似乎忘记了此地乃是昭台宫——关押她的囚室。

凌玉吹灭了蜡烛，拉开了窗帘，并打开了窗户。晨光射入室内，满屋亮堂堂的。一股清新而又湿润的空气飘入房间，使人顿感爽心振奋。

“凌玉，你快坐下，我有话向你说。”许皇后忙活完了，似有心事地说。

“好，马上就完。”凌玉抹完了窗台上的尘土，放下手中抹布，便坐在自己的床沿上，道，“皇后，您说。”

“凌玉，你猜一猜，我想说什么？”许皇后打趣地问道。

“嗯，我猜猜。”凌玉作出猜测的样子，但是眼睛却盯着许皇后。只见许皇后的眸子里闪烁着往日不常见的愉快光芒，其面容亦消失了往日阴影，似绽开绚烂的花朵。凌玉一时难以猜度，觉得许皇后的表情与往日反差太大，她有些困惑，只是摇摇头，并没有说什么。

“哈哈哈哈！”许皇后狂笑起来。

“皇后，皇后，您怎么啦？”凌玉更加迷惑不解，对于许皇后突如其来的大笑不止，好似丈二和尚摸不着头脑。

“凌玉，你跟我这么多年，对我的心事难道就猜不透吗？”许皇后不无责怨地道。

“皇后，请谅恕奴婢愚昧无知。”凌玉站起身来，屈体施拜道。

“我不责怪你，我是说，你我朝夕相处，我的一切，包括我的内心世界，你都应该了如指掌！”许皇后走过去搀起凌玉，缓和语气道。

凌玉的眼睛盯着许皇后，由衷地说：“皇后，我只知道您心中很苦。但对于今天您这种罕见的欢快，我确实不解。”

“凌玉，谢谢你的一片良苦用心。不过，你只说对了一半，烦恼、痛苦一直伴随着我，恐怕今生今世是难以摆脱了。”许皇后不由自主地走向窗口，眺望窗外，继而说道，“对于我这样一个后宫囚徒，背负深重，苦海无涯，忽然能够天降喜讯，让我彻底摆脱桎梏，重见光明，再得自由，怎么能不令我兴奋难抑呢？”

“天哪！皇后是咋啦？这不是大白天说梦话吗？”这是凌玉的心里话，并没有说出口。

“一个失去自由的人，心里如果有一片光明，就好似拥有一支小小烛灯，足以辉耀了。”一直望着窗外的许皇后，忽然回转身体，面对她的女看守说道，“凌玉，我知道你不会相信我的话，我的话一旦是真的，你不就无事可做了吗？”

凌玉的脸“唰”的一下变红了。

“不，不要这样。你的心里话虽然没说出来，但全是对的，我刚才讲的是梦话。走，咱们走，到大门口看看。”许皇后说着，拉住凌玉的手臂走出房门。

她俩首次破例来到昭台宫大门外，但只是站在门旁，并未远离。

大门两侧站着未央宫五官署的四名卫士，一见许皇后携凌玉直奔大门外，一不请示，二不打招呼，旁若无人般地站立在他们附近，他们觉得奇怪，这是从未有过的现象。他们本想上前制止，但又一思忖，想到许皇后乃是皇帝的前妻，倘若她有朝一日能够获释出狱，重回后宫，岂不招来祸端？一个弱女子，反正也不会逃跑的。他们相互递了个眼神，干脆躲在大门内，悄悄地窥视着她俩。

许皇后第一次无所顾忌地走出冷宫大门，也是第一次领略人生受挫后从未有过的自由。她沿着脚下延伸的大路朝东张望，望到了繁华似锦而又浑浑沌沌的长安城——此时它正笼罩在乌云被晨阳燃烧的血一般的猩红色之中。

“凌玉，你是知道的，我被囚禁昭台宫九载，几乎天天盼望得到自由。可是，我苦思苦想，苦等苦盼，至今杳无音信。”许皇后的一双秀眸仍在注视着远方。

突然，许皇后那双秀丽大眼又开始闪烁着刚才那种愉快的光芒。她的嘴角露出多年来不曾见的微笑，她收回目光，对凌玉叙述道：

“昨天，我就是站在这个位置上，惊获喜讯的。”

“哦？皇后，您快说说看！”凌玉凑到近前催促道。

“忽然，传来一阵急促的马蹄声，由远及近。”许皇后的目光又落在眼前的这条大道上，继而说道，“原来是长定宫少府史旭骑马奔来，霎时来到我面前，他勒缰停奔，翻鞍下马，跪伏于尘，施叩拜大礼，并说奉皇上旨意，前来接我回宫！”

“皇后，您应该答应他呀！”凌玉插话道。

“当时，我没有相信他的话，正在犹豫不决的时候，他从衣袖内掏出皇上的御笔诏书，宣布我无罪无过，召我立即回后宫。我急忙跪拜接旨，谢主隆恩！”许皇后说到这里，眼眶里晃动着泪花，双唇不住地颤抖。

“皇上有情，皇后有福，这大概是天意！”凌玉陶醉在许皇后的讲述之中。

“我激动得不知说什么好，眼泪扑簌簌地流下来，心里不住地思念皇上，眼睛向东望着长安……不一会儿，原来为我掌舆马的太仆谷田驾着四马凤辇由东驶来。等到凤辇停到我身旁的时候，凌洁、凌冰、凌霜纷纷跳出凤辇，她们仨欢天喜地地将我拥到辇上，而后又把你拉过来，一齐登上凤辇。谷田乐呵呵地掉转马头，扬鞭催辇，载着我们主仆直奔京城。我的心恨不得一下子飞到皇上身边……忽然，马蹄疾奔，辇车飞驰，四匹驭马越跑越快，竟然惊奔起来。谷田一个劲儿地猛勒辕马缰绳，并大声喊着：‘吁！吁！吁！’但驭马怎么也停不下来，主仆们被吓得失魂落魄。突然间，辕马腾起前蹄。‘咴儿，咴儿’一叫，凤辇停了下来。我惊魂未定，掀开辇篷前帘一看，啊！皇上正奋不顾身地拽住辕马缰绳，其余三匹驭马也都停蹄止奔……”

许皇后说完，眼睛仍在盯着脚下向东延伸的这条路。

“天子降下洪福，排除祸端，这一定是吉祥之兆！”凌玉听罢许皇后讲述，便从中破译道。

“这是一个完整的梦，再也没有这样完整的梦了！”

“皇后，说不定今天就是您的出头之日。”凌玉安慰道。

“不，今天就有可能是我的归宿之日。”许皇后那种愉快的情绪随着斩钉截铁的语调，迅即消失。

凌玉一下子愣住了。

许皇后默默地站在那里，不再言语。

旷野里静极了。

霎时，驭马奔驰的蹄声由东方传来。许皇后、凌玉不由自主地朝东张望。啊！果真有一辆凤辇隐约而来。凌玉兴高采烈地喊道：

“皇后，您看真是后宫的凤辇向昭台宫驶来。”

“不错，是一辆凤辇。”许皇后面目冷漠，毫无激动之情。

凤辇很快行至昭台宫大门前，太仆一勒缰绳便停了下来。

只见两位宫女跳下凤辇，侍立在车辇旁边。紧接着，辇帘被一只手挑开，从辇篷内走出一位丽人。许皇后定眸一看，啊，竟然是班婕妤！她怎么来啦？是她主动来昭台宫看我吗？还是受人派遣呢？许皇后并未动身，而是仍然站在那里，心里在揣测对方的来意。

两位宫女将班婕妤搀扶下辇。

凌玉急忙迎了过去，朝着班婕妤屈体施拜，道声万福。

班婕妤温和端庄，命其平身。凌玉谢过班婕妤，站在一旁。

班婕妤早已瞥见那儿俨然不动的许皇后。她当然知道，许氏——往日的皇后，一直受人尊崇和爱戴，即使跌下宝座，也不会在别人面前低下那颗昂扬惯了的头颅。她毫不计较，主动上前，面容谦和，屈身施礼，祝愿皇后千岁千岁千千岁。

许皇后如今身陷囹圄，受班婕妤参拜，心内实感不安，亦匆匆上前施拜还礼，并祝愿班婕妤康泰万福。

往日的皇后竟然能够屈尊向属下施拜还礼，这是从未有的奇闻。班婕妤更是从没有接受过许皇后的参拜。她心里觉得很别扭，这若是让皇上知道，肯定要怪罪她的。她赶忙伏身搀起许皇后，再三推辞道：“皇后，您怎能给我施拜呢？快，快，快请起，我班婕妤可不敢承受啊！”

待许皇后平身后，班婕妤又吩咐她的宫女从辇篷内搬出一卷雪白的布帛，呈送许皇后，以供她绘画使用。许皇后心里很高兴，不住地感激班婕妤，随即让凌玉将布帛搬送到囚室。

许皇后、班婕妤相互之间说了些寒暄问候的话，谦让着步入昭台宫大门，直接奔向许皇后的囚室。奴仆们跟随在后，等候在囚室门外。

凌玉将布帛放好，回头撩开门帘，恭请二人进入房内。而后，她又走出囚室，去往膳房，通知师傅稍候再给她俩送早膳。

许皇后见到班婕妤后，心里一直在琢磨，班婕妤虽不在后宫权位上，但还在长信宫侍奉王太后，比起她这位被囚禁的皇后，身价不知要高出多少倍。九年来，班婕妤从未来过昭台宫，到底为了什么，能够放下架子，前来看望她这位早已被人遗忘了的废后呢？她请班婕妤入座后，虽感慨万端，似有千言万语要倾吐，但因对班婕妤的到来感到蹊跷，就什么也说不出来了。

在后宫居住多年的班婕妤，见多识广，且又出身大家闺秀，早已锻炼出刚毅、正直而又豁达的性格。她走进这间囚室后，就发觉了许皇后的疑惑神态，但她不想过多地问这问那，也不想过多地安慰劝解，因为这都是无济于事的。她的一双慧眼注视着北墙上悬挂着的那幅《皇后恐怖图》，又走过去仔细端详了一番，心中慨叹不已，深知许皇后的苦衷和悲凉，人上人变为阶下囚，其苦辣酸甜的滋味难以言表。且不说将来的命运如何，就是眼下的安危也难以料定。她避开这幅画图的立意，而是从艺术上大加赞赏，道：

“许皇后，您的绘画技艺真是精湛超凡哪！”

“班婕妤，太过誉了！”许皇后心里明白，班婕妤聪明过人，哪里是赞美绘画艺术，明明是搪塞来意，寻找话题。

的确，班婕妤是带着王太后的口谕，来到昭台宫面见许皇后。

沉默。

两人站在画图下面，沉默不语。

这时，凌玉提来一壶热茶，轻手轻脚地走进房中，给许、班斟入瓷杯，继而呼叫道："许皇后、班婕妤，请坐下饮茶。"

"好，这就来。"班婕妤转身走到几前，与许皇后隔几对坐。

"班婕妤，请吃茶吧。"许皇后说着，一双秀眸望着班婕妤。

"好，多谢皇后。"班婕妤呷了一口茶说，"家中有信吗？"

"有，前几天山东老家来人捎过一封家书。"许皇后回答后，脸上掠过一层阴影。

"萱堂身体如何？"班婕妤关怀而体贴地问道，"老人家还能来长安看看你吗？"

许皇后听了班婕妤这句动人心弦的问话，眼泪"唰"的一下滚落两腮。她哽哽咽咽地说："家中老母三年前曾来过长安，专程看望我。九年来，仅此一次。可最近家书告知，老母亲现已患病，卧床不起达半年之久……"

班婕妤听到这里，感到是传达王太后旨意的时候了。她将自己的淡黄色丝绸手帕递给许皇后，道："许皇后，请您不要过于伤感。今天一大早，王太后命我来昭台宫，向您传达她的口谕……"

许皇后擦拭了一下面颊上的泪痕，一听班婕妤要传达王太后的口谕，立即屏住呼吸，静耳细听。

"王太后极为关心您的萱堂，问问您还有什么要说的，请您告诉我。待我转呈于她，她准备亲笔书诏，于近日令朝使将谕诏送往山东！"班婕妤总算巧妙地把王太后的口谕当面传达给许皇后。

许皇后一听，愣住了。她止住了哭泣，"噌"的一下站起身，走至窗前，凝视良久。

班婕妤也惊诧了，她满以为许皇后能够感激王太后，没想到她竟然会马上识破王太后口谕的潜台词。总之，其口谕已经是暗示许皇后凶多吉少。

九年来，王政君从未给许皇后的老母亲写过书信，更没关心和询问过许皇后的囹圄处境。今天，王政君为何突然提出这样的事情呢？许皇后不得不产生疑虑，不得不极力深思。经过一番沉思，她得出一个不言而喻的结论：王政君的口谕含有杀机！

许皇后的思绪纷乱，一时难以梳理。她尽量克制自己的感情，不想让班婕妤发现她的悲痛，也不想让班婕妤安慰自己。事已至此，乾坤难转。她几乎是将眼眶中的泪水含了回去，将心中的苦水咽了又咽。她平静了一下心绪，转身回到几前，把手帕掷还于班婕妤怀中，道："班婕妤，请你转告王太后，我没有任何事情拜求皇家。如果她给我母亲写信的话，就说我活得很好……"

"许皇后。"班婕妤唯恐许皇后伤感，便打断她的话。

许皇后抑制住满腹酸痛，狠了狠心说完最后一句话："我还一直活在世上！"

"许皇后，您不能胡思乱想，王太后没有其他意思。"班婕妤虽然知道许皇后的心思，但也不愿意正面解释，以防给她增加不必要的压力。

许皇后摇了摇头，苦笑了一下。

"许皇后，我一定将您的嘱托如实转告给王太后。"班婕妤说完后看了看许皇后，可许皇后没有任何反应，心想，此地不宜久留，应立即离开，"好吧，许皇后，请您多保重。班婕妤向您告辞！"

许皇后又一次看到班婕妤向她屈体施拜，她赶忙施拜还礼，道：

"班婕妤，祝您一生平安！"

班婕妤走出囚室房门，向院内等候她的两位宫女打了个手势，主仆三人朝昭台宫大门外走去。

许皇后走到院心，停下脚步。只听门外的马蹄声、凤辇车轮声渐渐远去，而她的心似乎被车轮轧碎了一般，疼痛难熬。

"皇后，请您回房去吧，该用早膳啦！"凌玉走至许皇后的身后，轻声轻语道。

许皇后转过身体，随同凌玉走回囚室。

她俩进屋一看，摆在几上的两盆膳食热气腾腾，香味扑鼻。许皇后觉得奇怪，自从被关昭台宫以来，整整九载，还没有闻到过味道这么好的饭菜，特别是早膳，除了高粱米粥，就是小麦粥，根本不会有鲜美之味。她走近几前一看，啊！一盆是燕窝粥，一盆是人参汤。这，只有在长定宫才能吃得到，昭台宫怎么会有这样的饭菜呢？

“燕窝粥、人参汤！”凌玉高兴得叫了起来。

善于思索的许皇后，开始有些疑惑，现在她心里什么都明白了。

“皇后，昭台宫首次动荤，能够给出燕窝粥、人参汤，这恐怕是前所未有的。”凌玉说着用勺舀了一碗燕窝粥，递于许皇后道，“皇后，您就快吃吧！”

许皇后静静地坐在几前，没有任何表示，殊不知，她的胸膛里翻江倒海，再也无法平静下来……

原来，今早天还没亮，御史府就派人到昭台宫，通知膳房的师傅们，给许皇后做最好的早膳，师傅们虽然感到奇怪，但是谁也不敢怠慢，更不敢过问原因，只能在“最好”二字上下功夫。他们想来想去，想到许皇后经常吃的膳食，则是燕窝粥、人参汤。这，就是早膳的由来。

班婕妤来昭台宫传达王太后的口谕，是九年来前所未有；昭台宫给许皇后准备的早膳竟然是燕窝粥、人参汤，也是九年来前所未有。曾经执掌过后宫大权的许皇后，怎么能不深思而又忧虑呢？怎么能不猜测呢？成帝对自己已经恩断义绝，九年来从未来过昭台宫，也没派人看望过她。现在，成帝十有八九要对自己作最后的裁定。若不然，怎么能有上述的恩赐呢？！

路逢险处难回避，事到头来不自由！

“凌玉，你该用早膳了。”许皇后将几上的那碗燕窝粥推至凌玉面前。

“不！皇后，您怎么不用呢？”凌玉眼巴巴地望着面色严峻的许皇后。

许皇后拉开房门，走了出去。她径直地朝昭台宫大门口走去……

凌玉紧紧地跟在主子的身后。

许皇后第二次来到大门外。看守昭台宫的五官署卫士们谁也没有阻拦她，一个个地又缩回到门里。

苍茫的西北高原刮起初夏时节罕见的冷风，黑沉沉的无垠苍穹卷起漫漫翻滚的乌云。整个大地一片幽暗。

肩背重负而又嚼着厄运艰难跋涉的许皇后，实感在生活的沙漠上无力前行。她要飞翔，可心灵的沉重超过翅膀；她要飞翔，可生命的滋长已经没有信仰的天空；她要活着，可宇宙的空气越来越稀薄。她的双眸一片昏暗，脚下通往长安的大道也不十分清晰；那繁华沸腾的京都，顶着凉风，裹着黑云，失去了光彩，消失了喧嚣，处于深深的缄默里。

许皇后，仿佛是来自残烛冷洞的火焰，曾几何时，悄然而又热烈地燃烧；又曾几何时，企盼照亮自己人生的坎坷之路；还曾几何时，静似月下的玉栏，期待心上人依凭。然而，她这缕火焰终将在生活的浪尖上被生活的朔风吹灭。

她，这位当朝曾经的皇后，落下一颗颗苍凉的泪滴。

站在她身旁的凌玉，虽然猜不透她的内心世界，但是被她的伤感所触动，知道她的处境已无法逆转，不禁鼻孔一酸，眼泪扑簌簌地流了下来。

忽然，一阵疾驰的马蹄声传来。

许皇后抬头一看，只见三匹骏骑由长安方向奔来。她掏出手帕擦干了眼泪，若无其事地说："他们来啦！"

"谁呀？皇后，谁来啦？"凌玉不解地问道。

许皇后没有正面回答凌玉的问话，而是对她说：

"走吧，咱们回去，准备接旨！"

"是，皇后。"凌玉应声后，随许皇后进入昭台宫大门，直接奔往囚室。她感到很奇怪。

她俩回到房间，稍坐片刻，许皇后便对凌玉吩咐道：

"凌玉，请你辛苦一下，帮我整理整理东西。"

"皇后，您这是……"凌玉不明白许皇后的用意。

"凌玉，快，快把东西整理好，今天我就要离开这里。"许皇后说着开始动手整理衣物。

"皇后，您……"凌玉更觉得糊涂了。

许皇后不再言语了。

凌玉赶紧凑过去，帮助许皇后叠放衣裙，整理东西。

许皇后刚把一个蓝底白花的包裹皮铺在床上，只听门外传来一位男人的喊声："圣旨到——"

凌玉愣住了。她停下了手中的活计。

"凌玉，去开门。"许皇后亦站起身，平静地望着门外方向。

凌玉快步走过去，打开房门。

院内一片沉寂。只见廷尉孙光手持成帝的诏书，威严地站在那里；他身后侍立两位未央宫卫士，他们每人肩背短柄兵刃，横眉立目，虎视眈眈。

"皇上谕诏！"廷尉孙光对囚室内的许皇后宣布道，然而他没有走进房间。

许皇后迈动双足，移步于院心，撩起衣裙，跪于尘埃。

孙光双手展开诏书，态度严峻，口齿清晰，厉声念道：

圣谕诏曰：

长定宫许皇后，乃三宫六院之首，执掌后宫大权，享有天下人之盛誉。然其当年无视汉律国法，贸然斗胆制造巫蛊事件，诅咒圣上和赵氏宜主、合德，犯下死罪，无可赦免！为严肃朝纲，执行法纪，特赐许皇后一死！

钦此！

许皇后听罢皇帝诏书，如五雷轰顶，顿觉天昏地暗，浑身颤抖，四肢无力。

多亏许皇后已有思想准备，若不然她将要瘫倒在昭台宫院内。她尽力平静了一下自己的心绪，不想在离开人间之前，将死的恐怖和鄙态留给任何人。她战胜了自己内心的畏惧，屈体躬身伏尘，双手施下三拜，缓缓地道："谢……陛下……"

凌玉上前搀起许皇后。许皇后亦步亦趋地走了过去，坦荡而镇静地从廷尉孙光手中接过皇帝诏书和那壶鸩酒。

"皇后，有何赐教？"廷尉孙光抱拳打躬，问道。

"孙大人，请你转告皇上，我要见他一面！"

"请皇后放心，我一定将您的口谕转达给皇上。"廷尉孙光又施一拜道，"告辞。"

"孙大人，慢行。"许皇后强压心中的悲愤和苦痛，语气极为深沉地说道。

廷尉孙光点了点头，然后猛一转身，率领未央宫两位卫士快步离去。

凌玉早已吓得不知所措。许皇后终究是她的主子，主子的悲惨结局怎能不影响奴才呢？可是她看到许皇后那种临危不惧的神态，与其说疑惑不解，不如说受到宽慰。她也平静了一下思绪，望了望许皇后，好半天才呼道："皇后……"

许皇后望着大门外，伫立良久。

三匹骏骑的疾驰蹄声渐渐远去。

华玉殿书房内，成帝正在伏案批阅奏书。今天，他的精力十分旺盛，心情也比较舒畅。因为昨夜他没有与合德同床欢娱，睡了整整一个通宵的觉。天刚亮，他就书写了一份除掉许皇后的诏书，交御史府有司查办。此举，不仅消除心头之恨，而且减轻了一份思想负担。现在，他放下毫管，躺靠在御座上，伸开双臂，握紧拳头，连续呻吟了几声，感到一阵轻松，一阵从未有过的轻松。

“陛下，”中常侍郑永推门进入，躬身禀道，“陛下，后宫女史曹伟求见！”

“曹伟?！”成帝发出疑问，这是多么熟悉的名字啊！他忽然想到昨天夜间在昭阳舍宫用膳厅观赏歌舞的情景，一直在队尾伴舞的那位漂亮非凡的舞女，便是女史曹伟。他高兴地说，“郑永，快将曹伟领到我的寝宫去，我马上就到。”

“是！”郑永躬身转去。

成帝心里想着女史曹伟，无心再批阅处理奏书，他只是草草地审查，粗粗地批示，一会儿，就将几上的奏书批阅完了。他站起身，把批阅的奏书摆放案几一角，迈步走出华玉殿书房。

身为后宫女史的曹伟，是专门为成帝提供嫔妃睡沉次序而服务的。

封建帝王没有不喜欢美女的，汉成帝更是如此。当时，后宫选存嫔妃美人达两万多。由于后宫嫔妃众多，数不胜数，因此必须考虑如何平均分配和帝王相处的时间。

仅举周代为例，人们惯以天体、阴阳、历数来决定事情的顺序，连嫔妃和帝王同床的顺序也都依照月的阴晴圆缺来决定。月亮在每月初一到十五会逐渐满盈，而由十六到三十的后十五天则会逐渐变缺。据此原则，初一到十五，由地位较低的开始进行到地位较高的；而十六到三十则正好相反，是由地位高的逐渐安排到地位较低的。

按上述原则，在一个月中，皇后或昭仪可与皇帝共度两夜，三夫人两夜，九嫔也是两夜，世妇六夜，御妻则有十八夜。这种分配法，可以防止嫔妃们互相争宠，但对汉成帝来说，则没有选择所喜欢的妃子或美人的自由了。成帝当然不会照此行事。他总要找出借口，打破某月某日的规定。若不然，成帝怎能经常与合德昭仪同枕共欢呢？并且，他还能趁赵飞燕、赵合德不注意，抽空去后宫其她嫔妃那里欢娱同床。

按照常规，这种侍奉主君的顺序是不准随便打破的。但是，人生在世，焉无疾病！有时那些嫔妃美人也会适逢生理期，再加之为数过多，因此为了调配这种繁复的事宜，一种称为“女史”的后宫官职便应运而生。首先，女史可让嫔妃戴上金、银、铜等不同质料的戒指，借以识别服侍君主的顺序；此外，女史还可根据每位嫔妃日常的言行举止，制成记录表，作为日后递补时的参考，等等。

成帝急于见到曹伟，便大步流星地奔往华玉殿寝宫。他刚到寝宫门前，只听身后的中常侍郑永禀道：

“启奏陛下，廷尉孙光由昭台宫返回，有要事让我转奏。”

“讲！”

“他说已将陛下诏书下达给许皇后……”

“怎么样？”

“许皇后跪拜接旨，镇静自若。但许皇后欲求见陛下。”

“不见！”成帝严肃而果断地回答。

“是！”郑永屈身离去。

成帝由于心切，“咣当”一声，推开房门，大步跨入。曹伟被这猛烈的开门声吓了一跳，她急忙伏尘跪下，三拜一叩首道：

“参见陛下！女史曹伟祝愿吾皇万岁万岁万万岁！”

“快快平身！快快平身！”成帝伸出手臂殷切地呼道，“曹伟！”

“多谢陛下！”曹伟又施一拜，欠起身来，但是她的头仍然低垂着。

“曹伟！”成帝又一声呼道。

“陛下！”曹伟抬起头，那粉白的脸颊“唰”的一下变红了，一直红到两耳。

此时，窗外阴云密布，雷声滚动；而室内的黄铜仙鹤烛台上烛光闪烁，一片殷红，照得满室生辉。

成帝举目仔细打量曹伟——

曹伟亭亭玉立在毡罽上，红色烛光映在她的脸上，如同朝霞映红了白雪，其美艳光彩令人不可逼视；云发绾成望仙髻，高高隆起，首饰耀眼；一双秀眸闪亮鲜活，眼波流动，胜似秋水清澈；眉形连卷延伸到鬓旁，大有妩媚怡人之感；朱唇樱红鲜艳夺目，皓齿如珠隐约藏于唇内；修长的双耳又白又嫩，悬胆般的鼻梁高挑，椭圆形的下颌饱满，两腮镶嵌一对笑靥，匀亭可爱，引人入胜。曹伟的长相均显适度，无一处不美。

成帝心情激动不已，迈步至曹伟面前，拉住美人的手臂。曹伟顿感一阵心慌慌、意乱乱，连忙退却，抽回手臂，从袍袖内掏出一份写有字迹的布帛，怯怯地道："陛下，我是奉后宫宫长樊嫕之命，给您呈送近期嫔妃侍寝次序名单来了！"

"好啊，给我。"成帝从曹伟手中接过布帛，掷于几上。他又一次抓住曹伟的手臂。

"陛下！"曹伟几乎是惊呼道。她下意识地缩了缩手臂。

"怎么，你不愿意？"成帝的龙颜上掠过一层阴影。

"贱人不敢，请陛下恕罪！"曹伟丝毫不敢挣脱了。她的一双眼睛盯着打开的房门。

成帝看了看，马上意识到她的担心，转身去关房门，插上门闩。

他回过头来，一下子拥抱住她。

她那孤寂的玉体，从未得到过男性的满足，更没受过皇帝的抚慰和温存。她今年二十六岁，与正常青年女性一样，炽烈的欲火当然希望得到发泄。不过，她心里很害怕，担心此举被赵氏姊妹发现。她不由得心中一颤，战战兢兢地道："陛下，我怕。"

"不要怕！有朕给你做主，什么都不要怕！"成帝使劲抱了抱曹伟，并狠狠地吻了一下对方。

接着，他不住地抚摩她的周身……

她从心底排除了畏惧之感，着实忍熬不住了。她浑身处于兴奋之中，喃喃地说："请您等一等，我给您！"

曹伟这位年轻貌美的女子，说话的声音如同微风吹响了玉箫，幽鸣悦耳，动人魂魄。成帝听后不禁神魂颠倒，如痴如醉。他好似舍不得，渐渐松开了她。

她迈动玉足，走至床前。首先摘下首饰，打开发髻，那长长的秀发如黑色瀑布一般散落于肩后，柔滑明亮，光可鉴人；继而又解开玉带，脱掉袍衫、套裙并脱下履袜。她坐在床沿上，垂放着一双小腿，脱得直露出亵衣亵裤……

成帝看得眼花缭乱，但仍觉不满足，便指着她的上身说道：

“还有那儿……”

她的脸忽的一下又是一阵绯红，只好又将亵衣脱掉。

成帝又向前跨出一步，一边胡乱脱下自己的袍服、衣裤和履袜，一边死死地盯看她雪白的胴体。

瞬间，他将她抱躺在床上，一把搂住她那白嫩的丰臀，大有如饥似渴之势，粗声粗气地呼道：“贤妃！”

她好似久旱逢甘露，任他欢娱。

她闭上双眸，然而泪珠沿着眼角扑簌簌地流落于双鬓……

一阵惊雷又一次滚过昭台宫上空。

囚室窗户被震得扑扑作响。

许皇后痴痴地望着窗外，左等右盼，也不见成帝来昭台宫，难道皇上真的不来了吗？夫妻相见最后一面，难道皇上也不肯恩赐吗？

她绝望了！眼泪像外面的雨水一样，不住地流淌。

“皇后，您再等一等，皇上会来的。”凌玉担心许皇后绝命于世，故意拖延时间，安慰道。

许皇后摇摇头。凌玉搬过一把木凳，放在许皇后身旁。

许皇后转过身体，走至床前，看了看两个包裹，指着其中一个包裹说：

“凌玉，请你想办法把这个包裹送到我的山东老家。”

“皇后，我一定托人送到。”

“你千万记住，一定说我还活着。”

“皇后，请您放心！”凌玉的双眸涌出泪珠。

许皇后伸手拿起另一个包裹，递向凌玉道：

“凌玉，这是我的一点心意，请你收下！”

“不……不……”凌玉向后退缩着，哭泣地说道，“我，我，我没脸要你的东西……”

“这里边全是我喜欢的衣裙，留着你穿吧。”

“皇后……”凌玉双手接过包裹，“扑通”一声，双膝跪地。

许皇后伸手扶起凌玉，非常诚恳而又歉疚地道：

“凌玉，往日全都过去了，我的脾气不好，请你原谅吧！”

“皇后，您不要说了，是我不好！”

许皇后迈步至几前，从容不迫地拿起那壶鸩酒。

“皇后！”凌玉扔下包裹，急忙跑过去，欲从许皇后手中抢夺鸩酒。

许皇后用力一推，将凌玉推了个踉跄，而后她快速拧开壶盖，把鸩酒倒入口中，使劲儿吞咽。

“皇后！”凌玉拼命地疾呼道。

许皇后顿觉腹内一阵剧痛，踉踉跄跄，难以支立，天旋地转，双目呆直。她“咣当”一声，栽倒在地……

“皇后，皇后，皇后！”凌玉大声哭喊着。

“轰隆隆……”雷声惊天动地。

外面的暴雨越下越大。

第八章　忠谏而不纳

许皇后离开人间的第二天，成帝好像什么事情都没有发生一样。起床后，洗漱完毕，用过早膳，就赶忙到书房，重新审看他昨天草草批阅的奏帛。他在审阅奏帛过程中，脑海里不住地回味昨天发生的事情。

女史曹伟给他带来了意想不到的欢快。他深深感到，远条宫与昭阳舍宫的赵氏姊妹虽说是给他的生活注入了活力，但是由于宜主和合德一直不能为他生下皇嗣，眼看着汉家基业后继无人，他不得不另求新欢。他坚信，曹伟能够为他生下一位聪明伶俐的子嗣。

遗憾的是，昨天午前，昭阳舍宫的宦者令任善来到华玉殿，请他去用午膳，偏偏与曹伟走了个对面，任善非将此事告诉合德不可。再加上他觉得身体不适，精力不足，不但午膳、晚膳没能回昭阳舍宫吃，而且昨夜独自住在了华玉殿寝宫。赵合德看他看得比当年的许皇后还紧。今后，她肯定监视他的行动！

成帝正在思索之际，赵合德果真走进华玉殿书房。他看到她的态度很沉静，没有丝毫责怨的样子，并且一再叮嘱他要注意保重龙体。他当然很是感激她。

赵合德从任善口中已经知道昨天的事情，但是她没有追问成帝。因为成帝只要不在昭阳舍宫过夜，就说去远条宫了。但是，赵合德也不好意思去找姐姐询问。姐姐那里还有燕赤凤经常出入。她正思来想去的时候，赵飞燕来到昭阳舍宫，主动提出将燕赤凤让于她遣用，继续警卫昭阳舍宫的安全。她非常感谢姐姐的一片好心，可姐姐也很需要燕赤凤，且自己又想把握住成帝。她想来想去，想出了一个万全之策，于是前来求见成帝。

她向成帝诚恳地请求，为了确保她们赵氏姊妹的安全，请陛下恩准燕赤凤可随时出入远条宫与昭阳舍宫；鉴于两宫相隔较远，燕赤凤往来未免不便，遂乞陛下在两宫之间另筑一室，以便与两宫相连。

成帝立即应允赵合德的请奏，何况当年燕赤凤还救过自己的命。只是成帝还没有觉察出赵合德的真正用意——这不仅随时可以召唤燕赤凤，而且可以通过燕赤凤了解成帝的行踪，便于她们姊妹有力地监视成帝的去向。

当下，成帝拟写诏书，命人施工，抓紧营造，限于三个月完工，并取名为少嫔馆。

消息很快传出，还没等少嫔馆破土动工，朝中一些卿臣就知道了，光禄大夫刘向，水衡都尉、光禄大夫班伯急匆匆赶到华玉殿，面见成帝。成帝一见二位谏臣到来，马上意识到他俩的来意，十有八九为了阻止营建少嫔馆。

果然，刘向、班伯求见成帝，就是为了这件事。

成帝即位之初，曾亲自推行节俭，最早营建的坟陵，规模较小，天下人无不称颂皇帝贤明。然而误听信于将作大匠解万年的建议，将初陵改迁至昌陵，诡称昌陵三年便可修成。此工程需从东山运土，填平低洼之处，运费昂贵，土价几乎与谷价相等，并且挖掘百姓的坟墓，重建村镇、营建居民房屋，耗资近百亿钱之巨，使得天下虚耗，百姓疲劳。

据此，谏大夫刘向携其他正直谏臣，苦口婆心地劝说成帝。成帝听后，感慨不已地说："夫'过而不改，是谓过矣'！"随即命令撤建昌陵，恢复以前的初陵，而且不再迁移吏民，使天下人心安定。

这次，刘向、班伯对成帝仍抱有很大的希望，劝说成帝万万不可为一两位嫔妃修建不必要的宫殿，以防耗资过大，给天下人留下话柄。他俩诚望成帝发扬以前的俭朴作风，为国家和百姓着想。刘向坦诚地奏道：

"启奏陛下！三年前，我曾赠送您三部书：《新序》《说苑》和《列女传》，不知您在日理万机之中，抽暇审视过这些拙作没有？微臣愚见，国家之道德风化教育，应该由内及外，先从陛下身边的人开始，于是吾摘录《诗经》《书经》所载贤妃、贞妇兴国显家之事迹，以及君王因宠爱嫔妃而造成天下大乱、国家灭亡的故事，按次序编成共有八篇的《列女传》。书中含义虽然浅显，但无非敬请陛下轻色重德，修身齐家，抚慰百姓，安邦定国！”

“启奏陛下！微臣亦认为刘大人所言极是，其道理深邃，语重心长，确系放之四海而皆准之道理！”侍中、水衡都尉、光禄大夫班伯双手抱拳，屈身打躬道，“诚望陛下收回营建少嫔馆之诏书，以效仿历代明君，不可走夏、商、周三代末主之道路。陛下万岁，鉴察思之！”

成帝的那颗心虽早已沉湎于酒色之中，但听了刘、班二位谏臣的忠言诚语，似乎受到很大触动，从感情到态度，从言语到道理，他的心感到格外舒熨和明亮。他感慨道：

“刘大人、班爱卿，尔等为我刘氏江山呕心沥血，忠心耿耿，朕一定铭记在心。至于是否营造少嫔馆，朕尚需审慎处之，请二位大人放心！”

刘、班见成帝纳谏态度诚恳，丝毫没有反感，只是未能断然收回君命，对于建造少嫔馆还是半推半就。可是，卿臣上谏乃卿臣之义务，陛下纳谏系陛下之权力。他俩一看，此次劝谏也只好告一段落，便躬身抱拳，向陛下施拜，告辞离去。

半个多月过去了，少嫔馆的营造搁浅了！

一天夜间，成帝又一次临幸昭阳舍宫。他怀着那颗火辣辣的心，走进温柔乡。他闻到浓浓的胭脂香味儿，如兰之馨，接着，他一眼瞧见沐浴刚罢的赵合德，烛光映照着她那赤条条的胴体，皮肤仍像往常，洁白无瑕，莹润如玉；那满头秀发又黑又亮，垂落飘洒于脊背之后；光洁的身子躺卧在掀开的帷帐之内，胜过芙蓉出水。与其说她在等待他畅快共欢，莫如说她在企盼他欣赏。他用贪婪的目光，盯着她那世人罕见的玉体……

他脱掉了袍服、裤袜，赤身走了过去。

她眯缝着秀眸，笑吟吟地望着。

他又像往日一样，一下子将她搂在怀里，欲加温存。他万万没有想到，她竟然用双臂猛力一推，将他推翻在床上。

他愣住了！

她一骨碌从床上爬起来，气喘吁吁，面色严峻。

“合德，你这是怎么啦？”成帝疑惑不解地问道。

“你自己做的事情还不知道吗？”赵合德眼皮不抬，冷冷地甩了一句。

“我，我……我没做什么呀！”成帝误以为赵合德暗指他与曹伟的事情，顿觉语塞。

“你好好想想！”赵合德像是抓住把柄一样，继续逼问，“到底做了什么不应该的事情？”

“我什么都没做，你应相信我！”成帝一口否定。他心想，做这等事情只要无凭无据，就不能承认。

赵合德一看成帝那惊吓的神态，“扑哧”一声笑了。她缓和了一下口气，道：“瞧你那样儿，看把你吓的，谁问你那个呢！”

“那你……”成帝还是不知她所指何意。

“亏您还是一国之君，记忆力这么差！”合德说着朝成帝甩了一个妩媚的眼神。

成帝极力回顾近日所做的事情，忽然想起来了！哦，对！是这件事。他笑了笑，说：“合德，你是说，营建少嫔馆的事儿吧？”

“是啊！陛下，你怎么出尔反尔，说停就停呢？”赵合德的面孔又严肃起来。

“合德，你听我说，”成帝拽住合德的手臂，耐心地道，“一些重臣建议，国家尚且困难，百姓也很贫苦，皇家不宜建设耗资过大的宫舍。”

“哪些重臣建议，不就是那个刘向吗？况且少嫔馆的耗资也不会太大，怎么能涉及国家困难、百姓贫苦呢？！”赵合德皱了皱眉头，极为藐视地道，“哼！太不像话啦，陛下要办的事情，大臣也敢出来阻挠！”

“合德……”

“我不听！”赵合德似乎怒上心头，猛地抽回手臂。

“合德，你不能那样说。谏大夫的忠言全是为了咱们好，如果皇家处事不当，那将会失去民心。俗话说，国泰民心顺，官清民自安。”成帝试图说服赵合德，让她能够理解停建少嫔馆的决策。

“陛下，您说，是卿臣们对您好，还是我对您好？”赵合德使了个佳人攻心术。

成帝怎也没想到，赵合德竟会提出这样的问题。他看了看她那雪白嫩滑的肌体，娇柔多情的媚态，不禁心动神飞，说道："当然是你对朕好啦！"

"陛下！"赵合德猛一飞身，张开双臂，紧紧地抱住成帝的脖颈，不住地亲吻他的脸颊，使得他陶醉于甜蜜的幸福之中。她趁此机会，娇嗔地逼问道："既然我对你好，你为何不听我的呢？"

成帝又一次被合德昭仪征服了。

刘向、班伯听说成帝又发出少嫔馆施工的诏书，彻底推翻了他俩的谏奏。他俩急忙赶到施工现场察看。

少嫔馆的兴建确实开工了。青砖绿瓦、汉白玉石、松柏圆木等施工原料，堆满了工地。一些泥瓦匠、凿石匠、木匠也都开始紧张地劳作。

刘向、班伯看后长长地叹了一口气，两人互相看了看，无可奈何地走出工地。

少嫔馆的施工兴建总算是平静下来了。连刘向、班伯这样才识广、威望高的谏臣，都没有劝止住成帝，谁还有胆量随便议论这件事呢？

赵飞燕、赵合德姊妹俩心中得到满足，一齐赶至华玉殿书房，求见成帝，表示深深的谢意。

生活上的追求，乃至政治上的向往，一直是她们赵氏姊妹所共同关心的。尤其是赵飞燕，其政治上的成熟，远远超过妹妹赵合德，她在处心积虑地思考着成帝在每一时期、每一阶段所要关心和待办的政务。她知道成帝在思考册封他的表弟王莽为大司马的问题，于是她主动提醒成帝，应抓紧办理晋封新都侯、光禄大夫、侍中王莽为大司马之事。此前最早上书保荐王莽担任大司马的是曲阳侯王根，王根在奏帛上称赞王莽忠心正直、德义可风，再三表示王莽可代替自己，任用此人掌管兵权是较为合适的人选。今天，赵飞燕是继曲阳侯王根之后第二位举荐王莽的。成帝需要周围人的支持。他由衷地赏识赵飞燕的敏锐洞察力，无限感激地道："飞燕，您不愧为后宫之主！"

当天夜晚，成帝突然临幸远条宫。

刚刚洗沐完毕的赵飞燕，在宫女们的陪同下，回到寝宫内。她还没坐稳，忽然见成帝随一位小宦官走了进来，她又惊又喜，那颗高兴和企盼的心，腾的一下差点儿蹦了出来。她身披氅衣，倏地站起，急匆匆地迎上前，屈身下拜，道："陛下光临，恕臣妾未曾迎接之罪！"

“飞燕快快平身！”成帝俯身搀起飞燕。

成帝仔细打量着准备入睡的飞燕皇后，双眸含情，唇如抹朱，两腮粉红，脖颈白嫩，款步行走，体轻似燕，身材苗条，腰骨纤细，其姿色虽不如合德昭仪那样妩媚引人，但在后宫诸多嫔妃中比较起来，亦可谓万中挑一，百花丛中最鲜艳的一朵。

他用双手拉住了她的双手。

她不好意思地低下了头。

成帝今夜临幸远条宫，是近几年来罕见的一次。

姜秋、姜霜她俩一人捧着热茶，一人端着荔枝，蹑手蹑脚地走了进来。

“飞燕，你怎么啦？”成帝很喜欢飞燕那纤细的身姿，特别是那种羞涩多情的神态，更使他感到坐卧不宁、急不可耐。

“没什么……”她白净的脸蛋热烘烘的，一下子泛出兴奋的红晕。

两人似乎有许多话要说，但谁也说不出来，都感到窘迫难言。

赵飞燕先是给成帝端来一碗热茶，但是成帝摇了摇头；后又给成帝端来那盘荔枝，成帝仍未动手，索性，她用手剥开一颗又紫又红的荔枝，塞到成帝嘴里。

成帝笑着吃掉了这颗荔枝。然后，把她拉到床上，帮她脱掉氅衣，随即吹灭了蜡烛……

翌日，成帝在麒麟阁的西暖室，召集高陵侯、丞相翟方进，御史大夫孔光，左曹中郎将、光禄大夫、关内侯段会宗，光禄大夫师丹，光禄大夫刘向，议论拟提王莽为大司马之事。

开始，成帝命翟方进宣读了侍中、光禄大夫、新都侯王莽的家世简历、主要业绩及其关心朝政的十余封重要谏奏；而后，成帝又命麒麟阁的马司直，找来曲阳侯、原大司马王根保荐王莽的奏帛，交翟丞相宣读。继而，成帝让大家各抒己见。

师丹率先发言。他认为王莽处事审慎，为人谦恭，对国忠诚，对民爱抚，且从小受家教甚严，好学上进，博览史书，可谓才高德重，国家栋梁。大司马人选非王莽莫属。

孔光亦赞同师丹奏言。他与王莽素日交往密切，所言所事，确实慎而又慎，尤其对刘汉江山忠诚不贰，对成帝的旨意坚决照办。

一直在边关就职的段会宗，对朝中之事了解甚微，但他对新都侯王莽尚有耳闻，不过褒贬不一，所以他一下子拿不出确切的评价。他不愿随波逐流，也不愿主观臆断，不知而妄言必造成大过！于是，他向成帝和各位大臣讲了自己的心里话。

翟方进对王莽的优缺点了如指掌，但对其一贯忠言且又城府过深，心内颇有疑虑。然而因受天子器重，不敢违君抗诏。平日他善于揣摩成帝的心思，所奏之事无不合乎成帝的心愿。当淳于长受重用时，他只与淳于长结交，并在成帝面前予以称赞和推荐，结果淳于长犯大逆罪被处死。虽然，成帝不仅没有怪罪，反而认为翟方进是朝廷重臣，极力为他掩饰。他内心惭愧，上疏请求贬职。但成帝再三劝解和挽留，他才得以继续任职。为了报答圣恩，他上奉帛书，分列条目弹劾与淳于长亲近友善的京兆尹孙宝、右扶风萧育等人，因他指控而被罢免的刺史、二千石以上的大臣有二十余人。现在，他认真反思，不敢妄言，唯恐王莽将来的作为比淳于长还甚，但成帝的心思他很清楚，这件事真让他左右为难。他准备听听刘向的谏言，再表明自己的态度。他睨视着这位胸怀坦荡、耿耿直直的谏臣刘向，暂且默然缄口。

汉成帝也在看着光禄大夫刘向。

刘向早已发现众人在注视着自己，但是一想到成帝不会采纳他的忠言佳谏，话到唇边又咽了回去。

“刘大人，请你直言，朕还要听听你的见解。”成帝看出刘向对册封新都侯有不同意见，便催促道。

“陛下，微臣再忠，直谏再佳，有何用呢？”刘向态度冰冷，无可奈何地道。

“刘大人，话可不能这么说。”成帝没有因刘向的不恭而动怒，他知道刘向的才识与智慧非一般卿臣所及，况刘向又是汉皇族楚元王刘交四世孙，所以对刘向不但不怪罪，反而格外尊重。至于刘向不想开口，成帝心知肚明，无非是对少嫔馆复工不满，于是婉言劝道，“你的奏言，朕没能全部采纳，可心底知忠善，况又诚心听之。你素常直谏无畏，今日缄口不可思议！”

“陛下既然如此厚爱微臣，那么微臣可壮胆直言了！”刘向说着欠身离座。

成帝听后，点点额首。

翟方进心想，这下可好啦，有刘向直谏，王莽晋升大有可能休矣！他以仰慕的目光看着刘向。

“陛下圣明！”刘向因事先了解到成帝欲册封王莽，因此早已拟就一份奏书，于是从袍袖内掏出，展开读道，“臣闻，圣帝明王常以败乱自戒，不讳废兴，故臣敢极陈愚昧之见解。国家用人应四海选拔，唯才是举，不应拘于外戚，唯亲任人。然而当今圣朝，外戚王氏一姓，任二千石以上官秩者达二十三人，其中九人封侯，秉事用权，骄奢不法，依太后之尊，假甥舅之亲，以为威重。司马、尚书、九卿、州牧、郡守等要职，皆出其门。他们掌管机要，控制国家，歌功颂德者擢升，直言敢谏者受罚。从上古至今，外戚专权尊贵，但自来无此突出。故引起接踵而来的兵荒马乱，恐动摇汉家国本。且今日又要晋封外戚王莽——王太后家侄为大司马，岂不重蹈覆辙?！以上谏述，望君省察。微臣刘向叩上。”

众人听后，深受触动。

“刘大人，呈上来。”

“遵命！”刘向双手捧着奏帛，递交成帝。

成帝接过奏书，又仔细阅览一遍。

刘向担心成帝图虚荣，好面子，接受不了这样刺耳的谏书，便又补充道：“陛下，自古以来，圣君纳谏当纳其意，贤臣直谏当献其心！微臣所述，倘若不当，望陛下以装天下大事之胸怀给予宽谅。有道是，甘瓜抱苦蒂，美枣生荆棘！”

“陛下！”翟方进欠身打躬道，“依微臣愚见，刘大人所奏言简意深，史事醒人，诚请陛下三思再断！”

“刘大人奏书难得，道理深刻。你且勿言，容我深思再虑！”成帝合上奏帛，起身至窗前，凝视窗外。

身为老臣的师丹，本意坚持拥护成帝册封新都侯，但听了刘向的谏言奏书之后，亦感颇有道理，不便逆刘向再辩，可又觉得王莽晋封不能，实为可惜。他看了看成帝，知其决心难下，便采取了折中的态度，亦上前打躬施礼，道：“陛下，依老朽拙见，国家遴选大司马，乃属‘三公’重要人才之一，且又执掌军事大权，关系社稷安危，故万万不可草率行事。究竟何人为宜，诚请陛下明察！”

成帝听了师丹的谏言，似乎受了很大的震动，脑海中急剧地翻腾，认真地思索。

是啊，师丹的这番话，如重锤般地敲击了众人的心弦！最终，成帝暂未提升新都侯。

数日后，新都侯王莽亲自到曲阳侯府，探望二伯父王根。

王根的精神好多了。他见贤侄又来府看望，心里很高兴。他先是问候王莽的老母亲，以及妻室、儿女的身体，后又询问王莽赴朝参政、理政等情况。王莽一一作答，并表示感谢。

王莽的晋升一直是王根的心病。王根自从向成帝保荐王莽担任大司马以来，几乎天天派人到宫廷打探消息。他本以为此奏能够成功，但没想到事与愿违，昨天突然收到一封御笔亲书，成帝在书信中谈到，为避免外戚掌重权之嫌，新都侯王莽之提升暂缓。他打心底接受不了这个现实，但又一想，君无戏言，不可触怒君颜。他婉转地将这件事告诉了王莽，再三叮嘱，不可流露丝毫不满。

出乎意料，王莽听罢曲阳侯一番话后，没有任何惊诧或恼怒，而是非常冷静和谦逊。并一再请伯父大人放心，对此不必耗神挂牵。他在临离开曲阳侯府时，为感谢二伯父保举推荐之盛恩，撩袍屈身，跪伏于尘，一连叩了三拜。

王莽回到新都侯府，他的情绪仍是那样饱满和振作，好像什么事情都没发生一样。他同往常一样，按时理政，管好府邸。府中上下人等，无不佩服王莽的豁达和贤仁。他同妻子王氏，唯谨孝顺萱堂王渠老夫人，热心待遇寡嫂，对仆人、丫鬟亦很关心。新都侯府，一片祥和。

王莽对自己的要求更加严格了。他让妻子找出从前穿过的旧袍服和旧履袜，洗净晾干之后，继续穿用，其恭俭朴素之作风，与寒士相同。他的妻子王氏更是贤淑勤俭，从不以故相宜春侯王䜣曾孙女自居，虽说是出身豪门之大家闺秀，但艰苦度日、任劳任怨的品德和毅力，胜似农家妇女。她身上穿的一件蓝色衣裙，已有若干年，缝了又缝，补了又补。即使宾客上门，误拿她当佣人，她也毫不在乎。她常对子女说，勤以养德，俭可净心。而对外，王莽注意结交朋友，礼貌更加周到，毫无惰容和冷待。他对人对友慷慨大方，折节下交，每月所得俸禄，往往将大半赠给贫苦宾客，使得家中无有余财。因此，王莽名高德重，超过诸位伯父、叔父，可谓闻望日隆，众人赞佩！

王莽和妻子王氏对家教抓得更紧，经常把四子和二女叫到一起，向他们传授仁、义、礼、智、信，讲解读书与做人、克己与交友的道理和方法。孩子们对父母的教诲和管教，虚心听取，百依百顺。这在侯门家族里，也是罕见的。

一天，王莽正在书房里看书，他的二儿子王获突然闯了进来，哭号着跪在面前，道："父亲！我，我，我……我对不起您……"

"王获，出了什么事啦？"王莽焦急地问道。

"父亲，我不慎失手将家奴……打死了……"王获毫不隐讳地讲出了自己的罪责。

"啊！你不要命了？！"王莽震惊了。他怒视王获，久久说不出话来。

"我，我有罪！"王获说着将头触到地上。

"目无王法，胆大包天！"王莽走向王获，切齿怒恨，厉声道。

"我请求父亲，重重地责罚我！"

"哼，你能逃脱得了吗？！"王莽气得来回踱步。他心想，这下子可砸了新都侯府的牌子，二十余年的苦心经营、谨慎处事，没想到顷刻之间，新都侯府的声誉毁于王获之手。他咆哮道："你把我的功名、全府的声誉，全都给毁掉了！你还有何脸面见我？"

"父亲……"王获哭泣着喊道。

"老爷，老爷……"王氏哭叫着，疾步进入书房，一看二儿子王获跪在丈夫身边，丈夫气得脸色铁青，便把刚才了解到的事实真相，告诉丈夫道，"老爷，请不要过于动怒，保重身体要紧。获儿惹了大祸，应以家法惩罚。但刚才妾身调查明白，家奴不该私拿衣物，实属盗窃行为，严重违反府规，致使获儿气愤难抑，持鞭殴打家奴，结果失手，酿成大祸！"

"家奴触犯府规，可以酌情惩处，但获儿不该弄出人命来。这件事传扬出去，我怎么向外人解释？"王莽又气又恨。

"该死的王获！"王氏走了过去，"啪"的一声，打了王获一个耳光。

"母亲……您打吧，您骂吧，孩儿犯了大罪，理应受到惩罚！"王获深知自己闯下大祸，任凭父母责罚，他什么怨言也没有。

“来人哪！”王莽喊道。

舍人王谦携两个家丁走了进来。

“王谦，你把这个孽子关到冷房里去！”王莽用手指着王获，眼睛看着王谦，命令道。

“老爷……”王谦不忍照办，用乞求的目光看着王莽道。

“快带出去。”王莽严厉地喊道。

“是。”王谦应声后，一挥手道，“带走！”

两个家丁大步向前，用手架起王获。

“父亲、母亲，你们要保重啊！”王获被他们拖出门外。

善良的王氏望着被拖走的二儿子的背影，眼泪“吧嗒吧嗒”地滚落下来。她那颗慈母之心如刀绞般地疼痛，脑海中感到一片空白，一时觉得天昏地暗，无着无落。她强打精神，走出书房。

一直在书房门外等候的贴身丫鬟，一看王氏夫人走了出来，急忙上前搀扶，将她送到卧室里。

她躺在床上，望着房顶，泪水流淌不止。她在琢磨，苦心琢磨，如何搭救二儿子王获……

这天下午，王谦走进书房，向正在发呆的新都侯禀告，光禄大夫师丹欲进府看望。王莽一听德高望重的老臣师丹来见，赶忙吩咐王谦回话，就说新都侯、晚辈王莽有请！请师大人到客厅叙话。

王莽又赶忙吩咐仆人、丫鬟，准备热茶、瓜果、点心等。

而后，他在院内等候、迎接光禄大夫师丹。不一会儿，师丹随王谦走进府邸。王莽急匆匆上前施礼参拜，师丹赶忙还礼回拜。

师丹在王莽的陪同下，走进客厅。师丹一看，厅内陈设虽然简陋，但朴素大方，幽雅清静，桌几、木椅已擦拭干净，几上摆好了香茶、水果、点心等。师丹心想，新都侯府待客热情，名不虚传。

宾主坐好，仆人和丫鬟朝王莽、师丹施拜祝福，之后转身退了出去。

王莽、师丹互相问候了一番，彼此敬重而又仰慕。王莽再三感谢师大人光临，请师大人吃茶、用水果。而师丹什么都不吃，显然因有事来到新都侯府。

经询问，王莽才知道师大人是为了王获之事赶来新都侯府的。他马上意识到，这是妻子派人请来了师大人，旨在为二子王获讲情开脱。

师丹首先肯定了新都侯重家教、教子严，后又分析了王获执行府规失手打死家奴的前因后果，认为在侯门九卿府中杀死一两个家奴，本属常事，且这个家奴偷拿东西，犯了府规，没有什么值得大惊小怪的！

这位老臣所言，新都侯心领神会，无非是想让他宽容自己的儿子，不要采取过激手段。可是当新都侯向师丹请教如何处置二子王获的时候，师丹卡了壳，半天回答不了。许久，只见师丹站起身来，忽然想出一个主意，道：

"王大人，你何不效仿前人萧何的七世孙酂侯萧获呢？让王获去边关从役嘛！"

"萧获是什么家族出身，而我儿王获又是什么家族出身，两人不可类比。"王莽不太赞同光禄大夫师丹的建议。

"唉！王大人，这个历史故事，你就不如我清楚了。"师丹稍加思索后，向新都侯讲述道，"从前，老酂侯、相国萧何的子孙继承爵位，确有反反复复，或因无子，或因犯罪，被免去爵位撤销封国的情况，共有五次。吕后、文帝、景帝、武帝、宣帝念及萧何的功劳，都让萧何的庶子庶孙继承爵位。这年，萧何的七世孙酂侯萧获，因指使奴仆杀人而触犯刑法，比起王获来要严重得多，但是皇上减除其死刑，不毁伤身体，罚苦役三年。因此，老朽提出对王获的惩处和惩处的方式，是有根据的，也是符合情理的！"

王莽站起身，听着光禄大夫师丹的讲述。他反复思索，前后比较，还是感到这样处理王获不妥，杀人者应偿命！可又一想，年已七旬的师大人，出于一片好心，我怎么能草率地顶回去呢？他点了点头，道：

"好，好！师大人言之有理，我再仔细想想！"

光禄大夫师丹以为新都侯接受了自己的意见，便抱拳告辞，走出客厅。

王莽抱拳还礼，随光禄大夫师丹朝府门走去，将师丹一直送至府门外。

晚上，王莽同妻子王氏躺在床上，两人翻来覆去，谁也睡不着。王莽思来想去，还是担心王获之罪责被张扬出去，影响新都侯府的威信，影响他在仕途上的飞黄腾达，所以他还不能完全接受光禄大夫师丹的劝慰和建议。而他的妻子王氏恰恰把希望寄托在师丹身上，丈夫尊重贤臣良将，尤其注意听取元老的意见，怎么也能给师大人面子，因此她比较放心丈夫，估计丈夫明日定会赦免二子王获的。她是一位母亲，一位善良的母亲，当然要想到儿子的安危。在她看来，名声再重要，也没有儿子重要；做官再荣耀，也没有儿子金贵！

三天过去了，王获仍然被关闭在冷房里。

王获的饮食，由王莽亲自安排。王氏去膳房询问，师傅们说，前三天老爷指示，只需给二少爷粗茶淡饭；而今天老爷叮嘱，要给二少爷做大米饭，炒细菜，并让拿去一壶白酒，我们全都照办了。

王氏一听，吓了一身冷汗，立刻转身向冷房跑去。

新都侯府舍人王谦一直盯护着王氏，他紧随着她一溜儿小跑，奔往冷房。

冷房的门敞开着。

王氏进门一看，二子王获直挺挺地躺在一块长条木板上，他闭着双目，面色铁青，七窍流血，袍衫上沾着土垢；旁边摆着吃剩下的米饭、肉菜，还有那壶白酒，身旁倒着那敞开口的鸩酒瓶。王氏心头一震，如雷轰顶，“啊”的一声，扑了过去，扑倒在王获遗体上，大声哭喊道：

“获儿，你死得太苦了！获儿，为娘来得太迟了！获儿，获儿，娘对不起你呀！获儿……”

“夫人，夫人，夫人！”王谦走上前，劝喊道，“夫人，您要保重身体呀！”

“获儿，你再睁开眼，看看娘吧，获儿……”王氏悲痛难抑，继续哭叫着。

王谦向旁边的两个丫鬟摆了一下手，两个丫鬟急忙上前搀扶王氏。

“夫人，请回吧！”王谦劝说道。

“获儿！”王氏欠起身，用手帕擦拭泪痕。她回头询问道，“王谦，老爷哪儿去了？”

“回禀夫人，老爷上朝去了。”王谦打躬道。

“获儿的后事怎么办？”王氏不放心地问道。

“请夫人放心！老爷临走前已经吩咐过了，鉴于二少爷履行家规，德义为先，无畏无惧，给予大礼安葬！”

“不知给获儿预备何等棺木？”王氏因疼怜二子王获，又进而询问。

“内装松木棺材，外套柏木棺椁！”王谦逐一回答。唯恐王夫人不满意，便和盘托出，“老爷还指示我们，将二少爷的灵柩和灵堂设置在前院，吹奏三天，以供宾客祭奠，而后再送行安葬！”

“王谦，你，你就费心吧！”王氏噙着泪珠，叮嘱道。她在两位丫鬟的搀扶下，走出冷房，奔向卧室。她仰望天空，泣声喊道，“苍天哪！我咋这么命苦啊……”

王谦见王夫人哭喊着走了，心里亦格外酸痛，眼眶里晃动着泪珠。他指挥两个男仆，整理王获的遗体，并协助他俩抬起王获，朝前院走去。

侯府的二门内，搭了一个大席棚。棚柱上挂着黑纱，几上竖着灵牌，上写“王获英灵千古”。灵牌前摆着香炉、果品。几前还设有一个烧纸瓦盆。两侧坐着穿戴孝服的府中嫡系亲属，其中有新都侯的长子、三子、四子、长女和次女，他们满脸悲痛，泪水不干。

靠灵堂里边，便是王获的灵柩。灵柩两旁侍立着披麻戴孝的仆人和丫鬟。

灵堂一角，坐着一群吹鼓手。霎时，钟鼓敲响，唢呐齐奏，笙竽哀鸣，箫管低沉，一曲苍凉而又揪人心弦的悲音响彻府邸。

子时过半，身穿大司马武官朝服的新都侯王莽下朝回府。他身后，还跟随四名持刃卫士。当他走入府门时，一眼便看见二门内的灵堂，他的心“咯噔”一下，两条腿软了，立即停住了脚步。

这时，舍人王谦走出二门，迎上前去，躬身施礼，道：“小人王谦，迎接侯爷！”

王莽的一双眼睛仍在注视灵堂，注视二子王获的灵堂。他对王谦的问候没有答言。

他身后的一名卫士走了过来，对王谦说道：“你快去通知全府上下人等，就说新都侯王大人已被圣上册封为大司马将军！”

还没等王谦反应过来，王莽立刻摆手制止，道：

“不必！不要向众人说这件事。”

“是，小人遵命！”王谦屈身抱拳。

王莽迈步直奔灵堂。

灵堂内，众人见王莽身穿崭新的武官朝服下朝归来，一下子惊愕了！以前，王莽头戴五梁进贤冠，身穿盘领右衽文官朝服，下着黑色丝罗裤，脚蹬平头薄底布履，是地道的三品文官着装。而今日，他头戴鹖冠，身穿宽大肥硕的战袍，胸前“补子”镶有雄狮、云日和海浪等纹饰，玉带系于腰间，下着亮晶晶的铠甲战裤，脚蹬高头云履，此乃一品武官。众人急忙跪于尘埃，伏身叩拜，道：“参拜老爷！”

王莽挥了挥手，令众人平身。

待众人起身后，只见王夫人眼含泪水，从灵柩一侧走到灵堂前，她身旁跟随舍人王谦和贴身丫鬟。她一眼看见了丈夫王莽。王莽之崭新穿戴与府中料理儿子丧事极不协调；他的官位虽升为大司马将军，但与丧子的损失比较起来，是得不偿失的。她轻移脚步，上前施拜，道：

“大司马将军，妾身向您请安！”

“夫人，您……”王莽听到妻子对他这样的称谓和问候，心里不是滋味，赶紧上前搀扶。他对于威逼儿子服毒毙命，深感愧疚。

突然，一位仆人由府门跑了过来，向他禀告道：

“老爷，朝中来了许多大人，欲进府向您祝贺！”

“啊？！”王莽听到仆人的禀报声，惊住了！停了片刻，他对仆人说，“有请各位大人！”

“是！”仆人应声领命而去。

王莽命令王谦，让乐师们停止吹奏。

而后，王莽携王夫人至二门外，迎候朝中诸位卿臣。

少顷，高陵侯、丞相翟方进，御史大夫孔光，光禄大夫师丹，光禄大夫许商，右将军廉褒，京兆尹何武，侍御史孙越，屯骑校尉宫浩，安成侯王崇，高平侯王逢时，还有曲阳侯府王根之舍人朴巨龙、远条宫之中少府王盛等人。

唯不见光禄大夫刘向，水衡都尉、侍中、光禄大夫班伯。

这两位谏臣的诚挚谏书被成帝拒绝，新都侯照常得以升迁。因而他俩是不会来王莽府邸的。

“大司马将军在上，我等特此前来祝贺！”各位卿臣和宦官等人躬身抱拳、施礼恭拜。

“末将王莽及内人王氏，感恩诚谢列位大人！”王莽说罢，携夫人王氏，一齐屈体打躬。

众人仔细端详大司马将军、新都侯王莽。只见他三十八岁，英姿勃勃，仪态威严，潇洒干练，长长眉毛，炯炯目光，悬胆鼻梁，厚厚嘴唇，两腮肌肉棱角分明，短髯胡须浓而又重。然而那双圆瞪的大眼，看后令人心惊胆寒。

“列位大人，请厅堂就座！”王莽挥手道。

“谢大司马将军！”各位卿臣说罢，随舍人王谦朝院内行走。他们步入二门后，猛然间发现灵堂，全都惊呆了！

王莽急忙向王谦打着赶快引进的手势。

王谦一边疾走，一边招呼各位同僚。众人听后则又快步穿过灵堂，朝客厅走去。

王莽越过灵堂，行至二子王获灵柩前，用手猛击棺椁，泣声哭道：“我的孩子呀。”

悲苍而凄楚的乐声又开始奏起……

第九章　媾和盼皇嗣

少嫔馆落成了。

这是后宫新近增建的一所非常漂亮而又新颖别致的宫舍。

赵飞燕皇后、赵合德昭仪接到中常侍郑永的通知后，分别从远条宫、昭阳舍宫赶来，参观刚刚竣工但已装饰完毕的少嫔馆。她俩身后跟随着王盛、姜秋、姜霜、任善、冷艳、冷花等一大群宦官、宫女。

她们来到宫门前，仰首观看。好气派呀！脊楼高高耸起，绿瓦明光锃亮，明柱巍峨壮观，门扇红漆耀眼。门槛上首，悬挂着成帝刘骜亲自书写的“少嫔馆”烫金匾额。未央宫的卫士们侍立于宫门两侧，给皇家增添了庄严森严之感。

宫门被卫士们打开，她们跨入院内，一条雪白石板路又光又平，朝里延伸。前院设有移植松柏，盆栽石榴，龙凤影壁，八角凉亭。她们进入二门后，便是一条幽深画廊，直通中院寝宫。又一细瞧，啊！画廊好似浮桥，下边呈现出一个硕大人造湖！湖水面积虽小于御花园内的昭阳湖，但景色宜人。微风掀起的一排排细浪，闪烁粼光；洒向湖中的一朵朵白云，与日辉映；躺卧水上的一艘艘小船，随风漂摇；藏游水底的一只只青蛙，低吟浅唱；人工移植的一棵棵垂柳，围于岸边；如彩虹般的一孔孔石桥，飞架南北。东西两侧还设有假山、凉亭，周围映衬着水上荷叶。她们如临仙境，流连忘返，舍不得离去。

画廊北端衔接一片平坦而又宽阔的院心。正面则是飞脊刺天、绿瓦青砖、石礅红柱、花纹门窗的寝宫。靠近窗棂下边，摆设着数十盆各式各样的鲜花，散发着芬芳馨香。东西两侧建有附属耳房，虽然低矮一些，但是舒适宽敞。寝宫，除了成帝、赵合德可以居住外，任何人不得居住。所以，其他人包括丫鬟、宦官、卫士，乃至燕赤凤，都只能住在耳房里。

她们穿过画廊，走进院心，仔细察看这里的一切。

她们见少嫔馆的寝宫尽管没有远条宫、昭阳舍宫的那样宏伟，但是比起皇家的行宫别墅来，还要宽绰得多、气派得多！

寝宫入门处，设有客厅，这里摆着案几、木椅和屏风。她们走入客厅，草草观看，没多停留，而是直接奔向卧室、书斋和养心斋。这里边的设施不算豪华，但独具一格，文雅大方。可谓观者不肯辞去，来者愿此栖身。

“合德，这新建的少嫔馆，你可如意了吧？！这回看你还说啥？”赵飞燕心里着实忌妒，斜睨着赵合德。

“姐姐，看你说的。”赵合德听出赵飞燕的讽刺，大度而慷慨地道，“如果姐姐看着满意，那么就请姐姐先来居住！”

“合德，哪个与你争呢！”赵飞燕嗔怨地说道，“少嫔馆营造得好，难道你不满意？”

“姐姐说得对，少嫔馆的建筑确实好。这全是姐姐的主意，小妹我永远记在心中！”赵合德打心底感激赵飞燕。

“别瞎说了，这应该归功于皇上。”赵飞燕白了一眼赵合德。

“是。”赵合德理解赵飞燕说话的含意。

她们正要离开寝宫去往后院时，一个卫士由宫门走来，伏尘禀道：

“启皇后，燕将军奉您之命，赶到少嫔馆，现在宫门外等候。”

“好！来得正好。快请他进来，请他到寝宫前面院心等待。”

“遵命。”卫士应声后，打躬欠身离去。

“王盛，你留下！”赵飞燕又补充一句，“告诉燕将军，就说我们一会儿就回来！”

“是。”王盛屈身待命。

她们走出寝宫，又奔往后院。只见后院也很宽敞，东侧建有膳房、餐厅；西侧矗立着一座小阁楼，楼下有一个六角亭榭，有高有低，陪衬得当；靠北端是门房，门房附近设有马厩、辇库等。后院比较大，但建筑物并不多，因此她们看得不细，行走倒比较快。

“姐姐，咱们回吧，等以后再细看，若不然燕将军等急了。”赵合德心里想着燕赤凤，便着急地催促道。

“鬼丫头，哪里是怕燕将军等急了，分明是你心急想见到他。”赵飞燕毫不客气地将话挑明。

“姐姐，瞧你！”赵合德不好意思地低下了头。

“走，咱们回去。”赵飞燕朝众人挥手道。

她们一饱眼福，参观了整个少嫔馆。当穿过寝宫、来到中院院心时，只见燕赤凤同王盛正在那里侍立等候。

燕赤凤一见赵飞燕、赵合德兴致勃勃地返回，便急忙上前屈体抱拳施礼。赵飞燕、赵合德看见这位心爱的男子、救命恩人来到眼前，心里有种说不出的高兴，马上命他免礼，并赐座。王盛早已备好座椅，随手将木椅放在皇后、昭仪和燕赤凤身后。

英俊威武且又彬彬有礼的男人，往往会令多情的女人动心。燕赤凤是亲眼看着她们姊妹长大成人的，姊妹俩也深受燕赤凤的关照。是燕赤凤推荐她俩进入骊山行宫，从而得到阳阿公主的庇护，令她俩终生难以忘怀。多少年来，赵氏姊妹倾慕燕赤凤的超凡武功及侠肝义胆。近几年来，燕赤凤一直居住在远条宫，同赵飞燕朝夕相处，而同赵合德很少见面。今年，赵飞燕总算答应赵合德，允许燕赤凤往来两宫。少嫔馆建成之日，即是赵合德得到燕赤凤之时。赵合德看到这位相识多年的男子，打心眼儿里喜欢。她问长问短，问这问那，似有说不完的话。赵飞燕早就看到了妹妹对燕赤凤的娇情蜜意，心里暗暗骂道：骚丫头！

燕赤凤被赵合德昭仪问得脸发烫，心发慌，简直是坐卧不宁，神态不安。他从背后抽出那条使用多年的军棍，不住地摆弄，那双虎目再也不敢正视赵氏姊妹了。

“燕将军，我们多年没有看到你挥舞军棍了，你给我们来两招儿，让我们开开眼界，怎么样？”赵飞燕发觉燕赤凤的窘态，便想了个主意，微笑着说道。

“对，燕将军，我们很欣赏你的武功，你要把你的威风亮出来！”

赵合德亦赞同姐姐的提议。

“多谢皇后、昭仪赏脸！”燕赤凤站起身来，躬身施礼道，“末将从命，望多赐教！”

众人立刻闪开，让出一个圆场。

闻听“腾”的一声，燕赤凤飞起一脚，将军棍踢向半空中。只见军棍横着升起，后又竖着落下，燕赤凤不慌不忙，伸出右臂，用手一抓，不偏不倚，握住了军棍。

众人一声惊叹。

“嗖，嗖，嗖……”燕赤凤右手开始舞起军棍，越舞越快，越舞越急，快如行云流水，急似滚雷闪电，直舞得针插不下，水泼不进。旋转如飞的棍影，完完全全遮住了他的雄姿。

众人看得眼花缭乱！

后来，燕赤凤又伸出左手，协助右手，交叉挥舞军棍。只见棍影从前胸到后背，从胯下到头顶，飞旋不止。一缕缕棍光闪过，或银盘遮挡，或明月映照，或冰雪融化，五光十色，气象万千。

赵飞燕、赵合德观后大声叫好。

宦官和宫女们也都齐声喝彩。

燕赤凤舞罢军棍，又跳回圈内，持棍抱拳，向众人致谢。

接着，赵飞燕又命燕赤凤表演一下穿房越脊之轻功。

燕赤凤说了声“遵命”后，抛下军棍，紧紧束衣。只听“嗖”的一声，他纵身跃起，飞至寝宫脊顶上。

人们将目光一下子集中到燕赤凤身上。

燕赤凤脚踏绿瓦，飞来飞去，没有一点声响。他离开房脊，沿墙驰行，如踏平地。忽然，他又一纵身，轻轻地落到画廊顶上。

他从画廊脊顶跃向石桥栏柱，又跃向假山石峰。突然，他倾身跃入水面，足踩荷叶，似蜻蜓点水般地跃身腾飞，轻轻地跳到凉亭上。他向大家挥了挥手，以示表演完毕。

众人报以热烈的掌声。

燕赤凤几个箭步便回到中院院心内。他满脸汗珠，汗水已湿透了束衣束裤。

赵合德赶忙掏出一条丝锦手帕，递于燕赤凤，让他擦拭汗水。

赵飞燕白了一眼赵合德。

赵合德急于得到燕赤凤，而赵飞燕心里确实难以割舍。她之所以能够和妹妹达成协议，请成帝修建少嫔馆，让燕赤凤也居住在这里，目的有两个：一是与妹妹共享其情；二是控制成帝，可让其为成帝效劳，并警卫两宫之安全。赵飞燕心想，话已经说出口，说啥也不能收回来了，否则，身为昭仪的妹妹，又怎能维护和支持她这个皇后呢？她面向燕赤凤认真而严肃地道："燕将军，从今天开始，你同卫士们一起，负责警卫远条宫和昭阳舍宫两宫的安全！"

"末将遵命！"燕赤凤急忙欠身打躬道。

"姐姐，燕壮士住在哪儿啊？"赵合德有些稳不住神，着急地问道。

"急什么！"赵飞燕瞪了一眼赵合德。

燕赤凤默然无声。

赵飞燕又转向燕赤凤，叮嘱道："今晚你就从远条宫搬出，住到少嫔馆。往后，你要多听赵昭仪的调遣！"

"是！"燕赤凤又抱拳打躬。

"好，咱们走吧！"赵飞燕面对众人说道。

赵飞燕、赵合德携众人走出少嫔馆。

当天晚上，心急似火的赵合德，便带领宦者令任善，贴身宫女冷艳、冷花，以及小宦官、宫女们住进了少嫔馆。

燕赤凤见赵合德领着一行人等来到了少嫔馆，心中也有说不出的高兴。多年来，他一直住远条宫，因成帝长期临幸昭阳舍宫，给他同赵飞燕一起欢娱过夜带来了机会。但是，他还从未同赵合德一起畅快过。不料，赵飞燕和赵合德偏偏给他创造了这么一个机会，长期住在少嫔馆，来来往往不会给他带来嫌疑。

这天夜间，燕赤凤在宦者令任善的带领下，走进寝宫内。他在客厅看到成帝和赵昭仪并坐在御座上，便伏身跪拜，祝福成帝和赵昭仪。

成帝令其平身，感谢他从前的救命之恩，叮嘱他注意宫内安全，尽职尽责。

赵合德趁成帝对燕赤凤大有好感之际，毫不忌讳地道：

“燕将军，陛下赏识你的武功和人品，方命你住进少嫔馆，这是陛下对你的信任，也是你自身的造化。日后，你进出少嫔馆，可不必请示通报！”

“多谢陛下洪恩与厚爱，承蒙昭仪恩宠与赐教！末将没齿难忘，永记心怀！”燕赤凤又一抱拳施礼，告辞转身，回到他的东侧耳房去了。

赵合德怀着恋恋不舍的心情，不忍心燕赤凤马上离去，但当着成帝的面又不好意思挽留，只好无可奈何地望着他那走出寝宫的背影。

成帝当然没有发现这些，他仍然向赵合德叙说少嫔馆营造之成功及其来之不易，还特意表示，只要合德昭仪愿意办的事情，哪怕卿臣议论，甚至于遭人指责，他也要千方百计地去完成。赵合德心里尽管想着燕赤凤，但在成帝面前还是假装平静，尤其听到成帝谈论起少嫔馆，这是成帝专门为自己修建的宫舍，享受着其他嫔妃难以得到的殊荣，她对成帝感激涕零，无限殷勤。一会儿让冷艳、冷花端来香茶、水果、点心，一会儿让任善通知膳房，叫御厨们送来米酒、炒菜。她陪着成帝连吃带饮，一直到子夜人静，三星挂在头顶。她发现成帝饮酒饮得汗珠沁于额头，身体有些摇晃，便赶忙命任善将成帝搀到卧室。

她把宦官、宫女们打发走了，自己帮成帝脱去袍服、履袜。而后，她铺好被褥，放下帷帐，躺在成帝身旁。

三天过去了。成帝连续三个夜晚临幸少嫔馆，使得赵合德夜夜桃花泛脸，四肢酥软异常，情欲得以宣泄，内心平静如洗。然而，她精力过旺，仍然昼思夜盼，不忍独眠和寂寞。

白天，成帝上朝去理政，顾不得与赵合德共欢或交谈。赵合德一个人留在少嫔馆，只有大小宦官和宫女们陪伴她，她哪里忍熬得住呢？她几次欲约燕赤凤到寝宫来，但一看到任善、冷艳、冷花等人，便把自己的想法打消下去。而燕赤凤深知宫闱之法规，他虽然看到赵昭仪的贪欲神色，也不敢造次胡来。

第四天的夜晚来临了。

赵合德最盼望的时光就是夜间。她用完晚膳后，走到中院院心散步，等待成帝归来。可是左等不见归，右盼也不见来。她仰首望了望夜空，啊！乌云密布，漆黑一团，冷风不住地刮来，垂柳枝叶唰唰作响。她不愿意观看这阴云之夜，回首看了看寝宫、东西两侧耳房，烛光透过窗棂闪亮着。她将目光移向东侧耳房，窗前映出燕赤凤的身影，她多么想走进去，同这位心爱之人谈谈心里话呀！

突然，“嘎啦啦”一声，惊雷由头顶滚过。

赵合德被吓了一跳，不禁连打几个寒战，那颗心一阵阵紧缩，她顿感身上有些寒冷。一种渴望的情绪被压下去。

冷艳、冷花跑出来，她俩跑到赵合德跟前，请她赶紧回寝宫，告诉她洗沐水已经准备好了。赵合德站在原地没有动身。冷艳提醒她，变天了，会着凉的。赵合德在冷艳、冷花的敦促下，挪动脚步，回到寝宫。

她走入洗沐间，脱掉袍裙、绿裤和履袜，赤身坐在盛有温热水的方池中。她洗着洗着，忽然又听到外边“嘎啦啦……”一阵震耳欲聋的雷声。心想，确实变天了，皇上不会回来了。看来今天夜间，自己要守空房了。

成帝今夜不归，让赵合德猜对了。

他以天气不好为借口，告诉中常侍郑永，不回少嫔馆，住在华玉殿寝宫。郑永遵照他的口谕，顶风冒雨奔少嫔馆，通知那儿的宦者令任善去了。

他将郑永骗走后，便拿起一把伞，悄悄地朝后宫女史曹伟的住处走去。当他途经上林涿沐馆时，忽然见一位女子由院内朝宫门走来。他停住脚步，举起灯笼，仔细观瞧。啊，太漂亮了！这女子如仙子飘落凡尘，身姿修长，举步轻盈，面色如玉，光耀可鉴，蛾眉淡扫，朱唇点点。她披着绛色长帔，上身着深青色袍衫，下身着纯黄色百褶裙，而红纱巾束于秀发。雨夜为之温润，闪电为之生光，其英姿翩翩，潇洒自如，确实惹人爱怜。成帝岂肯离去，他惊叹道：“啊！娇艳菊花，怎能经受风吹雨打！”

“啊！你是何人？”那女子正准备关闭宫门，听到男人的说话声，吓得停住双手。

“姑娘不必害怕！请问，你尊姓大名，芳龄几何？”成帝放下手中灯笼，很有礼貌地问道。

“哦！您是陛下，恕小女子未曾迎驾之罪！”那女子认出了成帝。她在御花园曾见过成帝，但成帝没有注意过她，她急忙屈身施拜，万分惊恐道。

空中雨水淅淅沥沥。不知为什么，头顶上的雨丝停止了。她抬头一看，啊！头上遮盖着一把雨伞，成帝持伞站立在她跟前。她的脸色“忽”的一下变红了，一直红到双耳。她怯怯地喃喃细语，道："陛下，小女子乃下等之人，焉敢劳您大驾！"

"我的问话，你还没回答呢！"成帝那双贪婪的眼睛死死地盯住这位佳人。

"这……"两人在同一把雨伞下，她感到窘迫难言，特别是在皇上面前，她更为紧张。她等了许久，一直低着头颅。

"怎么，你不愿告诉朕？"成帝将了她一军。

"不不不！小女子是许美人，年已二十六岁！"她仍垂着头，不敢目视成帝。

"许美人，好个漂亮的许美人！"成帝伸出一只手，拉住了许美人。

"这……"她的一只纤手第一次被男人拉住，且又是被皇上拉住。她的心灵深处，似乎注入一股强大的暖流。

待许美人稍微平静后，成帝让她关上院门。她见成帝不想走了，要住在这里，心里着实又紧张起来，这若是被赵飞燕、赵合德发现，岂不弄出大乱子？闹不好得出人命！她没有动手去关院门，而是很理智地问道：

"陛下，今晚你不去两宫吗？"

"许美人，你不必担心了。朕不去远条宫，也不去昭阳舍宫，专门来上林涿沐馆，临幸你来啦！"成帝纯属谎言，他本打算去找后宫女史曹伟，但途经此地巧遇许美人，勾住他的魂魄，他只好暂时放弃临幸曹伟。反正都一样，只要是沃土，就必须耕种！万一，许美人给他生下一个皇嗣呢？

君命难违！许美人心想，天子说的话，谁敢不照办？她走上前，合起两扇大门，拉上门闩。

而后，她转回身体，难为情地拉住成帝的手，搀扶成帝走回自己的卧室。

他和她进入房间后，她赶忙从他手中接过雨伞和灯笼，随手又递给他一块白色丝绸手帕。

他擦拭一下脸颊，仔细端详她的卧室。这里，房间不算大，内部装饰也不豪华，但墙壁雪白，地铺毡毯，设有案几和梳妆台，靠近床前放置衣架和屏风，丝缎窗帘沿窗垂落，窗棂下边摆着几盆鲜艳花卉。室内一股芬芳馨香扑入鼻孔，不禁给人一种清新之感。

她让丫鬟们给皇上端来热茶和水果。丫鬟们侍候完毕，很知趣地退了出去，并带上房门。

他顾不上饮，也顾不上吃。一双贪情的眼睛只顾看着这位新人。

成帝沿用父王元帝惯例，将嫔妃划分十五个等级，皇后为超级，而美人被列为第六级，排在充衣之后，仅在良人之上，没有资格享受皇后、昭仪或婕妤的礼仪。所以，许美人十分珍惜同成帝的相会。

她与成帝隔几对坐，谈对君临天下、德隆望尊的倾慕，诉自己进宫十载空守宫闱的孤寂，说彻夜难眠、无人陪伴的苦痛，道幻梦情人、云收雨住的怅惘。话到伤心处，则潸然泪下。

他被她的痴情话语触动了，欠身离座，趋步上前，把她揽在怀里，满是胡须的下颌使劲儿亲贴着她的嫩腮。倏地，他又抱起她那柔若无骨的娇躯，轻轻地放到床上。

成帝面对许美人的娇体，忘记了自己是皇帝，给她脱去袍衫、裙衣、绿裤，又缓缓拉开她胸前的薄纱，用掌心微按在高耸的乳峰上。她全身一阵战栗，长长的睫毛下坠，樱桃朱唇微启微闭，悬胆鼻翼不住抽动，呼吸也急促起来。她坠入动情的甜蜜之中。他欲火中烧，猛然扑到她的身上。天哪！她感觉到他也是赤裸裸的，有生以来，她第一次享受到异性带来的极大欢快……

又一声惊雷滚过后，少嫔馆寝宫的窗户“啪！啪！啪！”相继被疾风掀开。卧室内的赵合德被惊醒了！她“嗖”的一下从床上爬起，披了一件氅衣，走出卧室，去关窗户。

她走到客厅一看，愣住了！外面有人在关闭窗棂。她走到一扇大敞大开的窗户前，忽然一道闪电降下，映出一个熟悉的身影，她的心“怦”的一下，欢跳起来。燕赤凤！她抑制不住内心的激动，悄声细语地道：

“燕将军……”

“赵昭仪……”燕赤凤一看赵合德，身披氅衣，但袒胸露臂，赤腿裸腹，肌肤滑嫩，光泽耀眼，下肢只套一件亵裤。他的心“怦怦”直跳，只顾称呼而忘记施礼。

“快进来！”

“这……”燕赤凤心中胆怯，环顾四周。

“没有人，放心吧！”赵合德心急地催促道。

燕赤凤回头看了一眼，见没有人影，放下心来，纵身跃起，破窗而入，转身由里边关好窗棂。

赵合德毫不犹豫地拉住燕赤凤的手，朝卧室走去。

她把他拽到床前，亲自动手，帮他解衣解裤。他有些拘谨，有些紧张。他担心此事暴露，将要身首异地，一命呜呼。他双眼直愣发呆，立在那里不动。她发现他的神态异常，便甩掉氅衣，赤身裸体，翻着那双妩媚的杏眼，不无安抚地道：“哎呀！你这个傻瓜，看把你吓得！”

“赵昭仪。”燕赤凤不好意思地笑了。

看到她娇柔多情的玉体，他那种恐惧心理荡然无存，他的情绪迅即高涨。

赵合德把他扶到床上，认认真真地、仔仔细细地打量了一番：他虽然已到不惑之年，但身材魁伟，浑身上下肌肉腾起，四肢发达，健壮有力，让人看后更加羡慕！她还从未见过这样的男子汉肌体，今日相见，暗暗称美！

她伸出那双又白又嫩的手，开始由上至下地抚摩，这宽厚的臂膀，粗壮的双腿，结实的肌肉，使她不禁想起他在表演场上矫健的身姿、嗷嗷的虎气、叱咤风云的悍勇，顿即如痴如醉，瘫软无力，倏地一下倾倒在他的怀中……

事毕，她感到从未有过的快活，而他虽然亦觉舒畅，但是心里总是忐忑不安。

“燕哥哥，你真好！你比皇上受用多了……”赵合德赞肯之中带有调侃，娇声嫩语道。

“赵昭仪。”燕赤凤一听“皇上”二字，不禁打了一个寒战。他怯怯地恳求道，“我，我请求昭仪保守机密，末将愿为您效犬马之劳！”

“咯咯咯咯！”赵合德听罢燕赤凤的一席话，竟忍不住地笑了起来。心想，这个呆子，怎么会说出这种不可思议的话呢！看到他那严肃认真的面孔，她不得不安慰道，“你呀，真是个痴人！你仔细瞧瞧，世上有哪个女人，会把这种隐私告诉他人呢？再说，你又是我们的救命恩人，你就把心放在肚子里吧，燕大将军，到啥时候，我也不会害你的！”

“赵昭仪，那我多虑了。”燕赤凤已穿好衣裤，下床侍立，躬身抱拳道。

“怎么，你要走吗？”

“昭仪卧室，末将焉敢久留？！”

赵合德没再挽留燕赤凤，说啥也不能留他到天亮，万一被人发现了，岂不带来麻烦！她披上氅衣，与他携手走出卧室，把他送至寝宫正门处。

他匆匆走出寝宫，奔向东耳房。

自此以后，赵合德渐渐被这个充满阳刚之气的燕赤凤迷恋住了，恨不得夜夜要他伴寝，时时同他共欢。夜间，只要成帝不回少嫔馆，她就想办法找借口，将燕赤凤叫过来，同她睡在一个床上。燕赤凤尽管也推辞，但哪里拗得过这位色狂昭仪，只好同她极乐相拥，颠鸾倒凤。

一天傍晚，夜幕降下，鸟雀归巢。大地仅仅暗黑少许，便看见月亮由东方渐渐跃出，一些眨着眼睛的星星都悄悄地隐没起来，只有那几颗恒星在闪烁着光辉。赵合德很快洗沐完毕，身穿绣纱衣裙，手拿麝香纸扇，走出寝宫，到中院院心乘凉，等待成帝。冷艳、冷花给她端来香茶、水果，放置在石几上，而后悄然退去。

霎时，寝宫内的烛光亮了，西耳房的烛光也亮了。但是，东耳房的门窗紧闭，一片漆黑。

她心想，这可奇怪了，燕赤凤为啥还不掌灯？是不是他身体不适，患病了呢？还是他心中烦闷躺在床上休息呢？她本想走过去看一看，但又一想，天这么早，被宦官、宫女们看见怎么办，岂不失身份被议论吗？她决定暂不查看，不管他，反正时间还不晚。

她饮了一口香茶，躺靠在藤椅上，遥望着银盘如洗般的明月。明月是那样圆，又是那样亮。她更加盼望成帝快快归来，在这明月当头的夜晚，可以纵情欢娱。

她从戌时等到亥时，又从亥时等到子时，成帝还是没来。冷艳从卧室拿来一件氅衣，给她披上，冷花又给她换来一壶热茶，放在几上。宦者令任善也走了过来，劝她回房休息，千万别着凉。她心里等得焦急，早已烦躁不安，但当着仆人们的面儿，极力保持平静。她先是让冷艳、冷花回房休息，后叫任善去华玉殿请成帝回少嫔馆。

仆人们离去后，她坐立不宁，来回踱步。

子时过半，任善回来了。他跑得满头大汗，气喘吁吁地向她禀告，皇上不在华玉殿，据未央宫中常侍郑永说，皇上去远条宫了。她听后，心里又气又恨又怀疑，气恨成帝无情无义、不守信用，怀疑他去后宫临幸年轻俊美的娇娃。

的确，今天夜间成帝未去远条宫，而是私赴后宫女官住宅，幸会娇柔妩媚的曹伟去了。

任善见赵合德气愤难抑，也不敢多劝，给她斟上一杯热茶后，屈身一躬，默然离去。赵合德心里一直想着燕赤凤，皇上既然不回来，他应该来呀！可东耳房的烛光不亮，人影也不见，令她思念不已。她迈动双足，朝东耳房走去。

一只青铜锁锁住了房门。燕赤凤不在，门窗紧闭，室内黑乎乎的。她的心不住地往下沉，鼻孔一阵酸楚，眼眶涨起潮湿，两行清泪滚落下来。

翌日，赵合德命任善去远条宫打探成帝的消息。

任善刚走到远条宫大门外，就遇见燕赤凤从院内走出。燕赤凤那张脸一红一白，言辞也不像往常流利，他只说了一句“赵皇后找我有事”，便匆匆离去，而任善没有想什么，只是急于想打听成帝的行踪。

任善见到赵飞燕后，向她转述赵昭仪给他的命令，询问皇上是否来远条宫了。赵飞燕一听皇上不在少嫔馆，也很气恼和怨恨。她倒不妒忌成帝临幸其他嫔妃，但担心其他嫔妃怀上皇子，这关系到她和妹妹的地位是否巩固。她直截了当地说道：“任善，请你转告昭仪，昨夜皇上没来远条宫。”

“是！”任善应声后，打躬辞去。

赵合德坐在中院石几前等待。不一会儿，燕赤凤疾步归来。他见到赵昭仪后，顿即伏首叩拜，请安谢罪。她本来一肚子气，可一看到他，便喜上眉梢，只是责怪他昨夜外出为啥不预先告诉她。

他哪里肯实言相告，这是赵皇后派王盛约他前去的，可又一想，任善已经在远条宫门前看到了他，他怎敢隐瞒呢？他只好实言相告，但未言幸会，只是说赵皇后命他警卫远条宫，暂宿一夜。她心里在转念，姐姐貌似大度，但心地狭窄，欲火旺盛，这才几天，就同她争起燕赤凤来了。她默然无语，心里暗说：走着瞧!

当她转过玉体时，看见宦者令任善大步流星地走来。任善见到主子后，禀述赵皇后提供的情况。她听后眉峰抖颤，朱唇哆嗦，厉声道：

“燕将军，命你在三天内，将皇上的夜间去处侦察清楚！”

“末将遵命！”燕赤凤躬身抱拳道。

第十章　燕赤凤出走

这天清晨，赵合德终于度过了又一个难以忍熬的独眠之夜，在冷艳、冷花的催促下，无精打采地从床上爬起来，穿上短衣套裙，到洗漱间洗脸梳头。

她默默无语，情绪低沉。

冷艳、冷花看得清清楚楚，深知她心底的苦闷。两人谁也不敢大声言语，就连平时直言快语的冷花，也只顾埋头端水，看着冷艳的眼色行事。冷艳看她洗漱完毕，急忙上前帮她梳理长长的秀发，按照她平时的习惯，将头发拢结在头顶，扎束后绾结成耸立的椎冠，而后以银钗贯住，插上步摇，这就是她入宫时的发型，称为“新兴髻”。多年来，她一直让奴仆们给她梳这种卷发椎髻。后宫诸妃见了她都称羡，说她还是那样年轻漂亮，无甚变化。冷艳给她梳妆完后，就请她用早膳。

赵合德用罢早膳，来到中院院心，准备赏景散心。她还没来得及举目欣赏这人造湖晨景，就见任善引着中少府王盛快步走来。王盛见到这位善于独霸成帝且又心狠手毒的赵昭仪，急忙伏尘叩头，大礼参拜，随之禀述赵皇后的口谕，请她去远条宫参加祭奠皇帝祖先的盛会。

她听王盛这么一说，恍然大悟。哦！今天是己酉、元延四年四月五日，依照宫廷惯例，每年四月五日，都要遥祭皇帝祖先的在天之灵，以求先祖保佑，国泰民安，江山万古。她现在的心情极端不好，特别是对姐姐与燕赤凤的偷情共欢格外气愤和妒忌，从心里讨厌姐姐，真不想去。可是，又一思忖，祭奠皇帝祖先乃宫廷大事，一旦拒绝参加，倘若姐姐心中不满，传扬出去，让长信宫王太后知道，怪罪下来，可不得了！她假装平静，未露声色，痛快地答应了。

王盛见赵合德没有回绝，心里很高兴，说了声："谢赵昭仪赏脸。"屈身施拜，告辞转去。

赵合德走进寝宫，让冷艳叫来梳头宫女静文，给她重新梳头，按秩大妆。她回到卧室，坐在梳妆台前，静文以自己娴熟的双手，很快给她梳成耸立头顶的结环式发型，即"高环望仙髻"，然后再饰金簪凤钗、双蝶步摇、梅花耳坠，并佩戴一个闪烁着光辉的银项圈。最后，给她用粉着脸，淡抹红脂。梳妆已毕，静文同冷艳、冷花又帮她穿戴黄色长裙、绛色女袍，并系绶带和佩玉。静文将一个圆形铜镜递与赵昭仪，让她仔细对照检查一下，还有哪些不如意的地方，尽管提出来，一定遵嘱改正。

赵合德面对铜镜，欣赏自己的面容和大妆。她本来貌如仙子、色倾后宫，即使不修不饰，其丽容亦可居万人之上，其柔媚也可让人留恋难舍，按秩大妆后，则更加光彩照人，妩媚多姿。所以，她照镜之后，心里感到非常满足和欣慰，虽年过而立之岁，但肌肤莹泽，出水不濡，尚无一褶皱，仍保持妩媚娇态。她心内高兴，暗暗自语：好！天赐我如此娇容，永不衰谢，看后宫哪个美人敢与我争宠！

她脸上露出了自豪，"哼"了一声，一丝骄矜冷笑掠过嘴角。

她对照铜镜，看着看着，眉峰紧锁，那颗红痣上下跳动着。忽然，"啪"的一声，她将铜镜摔在几上，厉声骂道："真不知好歹！"

梳头宫女静文吓得打了一个寒战，急忙伏尘叩头谢罪，道：

"赵昭仪，赵昭仪！奴婢该死，侍妆不好，请您责罚！"

冷艳、冷花也急忙屈身叩头，不住地劝慰。

赵合德一看，梳头宫女，还有她的贴身丫鬟被吓成这个样子，她平静了一下情绪，缓和语气道："快平身吧！这与你们无关。"

她们又向她施一拜礼，谢恩站起。

随之，静文急忙上前摆好铜镜；冷艳轻手轻脚地收拾梳妆台；冷花取来一把檀香扇，不住地给她扇凉。

"你们都出去吧，让我静一静！"赵合德仍在想着心事，不耐烦地说。

“是！”她们转身退出卧室。

她把她们打发走后，坐在案几前，脑海中的思绪翻腾不止……

一连三个昼夜，成帝一天也没临幸少嫔馆。在此期间，也没见到燕赤凤的身影。她既恨成帝，又恨燕赤凤。恨成帝夜不归宿，可是抓不住把柄，查不出证据，再者，成帝如果确实临幸其他嫔妃，她怎能干涉得了?！恨燕赤凤偷宿远条宫几夜不来相见。不过，她给了他三天时间，去查询成帝那天雨夜的行踪和去处，真若是问他为啥一直不照面儿，他一定会以此作答。所以，思来想去，她简直无可奈何。她想到姐姐邀她去远条宫祭祀的事情，不敢再耽搁时间，必须马上前往。她欠起玉体，正准备动身时，只见宦者令任善引着燕赤凤走了进来。

燕赤凤见了她便伏身跪于毡罽，大礼参拜，道：“赵昭仪，末将奉您之命，一连三日，昼夜查访，终于弄清了万岁在那天雨夜下榻之处。”

“什么地方？快说！”

“上林涿沐馆。”

“啊！哪位嫔妃住在那里？”

“许美人。”

赵合德气得猛击案儿，“啪”的一声，将几上的茶杯震动得跳了起来。她站起身来，走至窗前，望着外面，切齿怒恨：“哼，她不想活啦！”

“赵昭仪，请您息怒，万万不可动一时之气，而损终身大事！”燕赤凤走至她的身后，抱拳打躬恳求道。

“燕将军，我再问你，这几夜皇上又去哪儿啦？”赵合德转回身体，面对燕赤凤逼问道。

“回禀赵昭仪，末将确实不知皇上行踪，且又不敢去华玉殿询问。”燕赤凤低首抱拳，眼睛不敢正视赵合德。

“好吧！我再给你三天时间，请你千方百计地把皇上这几夜的住宿搞清！”赵合德对成帝紧追不舍，步步围逼。

“遵命！”燕赤凤躬首领命。但他心里直嘀咕，这若是让皇帝知道了，岂不被诛，命丧黄泉?！他心里真有些后怕。

“燕将军，要记住，不得走漏半点风声。”赵合德亦深知此举之利害，再三叮嘱道。

“是！末将牢记。”燕赤凤未敢多言，领命后悄然退去。

这时，任善疾步进入，看主人已准备妥当，躬身催促道：

“赵昭仪，时间不早，请您快去远条宫参加祭祀。”

“好啦，前面带路！”

“是！”任善应声后，转身走出赵昭仪的卧室，去通知小宦官、宫女们。

赵合德走出寝宫，离开少嫔馆。她在宦者令任善、贴身宫女冷艳和冷花，以及诸多小宦官、宫女的陪同下，朝着远条宫走来。

远条宫大门两侧的卫士们，看见赵昭仪携仆人们迎面过来，一个个持戟握矛，挥臂施礼。门内的小宦官们，一声迭一声地传呼道：“赵昭仪到——”

赵昭仪带领她的宦官、宫女们步入客厅，只见大厅焕然一新，烛光耀眼，庄严隆重，井然肃穆。尤其大厅正面的案几上摆设的三个铜铸香炉，一炷炷燃香飘浮着一缕缕青烟；几前放置的九盆白菊花，散发着沁人心房的馨香；案几后面的墙壁上，悬挂着巨幅烫金匾额“江山万古”；匾额两侧，垂吊着又黑又亮的落地丝纱。

与案几相隔不远的左侧，设有御座，赵皇后坐在那里，她身后侍立着王盛、姜秋、姜霜等人。后宫宫长樊嫕坐在她旁边。还有几位女官、美人坐在矮座上。案几右侧设有桌几木椅，这是赵昭仪的座位。

众人见赵昭仪款步行至大厅，“呼啦”一下全部欠身侍立，只有赵皇后俨然坐定，并未动身。赵昭仪板着面孔走到赵皇后面前，先行大礼，屈身下拜，后叙姐妹之情，寒暄问候。赵飞燕虽发现合德妹妹不像往常那样亲近，但知道她一向反复无常，脾气古怪。于是，仍然以姐姐的胸怀，和颜悦色地请她免礼，快快入座。赵合德心里在怨恨姐姐同燕赤凤的私下共欢，洋洋不睬地坐在那里。

众人按秩就座，祭祀准备就绪。

担任主舞指挥的方相氏，从大厅一侧走来。他行至御座前，面向赵飞燕施礼，赵飞燕说了声“开始”后，方相氏转身去乐队前。他高声喊道：

“鼓乐齐奏！”

随即，乐师们击鼓敲钟、吹箫伴竽。

伴随着鼓乐声，从大厅两侧涌现出身着彩服的十六对童男童女，天真活泼，弹跳轻盈，开始表演“灵星舞”。他们模拟田间劳动情景，表现耕种、除草、驱雀、灌溉、排涝、收获、舂簸、入仓等动作，舞姿优美，形象逼真。

众人观后，报以一阵又一阵热烈的掌声。

灵星舞跳完后，方相氏又一声高喊：

“众人开始帔舞！”

场上的女官、宫女们纷纷起身，走向表演区。只见她们手执全羽、五彩缯，臂腕娴熟，翩翩起舞。其中，六十四人跳文舞，十六人执帔起舞。

这种帔舞，纯属宫廷用于祭祀的舞蹈。所以，表演者们怀着一种崇尚、遥祭的心情，载歌载舞，有若花卉集锦，有若白鹄飞翔，有若瀑布直泻，有若泉水流潺。众人看后，不禁啧啧赞叹，大有如临仙境之感。

赵飞燕、赵合德虽然都是歌星舞后出身，但她们观后亦称赞不已，忘记了端樽饮酒。

当众人表演帔舞即将结束时，厅门口的卫士们也不住地朝里张望。卫士当中，站立着一位英俊潇洒、威武剽悍的勇士。赵氏姊妹几乎同时发现了他——燕赤凤。但她俩谁也没招呼他。

舞在《赤凤来》的乐曲声中结束了。方相氏带领乐师们走出大厅。女官、美人和舞女们也纷纷离去。

后宫宫长樊嫕欠身离座，本想告辞回去，但见赵皇后、赵昭仪两人互不理睬，各自闷坐不语，一时难以启齿。

“樊宫长，今天的祭祀怎么样？”赵飞燕终于打破了大厅中的沉寂。

“皇后，安排周密，祭祀成功！”樊嫕不无夸赞地应道，“先帝在天之灵，一定会很欣慰的！”

“樊宫长，你说说看，帔舞是在什么乐曲声中结束的？”赵飞燕有意地又问了一句。

“哎呀！皇后，这我可就外行了。”樊嫕说到这儿，打趣地说道，“赶明儿个，您心闲了，一定教教我，什么歌啊，什么舞啊，什么乐呀，什么曲呀，让我这个榆木疙瘩脑袋也开开窍！”

“好吧，今天我就教你一招儿。”赵飞燕面向樊嫕，认真地道，“帔舞结束前，引用了《赤凤来》一曲！”

“哦，《赤凤来》一曲！”樊嫕嘴上重复，心里在回忆刚才的那首曲子。

赵飞燕将目光移向赵合德，弦外有音地问道：

“合德，你听懂了吗？《赤凤来》一曲？”

赵合德知道姐姐是冲她来的，于是不冷不热地回敬道：“小妹愚昧不知，焉能听懂这样的曲子！”

“你……”赵飞燕被妹妹揶揄得脸红脑涨，一时感到语塞。

燕赤凤已经意识到赵皇后说出《赤凤来》一曲的用意，他一挥手，便带领卫士们退出大厅。

樊嫕发现赵氏姊妹来言去语不对头，唯恐弄僵了造成不愉快，急忙上前劝慰道：“赵皇后、赵昭仪，你们都不要往下说了。常言道，寡言少是非，默语祛烦恼！”

赵氏姊妹对樊嫕这位表姐是尊重的，但心中的妒火很难一下子熄灭。因此，她俩对表姐的劝慰虽不反感，但也听不进去。

赵飞燕为了倾泻胸中怒气，继续接着刚才的话茬，酸溜溜地问道：

“唉！《赤凤来》，《赤凤来》，赤凤刚才为谁来呀？”

赵合德见姐姐仍在旁敲侧击，说什么也得回击了。她起身离座，走至案几前，毫不示弱地道：“赤凤当然为姐姐来，他怎么肯为别人来呢？”

赵合德这么一句话，把赵飞燕顶撞得哑口无言，恼羞成怒。赵飞燕气愤难抑，急速地来回踱步，一回头，看到案几上摆着酒具，伸手抓起一只酒杯，猛一挥臂，将酒杯摔向赵合德脚下，赵合德很快一闪，只听“啪”的一声，酒杯被摔碎了。赵飞燕的双目喷着怒火，狠狠地甩了一句，道：

“老鼠想咬人哪！”

赵合德也被激怒了，反唇相讥：

“老鼠不想咬人，只不过想在衣服上咬个洞，看看里面是啥货色！”

姊妹相继进宫已有十余载，妹妹对姐姐一向尊崇爱戴、百依百从，从未发生过像今天这样针锋相对、寸步不让的争吵，妹妹的凶猛反击，使得做姐姐的赵飞燕立刻圆瞪秀目，嘴唇发青，呆呆地站在那里，说不出一句话。

赵合德一看姐姐被气得浑身直打哆嗦，再也没话可说了，心想：让你尝尝厉害，看你以后还逞能不？她趾高气扬地站在那里，一眼也不看姐姐了。

在一旁的樊嫕大吃一惊！她知道宜主、合德两人的脾气都很厉害，并都争强好胜。宜主乃当朝皇后，主掌后宫大权，居高临下，焉能向妹妹低头?！合德自从晋升为昭仪后，脾气也比从前大了，在后宫说一不二，无人敢惹。但是，合德同姐姐大争大吵还是头一回。她深深知道，如果照此闹下去，到头来一定是两败俱伤。

樊嫕以表姐的身份，说了这边说那边，劝了姐姐劝妹妹，但是这姊妹俩谁也不示弱，谁也不肯向对方低头。她急得团团转，脸上沁出了汗珠。

最后，樊嫕被逼得实在没有办法了，她狠狠心，咬咬牙，摘下簪钗，屈身伏地，朝着赵合德，“咣！咣！咣！”一阵叩头，流血不止，请其屈尊，向姐姐道歉。

赵合德被樊嫕的忠诚所感动，急忙上前将表姐搀起。

激烈的冲突过后，再加上樊嫕的一番诚心苦劝，赵合德逐渐恢复冷静，后悔自己说话不该尖刻酸冷，不应该同姐姐争风吃醋，这若是传扬出去，外人不仅笑谈议论，而且还会乘隙而入，挑拨离间。岂不是自我毁灭吗？她主动走到赵飞燕跟前，屈身下拜施礼，谦恭地道：

“姐姐，小妹向您赔礼了。”

赵飞燕背过身去，没有应声。

“姐姐，小妹愚昧无知，请您大度包容！”赵合德知道姐姐的个性，自尊而倔强，焉能用一两句话就劝好？她继续赔礼道歉，“姐姐，您不要生我的气啦。我，我对不起您！”

赵飞燕虽然被妹妹的认错言语所触动，但是刚才被妹妹的顶撞羞辱似乎不能一下子消除。她仍然保持沉默。

“姐姐，姐姐，我向您赔礼了……”赵合德悔恨交加，泪珠涌眶，边哭边诉，并“扑通”一声，双膝跪地，道，“姐姐，我不会忘记过去。咱们姊妹从小失去父母，过着一贫如洗的日子，特别是数九寒冬，姊妹共盖一条棉被，天冷夜长，冻得不能入睡，你我相依为命，你叫我抱着你的背取暖，这些往事……我怎么能忘记呢？”

“妹妹……”赵飞燕大声哭泣，亦跪伏于尘，一把抱住赵合德。

“姐姐，小妹的一切，全是姐姐给带来的。如今咱们姊妹幸而荣华富贵，高人一等，然却家门孤单，没有依靠，没有外援，全靠姐妹互相照顾。我们怎能忍心再自相残杀呢？”赵合德哭诉得快成为泪人了。

“妹妹，不要再说了，今天的事情……是姐姐的过错，不怪你，妹妹……”

“姐姐！”赵合德将头投入姐姐的怀抱。

赵飞燕抱着妹妹不住地垂泪。她哭着掏出手帕给妹妹擦拭眼泪。合德哭得更厉害了。

赵飞燕亲手摘下头上的紫玉九雏钗，给妹妹梳理秀发。

樊嫕一看宜主、合德姊妹俩矛盾已经化解，和好如初，于是上前搀扶她俩，并随她俩步向赵飞燕的寝宫。

当天下午，赵合德向姐姐告辞，带领宦者令任善，贴身宫女冷艳、冷花，离开远条宫，返回少嫔馆。

傍晚，燕赤凤一手拎着两只山鸡，一手提着一只狐狸，大步跨入少嫔馆。这是他看到赵飞燕与赵合德发生争执后，为了安慰赵昭仪，专程赴郊外猎取的。他将猎物交于膳房后，转身又走出少嫔馆。因为他脑海中还装着赵昭仪交给他的任务，弄清成帝近日的行踪，况且必须在三日内完成。这是一项艰巨任务。一个普通人，尽管有些过硬本领和超凡武功，要想监控成帝的行动，不但困难，而且冒险。

燕赤凤往外走着，心情难以平静。

是夜，黑褐色天空刚刚缀上几颗闪烁光辉的星星。赵合德用罢晚膳，携冷艳、冷花等人步入中院吹吹晚风。

突然，成帝在中常侍郑永和小宦官们的护送下，回到了少嫔馆。

赵昭仪一见成帝回来，高兴极了，赶忙上前施礼参拜。成帝已有好几个晚上没能临幸少嫔馆了。今儿个在夜幕下猛然见到赵合德，似有久别之感，更觉其漂亮喜人，爱不忍舍。他跨步向前，双手搀扶。然后他拉着她的手，朝寝宫走来。

她和成帝快到寝宫门前的时候，她稍微歪了一下头，用眼睛的余光斜睨东侧耳房。室内烛光亮了，映出燕赤凤潇洒的身影。于是，她放心地拽着成帝直接进入卧室。

宦官和宫女们给成帝、昭仪沏上香茶，摆上水果，都悄悄地退了出去。

他与她坐在案几前，趁着红亮的烛光，互相递过鲜艳的大红苹果，但谁也顾不上吃一口，只顾多情地望着对方。

待双方互相说了些甜蜜、思念的话语后，赵合德询问成帝，这几天夜里住在什么地方？成帝有些尴尬地眨了眨那双大眼，岔开话题慢条斯理地问道：

“合德，听人传说，今儿上午，你同你姐姐争吵起来啦？”

“哦，陛下的消息可真灵通啊！”赵合德心里很纳闷，宫廷可真是个复杂的地方，上午发生的事，下午就传到皇帝老爷的耳朵里。她在思考着对策。

“这不是朕的消息灵通与否，而是任何秘密都有泄密的可能。”

“君临天下治天下，再大的事情也瞒不过君王的眼睛和耳朵。何况我们姊妹之间的区区小事呢？”

“哈哈哈哈！”成帝一听是因为小事而争吵，似乎不解，便笑了起来。

“陛下，您可能有所不信，确实是小事，说出来您会笑话的。”

“为小事情，发大脾气，恐怕不会吧？闹不好是为了争什么风、吃什么醋吧？”成帝诡秘地看了看合德，以试探的口吻说道。

“对对对！陛下一猜就准，一说就透，我就愿意听陛下说话。难怪人们常说，聪明不过帝王！”赵合德心里已经打好算盘，所以，她来了个顺水推舟。

“既然朕说得对，你就给朕解释一下，‘赤凤来’是怎么回事啊？”

“哎哟！万岁爷，我的万岁爷！”赵合德站起身，离开座位，走到成帝身边，拍了拍成帝的肩膀，极为亲昵地道，“万岁爷，您真说着了。”

“呵！那好，你说说看。”成帝被赵合德坦诚而又热忱的态度弄蒙了。

赵合德那张嘴能滴出蜜来，她那双秀眸传送深情，那双玉手抚摩着成帝的臂膀，说道：

“万岁爷呀，您知道吗，我们姊妹都爱恋您，只不过姐姐忌妒我罢啦！您是汉家基业的天子，懂得先祖帝王立下的规矩，以‘火’作为标帜，烈火越烧越旺，鸿运接连不止，江山永世相传。所以，我们暗地里都叫您‘赤凤’，谁不喜欢‘赤凤来’呀？姐妹之间发生口角，就是为了争你这个活宝呀！”

成帝一听心里美滋滋的，把原来怀疑的事儿都忘了。时至今日，没想到宜主、合德两位绝色美人都爱我爱得这样深，于是神飘魂荡，龙心大悦。他高兴至极，叫了声：“合德，宝贝儿！”一把将她紧紧地搂在怀里。

他和她脱袍解带，吹灭蜡烛。两人度过了一个激情而畅快的夜晚……

住在东侧耳房的燕赤凤看到成帝同赵昭仪走入寝宫就没有就寝，而是和衣而卧，辗转思忖。近一段时间，赵昭仪先后两次给他下达命令：寻觅成帝踪迹，调查临幸宫室。他脑海中那根弦，绷得紧而又紧，虽然忙累一天，但却睡不着了。远条宫大厅发生的惊心动魄的一幕，不时在脑海中映现，赵皇后与赵昭仪激烈争吵的怒容恶语，在他的眼前绕来绕去，使他无法入眠。

意外的甜美往往带来意外的痛苦。他原本想，少嫔馆落成，他不仅可以被赵皇后宠爱，还可以同赵昭仪共欢，可没想到皇后与昭仪两人都在宠幸他，并因此惹起纠纷，发生矛盾。赵皇后的善用心计，赵昭仪的舌利心狠，后宫尽人皆知。他自己岂不被卷入她们姐妹的矛盾旋涡之中吗？这种生活，绝不可长久下去。无论如何，得想办法摆脱。他想了想，今夜应该去华玉殿，找未央宫的宦官们，将成帝前几夜的住宿调查清楚，天亮后再去远条宫，向赵皇后提出呈请，争取去御史府当差。他一蜷身，起身离床，蹑手蹑脚地走出卧室，并轻轻地带上房门。

夜深人静，繁星点点。

燕赤凤身长力多，体轻善跃，稍一纵身，连续超越几重楼阁，如影子般地穿过中院和前院，跃出少嫔馆大门。他警惕地环顾一下四周，见没有人影，非常寂静，很放心地朝华玉殿走去。

一路上，他脚踏石板，翻墙越桥，无有一点声响，飞一般地穿来穿去，很快跃入华玉殿大院。

他迅速靠近宦官们的住房。

他发现其中一个房间的窗户上闪着烛光，这恰巧是小宦官的住房。他唯恐惊吓住小宦官，便轻轻地敲击窗棂。

“谁？”室内的小宦官发出了问话声。

“我，燕赤凤！快开门！”

“等等，我就来。”小宦官说着，急忙下床，打开房门，一看是两宫保镖燕赤凤，以为发生了什么事，焦虑地问道，“燕将军，有事吗？”

燕赤凤没有急于说什么，而是随小宦官进入房间。他坐了下来，态度非常平静，语气极为缓和地道：

“什么事儿也没发生。我是为了皇上的安全，想了解一下皇上近来夜晚经常去什么地方，我好暗中保护，防止意外！”

“哦！原来是为这事。”小宦官松了口气，没多加思索，说道，“近几个夜晚，皇上一直去甘霖馆，据说那儿是女官居住的宫室。”

“但不知是哪位女官？”燕赤凤追问了一句。

“这我可不知道了！”小宦官的确不知是谁。因为后宫的女官数目不少，到底是哪一位女官，不敢胡猜。

燕赤凤听后点了点头。他怕引起小宦官的怀疑，没再往下问。他站起身，说了些感谢话，就抱拳告辞，迈步走出房间。

待小宦官出门相送时，燕赤凤的身影已经消失在夜幕中。

三星移中天，长乐钟敲响了三更时分。

燕赤凤初战告捷，心满意足，神不知鬼不觉，安安稳稳地睡在了少嫔馆东耳房的床上。

可他万万没有料到，赵昭仪对他深更半夜调查来的结果并不满意。

第二天上午，赵昭仪见他兴致勃勃地走进寝宫，主动禀告头天夜间执行任务的情况，马上让他饮香茶、吃香蕉。当他只说出成帝去甘霖馆，但说不出美人具体姓名时，赵昭仪那张泼妇脸立即往下一沉，阴冷冷地说：

“如果只知道皇上去甘霖馆，那里有诸多漂亮女官，难道让我赵合德给皇上编造一位临幸美人不成？”

燕赤凤哑然。

赵合德哪管他作难不作难，叫苦不叫苦，又甩出一段冰冷尖刻的话：

“限你在今明两天之内，去甘霖馆调查了解，弄清皇上幸会美人之姓名。如果仍然查不出来，你不要回来见我！”

燕赤凤咽了咽苦水，打躬应道：“是！”他默默地走出寝宫。

昭仪位比宰相。赵昭仪下达给他的命令，他焉敢不从？他硬着头皮，忍着苦痛，到达甘霖馆。

因为他肩负两宫警卫重任，且又武功高强，远近驰名，所以后宫宫长樊嫕很热情地接待了他。但遗憾的是，樊嫕和宫女们不但说不知道，而且还一口否定皇上曾到过甘霖馆。

他哪里知道，樊嫕为人忠善，处事周密。她对成帝背着两宫而偷偷临幸甘霖馆之事，已叮嘱下属，丝毫不可泄露。这不仅为维护成帝的尊严，以防赵氏姊妹的干预，更为重要的是，这是关系到汉家刘氏能否得到皇嗣的一件大事！

他一无所得，扫兴地离开甘霖馆。

午后，他只身去远条宫找赵皇后。

赵飞燕一见燕赤凤光临，心中格外高兴。她命姜秋、姜霜给他沏香茶、切西瓜，并叙说了多年来得益于燕壮士鼎力相助、忠肝义胆的感激之情。他听了赵皇后的话后，心里着实不安，也再三感谢她对自己的信任和关心。而后，她把他引到一个密室。

密室设在寝宫最西端，与卧室仅一墙之隔。

她告诉他，这间密室是专门为他开设的，他想什么时候来，就什么时候来。他明白了，知道她的用意和目的。

他仔细打量密室内部的设施——象牙床摆在北侧，上面铺着绣着花纹的紫色丝织褥子，叠着两床嵌龙缀凤的黄色锦缎被子；南侧的落地窗罩，映出并列的两个圆窗；沿窗帘下端设有花儿，那盆紫薇花散发着馨香；西侧是圆桌，两个圆墩摆在两旁，桌上放置一盏座灯和一摞帛书。特别醒目的是那张长方供几，紧靠东侧墙壁，一盏青铜香炉插着三炷燃香，缕缕乳白色香烟在室内缭绕。

赵飞燕的心怦怦直跳，她的脸阵阵发烫，恨不得将燕赤凤立即拉到床上。她轻步移向燕赤凤，柔声细语道：

“燕将军，你看这里的环境怎么样？还满意吗？”

“哦，好，好……”燕赤凤嘴上称好，心里还在琢磨自己的事。

赵飞燕发现燕赤凤的情绪不对头，不像往常那样情意缠绵，于是问道：“燕将军，你有什么心事，尽管说出来，我帮你想办法！”

燕赤凤一听赵皇后这么关心地盘问，心里似乎亮堂了许多。他转身向她打躬施礼，表示蒙受重恩难忘，但是为了长久大计，不损害皇后和昭仪之间的关系，提出了去御史府当差的愿望。

赵飞燕当即不允。燕赤凤离开后宫怎么行呢？不用说朝夕相处，就是见上一面也很难了。她摇了摇头，走到案几前，坐了下来。

燕赤凤跨步向前，又再三恳求，道："赵皇后，御史府设在京城，我在那儿当差不是很好吗？您一声口谕，我便招之即来！"

"说得轻巧，我怎么能无缘无故地命你进入后宫呢？"赵飞燕说到这儿，又站起身走至燕赤凤面前，柔情蜜意地道，"再则，两宫的安全需要你，我更需要你，我离不了你呀！"

燕赤凤见她含情脉脉，脸绽桃花，眼盈秋水，柔若无骨，腰肢颤颤，脂香扑鼻，只觉得一股激情在他的男子汉胸怀中奔涌澎湃，心中之焦虑荡然无存。他呼叫了一声"飞燕"后，一把将她紧紧地抱起，放在象牙床上……

大约过了一个时辰，燕赤凤走出密室。

他刚走到前院，恰巧遇见赵昭仪带领任善、姜秋、姜霜等人踏进远条宫。他急忙上前，向赵昭仪施礼请安，神态显得极为不自然。

值得庆幸的是，今日的赵昭仪不同于往常，没有让他难堪，没有追问，更没有让他过不去，而是平平静静地命他免礼平身。

他向她打躬告辞，心中捏了一把汗，朝远条宫大门大步走去。

赵合德当然知道他来远条宫的目的，可是再也不能惹姐姐生气了。矛盾刚刚化解，焉能再惹是非？因为这种争风吃醋的事，引起姐妹之间的不和，让外人看笑话，抓把柄，钻空子，实在是愚蠢。

她根据燕赤凤昼夜了解，得知成帝多次临幸甘霖馆、上林涿沐馆，断定那里的女官和美人被成帝宠幸。这些嫔妃一旦怀孕生嗣，那还得了，岂不严重地威胁她们姊妹的地位！为此，必须及早告诉姐姐。

她满腹心事，思前想后，走进了姐姐的寝宫。

晚膳过后，华烛初放，繁星点点，夜风徐徐。

东侧耳房内，燃烧的红烛发出噼里啪啦的响声，烛泪簌簌地往下流淌，霎时，围绕烛心结成一团珊瑚状的烛花。

燕赤凤和衣仰靠在床上。他知道成帝还没回来，赵昭仪正在面对孤灯等候，好歹她没来东耳房叫他。他虽然"拥有"成帝的妻室，且又是皇后和昭仪，但是这样的艳情生活，简直令他提心吊胆，如履薄冰。何况如果成帝发现他侦察自己，必然要对他严加惩处。道理很明显，他人阻碍皇帝耕耘，破坏皇帝收获，不让皇帝有自己的后嗣，岂不等于断送皇家基业！皇帝焉能善罢甘休？

他惊恐不安地想着这一切，不知如何是好。他曾想，只要悬崖勒马，立即调离后宫，就可逃出这个旋涡，保全自己的性命。可是事不遂人愿，偏偏赵皇后又不应允。这，岂不是把他死死地捆在后宫，逼他坐以待毙吗？他辗转不宁，寝不入寐。

他想着想着，突然想出一个好主意：走，出走！这样，矛盾、痛苦、责罚、惧怕，等等，一切将会因此而结束。

他欠身站起，熄灭蜡烛，走出房门，又轻轻带上门扇。而后，他纵身腾空，穿房越脊，迅速到达北院。

他趁卫士们熟睡之际，悄悄进入马厩，牵过一匹快骑，又慢慢地拉开后门门闩，连人带马走出少嫔馆。

他手牵坐骑，昂首阔步，以巡逻执行任务的身份，骗过了一道道岗哨门卫，顺利地逃出了后宫。

第十一章　牛犊载少年

刚用罢早膳，妹妹赵合德就赶到远条宫，向姐姐宜主报告了燕赤凤出走的消息。

赵飞燕一听，心头为之一震。燕赤凤的逃离，肯定是她们姐妹给他施加压力过大造成的。姐妹俩拼命地拉他争他，使他失去了自由，感到难堪；特别是姐妹俩让他监视成帝的夜间行踪和临幸嫔妃，使他觉得既非常为难，又心有余悸，所以干脆离开这个是非之地。

幸运的是，燕赤凤离开皇宫，什么影响也没有，尤其是成帝还没有察觉。否则，成帝一旦知道内情，她们姐妹俩可要承担一切后果。

她嘱咐妹妹，千万不可向外人泄露燕赤凤逃走的真情，如果皇上问到此事，就说他因为老母有病，回乡尽孝去了。

赵合德点头应“是”。

等姊妹俩议论完燕赤凤出走的消息后，赵合德站起身来，欲向姐姐告辞。突然后宫宫长樊嫕急匆匆地跑了进来，随手关上门。

赵飞燕皇后一看表姐跑得满头大汗，马上欠起玉体，询问出了什么事。

樊嫕告诉她俩，刚才她去长信宫办事，看见皇上被王太后找去，母子俩在王太后的卧室里秘密研究一件大事。

“你听到了吗，王太后与皇上研究什么大事？”赵飞燕急切地问道。

“我站在王太后卧室门外，停了一会儿，听得可真切了！”樊嫕说着走到赵飞燕近前，声音压得很低，“王太后对皇上说，事到如今，该考虑册立太子的事了。”

“哦！”赵飞燕不由得一惊，吸了一口凉气。

“皇上怎么说的？”赵合德焦急地问道。

“皇上说，太子人选已经有了，并且通过严格考试后，反复比较，认真研究，才初步拟定陶王刘欣为太子人选。况且太后已经同意了，只是让考虑册封时机。当时，皇上一心想立自己的子嗣为太子，故将此事缓办。”樊嫕禀述这番话的时候，眼睛一直注视窗外，唯恐外人听见。

赵飞燕走到房门前，亦警惕地听了听门外的动静，转身回到樊嫕跟前又问道：“王太后还说了什么？”

“赵皇后、赵昭仪，我说出来后，你们可不能生气呀。”樊嫕诚恳而又担心地说。

“表姐，你放心，只管讲。”赵飞燕态度亦很诚恳地说。

“王太后说，万万没有想到，咱们汉家基业无人承继，神州大统眼看中断。皇儿宠爱的四大后妃，都没有完成立嗣重任——废掉的许皇后，曾生过一男一女，可惜命短，相继夭亡；班婕妤也曾生下一子，但亦夭折；赵氏姊妹入宫十余载，一个不孕，一个无后，可惜她俩是两棵不结果的梧桐树……”

“王太后讲话也太损了！”赵合德怒上眉梢，打断了樊嫕的叙述。

赵飞燕向赵合德使了个眼色，回头又向樊嫕劝慰道：

“没关系，表姐，你往下说。”

樊嫕停了一会儿，又接着说道：“王太后说到这儿，打了个唉声。她说，我也知道皇儿的心思，历代君王谁不愿意自己的亲骨肉接替他呢？可是你已经过了不惑之年，至今尚无子嗣。古人讲，三十不立子，四十不成家。现在，皇儿作为一国之君，不能不考虑册立后继之人的问题了！”

“皇上最后怎么表态？”赵飞燕急切地问道。

“我只听皇上说，立储乃国家大事，请母后暂容皇儿三思！”

“还好，还来得及。”赵飞燕一边思考对策，一边自信地说。

“赵皇后，你得拿个主意，这事非同小可。”樊嫕心里也很着急，因为宜主、合德两个表妹的命运也直接影响着她。

“姐姐，咱们干脆找皇上，让他做主。”赵合德直截了当地道。

赵飞燕摇了摇头，她仍在思索着。忽然，她想出一个主意。她转身走到案几前，坐在御座上，铺好素帛，操起毫管，一挥而就，写了一封书信。她将书信递向后宫宫长樊嫕，道：

“表姐，请你辛苦一趟，亲自去大司马府，亲手将此信交给王莽！我要托他办的事情及理由都写在了上面，他会千方百计地完成。”

“好，我马上去。”樊嫕双手接过帛书。

“你要多加小心，千万不可遗失！”赵飞燕恳切地叮嘱道，“这可是关系到我们姊妹的前途和命运哪！”

“放心吧！”樊嫕装好帛书，向赵皇后、赵昭仪屈体施拜告辞，转身急速离去。

樊嫕走后，姊妹俩又商量了一番。赵飞燕对妹妹说：

“你不要主动向皇上提及册立太子的事，皇上的性格你又不是不知道，一般的规劝他也不会听，再加上你我确实无嗣，说这种话是没有底气的。”

“那我们也不能坐以待毙呀！”赵合德嘴上这么说，但心里惶恐不安。

“是啊，所以我才想办法，给王莽写了信，让他借助姑侄关系，说服王太后，推迟册立太子。”

“王太后能听王莽的吗？”赵合德担心地问道。

“能。王太后一生中喜欢两个晚辈，前期喜欢她的外甥淳于长，后期看中她的侄子王莽，这是宫廷上下尽人皆知的。”

“不过，这不是长久之计。将来怎么办呢？”赵合德显然是指推迟册立太子之事，没能从根本上解决问题，不禁阴郁地问道。

“是啊，我也这么想。如果你我一直不能怀嗣，那么我们最终要归于失败！”她说到这里，突然，两道柳眉向上挑了挑，脸上露出希望，她不无煽动地道，“合德，不能气馁，也不能性急，我们要拿出刚入皇宫时的勇气，要敢争，敢拼，还要讲究策略。一方面，咱们姊妹力争及早得嗣；另一方面，不能心慈手软，一定要狠狠地打击他人怀嗣。一言以蔽之，谁威胁我们，我们就除掉谁。”

赵合德又一次听姐姐的授意和教诲，更加坚定了自己的意志。她点了点头，站起身来道：“好吧，姐姐，我该回去了。”

赵飞燕将妹妹送至门外，看着妹妹走出远条宫。

天近晌午，赵飞燕简单地吃了点午膳，便回到卧室休息。

她和衣躺在床上，但怎么也不能入睡。她想这想那，想前想后，心中感到无限的烦乱。

她想，自己乃当今皇后，身居后宫，掌握重权，如果长期不孕，必然导致那种“母无子则悲”的下场。因此，必须要为孕子怀嗣付出一切代价，力求实现“母以子为贵”的梦寐夙愿。只有这样，才能保持已有的地位，使自己的皇后宝座更加稳固。

想到这里，她决定放开胆量，不再循规蹈矩，不再死守宫闱。豁出去了，名声算啥？地位高于一切，权力不能丢失！

她爬起身，面对外屋喊了一声：“道房，道房。”

道房推开卧室房门，走了进来，向赵飞燕屈体施拜，道：“赵皇后，请吩咐！”

“你快去，把王盛找来！”赵飞燕已从床上蹭下地，走至案几前。

“是！”道房应声后，转身急去。

她看着道房的身影，脸上露出笑容。道房这丫头，是她的贴身使女，容貌秀丽，身材也好，很会说话，又很乖巧，深得她的喜欢。

不一会儿，中少府王盛走进她的卧室。

她满腹心事，不好启唇，停了好大工夫，才向他讲述一本书上记录的一个故事：很久以前，有一个官宦人家的姑娘，嫁给了一位知书达理的秀才，结婚以后，夫妻感情尚好，但是婚后八载不孕。正在焦虑之时，一位相面先生告诉这个女人，必须和一个多子的樵夫同居，方能有后代。还得让这个樵夫坐上一辆牛犊车，围绕女人的住宅绕三圈。秀才一切都照办了。后来，这个女人果真怀了身孕。

她讲完后，询问道：“王盛，你说这个故事可信不可信？”

王盛听罢，迅即明白赵飞燕的潜台词，连忙回话道：“可信，可信！”

她看着王盛，但没再往下说什么，似乎是在等待他的表态。

王盛心里明白赵飞燕的用意，因为长期不孕几乎成了她最大的心病，现在，她急于消除这块大心病，挖空心思地寻觅各种有效方法，包括她刚才讲述的故事中所提到的歪门邪道。于是，他痛快地说：“请皇后放心，我一定尽力！但是，请您容奴才寻觅几日，一定把这个男人找到！”

“王盛，难为你了。但时至今日，我仍无子嗣，眼看我的地位受到威胁，不得不抓紧时间，争取扭转这种被动的局面。”赵飞燕无可奈何地说。

“有道是，慢行急行，前程会有许多路。皇后，请您不必焦急，以您的才华，没有克服不了的困难。”王盛安慰道。

“凡事已成定局，悔之晚矣！我们不能等待，更不能拖延，从现在开始，一切都要付诸行动！”赵飞燕旨在令其马上行动。

“好，我现在就去！”王盛转身欲走，准备物色多子的年轻美男子。

“不。你应该先去准备牛犊车！”赵飞燕提醒道，“咱们后宫只有车辇和骏马，但没听说有健壮的牛犊，你得到乡村寻觅购买！”

“我家兄长养了一头母牛，但不知生产没有？”王盛突然想起兄长王安饲养的一头母牛，脱口禀道。

“那好啊，你回趟家看看！”赵飞燕说着走向博古架，从架上取下一包散碎银两，转身递向王盛道，“这是五十两银子，请你交给你家兄嫂！”

“这，这怎么行呢？”王盛一再推辞道，“我不能收，我会让兄长孝敬您的！”

“快拿着！他们在乡下度日也不易，再说咱们不能白要人家的牲畜。”赵飞燕硬是将银两包儿塞于王盛怀中。

“赵皇后，我现在就去贺家村啦！”王盛说罢向赵飞燕施礼告辞，走出卧室。

他直接奔往马厩，牵过一匹骏骑，离开远条宫。

初夏季节，旷野阡陌被绿油油的高粱苗遮掩着，黄土地披上了绿色衣服。远处的山峰丘陵迷迷蒙蒙，偶尔可见斑点似的白色羊群低首啃吃青草。山野和河边上的树木全部长满了叶子，但不十分茂盛。

一望无际的田野，给庄稼人留下了劳作不息的场地。只见一家一户的男男女女，躬身锄地，间苗除草。

王盛骑着骏马，沿着田间小路狂奔。骏骑蹄飞，疾风掠过，一溜儿长长的黄色沙浪翻腾席卷，纷纷扬扬，使路边缺水的庄稼增加几分饥渴，减少几分绿色；路上枯黄的草叶、树叶和间苗扔掉的庄稼茎叶，随着马蹄飞驰带来的风力飞扬起来……

不多时，王盛来到家中，他将快骑牵到厩棚内，拴在柱子上。忽然听到“哞——”——小牛犊的叫声，他回头一看，靠里侧木柱上拴着一头黄褐色乳牛，正抬头望着他；乳牛身下的小牛犊，蹬起四蹄，使劲儿地吃奶。他走过去，猫下腰仔细看了看，小牛犊又瘦又小，毛茸茸的，看样子降生至多七八天。唉！这哪儿行啊，牛犊这么小，根本拉不动车。他直起身，走出厩棚，穿过院心，到了兄嫂居住的正房门前时，突然停住了脚步。他心想：我要不要进屋向兄嫂提起这件事呢？

他在门前犹豫半天。兄嫂家的牛犊出生没几天，眼下派不上用场，赵皇后等着急用，她说什么也不会放宽时间。最可惜的是，赵皇后给了五十两银子，到不了兄嫂手里。这五十两白银，不用说买牛犊，就是买大牛也用不完。皇宫里当差，守着皇后做事，还愁把兄嫂的日子撑扶不起来吗？既然到家门口，就应该同兄嫂见上一面，家里的牛犊不行，他们万一提供一下线索，别人的牛犊只要能用就行。

他进了堂屋。嫂嫂闵氏正在堂屋熬药。她一见小叔子王盛回家来了，连忙起身迎上前，让小叔子到里屋坐，并给王盛挑起门帘。

他一边向嫂子打着招呼，一边步入里屋卧室。家里只有兄嫂两人，室内收拾得干干净净，利利索索。父母早年去世，是兄长王安把他拉扯大的。所以，他对兄嫂很尊重。只是兄嫂已经年过四十，至今还没有后生。他知道嫂嫂为什么熬药——就是为了解决开怀的问题。他极为体贴地问道：

“贤嫂，近来身体如何？”

“我的身体尚好，请贤弟放心！”闵氏说着端来一杯香茶，递给王盛。

“贤嫂，恕我直言，我见你在堂屋熬药，是不是为解决你的经脉畅通而用？”王盛将话挑明，直截了当地问道。

闵氏听小叔子这么一问，不好意思地垂下了头。

“我回皇宫后，给你请一位御医，帮你仔细瞧瞧！”王盛诚恳地说道。

“贤弟，不必费心了。你兄长已经找郎中给我看过了，让我吃几服中药，多用些藏红花，慢慢就会好的！”

“唉，兄长怎么不在家？”王盛问道。

“你兄长下地干活去了，一会儿就该回来啦。”闵氏惦记堂屋火上的药鼎，着急准备出屋道，“你先喝茶，我去看看药壶。”

“好，贤嫂，你快去吧！”王盛欠身道。

闵氏快步走出卧室。王盛饮着茶水，等待着兄长。

不一会儿，院心传来王安的声音：“是不是王盛回来啦？”王安在厩棚门口看见了那匹棕色的高头骏马。紧接着是闵氏的答话声：“是啊！贤弟在屋里坐着呢！”

王盛急忙欠身离座，把兄长迎进屋来。他从炕上拿起一把笤帚，给兄长扫前扫后，除去脏土。王安见王盛由皇宫回家来，心里别提有多高兴了。世世代代靠种庄稼活着，没有一个做官的，到了自己这一辈，没想到祖坟上还真冒了青烟，出了王盛这么一个人。尽管王盛是在宫廷里当宦官，可那也是官哪！并且给赵皇后当少府，谁不倾慕啊！人都说，宰相府奴才七品官。皇后比宰相还要大，可同成帝平起平坐。王盛在后宫里做事当官，他的官职等级咋也比七品县官大得多！所以，每当王安见到弟弟，总有说不尽的高兴。今天更是如此，问这问那，不住地打听。王盛深知兄长的一片热心，只要不涉及宫廷保密的事，他都一一答述。

后来，王安问到他，今天回家来是否有事？他将赵皇后托办的事情叙述了一遍，本想把自己家中的牛犊卖给皇宫，可惜牛犊幼小尚不能使用。王安看出了弟弟焦急的心情，便帮他挨家挨户地考虑，看谁家有合适的牛犊。

王安猛地一拍腿，想到了一户，道：“有啦！”

“兄长，不知谁家有合适的牛犊？”王盛着急地问道。

“贺夫人。贺夫人家里那头牛是年前生下来的，已变成牛犊了，拉车载人没问题！”王安兴高采烈地说。

王盛一听贺夫人家里有合适的牛犊，心里有些打怵。他沉默地待在那里，没再吭声。

“怎么，你怕她不答应？咱们给她钱嘛！”王安看出王盛在犹豫，进而劝道。

王盛心想：贺夫人性情耿直，有一身大丈夫气，为人讲义气，从不把钱财放眼里，否则，她当初怎么会赈济牛仔村的父老妇幼呢？记得十年前，为感激贺岩救驾之功，成帝曾派他给她送去一百两银子，她说什么也没要。今天，他担心找她购牛犊还要碰壁。于是，他忧虑地说：

“兄长，我是怕贺夫人不卖给咱们牛犊，弄不好她还要讥讽咱们兄弟。”

“咱们试试看嘛，贺夫人没种多少地，她还是以种藕为生，儿媳莲花仍是纺纱织布，也许用不上牛犊。”王安进一步劝说弟弟，坚持去贺夫人家里购买牛犊。

“好吧，咱们去看看。”王盛欠身欲走。

“等吃完晚饭再走嘛。”闵氏掀开门帘闪了进来。

“贤嫂，天还早。公务在身，不能久留。”王盛推辞道。

“是啊，皇后遣给贤弟的任务必须办，不能误了贤弟的大事，家里的饭，什么时候吃不行？”王安一心为弟弟的差事和前途着想，对妻子说道。

闵氏一看小叔子和丈夫都这么说，没再挽留，将他们兄弟俩送到门外。

王盛手牵坐骑，跟随兄长朝贺夫人家门口走去。

他们在院门口不远的地方停了下来。那里还生长着那棵古老的榆树，王盛将奔马拴在树干上。而后，他同兄长步入贺夫人家院。

院左侧便是厩棚。他们进院后，一眼就看见贺夫人正在厩棚内给母牛和牛犊往槽里添青草。

王盛随兄长走了过去，兄弟俩一齐向贺夫人打招呼，并施礼请安。

贺夫人一看王氏兄弟来了，特别是看见身着宦官袍服的王盛来到家中，觉得有些奇怪，她赶忙放下盛草的箩筐，拍了拍手上的沙土和草叶，风趣地说道：“两位贤侄光临寒舍，必然给我家带来好消息。”

“贺夫人，过谦了。”王盛说道，两只眼睛不住地盯着那头小牛犊，嗬！滚瓜溜圆，身强体胖，四蹄茁壮，白脑门儿，红尾巴，棕色脊背，花白肚皮，四条腿棕黄透白，乍一看，活像一头小豹子，壮极了！

“走吧，快请屋里坐！”贺夫人热情地道。

王安、王盛躬身谦让。

贺夫人引着他俩奔向正房。快到房门时，她停了下来，将他俩让到堂屋桌几前入座。而后，她吩咐儿媳送茶倒水。

只见牛莲花手提茶壶从里屋走出来。后面跟着她的女儿，那双小手端着两个花杯。

“贺英，快叫大伯、二伯。”牛莲花对女儿说。

“大伯、二伯，请吃茶。”贺英笑眯眯的，将两个茶杯分别放置在王安、王盛面前。

“贺英，真乖！”王安欢喜地抚摩了一下贺英的头。

牛莲花听到王安赞美女儿，心里感到格外甜。她提起茶壶，往两个杯中斟水。

贺夫人坐在一旁，看着孙女，一双昏花老眼透着欣慰的笑意。

牛莲花终于开怀了，但不是男孩儿。在骊山行宫给阳阿公主当差做事的丈夫贺岩，能够甘心吗？

王盛看了一眼牛莲花之后，又仔细打量着贺英：这女孩儿十一二岁，一头乌发梳成髽髻，两只大眼闪着灵气，两腮各有一个小酒窝儿，小嘴儿未说话也带着嬉笑。他喜爱地说道：“谢谢你，小贺英！”

“不谢，不谢，这算什么呀！”贺英连摆几下手。

众人笑了。

当牛莲花带着女儿贺英正要转身退出堂屋时，王盛才发现她的肚子又一次鼓起来了。如果这次牛莲花生下个胖小子，真有贺岩吹的了！他想：这若是赵皇后怀孕该多好啊，我何必到此购选牛犊呢。

贺夫人见儿媳、孙女离去，微笑着问道：“王大人从皇宫而来，一定有事吧？”

“贺夫人，晚辈给您添麻烦了。”王盛急忙站起身，拘谨地说。

“请坐下吧，不必客气，有话尽管说。”贺夫人不失当年之风彩，她落落大方，豪爽热情，摆了摆手道，“只要我能办到的，一定尽力而为！”

“我真不好意思！”王盛谦虚地说。

“贺夫人，贤弟是受赵皇后旨意而来。”王安为了引起贺夫人的重视，插了一句。

“哦！这大可不必，不管是谁，能办的则办，不能办的也不能去办！”贺夫人从不被地位和势力所左右。不用说皇后，就是成帝，她也不会买账。她好像对王安的话不感兴趣。

“不过，这件事确实是赵皇后托我办的，让我到乡下给后宫买一头牛犊，只要能拉动车、载动人就行！”王盛终于讲明来意，但他的眼睛担心地望着贺夫人，停了片刻道，“贺夫人，不知你家的牛犊是否还有其他用场？”

“王大人，这好说。但我问一句，后宫骡马成群，辇舆千乘，想怎么骑就怎么骑，想怎么坐就怎么坐，干吗非要牛犊啊？”贺夫人不知其意，问道。

王盛早有思想准备，料到贺夫人会这么问，但绝不能说出实情，他巧妙地答道：“贺夫人，您的话很有道理，我也是这样认为。但赵皇后考虑，骡马性急，车辇不稳，而乘牛犊拉载辇舆，既稳健，又安全，还舒适，且又是乡村常用的行路工具，亦可享受农家之乐。”

万万没想到，王盛编造的这番话还真管用，只说得贺夫人频频点头，立即表态，道：“行吧，我答应了。”

王盛喜不胜喜，急忙上前施礼，再三感谢。又从衣兜儿内掏出那五十两银子，双手捧给贺夫人。贺夫人根据自家牛犊的实际价值，不客气地留下三十两白银，剩余的交还王盛带走。

王氏兄弟随贺夫人步入厩棚。由王盛牵起这头活蹦乱跳的白脑门儿牛犊，走出贺家大院。他俩向贺夫人躬身告别。

王盛走到榆树前，解开缰绳，他一手牵坐骑，一手牵牛犊，长长地舒了一口气，担心、顾忌全然扫尽，准备回京交差。

王安将王盛送至村头。王盛搬鞍上马，向兄长依依挥手告别。

他松缰磕镫，扬鞭催骑。这时，天将傍晚，如血的残阳渐渐钻入西方天际，猩红色的夕晖洒落于并辔驰行的骏马和牛犊身上，好似两颗刺人眼目的血球滚滚流向长安……

王盛回到远条宫后，没顾得上用晚膳，连夜找来车仆，把白脑门儿牛犊套在一辆敞篷辇车上，开始悄悄地试学拉载。他手提灯笼，跟在车子后面，沿着宫墙外围的沙石路面行走。牛犊子拉车——乱套了！这话一点也不假。白脑门儿不听使唤，走几步就尥几下蹶子，把车子巅得老高。车仆还真有办法，怕用鞭子夜间声响大，索性使用一条藤棍，猛击其屁股，厉声吆喝，终于降服了白脑门儿牛犊。当围绕远条宫行走几圈后，王盛感到白脑门儿牛犊基本听从驾驭时，就让车仆将车辆停在宫院后门口。之后，他让一位小宦官立即去请赵皇后，亲眼看一看这辆牛犊车是否如意。

赵皇后顶着星光款款移步而来，宫女道房手提一盏荷花灯笼为她引路。她走到近前一看，这白脑门儿牛犊太棒啦！虎气十足，威风凛凛，膘肥体壮，生机勃勃。特别是它那驾车神态，更令人喜欢。她高兴地赞道：

“真是太好了！”

王盛遂又将去贺家村选购白脑门儿牛犊的经过讲述了一遍，把剩余的二十两银子还给她。同时，他还将车仆驯服白脑门儿的经过叙说一番。

她听完后，非常高兴，不住地夸赞道：

“王盛忠诚忘我，实为可敬！”

“皇后过誉，小臣实在不敢当。”王盛谦逊而又不安地道。

王盛进一步赢得了赵飞燕信任，成了她的头号忠臣。

显然，赵飞燕对王盛这一天的艰辛成果非常满意。她夸赞了王盛一番后，就命道房通知膳房，给王盛准备好酒好菜。

王盛心里暖洋洋的。他对赵皇后将要办的事情，想得更加周到。本来应该将牛犊车安置在西司马里，但那里离远条宫比较远，赵皇后使用不方便，他当即建议赵皇后，把牛犊安排在远条宫后院的一个临时厩棚内。赵飞燕答应了。

王盛陪赵飞燕行至寝宫门前，止住脚步。赵飞燕叮嘱他吃好喝好，早早休息，说完走入寝宫。

王盛搁不住几句鼓励的好话，何况当朝皇后为他亲自安排美酒佳肴，他更感到一股暖流涌入心田。所以，他去膳房用晚膳的时候，心里还一直装着这位皇后的心事。酒美菜香，他顾不上品味，三下五除二，结束了这顿晚膳。

不知怎的，这一天他的情绪特别高涨。他索性利用今天晚上的时光，去给赵皇后寻觅意中人，因为夜晚比白天隐蔽，不容易被人发现，并且也好与对方商量。听说西司马里来了几名年轻马夫，个个身强力壮、勇健剽悍，但不知是否俊俏多子？就应该去西司马里，问个明白，了解清楚，反正早早晚晚是自己的差事。再说，赵皇后对自己这样关怀和信赖，怎能辜负她的一片好心呢？这时候不孝敬她，等待何时？

他挺着胸膛，昂扬地走出了远条宫，走下了宫门前那十几个台阶，行至停放车辇的宽阔广场上。出广场向西，是一条浓密的林荫大道。道南是风景怡人的御花园，道北是一望无际的跑马场。王盛心情激动，脚步轻松。他很快地穿过这条林荫大道，来到西司马里。

此处，他有一个老相识，就是原来给许皇后掌舆马的太仆谷田。这位老翁已年过花甲，但为人忠厚，少言寡语，办事认真。所以，许皇后被废，谷田没受任何株连，照样在西司马里担任太仆，供职领事。后宫男女仆人对这位老人，既尊敬爱戴，又赞佩羡慕。

他到东北角的第一间屋子里找到谷田。谷田见赵皇后的内侍王盛走进室内，赶忙下炕迎接，心想：夜猫子进宅——无事不来，且这位内侍又是在当朝皇后膝前当差。不过可得小心，千万不能得罪他，这家伙嘴甜心辣、诡计多端，跟他的主子一模一样。

谷田笑呵呵地问道："王大人，这么晚到此巡视，一定有要事吧？"

"谷伯伯，晚生惊扰您了。"王盛找了个座位，自动坐下，接着说道，"听说您这里来了几位年轻力壮的马夫，不知能否挤出一个人来，以充实远条宫？"

"嗯，是来了几个棒小伙子，可懂事的不多，眼睛里没活儿。"谷田说到这儿停了下来，想了想又接着说道，"倒有一个合适的年轻人，比其他人强多了。如果让这个人去远条宫做事，那么赵皇后肯定满意，不过他家里负担重，他刚二十岁，就有四个儿子。"

"这个人长相如何？"

"模样儿不赖，挺英俊的！"

"谷老伯，劳烦您把他找来，咱们一块儿瞧瞧，怎么样？"王盛动心了，准备挑选一下。

"好吧！"谷田应声后，迈着蹒跚的步履，走出房去。

少顷，谷田同那位小伙子走了进来。

王盛上上下下打量了一番这个小伙子，长得确实很帅气，嘴唇厚了点儿，但两道又长又黑的眉毛，加上两只圆溜溜的大眼，还真有些男人味。还没等他开口，小伙子伏地就叩头，大人长，大人短，不住声地问候。俗话说：身勤不如嘴甜。小伙子的容貌，以及这张流利的嘴巴，他全看中了。小伙子站起身后，他便问道："你成家几年了？有几个孩子？"

"两年半，四个儿子。"小伙子的脸"唰"的一下红了。

他心里说：谷田了解得没错儿！但成家时间不长，怎么这么多孩子？他好奇地又问了一句："成家两年多，怎么有四个孩子？"

"不，这，这不好说呀！"小伙子有些腼腆，停了片刻，还是鼓起勇气，如实相告，“说出来请王大人不要见笑，不知道是我能，还是我老婆能，反正她总共生两次，一次一个双胞胎。就这样，我得了四个儿子！”

王盛、谷田听后，不禁哈哈大笑。

小伙子不好意思地低下了头。

“哈哈！您尊姓大名？”王盛问道。

“我姓张，叫张生。但我在乡下爱玩儿，成天价拿弹弓击鸟儿，村里人给我起了个外号儿，都叫我‘射鸟儿’，再也没人叫我‘张生’。”小伙子开朗活泼，毫不介意地道，“没关系，往后你们尽管叫我‘射鸟儿’好啦！”

王盛和谷田又是一阵笑声。

射鸟儿的一席笑谈，引起王盛的极大兴趣。他当即拍板，同意射鸟儿进远条宫，心满意足地道：“行，行，这个人我选定了！”

坐在一旁的谷田，乐呵呵地说：“射鸟儿，你小子的福分不浅哪！”

立在地上的射鸟儿，心里甭提多高兴了，深知这次调动是一件大好事，从西司马里到远条宫，可谓一步登天！还没等王盛告知何时进宫，便“扑通”一声，双膝跪地，连连叩头，不住地谢恩。

王盛挥了挥手，让射鸟儿快平身。

射鸟儿又给王盛磕了一个响头，才从地上爬起来。

远条宫——一个美妙而神秘的地方，作为一位一直卖苦力而谋生的乡村少年，当然非常向往。到那里不管怎样，总比在西司马里喂马、养马、驯马强得多、轻闲得多，甚至还可大开眼界，大长见识，彻底洗掉身上的泥土味儿！

没想到，这位乡下美少年还真有胆量，竟然急不可耐地问道：

“王大人，您看我什么时候动身？”

王盛本打算让射鸟儿明天早晨赶到远条宫，但唯恐年轻人睡觉贪床，误乘牛犊车，于是说道：“射鸟儿，今天夜间你就跟我去远条宫。”

“那好，那好，那太好啦！”射鸟儿的血液在热情和兴奋中燃烧，两只手激动地使劲儿搓揉。

“不过，你到远条宫后，可不能任性，一定要服从指派！”王盛叮嘱道。

“王大人，请您放心，我不会给您丢脸的。”射鸟儿说着往王盛跟前凑了凑，故意套近乎道，“您老人家这样高抬我，我终生都不会忘记，我一定拿您当亲人，我愿意听您使唤，您让我干啥，我就干啥！”

“射鸟儿啊，嘴儿甜腿儿也要勤哪。”仁义而厚道的谷田亦叮嘱道。

“谷大爷，我一定听您的教诲。”射鸟儿似乎很谦虚。心想，眼看就要分手了，再也不用你管了。

“好吧，咱们走。”王盛对射鸟儿道。

“王大人，您先慢走，我去取行李！”射鸟儿说罢飞一般地跑出去了。

王盛向太仆谷田说了些感谢话，便告辞走出西司马里。他在大门外等待着。

眨眼工夫，射鸟儿背着行李急匆匆地奔来。他俩肩并肩相跟着，顶着满天星斗，披着又凉又湿的夜风，钻进黑暗的林荫大道，径直朝远条宫方向走去。

天还没亮，后院的白脑门儿发出“哞——哞——”的叫声，王盛被惊醒了。他急忙起床，赶紧去门房叫醒车夫和射鸟儿，一齐去套车辇。

他陪着车夫驾驭白脑门儿，车上载着射鸟儿，开始履行他对皇后尽忠尽孝的义务。

当车辇行至远条宫门前的广场时，赵飞燕携姜秋、姜霜正站在台阶上，仔细观望坐在车上的美少年。

正在这时，白脑门儿发现她们的身影，忽然尥起四蹄，拼命想摆脱车辇，活活地将射鸟儿颠下车来，摔了个结结实实。然而，车夫猛勒缰，狠甩鞭，再次将白脑门儿降服。跟在车子后面的王盛，大声命令射鸟儿赶快登车。射鸟儿爬起身，飞步跃上牛犊车。

可是，白脑门儿不再围绕远条宫转，而是头一歪，驶出广场，直接向西，沿着林荫大道狂奔起来。车夫气得扬起长鞭，朝牛犊儿屁股上狠狠地甩着。“叭，叭，叭”清脆的鞭声，划破寂静的晨空。

这时，只见从西司马里方向飞来一匹骏骑……

第十二章　宝灵堂隐患

牛犊车还在奔跑着。

车仆不敢再甩长鞭了，只是拼命地拽白脑门儿的缰绳，不住声地高喊：“吁，吁，吁……”盼望车辇赶快停下来。

坐在车上的射鸟儿被狂颠得蹦上蹿下，脑子发涨，眼冒金星，肠子几乎要从口腔里吐出来。他看白脑门儿越跑越凶，浑身有使不完的劲，可自己坐也不敢坐，跳车也不敢往下跳，两只手只好死死地抓住车帮。因为害怕，那张红润的脸庞都变得苍白了。

王盛一边跟车奔跑，一双眼睛一边在注视迎面飞来的坐骑。

原来是大司马、新都侯王莽！

怎么办？王莽若是问起我们去干啥，应该怎样回答呢？他的大脑飞快地思考着。

王莽乘骑逼近惊奔的牛犊车，面对惊车临危不惧，硬是勒缰停奔，使马头正对牛头，并挥手扬鞭，“叭”的一声甩在白脑门儿的鼻梁上。

狂奔的牛犊车被拦截住了。车仆忍无可忍，朝白脑门儿脊梁上“叭，叭，叭”猛甩数鞭，狠狠地撒了一口气。

坐在车上的射鸟儿，一看飞车停驶，长长嘘了一口气，那颗悬吊的心放了下来。心里无限感激对面马上的将军，急忙欠身，双膝跪于车上，两手抱拳道：

“多谢大人救命之恩！”

“区区小事，何足挂齿！”王莽毫不在意地说。

车仆收住长鞭，面对这位不相识但又勇敢无畏的大人，频频点头致谢。

奋力追车的王盛赶到了。

王莽一看，远条宫的内侍王盛跑来，心中不解，疑惑地望着他。

“王大人，小臣王盛向您请安、致谢……”王盛跑得气喘吁吁，上气不接下气，两只手不住地颤抖，面向身着武官袍服的大司马屈身施拜。

“王盛，你们这是去哪里？”王莽还是想问个明白，“一大早，怎么驾驭牛犊车呀？”

“回禀王大人，我们准备去找御医，给这位内侍瞧瞧病！”王盛用手指点车上的射鸟儿，眼睛看着王莽，回答道。

“哦！原来是这样。”王莽说着，看了看坐在车上脸色不好看的小伙子。

射鸟儿一听王盛说自己病了，愣住了！心想：你们不是让我坐着牛犊车围绕远条宫遛弯玩儿吗？怎么又说我病了呢？他张开嘴巴，好像要问什么，被王盛狠狠地瞪了一眼。

射鸟儿还算机灵，马上明白了，闭起双唇。心里又想：皇宫可真是个复杂的地方，要学的东西还多着哩！

“王盛，你们快去看御医。我有事要去远条宫。”王莽说罢，拨动缰绳，双足磕镫，挥鞭催骑朝前奔去。

“王大人，慢行！”王盛望着王莽的背影喊道，心里暗暗高兴：满朝上下谁人不知这位新晋升的大司马才高智深、机敏过人哪！可是也被他三言两语，轻轻松松地蒙骗过去了。

车仆一手握车辕，一手拽缰绳，将白脑门儿由原来向西转为向东，车身也随之掉转一百八十度，朝着来时的远条宫方向。但车仆没有急于启动车辆，只是默默地望着远去的那位大人的背影。

“不该说的绝不要说，不该问的绝不要问。”射鸟儿忽然想起，昨天夜里从西司马里去远条宫的路上，王盛再三嘱咐的这句话，所以不敢随便说，也不敢随便问，但看到王盛累得满脸汗珠，便把身子往车厢里面蹭了蹭，恭维地说道：

“王大人，您太累了，请坐在车上歇歇腿儿吧。”

王盛点了点头。但他没去坐车，那双眼睛仍在盯着乘骑离去的大司马。

不用说，王盛是想在此处拖延一下时间，等王莽进入远条宫以后，再让车仆启动牛犊车，以免与王莽再次相遇。

差不多了，王盛估计王莽已经进宫，回头命车仆立即启车。

车仆抖了一下缰绳，甩了一声响鞭。白脑门儿拉着车辇，载着射鸟儿，沿林荫大道，往回跑起来了。

为了表达对皇后所讲述神话故事的虔诚，显示对皇后的忠贞，协助皇后及早怀下身孕，作为中少府的王盛，焉敢同射鸟儿一起乘牛犊车？他宁愿不辞劳苦，甘心舍得费力，仍坚持跑步跟车。

不大工夫，他们连人带车靠近远条宫。

王盛让车仆将牛犊车驱向远条宫外围路面，避开广场和正门。他们躲在一棵大树后面，窥视着大门口。

少顷，大司马王莽步出远条宫大门，走下台阶，至拴马的树桩前，解开缰绳，翻身跃骑，扬鞭而去。

于是，王盛又挥手指挥车仆重新驾车。然而，他的一双眼睛仍是非常诡秘地警惕四周。

白脑门儿可能跑累了，走起路来也不像开始时那样撒欢儿了，它在车仆的吆喝下，顺从地沿宫墙外围绕驶了三圈，又停在了宫院后门前。

王盛好不容易也赶到了。他的两条腿好似绑缚两条铅袋，感到无比沉重，几乎再也走不动了。他汗水淋漓，衣裤全箍在了身上，浑身上下就像刚刚从水里爬出来一样，活像一只落汤鸡。他喘着粗气，冒着汗珠，四肢发软，看到还在车上坐着的射鸟儿，心里真不是滋味儿，脑瓜里不住地想着……

看来，人间存有好多不合理的事情。有骑马的，也有步行的；有骑驴的，也有跟脚的；有坐轿的，也有抬轿的。哼！现在可倒好，一个后宫的官奴，居然能够堂而皇之地乘坐上牛犊车凤辇，这是多么大的造化呀。这小子福分真不浅！

自己却是如何呢？入皇宫做宦官，已近十五个冬春，风里来，雨里去，从未偷闲过，尽职尽责，恪守宫纪。别说与哪位嫔妃亲昵一下，就是拿眼睛看一看哪位后妃沐浴或换衣服的情景，也是从来没有的。

他望着不明真相的射鸟儿，心里虽然着实气愤，但又一想，这既是为皇后尽忠尽孝，又是为自己的前程寻觅光辉灿烂的美景，那种不平便随之消失了。心底暗暗慨叹，唉，谁让自己是阉官呢?

“射鸟儿，下来吧。”王盛不冷不热地叫道。

“谢谢王大人！”射鸟儿确实是个机灵人，什么时候都注意礼节礼貌，何况自己坐车，别人驾车、跟车跑呢！他双腿一蹲，往下一跳，就蹦到了地上，回过头来，两手抱拳，面对车仆说道，“多谢老伯！您受累了。”

车仆看了看射鸟儿，笑了一下，没吭声。

“走吧，跟我走！”王盛说着，向射鸟儿摆了摆手。

“好，王大人！”射鸟儿应声后，紧跟王盛步入后院宫门，朝宫内走去。

王盛如同从上山归来的一个猎人，带着猎物般地将射鸟儿引进赵飞燕皇后卧室。王盛见了赵皇后，屈身施拜；射鸟儿见了皇后，急忙伏地叩头，祝福千秋。

赵飞燕，盼望子嗣盼得眼睛发绿，思念少年思得心田饥渴。她一见这位美少年终于来到身边，那颗火辣辣的心难以抑制，款款碎步轻飘过去，一双纤细的玉手抓住对方的臂膀，揉了几下之后，欲往上搀扶！

射鸟儿一进屋，就被一股胭脂香粉味道呛得迷迷糊糊，可没想到后宫之主竟然伏身用手搀架自己。心想：我是一个庄稼人，焉敢劳驾皇后呢。干脆，自己爬起来。于是，两臂使劲儿一挣脱，把赵皇后弄了个趔趄，往后闪了几步。他赶紧伏尘叩头，嘴上不住地谢恩。双手一撑地，站起身来。

站在一旁的王盛，看到了眼前的一切，对射鸟儿之举简直是哭笑不得。

赵飞燕的一双玉手被射鸟儿挣脱开后，本来很尴尬，心里觉得别扭，可一看射鸟儿如此注意宫廷礼节，那种不快之感随之消失了。她的一双秀眸仍是深情地看着对方。

射鸟儿只觉得皇后高抬自己，对穷苦人够意思，站在那里向皇后娘娘投去羡慕而又感激的一瞥。

赵飞燕的那双眼睛一直在贪婪地望着射鸟儿，嘴上却是说给王盛听的：

“王盛，你没有白费辛苦。去吧，把他领过去。”

“遵命。”王盛躬身领命后，转向射鸟儿道，“来，跟我走。”

“是，王大人。”射鸟儿应声后，向赵飞燕皇后抱拳施礼道，“皇后，奴才向您告辞。”

赵飞燕笑了笑，心里说：真是个傻瓜。

王盛领着射鸟儿，走出卧室，直接来到密室门前，说道：

“射鸟儿，进去吧。”

“王大人，这是……”射鸟儿有些不解，站在门口犹豫。

“别啰唆啦，让你干啥就干啥。”王盛打开房门，一把将射鸟儿推了进去。

赵飞燕亦走了过来，脚步又轻又快，头也没有回，急火火地进了密室。“砰”的一声，关上了房门。

密室内，烛光通红，静谧馨香。射鸟儿被中少府王盛推进这间屋来，一下子弄蒙了。这到底是让我来干啥呀？！正在纳闷不解之时，忽然又见皇后跟进来，更加迷惑不解了，只好规规矩矩、局促不安地站在地面中央。

赵飞燕坐在床上，双目闪亮，面带微笑，脉脉传情地说：“来，这边儿坐。”

射鸟儿吓得不敢动弹，那颗心怦怦直跳。这是什么地方呀？刚才那屋是皇后的卧室，现在这屋阴暗封闭，靠点燃蜡烛照亮，怎么还设有一张温床呢？嗯，这大概也是皇后的内寝之地，若不然她怎会坐在床上呢？不能轻举妄动，这儿岂能有我坐的地方。

“快过来呀，别愣着啦。”赵飞燕笑微微地催促道。

射鸟儿可没这么大胆子。可是，发现赵皇后和善而多情地望着他并点着头，没有一丝恶意。只是不理解赵皇后让他过去做什么，为什么偏偏对他这样热情？

他鼓起勇气，走了过去。

赵飞燕一把将射鸟儿拉到身旁，两人并坐在一起。

她拽起他一双粗壮的大手，让他抚摩她那软柔光滑的身躯。他战战兢兢，不知所措。

猛然间，她灼热的嘴唇吻在了他厚厚的双唇上。

他一阵心慌意乱！神色一肃，急忙将她推开。

“皇后，您，您是皇后……”

“别害怕，外面有人看守着。”赵飞燕安慰着射鸟儿。

一时间，射鸟儿说不出话来。

倏的一下，赵飞燕像蝴蝶一样扑入射鸟儿的怀中。射鸟儿全身颤抖着，赵飞燕满身芬芳，玉体娇柔，令他热血沸腾，几乎无法自制。

密室门外，确实有人守护着。赵飞燕多年的贴身宫女姜秋，在离密室房门不太远的地方来回踱步，而她的眼睛则一直注视着寝宫前院。幸好，此时没有任何人来往。

宫婢使女道房端着一盆洗衣服的脏水走出寝宫正门。她没有泼在门前人行道上，而是往前走了几步，泼在道旁的黄土地面上。

“吱扭”一声，密室房门打开了。满脸沁着汗珠的射鸟儿慌里慌张地走了出来，本来应该就近沿寝宫西侧山墙向北拐入后院，可他一紧张，急匆匆地朝前院走了起来。日出三竿，阳光刺眼。他用手搭在额前，遮挡阳光。走着走着，正好走在道房泼过水的地方，“吧唧”一下，两脚一滑，摔了个屁股蹲儿。他的两手和鞋裤沾满了泥巴，吓得心惊肉跳。

提着空盆的道房正在往回走的时候，发现射鸟儿急火火地走出密室，她停住了脚步，转过身来，好奇地盯着皇后的情人。当看到射鸟儿突然摔倒在泥泞之中时，她“咯咯”地笑了起来，直笑得前仰后合。

姜秋急忙跑了过去。射鸟儿已双手撑地，欠身起来，不住地甩手上的泥巴。姜秋见射鸟儿的狼狈相，不禁亦失声笑了。

射鸟儿的脸“忽”的一下红了。

姜秋给射鸟儿指点着路线，让他沿寝宫西侧山墙，往北奔向后院，可去往他的门房住处。射鸟儿感激地点点头，转身朝西山墙方向走去。

姜秋见射鸟儿离去了，回过头来一看，嗬！道房仍站在那里没动，还在看热闹儿哩。她快步上前，严肃地叮嘱道：“道房，你都看到啦，可不准向外人瞎说。”

“姜秋姐姐，请放心，我不会乱说的。”道房说完，提着空盆走出宫门。

姜秋是个性急但又心细的人。她跟随赵飞燕已经十多年了，办什么事情都很认真、麻利、准确，很少出现纰漏。今天凌晨一起床，赵皇后给她部署两项任务：第一项是接待大司马、新都侯王莽；第二项是准备去宝灵堂祈祷。因为头天晚上，大司马府舍人王谦前来禀报，大司马将要在第二天凌晨赶到远条宫，向皇后汇报重要事情，所以赵皇后就把接待王莽之事列入今天的议程。她们随赵皇后在宫门前看了一会儿牛犊载少年，便赶紧回宫准备接待大司马。待大司马走后，她又去找西司马里的太仆谷田，安排凤辇，准备去宝灵堂祈祷。

刚才，是她主动向赵皇后提出的，守护密室房门，防止发生意外。她在揣摩着，西司马里的凤辇车舆快要到了，去宝灵堂还有一段较远的路程，敬神不能走得太迟了。她朝密室房门看了看，心想：赵皇后怎么还不出来呀？

她等得急了。干脆，去瞧瞧赵皇后在干什么。她急匆匆地走向密室，推开房门一看，啊！赵皇后双膝跪于一块褥垫上，嘴里在小声地祈祷："上天保佑！王太后深明大义，远见卓识，答应缓立太子。上天保佑！当今万岁高瞻远瞩，义无反顾，坚信赵氏姊妹，必能为其生下嗣子。上天保佑！我赵宜主身居当朝皇后，决不负皇家洪恩和天下众望，一定为汉家刘氏怀子生嗣……"

只见赵皇后屈身躬施三拜，而后欠起玉体。

姜秋移步上前，伸手搀扶赵皇后。姜秋一双聪慧的眼睛热辣辣地盯着主子，看到主子满脸春潮仍未褪去，便半认真半开玩笑地道：

"皇后，您这样虔诚，又这样动情，怎能不感动上天呢？闹不好您今天就大有成效。"

赵飞燕莞尔一笑，倒没觉得不好意思。

"刚才我听您祈祷时说，王太后答应缓立太子啦？"姜秋亦觉兴奋，为主子达成目标感到高兴。

"多亏了大司马从中讲情，王太后还真给了她侄子的面子。这是大司马今天早晨告诉我的。"赵飞燕的一双眸子闪亮着，对未来充满了信心。

"皇后，我相信，您的一切都会如愿的。"姜秋看到主子神采奕奕，信心十足，不无鼓励和奉承地道。

"借你吉言，咱们共同实现美好愿望。"赵飞燕越说越觉得心情激动。

这时，姜秋扭转话题，提醒道："皇后，咱们该去宝灵堂啦。"

"对，马上走。"赵飞燕转身欲走。

"您还没换衣服。"姜秋又提醒了一句。

赵飞燕看了看自己身上的袍服，是来密室同射鸟儿相会的着装，顿感难为情地笑了。姜秋也笑了。

两人正在相视对笑之际，姜霜一阵风似的闯了进来，着急地催道：

“皇后，西司马里的凤辇车舆已停在宫门外多时，太仆谷田问我们能否早些动身？”

“好，知道啦。你去告诉太仆，我随后就到。”赵飞燕爽快地回答，继而又对姜霜说道，“唉，姜霜，你顺便告诉王盛，通知所有随从人员，立即去宫门外等候。”

“是！”姜霜应声后，一转身跑了出去。

“姜秋，你去找薛静，你们俩一块儿给我梳头、换装。我到卧室等你们！”赵飞燕说罢往外走。

“好，我这就去。”姜秋答应着，亦随赵皇后走出密室。

对于长年累月死守在宫内的宦官、宫女、卫士们来说，出宫去祭祀天地或观看射猎等，都会令他们异常兴奋。大家一听中少府王盛说，赵皇后欲去宝灵堂祭祀神灵，需要众人陪伴，高兴得手舞足蹈。宝灵堂是当今皇上成帝即位不久所建的一座宏伟而又美丽的庙宇，主祭祖先和神灵。那里，每天人山人海，热闹非凡。

霎时，男男女女百十号人，争先恐后地挤出宫门，集结于凤辇车舆附近的广场上，按照近侍、宫女、卫士的身份，自动各站为一列，等待皇后。

王盛站在门前的平台上，不时地朝门内张望。

大约又过了半个时辰，按秩大妆、光艳照人的赵飞燕皇后，像一轮明月从远条宫门内升出。

王盛向赵皇后屈身一礼，而后领先步下门前台阶，在皇后前面引路。

姜秋和薛静，一左一右，搀扶赵皇后一步一步地走下门前台阶，直奔车队中间那辆四马皇后凤辇。姜霜、道房和另外几位随身宫女也都侍立于辇旁。

广场上的男女侍从，默默地看着主子登上辇篷。只见中少府王盛向他们挥手，令其上车。他们依次乘坐于另外五辆敞篷舆车。

王盛和几名小宦官坐在首车上，而身带兵刃的卫士们则登上了尾车。

六辆彩色辇车，摆成长长一溜儿；十多匹骏马，膘肥体壮。每辆车前站着一位车夫，他们人手紧握一条红缨长鞭；车上坐满了红男绿女，笑声朗朗，喜气洋洋。

只听鞭声悦耳，车轮启动。他们迅速驶出远条宫门前广场，沿着驯马场东侧大道由南向北，很快驶离后宫，穿行在京都长安的街道上。大街小巷，熙熙攘攘。当人们看见皇家后宫大队辇车过来时，都急急忙忙闪在路旁，自动让开一条通道。唯有那些儿童不肯离去，紧紧站在路边，想看个稀罕。

五月的天气，渐渐热起来了。车辇刚刚驶出城池，越过护城河，便沿着一条垂柳林荫大道行进。走不多远，又发现一条由北向南流淌的小河。他们逆河而上，沿岸行驶。

小河两岸长满了杨柳和农夫们种的各种蔬菜。在夏初的阳光照耀下，青枝绿叶油光鲜亮，给人一种生机盎然的感觉。尤其是那岸边垂落于河床上的杨柳枝臂，随风摇曳，轻轻摆摆，一下一下地撩拨水面，使这条清澈碧透的河流泛出层层涟漪。

田野绿色的庄稼已经没膝高，在微风的吹拂下，翻卷着荡人心田的绿色波浪。不时还可看到三三两两的农家男女在挥锄除草。

坐在车辇上的人看到眼前景色，看到在农田劳作的庄稼人，感慨万端。

不久，在山坡向阳处，一座漂亮的庙宇映入人们的眼帘。

车仆们甩起了长鞭，驭马疾奔。坐在车上的人们欢呼雀跃起来。

车队驶过一片杂草丛生的荒滩，沿着起伏不平的丘陵道路向前行进，而后缓缓进入沟底。沟底修筑了一个长条土台，土台上便是停车场。今天，这里仅仅停放了十余辆马车和牛车，祈祷的人们尚未去宝灵堂，还都坐或立于沟里沟外。看来百姓是在等候赵飞燕皇后的到来，人们的眼睛注视着驶入沟底土台的皇宫车辇。

六辆车辇依次停下来。

距离皇家辇舆较近的百姓车辆，是那头棕黄色乳牛载的农家车。车上坐着牛莲花，车旁站着的壮汉是她的丈夫贺岩。贺岩从骊山行宫回到贺家村，专门赶车护送妻子，前来宝灵堂祈祷的。夫妻俩也和其他人一样，注意观看帷篷凤辇。

首先跳下车的是卫士们，接着是王盛和近侍，他们急忙来到皇后凤辇前，做好警戒和护卫。继而，那些男女侍从、仆人纷纷下车，侍立一旁。

王盛伸手撩起帷篷垂帘，姜秋、姜霜上前，将赵飞燕皇后搀下辇车。

牛莲花一眼看见了赵飞燕，随即蹭下车来，欲上前搭言。贺岩一把拉住了妻子。

赵飞燕下了凤辇后，抬头向北面望了望，坡上露出宝灵堂的上半截堂门，但一个人影也没发现。

她谁也不看，也没同谁说话，而是默默地走下土台，径直朝山坡走去。后面跟随王盛、姜秋、姜霜、道房、薛静等人。

她举步登上了护坡路的青石台阶，姜秋、姜霜赶紧跑上前，用手搀扶。很快，走完了几十个台阶，来到坡顶上。

这里，是一片开阔地。东、西两厢是通道、旷野，但宝灵堂北面不远的地方是一座青山，从山上流淌出一条小溪，缓缓地流向东南面的原野，这就是他们临来时遇到的那条小河。堂门东侧百十米处，有一个天然湖泊呈现在人们眼前，湖的两岸栽满了垂柳，柳梢在微风中摇曳。

宝灵堂殿堂栉比，蔚为大观；空翠烟霏，千姿百态；湖光山色，辉映有趣。

赵飞燕皇后伫立多时，仰叹不已。

堂门前，已有几百名穿戴整齐的信众正列成队伍，夹道欢迎。管事手持杖柄，也站在堂门旁迎候着。

她迈动双足，朝堂门走来。列队信众们口念词文，欢迎皇后。

管事向前跨出一步，微倾身体，低首恭道：

“赵皇后，老朽体衰，行走不便，故未远迎，望您海涵恕罪！”

“岂敢岂敢！本椒房前来贵处，多有打扰，深感不安，诚望师父给予方便才是！”赵飞燕亦将右掌手指竖于胸前，还礼谦让，恭敬地说。

“赵皇后，请！”管事闪在一旁，道。

“师父，请！”赵飞燕谦恭地道。

但是，管事仍让赵皇后前行，他跟随在后。

远条宫内侍王盛、姜秋、姜霜等人，也相继跟在皇后、管事后面。

赵飞燕一直往前走着，见处处井然有序，几百名信众虔诚静坐，无一人左顾右盼，感觉如临圣地。

相随一侧的管事，首次接待这位当朝皇后敬神，衷心希望得到她的支持，于是又谦虚地道："皇后光临敝堂，敝堂蓬荜生辉。倘若发现哪里有不周之处，诚望玉口指点，老朽不胜感激！"

赵飞燕被这里的一切感染着，心里已经很满意，闻听管事如此严以责己，回头说道：

"师父不愧贵堂之首，几十年之心血，方赢得今日之盛况！"

"皇后过誉，老朽惭愧！"管事诚恳地道。

赵飞燕在管事的引导下，撩裙抬足，跃过高高的门槛，步入正堂。马上听见端坐两厢的几百名信众念念有词。她庄严向前，怀着崇敬的心情，用手撩起宽大而又华丽的袍裙，双膝跪于圆圆的、厚厚的、松软的垫子上，两手合拢靠于胸前，那双秀眸微微闭起，将思绪立即拉入祈祷的境界……

管事来到案几右侧。另外两名副管事也走过来，站在管事两旁。正堂顿时一片肃寂！

管事见赵飞燕已跪在正堂前，马上命一位随从重新点燃了清香，换插在香炉内，开始为赵飞燕皇后降香祈祷。

"神灵在天，保佑宜主怀嗣！"赵飞燕祷告着。

"三寸气在千般用，一旦无常万事休！"管事启发道。

"宜主忠实汉室，立嗣乃为江山！"赵飞燕继续祈祷道。

"诚能感天动地，情能泣鬼惊神！"管事抬高嗓音，但慢声慢调。

赵飞燕祈祷完毕，屈身叩施三拜，欠起玉体。

管事又默诵了一阵经文。

接着，正堂又是一阵沉寂。

管事快步走了过去，安慰赵飞燕皇后道：

"百年随时过，万事转头空！"

"管事所言极是！然我伴君为后，多年无嗣子，将来十有八九，此事很可能给本椒房带来麻烦！"

管事对皇家后宫"母以子为贵"的传统，乃至后妃们之间明争暗斗的行径，早有耳闻；对赵飞燕皇后因多年无嗣子的苦衷也非常理解，一旦事不遂愿，其后果难以想象，于是又劝慰道："人道谁无烦恼，风来浪也白头。且皇后亦向神灵祈祷，说不定您能应运怀嗣，祛除一切烦恼！"

赵飞燕又仰起头，出神地望着神灵雕塑，心中不由得生出许多感慨和遐想。她盼望神灵赐给她皇嗣，及早怀孕。至那时，她的身价将会百倍上涨，朝中上下、宫廷内外，都得对她刮目相看。

她一转身，发现中少府王盛站在身边，她让他将随身带来的一百两银子交于管事。王盛赶忙从自己的袍袖内取出银两包儿，双手捧向管事。管事摇了摇头，说什么也不收。

她结束了隆重而庄严的祈祷。管事将她送至堂门外。

她在王盛、姜秋、姜霜等人的拥戴下，朝护坡台阶走来，忽然发现阔别十余年的牛莲花站在对面。

她愣住了！

牛莲花也愣住了！

过了好大一会儿，牛莲花才缓缓移步走过来，由惊喜的神态转为陌生的表情，撩裙跪于尘下，怯怯地道："赵皇后大驾光临，民女牛莲花叩拜！"

"快平身，快平身！"赵飞燕挥手说道。

牛莲花尽管身怀六甲，不甚方便，仍向这位当年的舞女而现今贵为皇后的赵飞燕，行拜叩大礼。

赵飞燕走到近前，伸出双手搀扶起曾是救命恩人贺岩的妻子牛莲花。她猛然间看到牛莲花那鼓囊囊的腹部，着实不安地道：

"哎呀呀！莲花，你这不是怀孕了吗？怎么还伏尘屈身叩拜于我呢？"

牛莲花羞涩地低下了头。

"我听王盛说，你已经有了一个十二岁女儿。怎么，你是不是还想要一个男孩儿？"赵飞燕问这句话的时候，那颗心像被针扎了一下。

牛莲花点了点头。

"莲花，是你一个人来宝灵堂的吗？"赵飞燕又问了一句。

"贺岩也来了。他正在沟里土台上看车哩！"

"哦，是这样。"赵飞燕心里有些妒忌，这对农家夫妇建了家，立了业，生了女孩儿，还要一个男孩儿，无忧无虑，无牵无挂，多么幸福啊！

"赵皇后，您来宝灵堂……"

"主要是来敬神，没有其他事情。"赵飞燕不愿意牛莲花往下问，随即打断对方的话。

牛莲花怯懦懦地立在一旁，不敢再言语了。

赵飞燕想起若干年前，牛莲花曾经给她和皇上制作过水貂皮披风和猞猁皮披风，这是多么大的情义呀！想到此处，一种感激之情涌入胸膛，她真诚地问道：“莲花，你我分别这么多年，你怎么不到皇宫看看我呢？”

牛莲花早有思想准备，很坦然地回答道：“赵皇后，您在后宫，身居三宫六院之首，每天日理万机，废寝忘食，我牛莲花焉敢进宫打扰呢？”

“好吧，莲花，你去请神吧！”赵飞燕一看，牛莲花跟她确实已经没有共同语言了，莫如让对方离去。

“多谢皇后！”牛莲花屈体一礼，转身朝堂门走去。

赵飞燕看着牛莲花拖着沉重的身子离去，心中暗想：如果自己也能像牛莲花这样怀有身孕，该多好啊！或者……干脆，牛莲花将腹中的婴儿献给她?！

她步下护坡台阶，心情变得沉重起来。

第十三章　壁衣闻嗽声

夜晚，明月当头，夏风吹拂。一缕缕悦耳动听的琴音从远条宫前院传出。

前院的人造湖北岸，设有一个八角飞脊凉亭。亭内，圆圆的石几上，摆有香炉，烟火通红。香炉四周还摆着供果。

石几正面，设有御座。成帝坐在那里，威仪凛然，端庄严肃，仔细倾听琴歌。石几两侧，相对坐着的赵飞燕皇后和侍郎庆安世，正在为成帝弹琴鼓瑟，舒心赏月。

赵飞燕这位才艺俱佳的皇后，弹抚古琴，音调悠扬。她以琴音言志，以歌声抒情。现在，她正弹拨当年淳于长转送给她的那架古琴，此琴琴龄已七百余载，曾是王太后的心爱之物。她所弹唱的是当时汉代流行的相和大曲《东门行》：

> 出东门，不顾归；来入门，怅欲悲。盎中无斗米储，还视架上无悬衣。拔剑东门去，舍中儿母牵衣啼："他家但愿富贵，贱妾与君共铺糜。上用仓浪天故，下当用此黄口儿。今非？""咄！行！吾去为迟，白发时下难久居！"

赵飞燕明知这首七十八个字的短曲，描写了走投无路的一个穷老汉"犯上作乱"的斗争过程，与祭天赏月无甚关系，但借此抒发她胸中苦闷。

只可惜，聪明的成帝陶醉于哀怨抑郁的琴音与歌声交融之中，丝毫没有觉察出赵飞燕皇后的心情。

随后，庆安世弹拨颂瑟。弹的曲子为《陌上桑》，与赵飞燕演奏的《东门行》曲调一致，情感相同，只是此曲歌颂了一个反抗五马太守的采桑女子——秦罗敷，塑造了一个美丽、勤劳、机智、勇敢而又坚贞的女性形象，旨在表达对赵飞燕皇后的崇敬。庆安世亦边弹边唱：

行者见罗敷，下担捋髭须。少年见罗敷，脱帽著帩头。耕者忘其犁，锄者忘其锄。来归相怨怒，但坐观罗敷！

瑟音入月，歌声荡湖。庆安世的演奏技艺叫绝，歌喉韵味洒脱，赵飞燕的那颗心早已被彻底感染，她情思绵绵，欲罢不能。只是微点额首，以示满意。

成帝欣赏了皇后、侍郎的精彩演奏后，心情分外高兴，连声叫好。成帝如同父王元帝一样，对楚舞、楚歌、楚乐颇有造诣。他兴奋之余，脱口赞道：“庆侍郎，雅善弹琴，奏唱结合，技艺超群，后宫之首，可与皇后媲美！”

“陛下过誉，微臣焉敢承当？”庆安世急忙起身，离开瑟几，走向御座，面对成帝连施三拜，道，“我的琴技，远不如皇后，诚请陛下、皇后多加赐教！”

“庆侍郎，平身。”

“谢万岁！”庆安世施礼站起。

“朕特许令：你可经常出入远条宫，为朕和皇后弹琴献歌，并磋商技艺！”成帝说罢又转向赵飞燕，愉快地问道，“怎么样，飞燕皇后？”

赵飞燕巴不得庆安世经常来这里。她一听成帝下达口谕，正合心意，便婉转地应道：“圣上谕令，臣妾焉敢不从？”

庆安世受宠若惊，激动不已，急忙跨步上前，躬身抱拳，恭敬致谢，道：

“陛下、皇后，洪恩浩荡，承蒙厚爱，微臣永记心间，没齿难忘。”

“爱卿平身。”成帝挥手道。

“启奏陛下，郑永有要事相告。”刚来远条宫的郑永屈身打躬。

“哦！”成帝一回头，突然看见中常侍站在月光下，马上走下凉亭。

郑永将成帝搀扶到僻静处，悄悄地告诉他，甘露馆曹伟派来一名婢女，急于要见陛下，现正在华玉殿等候。成帝一听，不由得心头一震，立即猜测到什么，便转身和赵飞燕告别。

然后他同中常侍郑永一起，急匆匆离去。

庆安世一看成帝走了，随即转向皇后，躬身施礼欲告辞。可赵飞燕偏偏说了句：“急什么！”

庆安世顿即呆愣在那里。

此刻，在赵飞燕丰满的胸脯下面，心潮却在滚滚不息地起伏着。

现在，她思考的既不是同哪位嫔妃之间的权力争夺，也不是如何挤进朝廷参政、议政，以求得文卿武将，特别是皇上的信任，而是急需怀嗣，及早产子。因此，她焉能放过俊美如意的侍郎庆安世？

她，一直深情地望着眼前的可心男人。

庆安世透过月光洒进凉亭的余晖，看见影影绰绰的丽人，更加神秘多彩，那颗雄心亦在欢跳。但一想，这是皇后，并非凡尘俗女。如果轻举妄动，势必招来灾难。可是，她在深情地看着自己，不准离去。怎么办？他走也不是，留也不是。眼下，只好等待呼唤。

她没有呼唤他，而是默默地、缓缓地、轻轻地移动双足，走了过来。

庆安世着实紧张，赶紧后退一步，而她又向前逼近一步。面面相觑，四目相对。庆安世只觉满脸滚烫，局促不安。

“倏”的一下，她拉住了庆安世的手。

庆安世的心一阵慌乱，无所适从。

她手拉庆安世步下凉亭，朝寝宫方向走去。庆安世尽力屏住呼吸，轻抬脚步，唯恐被宫人发现。

庆安世顺从地跟随赵飞燕往前走。

寝宫快要到了。但是，她没去寝宫卧室，而是拉着庆安世奔向密室。她松开了他的手，去打开密室房门，里面一片漆黑。她没有回头，直接步入密室。

此时，庆安世忽然想起了家中的妻子和一双儿女，全家人朝夕相处，和和美美，享不尽的天伦之乐。这一龌龊行动，岂不是伤害了妻室，对不起儿女吗？再者，自己将近不惑之年，才熬到了主管宫廷乐舞的侍郎职务，一旦事情暴露，曾经花费二十年心血所换来的功名利禄，岂不要付诸东流？

他犹豫了。

突然，从寝宫正门方向传来了一阵脚步声。

他不由得一惊，吓得周身哆嗦了一下，只觉得后脊梁冒出一股凉气。为了回避行人的目光，一狠心走进了密室。

赵飞燕得到了庆安世的抚慰，心中流淌着幸福的小溪。她不愿这条小溪中断，更不愿这条小溪干涸，所以盼望这位意中人常来常往。

可是，一天过去了，庆安世没有来。

三天又过去了，仍然不见他的踪影。

她苦苦等待着……

一个多月了，庆安世的音信再也没听到！

她跪在密室的香案前，向上天祈祷着。她不仅祈求上天保佑她幸而怀嗣，而且祈求上天保佑她的侍郎平安无事。在她内心深处，她觉得庆安世的政治地位、艺术造诣和人格品德都是符合要求的，而不像射鸟儿那样是似傻非傻、似奸不奸的人，粗俗可鄙。她曾将怀嗣的希望寄托于射鸟儿身上，现在，思索起来实感荒唐。她再也不想见到射鸟儿了，急切地盼望庆安世回到她的身边。

又是一个明月高悬的夜晚。

赵飞燕独自走到凉亭前，伫立良久。

一个月前，她和庆安世对坐献歌，弹琴拨瑟，一同为成帝祭天赏月。

一个月后，庆安世没有来，成帝也没有来。

她心里郁闷难解。

耳边传来熟悉的脚步声，回头一看，原来是中少府王盛，这是她最亲近的贴身男仆。什么消息，尤其是好消息，总是由王盛口中传给她。多少年来，王盛一直给她带来欢欣和愉快，帮她解除烦恼和痛苦。今夜，王盛还会给她带来好消息吗？她想着，等待着。

出乎意料的是，王盛担心主子承受不了，而是拐弯抹角地安慰她，劝她不要过于悲伤，更不能露出声色，以免带来麻烦，牵扯自己。

赵飞燕那颗心由喜盼变为惊恐，焦急地催问道：

“你快说，到底发生了什么事？”

“有句古话说，家贼难防。这话一点儿也不错。”王盛说着，身子向前移了移，压低嗓音，陈述道，“不知是宫内什么人，告发了那天晚上的事情，皇上派人逮捕了侍郎庆安世，再三审问，严刑拷打，但他死不招认。最后，皇上无奈，密令掖庭狱丞籍武，将庆安世拉到荒郊野外，当即处斩！”

赵飞燕一听，如五雷炸顶，头晕目眩，险些昏倒。王盛急忙跑上前，将她搀扶到凉亭御座上。

夜半更深。远条宫院内最后的几点烛光也已熄灭。月亮静静地钻入浓重的乌云中，大地立即变得幽暗、阴森、沉寂。赵飞燕沉默地陷入到痛苦的深渊之中。她忘记了凉风袭人，忘记了睡眠休息，一筹莫展地坐在亭内几前。

如今，亭在人去。她再也听不到那动人心弦的瑟声了，再也享受不到那琴瑟交融、心心相印的美感了。她满脸愁苦，潸然泪下！

不光彩的事绝不能暴露在光天化日之下，这是任何人都懂得的一个道理。作为当朝皇后的她，更是清楚这一点。有了这件不光彩的事，她又怎能不被成帝怀疑呢？她的心无比沉重。

王盛走到她跟前，把一件披风披在她身上，道：“皇后，夜深了，该回去了。”

“等一会儿，我再坐坐。”

“当心着凉，万不可影响玉体！”

“唉，人活着，真难哪！”赵飞燕长叹一声，无可奈何地说。

长乐钟响起，时已三更天。

自从侍郎庆安世死后，赵飞燕觉得日月好似凝固了一般，好不容易又熬过了七天。在这些日子里，成帝还是一直未来远条宫。她不但苦苦思念庆安世，而且朝思暮盼燕赤凤。可是，这样可心如意的男人再也见不到了。她无心梳妆打扮，但梳头宫女薛静每天硬是将她拉到梳妆台前，给她绾髻梳发、佩饰簪钗；同时，后宫宫长樊嫕陪站一旁，疏导相劝。她胸腔里那颗冷却的心重新被热血融化，那暂时平静的春潮又开始涌动起来。她精神振奋，浑身上下充满了活力，那种寂寞的愁苦消失了，她和侍女仆人又有说有笑了。

这一天，骄阳似火，万里无云。宫院内大树是静的，湖水是静的，荷叶是静的，凉亭是静的，看不到一丝风，纳不到一丝凉。整个院心全是灼热的。

此时，唯可听见树上的雀叫蝉鸣。

由于天气炎热，宫院值班卫士、宫女和仆人都躲在了墙脚下和树荫下。

可是，担负特殊警卫任务的姜霜一直站在宫院大门口，顶着烈日，汗水淋漓，密切注视门外的动静。这位多年的宫女，对主子的忠诚，同她姐姐姜秋一样，一丝不苟，从不含糊。门旁的卫士们，看到姜霜在不时地瞭望门外，心里感到奇怪，但又不敢多问。

不多时，由林荫大道那侧传来一阵马蹄声。

姜霜定睛一看，啊！飞来四匹骏骑。第二匹乘骑是成帝，那三匹骏马分别载着中常侍郑永和两位小宦官。姜霜看后，转身撩裙，拔腿就向院内跑去……

守在二门的姜秋，看见姜霜慌里慌张地跑来，预感到大事不好，马上迎了过来，问道："出什么事啦？"

"不好了，姐姐，你，你快去……告诉皇后，就说……陛下来啦！"姜霜气喘吁吁地说道。

"啊……你在这儿等着，迎候陛下。我去寝宫！"姜秋说完，转身穿过二门，跑向寝宫。

瞬间，成帝和中常侍郑永、小宦官们乘骑临至远条宫门前。他们动作敏捷，翻身下马。成帝将自己手中的缰绳交于郑永，道：

"郑永，你们在此等候，我去去就来。"

"是！"郑永一手牵着自己的坐骑，另一只手接过成帝的缰绳。

成帝走上远条宫大门前的台阶，卫士们早就从门旁的墙脚下出来了，他们一个个屈身施拜，向成帝请安。成帝看了看警戒宫门的卫士们，越过宫院大门，直接朝院内走来。

他走进前院，一片寂静。左右两侧的角楼、凉亭、荷花池塘、假山岩石，以及垂柳林带，没有一个人影，赵飞燕和她的宫女们也没在这里纳凉，只有几个花匠在收拾和浇灌花草。他心中犹疑……赵飞燕去哪儿了呢？难道她躲在室内乘凉吗？

成帝已经意识到赵飞燕没有安分守己。显然，怀疑之由，出于侍郎庆安世。只是庆安世在被处死之前，一直没有承认自己有越轨行为，更没有暴露赵飞燕皇后有任何问题。因此，他无从下手。

他强忍三十余天，故意不来远条宫，给赵飞燕制造一个无人干扰的机会，看她能否严守情操。

他疾步朝前走着。不一会儿，看到了二门，姜霜站在二门外迎候，姜秋又从二门内跑了出来。但是，不见赵飞燕迎驾。两位宫女急忙上前向他跪拜请安，他让她俩平身。他发现她俩神态紧张，心里感到奇怪。

他继续朝前走，越入二门，直奔寝宫。

这时，赵飞燕走出寝宫，惊遽迎驾，口称圣上，屈身施拜，并语无伦次地问这问那。

他没说话，而是举目窥视她的神色和仪表，只见她神情慌张，言语失调，冠发散乱，衣裙不整。他满腹狐疑，稍微迟疑了一下，若有所思地朝寝宫内走去。

他大步流星地穿过客厅，直插卧室。

赵飞燕轻步跟随，蹑手蹑脚地亦走向卧室。

成帝的警觉神态，令她有些惊慌失措，异常紧张，心里捏了一把汗，担心意外的事情发生。

她见成帝默默地坐在案几前，便手忙脚乱地收拾几上的衣物和东西，赶紧倒来一杯香茶，放到成帝对面，还找来一把檀香扇，亲手给成帝扇凉。

成帝默默地坐着，眼睛在扫视室内一切，耳朵在倾听周围动静。

赵飞燕轻轻地扇着扇子，秀眸在斜睨成帝的表情，心里在揣度成帝的举措。

此时，两人挨得这么近，几乎身体挨上了身体，然而，他和她的两颗心，相距不知有多么遥远。成帝已经预感到，她背他而去，恐怕永远不会为他守身如玉了。赵飞燕心底在呼唤，希望苍天保佑，卧室平静如常，什么事情也不要发生。

她万分担心的事情终于发生了。

忽然，复间靠近墙壁衣橱内传出男人的咳嗽声！

成帝闻听此声，那颗头颅“嗡”的一下大了起来。他猛地站起，朝复间看了看。双目喷起怒火，好似要把衣橱连同那个陌生男人烧毁一般。

赵飞燕惊闻此声，手上的那把檀香扇“啪”的一声摔落到地上。那颗心也几乎像被摔碎一样，再也不会完整了。那颗脑颅如同挨了一棒，嗡嗡作响。她脸色苍白，两腿发软，瘫坐在木椅上！

他呆愣地站在那里，强压怒火，隐忍未发，默默地走了出去。

她看着他离去了，心中好像打碎了五味瓶，酸甜苦辣咸，一齐袭来。

事情基本败露。成帝会怎么想呢？会不会回朝，命人发落她呢？

她越想越怕，心里七上八下，坐卧不宁。她追悔莫及，又羞又气又恨又悔，又惊又怕又焦又虑，一时不知如何是好。

什么办法也想不出来，什么主意也拿不出来。不知是畏惧，还是委屈，她猛地扑倒在床上，用嘴咬住枕头，呜呜地哭起来了……

多少年来，她还是第一次这样号啕大哭！

多少年来，她还是第一次丧失勇气斗志！

姜秋、姜霜闻到哭声，急忙跑了进来，她俩知道赵皇后此时此刻的复杂思绪和悲苦心情，说也说不了，劝又劝不了，只好陪着主子一块儿呜呜地哭起来。

成帝憋了一肚子气，未能发泄，头重脚轻，两手冰凉。他忽忽悠悠，强打精神，拼劲疾行，不知什么时候走出远条宫大门，走下一个个台阶。

他定睁一看，中常侍郑永和两个小宦官正守候在拴马桩前，四匹骏马亦昂头望着宫门。

他踉踉跄跄地走了过来。

郑永一看成帝来了，赶忙上前迎接，双手搀扶。

成帝对郑永说道：“去昭阳舍宫！”

“陛下，您先坐在石凳上歇会儿吧！”郑永见成帝精神恍惚，气色不对，估计与皇后发生了争执，遇到了不愉快的事情，随即劝说道。

“不，马上走！”成帝仍坚持道。

郑永不再说话，先给成帝牵过坐骑，并扶他穿镫跨鞍。然后，同两个小宦官解缰跨骑。

他们掉转马头，直接向东，挥鞭磕镫，朝着昭阳舍宫疾驰而去！

从打燕赤凤出走后，赵合德的心情一直不好，简直就像丢了魂儿似的，有一种说不出的失落感，对其他男人再也没兴趣了。再加上成帝为了得到自己的子嗣，经常去后宫其他嫔妃处寻花觅柳，很少临幸少嫔馆。这样，她就更觉得孤独了。怀嗣、生子岂不更加渺茫！因此，她很忌讳少嫔馆。

她和姐姐商量了一番谎话，告诉成帝她还愿意回到昭阳舍宫，因为这里是她和成帝情深似海且又得以晋封昭仪的发祥地。成帝欣然答应了。她带着全部人马又回到了昭阳舍宫。

成帝到达昭阳舍宫大门前，将坐骑交于郑永，并把郑永和两个小宦官打发走了。

他独自一人，无精打采，步入宫来。

小宦官见成帝驾到，急忙跑进温柔乡，禀报赵昭仪。

赵合德一听成帝来了，那颗心“腾”的一下飞跃起来，高兴得不知如何是好，她急忙走到铜镜前，照了照那漂亮丽质的容颜，摸了摸那乌黑闪亮的新兴髻发型，感到一切如意。她像喜迎久别的丈夫一样，转身离开卧室，叫上冷艳、冷花，随她去接驾。

她们飞快地步出温柔乡，见成帝迎面走了过来，合德和两位贴身宫女匆匆向前，屈体施拜。

赵合德见成帝态度严肃，沉默寡言，一时猜不透成帝的心思。但她那颗心却像火一般燃烧着，不管怎样，总算把成帝盼来了。她满脸笑容，问长问短，想冲淡成帝的愁苦和烦恼，并伸出那双温柔而多情的手，搀扶着成帝走进温柔乡。

时值中午，恰逢午膳，赵合德便吩咐冷艳通知膳房预备酒菜。

霎时，美酒佳肴端上来了。

她端起酒杯，刚要劝成帝开怀畅饮，只见他把酒杯一举，“啪”的一声，摔在地上，酒杯被摔碎了。

她吓了一跳！手一哆嗦，杯中的酒洒出来。她放下酒杯，不知所措。这是怎么啦？成帝咋这样呢？难道我做错了什么？还是因为我怠慢了他？她赶忙欠起身，怯怯地说：“陛下，您……”

成帝不语，瞋目直视昭仪，宽鼓的鼻翼不住起伏，双目喷着火，怒气怫然不可犯！

她浑身颤抖，惶遽避席，撩裙伏地，叩拜谢曰："陛下，今日临幸昭阳舍宫，臣妾感激不尽，然接驾为迟，未曾远迎，请责罚臣妾。"

成帝默然无语。

"陛下，臣妾家族孤寒，下无强近之亲，乃无依无靠。一旦得备后庭驱使之列，不意独承幸遇，渥被圣私，得天独厚，方立于众人之上。因恃宠邀爱，必众谤诽之。是否由于不识忌讳，冒触圣君威怒，臣妾愿赐速死，以宽圣怀！"赵合德说着潸潸泪流，涕泣不止，"我死而无憾……"

"合德，快快请起。"成帝躬身搀起赵合德，道，"你坐下，听我说。"

"呜，呜，呜……"赵合德坐在木椅上，仍然哭泣不停。

"合德昭仪，勿再涕哭，听朕告诉你。"成帝意识到自己刚才的态度有些过分，惹得昭仪难以接受，所以再三劝慰她，"你的忠贞，朕心中赞佩；你的才艺，后宫皆知；你待朕情深意绵，朕将终生难忘。你本无罪，朕焉能怪你？"

"陛下，您究竟因何而愠怒呢？"

他一听，一时无言以答，但两道龙眉骤锁，牙关唇闭，鼻翼欲飞，两腮肌肉棱角分明，整个面目抖颤起来，一副气极难抑的神态呈现出来。

她不禁又陷入紧张而惊慌之中，预感到大事不好。她决心问个明白，于是温情而体贴地道："陛下，您何不讲出来，让臣妾为您也承担一些忧愤呢？"

他怒不可遏，厉声咆哮道："对你之姊，朕欲枭其首，断其手足，置于溷中，方才大快！"

"啊?！宜主姐姐缘何得罪陛下？"赵合德惊吓得站起身，慌忙问道。

"你听我说，你听我说……"成帝气得脸色青一阵白一阵。他在满腔气愤之中，向合德叙说了壁衣中事。

合德听后一下子愣住了。她反应机敏，自己对姐姐的事决不能袖手旁观，如果没有姐姐这棵梧桐树，自己也无处栖身。她马上恢复常态，沉着冷静，循循善诱，劝说道："陛下，您陈述此事，心中气愤，忍无可忍，臣妾十分理解。然臣妾思有三条原因，欲上谏万岁明察，不知当讲否？"

"讲！"

她话还没说出口，泪珠立即涌出眼眶。她乞怜般地望着成帝道：

"陛下，您身为一国之君，承担祖宗遗留之大业，肩负治理国家之重任，德隆望尊，功盖九州，焉能为区区小事过于气恼，而影响龙体？这是其一。”

“嗯，讲！”

“陛下，您所述壁衣嗽声，我不否认，但终然未见其事。古人云，‘是非久自见，不可掩也’。将来时间久了，自然就会明白。一旦因此偶然之事而处罚宜主皇后，势必影响圣君威严和信誉，遭天下人耻笑。这是其二！”

他未置可否，踱步思索。

“臣妾不仅受陛下之洪恩，而且缘宜主皇后得填后宫，由婕妤则晋封为昭仪。如果皇后死去，则臣妾安能独生？到那时臣妾想伴随君主，圣君亦无能为力了！这，这，这……这就是其三！”她说到此处，泣不成声，泪流如雨，继而又万分伤感地道，“臣妾越思越想越感到凄楚悲凉，我不想连累万岁……愿得入身鼎镬，体膏斧钺！”

他听罢她的一席陈述，觉得颇有道理，但心中的疑团，胸中的怒气，尚难以解除，实感决心难下。只是见合德悲痛不息，他心里亦觉酸楚，从而劝慰道：“合德，你不必再伤心了。你之所言，待朕三思。”

她一听成帝的话，哭得更厉害了，“扑通”一声跪于地上。紧接着，她因大恸，救姊未果，则“咣！咣！”以头猛烈触地。

“合德，合德，合德……你，你这是干什么？”他上前将她扶起，唯见她额头青紫、血迹斑斑，心内不忍，“你，你怎么能……这样伤害自己呢？”

他又把她搀扶到木椅上，还掏出手帕给她拭泪，道：

“好吧！朕看你的面，不害你姊。”

“万岁！”她终于听到成帝对姐姐的宽恕，万分感激地扑在了他的怀中。

成帝往返两宫。一场骇人听闻的事件就这样过去了。

赵飞燕的安全保住了，赵合德的恐惧也消失了。但是，成帝尚未就此罢休。他要把这口恶气发泄在壁衣嗽声者身上！

他回到华玉殿，立即撰写了一份调查远条宫藏匿衣橱者的谕旨，令中常侍郑永将帛旨转侍御史孙越。

孙越受命领旨，率御史府数名卫士前往远条宫。孙越头脑机敏，做事干练，看过圣旨后，马上分析到事情发生的原因，无论如何，不能惊动赵飞燕皇后，否则，将来势必受到牵连，自找苦吃。孙越分头找到远条宫正门和后门卫士，了解这天上午来远条宫的客人。正门卫士们说，只有皇上来过，没发现任何人；而后门卫士们提供一条线索，唯见宿卫陈崇之子陈高由此门进出。为确切无误，孙越还派人把后院仆人找来，进行核实，结果仆人也说，陈高来过远条宫。看来那人确系陈高无疑。

孙越回到华玉殿，将调查结果向成帝作了汇报。成帝立即作出决定，派五官署的屯骑校尉宫浩，率卫士们赶到宿卫府，把陈高杀掉，并把陈崇免职，逐出京城。

成帝终于切除了这块心病！

一天晚上，赵合德带领宦者令任善、贴身宫女冷艳和冷花，悄悄赶到远条宫。赵飞燕正在密室香案前，跪伏祈祷。这次，祷告的内容已经全变了，她顾不上怀嗣产子，也顾不上思念庆安世，更顾不上怀念燕赤凤，而是请上天保佑她度过此次灾难，免遭不幸横祸，继续稳坐皇后宝座。

姜秋静悄悄地走进密室，告诉她，赵昭仪来了。她一听妹妹夜晚赶来，可能有重要事情相告，马上站起身，随姜秋去迎候妹妹。

她来到卧室，单独见妹妹。

赵合德一见到姐姐，那种气恨和疼怜一齐涌上心头。气恨的是，姐姐做了此事，由于不慎，险些丧了性命；疼怜的是，姐姐从小就主事，没有任何依靠，只有姊妹相依为命，过着衣不遮体、食不满腹的艰苦日子，可熬到今天，居万人之上，却又因不能怀嗣，政治地位岌岌可危。

今晚，赵飞燕见到赵合德，比以往任何时候都亲近。她把她拉到床上，姊妹俩并坐在一起。她主动地问道："合德，今夜来姊处，一定有重要事情吧？"

"姐姐，我不讲你心里也明白。"赵合德挣脱开她的手，下床行至门前，将房门轻轻关好。

"是不是那天发生的壁衣之事？"她立刻意识到妹妹为此事而来。

"姐姐，那件事多危险哪！"赵合德又坐回床上。

"你说说看，你知道皇上的态度吗？"她焦急地问道。

赵合德闷坐在那里，好半天没言语。

她一再催问，赵合德便把成帝去昭阳舍宫提及此事的前前后后，叙述了一遍。她那颗心一直悬吊着，直到听妹妹讲完后，才放了下来。她万分感激妹妹，不知道说什么才好，激动地喊道：“妹妹……我的好妹妹！”

“姐姐，难道您忘了，您在我进宫不久，曾给我忆起家贫之事，寒馁无聊赖，粒米值千金。姐姐让我同邻家女孩一起织草鞋，把草鞋拿到集市上去卖，方换米归来，可偏偏遇到风雨，无火可炊。姊妹俩，年幼小，饥寒甚，难忍熬，夜更深，不能寐。您让我拥背取暖，我抱着您泪流不止，您听到我的哭声，一边安慰，一边哭泣，姊妹同泣……到星稀天明……姐姐！”赵合德忆述到这里，泣不成声。

“妹妹！”她一把紧紧地抱住赵合德，辛酸的眼泪簌簌地滚落两腮。

“姐姐，今日幸得富贵荣华，无他人损我，然而不知珍惜，如此自毁。倘若日后再有此过，帝必复怒，事不可救，身首异地，为天下笑。今日，小妹尚能拯救于姊，真乃苍天长眼，也算你我命大如天，逢凶化吉也。但是，存殁无定，或尔妾死，姊尚谁援乎？”赵合德苦口婆心，规劝其姊，说完乃涕泣不已。

她听罢妹妹如泣如诉，心灵深处受到极大触动，悔恨交加，痛心疾首。她默默地流着泪珠，冲洗内心的耻辱，决心就此打住，弃旧图新。

她感慨由衷，向妹妹谈了今后的态度和打算，仍要绷紧全身的神经，去迎接新的明天。

不知不觉，卧室的窗户已经发白了。

宫外，长乐钟鸣响了！

第十四章　祸本起于喜

在近一个月的光景内，赵飞燕度日如年，心情沉重，陷入了极大的苦恼之中。她在能否怀上皇嗣和保住皇后宝座之间苦苦地挣扎着。这次，在远条宫卧室内发生的壁衣嗽声事件，是她在成帝面前首次暴露的难堪窘态和鄙夷丑闻。她万万没有料到，成帝竟然会对她的隐私秘情进行突如其来的试探性进攻，她毫无防御，措手不及，险些把命搭上。多亏了妹妹赵合德，念及姊妹之情，不顾个人安危，冒死苦谏，以诚相劝，才算平息了成帝心中的怒火。然而，她与成帝之间高高竖起了一道无形的大坝，感情的潮水恐怕再也没有力量来冲毁这道坝墙。成帝对她已谈不上若即若离，从表面上看是退避三舍，而从实际上看是恨之入骨。她整天惆怅迷惘，没精打采，不知如何是好。

但是，她的本质没有变，性格也没有变。她仍是一个既注重权力又不忘生活、既积极进取又百折不挠的女性。近一个时期，她尽管没能顾及朝政，但能自觉约束自己，把握自己，孜孜不倦地读书和学习。不但阅读《周易》《尚书》，而且喜读《诗经》《楚辞》。这几天，她一直在书房里钻研《诗经》，由后宫女史曹伟给她讲授。

一天上午，她向曹伟背诵了《诗经 · 邶风》中的《新台》一诗：

新台有泚，
河水弥弥。
燕婉之求，

蘧篨不鲜。

新台有洒，
河水浼浼。
燕婉之求，
蘧篨不殄。

鱼网之设，
鸿则离之。
燕婉之求，
得此戚施。

曹伟听罢赵飞燕皇后的背诵，情深意切，一字不差，脱口称赞，道："赵皇后，名不虚传，才高艺深！"

"唉，曹伟，你在教习我学读《诗经》，本来就是我的老师，怎能如此过誉呢？"赵飞燕谦逊地说。

"岂敢，岂敢！小臣曹伟学识浅薄，怎能充当皇后老师，我只是像皇后一样，从小喜欢《诗经》而已，对此并没有造诣，尚需皇后多加赐教。"曹伟屈身一拜道。

教室里的师生，本来就应该崇尚师道尊严，但是在皇家或后宫，没有哪一位御师敢在成帝或皇后面前展示师长派头，与此相反，御师则要更加谦恭。作为女史的曹伟，焉敢以御师自尊？何况赵飞燕只不过是想通过读史研诗排遣心中的苦闷。

"《新台》一诗描写了一位漂亮姑娘想嫁给一个美男子，却不幸嫁给一个丑陋的老叟。诗的诙谐意味很浓，表现手法也很独特，但不知此诗的具体背景如何？"赵飞燕提问道。

"《诗经》的三百零五篇诗歌，多是西周初年至春秋中期的作品，《新台》是反映卫国人讽刺卫宣公'纳伋之妻'的诗。本来，卫宣公给他的儿子伋娶齐国之女，因听说新娘很美，决定自娶，于是在黄河岸边筑一座新台，待齐女入境时，把她截住，占为己有。这，就是此诗的背景！”曹伟用简单的一段话将《新台》一诗的时代背景叙说清楚，因恐多言不当引起赵飞燕的反感。

“哦，原来如此。我的确孤陋寡闻，望你万莫笑谈。”赵飞燕微点额首称是。

“皇后，您已读书万卷，何必自谦？况且诗中并无与此事件有关的字句，对于非重要问题难免有所不知。”曹伟出于谦虚和谨慎，又说道。

“曹伟，你才华可敬，且又年轻貌美，可谓汉宫一代淑女！”赵飞燕一双秀眸透着精灵锐光，盯视着对方。

“赵皇后，折煞小臣了！今后，诚望皇后多加教诲。”曹伟深感不安，尤其是听到赵飞燕夸赞自己的才华和容貌，就更觉得坐立不安了。

“曹伟，你们女官分布在后宫各个馆舍，但不知你居住在哪里？”赵飞燕故意问道。

“哦，赵皇后，小臣住在甘霖馆。”曹伟如实禀道。

“甘霖馆？！”赵飞燕听到这名字，觉得很熟悉。对！妹妹曾经告诉过她，皇上去过甘霖馆。她思索后，从上到下地扫视着对方。

曹伟的脸“唰”的一下变红了。这位女官似乎意识到赵飞燕皇后的动机，神情不够自然，停留片刻，便告辞离去了。

赵飞燕对女史曹伟产生了疑心。曹伟面部表情，令她疑虑不止。她想了又想，决定暂时不露任何声色，不能打草惊蛇，只有在平静中才能发现不平静，才能取得解决心腹大事的主动权。

在以后学习《诗经》的日子里，赵飞燕每当向曹伟请教或共同磋商时，都注意以礼相待，热忱交谈。曹伟的紧张思绪逐渐趋于平静，那颗悬吊的心慢慢地放了下来。

一天深夜，弯月如钩，繁星点点。

在汉宫后花园里，假山石的隐蔽处传来两个女人的窃窃私语声。

“曹哥，你知道吗，我们远条宫密室里发生许多奇怪的事。”宫女道房在向密友说道。

“道房妹妹，什么事啊？”说话的这位并不是“哥哥”，也是一个女人。原来是后宫女史曹伟。

“最初，远条宫来了一个男人，说是西司马里的马夫，名叫射鸟儿。这家伙来了就坐上牛犊凤辇，下了辇舆就进入密室与皇后那个起来……”

“道房妹妹，你千万不能乱说呀！”曹伟打断道房的话，劝阻道，“少管闲事，莫惹是非。”

“不会的。曹哥，你听我说，最近，又有一个俊俏侍郎，名叫庆安世，也是到密室里同皇后鬼混。不知为什么，这个侍郎突然不见了。皇后整天愁眉不展的，动不动就跟我们发脾气。”道房毫无顾忌地继续说道。

“道房妹妹，你知道吗，皇后的隐私万不可胡议论，更不能乱传播。”曹伟再次苦言相劝道，并再三叮嘱，“你只管做好自己的事，其他的什么也不要管！”

“这算什么呀，远条宫的人谁不知道呀！再说，我也不会……”

“道房，你太混账了。”曹伟气愤难抑，厉声怒吼道。

“曹哥！”道房“扑通”一声跪在地下，一双泪眼望着曹伟，那泪珠扑簌簌地滚落下来，惭悔地哭诉道，“您，您别生气了！是我不好……我，我，我错了！”

“道房，妹妹，快起来吧！”曹伟的眼眶内亦涌出泪花，伸手搀起道房道，“我是为了你好。你懂吗，这件事弄不好要杀头啊！”

“嗯，我记住了！”道房不住地点头。

道房为什么敢把这事说给曹伟呢？原来曹伟与道房早已结成了“夫妻”。曹伟是夫，道房是妻。所以，道房见了曹伟叫她为“哥”，曹伟见了道房则称其为“妹”。

曹伟与道房结为“夫妻”也是有来由的。

有一次，成帝在后宫作乐，想尝尝做商人的滋味。他就让宫中的美人们装扮成各类商人，正好道房扮成一个卖布头的商人。道房叫卖时，忽然走上来几个由宦官装扮成的“流氓”，故意找碴捣乱。眼看道房的布摊要被几个“流氓”砸了，只见扮作“侠女”的曹伟突然出现，打抱不平，三拳两脚就把坏蛋打跑了。成帝观后，仰天大笑，当场就封曹伟与道房为“夫妻”。

君无戏言。虽然成帝是在玩笑中顺口说出，这两人倒认认真真地好起来了。所以，今儿个两人才有这么一番密切的谈话。

曹伟是女史，管成帝和皇后的事，且又知书达理，有才有识，知道的事情自然就多些。她之所以这样劝阻道房少管闲事，是因为前不久有个宫女把皇后与燕赤凤私通的事报告给成帝，不料成帝根本不听，反而把这个宫女杀死了。

道房听罢，不寒而栗，由衷感谢曹伟对自己的诚挚关怀。

几天后，又是一个夜晚。她俩仍在这里会面，促膝相谈。

这次，道房见了曹伟再也不敢信口雌黄了，耐心倾听这位“曹哥”的教诲。曹伟见道房成熟多了，心里很高兴，于是将满腹心事倒了出来：

“道房妹妹，我告诉你一件事，我已经怀孕了。”

“什么，你也能怀孕？简直胡扯！”道房听了乐得前仰后合，还伸手捶曹伟道，“曹哥，有哪个男人跟你相好呢？”

“皇上！”曹伟如实说出。

“哈哈哈哈……真有你的，你也学会胡扯了！”道房又大笑一阵，半真半假道，“如果有这等大喜事，那么我可就要拽着龙尾巴上天啦！”

“别逗，是真的，这是皇上的孩子。”曹伟谨慎小心而又不好意思地说，“两个月前，一个风雨天，我去给皇上送后宫嫔妃侍寝名单，皇上就拉住我……”

“我的天哪！”道房一听，吓了一身冷汗。一掀曹伟的衣裙，肚子果真微微隆起，啊！怎么办哪？身怀皇嗣，必死无疑，因为赵氏姊妹是不会放过她的！

她们俩商量了好大工夫，谁也想不出好主意。最后认定，还是想办法将孩子生下来，因为这终究是皇上的一个后代。此时，道房怀着善良而又诚恳的愿望，对曹伟说：“曹哥，事到如今，只能这样了，偏房有几个老妈子，与我关系不错，让她们帮个忙，暂时先不要往外讲。”

“行吧，道房妹妹，你就多操心了！”曹伟此时也没办法，只好依计而行。

好在作为女史的曹伟，同其他宫女比较起来，有更为广泛的自由，没有人攀比，没有人注意，几天不露面也没人过问。曹伟自从给赵飞燕讲授完《诗经》后，就不再外出，除了在甘霖馆卧室内看看书，就去几位老妈子那里谈谈心。

在此期间，聪颖而狡诈的赵飞燕，并没有放松对曹伟的警惕。一天早晨，赵飞燕洗漱完后，道房正要给她泼洗脸水，赵飞燕忽然叫住道房，问道：

“你认识曹伟吗？”

“启禀皇后，奴才认识曹伟。”道房端起脸盆，停住脚步回答道。

“哈哈哈哈……小道房，你还给我耍心眼儿。”赵飞燕冷笑着，一双犀利的目光盯着道房，“你们之间岂止是认识，而且关系相当密切！”

“哦！赵皇后，您说对了一半儿，我同曹伟认识，但关系一般，谈不上密切。”道房的小脑瓜儿很机灵，反应非常快，马上忆起从前的事，落落大方，谈吐自然，道，“启禀皇后，奴才忠实于您，这是尽人皆知的。实不相瞒，几年前，皇上曾经让我们同台演出一个商贾小戏，就这样，我们俩就认识了。这有什么呀。”

“我再问你，你知道吗？皇上是不是跟曹伟上过床？”赵飞燕的一双眼睛透射着奸诈的目光，又一次逼问道。

“回禀皇后，奴才确实不知。”道房当即矢口否认，继续侃侃而谈，“您想，这类隐私之事，我怎能知晓？如果真有此事的话，皇上也不会让我这样的下等人知道啊！况且，我又是皇后的贴身使女，这点常识谁还不懂得呀！”

道房的一番甜言巧语，极其合乎情理，只说得赵飞燕皇后“扑哧”一下笑了。

道房端着脸盆走了出去，脚步是轻松的，而心里却是沉重的。

斗转星移，时光如水。转眼间几个月过去了。

一天，曹伟的母亲曹晓进入后宫甘霖馆，看望女儿来了。曹伟一见亲人到了，一下子扑倒在娘的怀抱里，“呜呜”地哭开了。

曹晓不知发生了什么事，把曹伟扶起，正要问个究竟时，忽然发现女儿的肚子已经膨胀，惊讶地说道：“啊！孩子，你有身孕啦？”

曹伟一听，又“呜呜”地哭起来了，并“扑通”一声跪倒在地。

“孩子，别哭，你告诉娘，到底怎么回事？”曹晓双手搀起女儿，耐心地盘问道。

“娘，女儿说出来，您千万别生气。”曹伟担心地安慰道。

“孩子，你说吧。”

“这件事，不是我愿意，是，是，是皇上他……”曹伟难以启齿地说道。

“啊？！是皇上！”曹晓听到女儿说出“皇上”二字，惊恐地睁大双眸。

曹伟将成帝同她共枕的经过向母亲叙述一遍，并再三请求母亲帮助她把孩子生下来，不管怎样，皇上终于有了自己的嗣后，这是天意，不能更改。再说，无论多么年轻的母亲，也不愿意失去自己的孩子。

后宫的女人，除了皇后、昭仪、婕妤外，凡是怀上皇嗣的，都要身遭不幸，包括孩子也是在劫难逃。这是皇家没有写在法律条文上的一条律令，任何人也不得抗拒。对此，曹晓已经领教过了，并感触极深。因为这位中年妇女曾经给王太后当过贴身宫女，幸亏患病而被辞还乡，方得婚配，生下曹伟。如今，女儿竟然怀上皇帝的嗣根，皇帝能认可吗？即使皇帝认可，赵皇后绝不会认可，到那时结果可想而知。

曹伟急得团团转，怎么也想不出高明的主意。作为母亲的曹晓，当然愿意女儿生下成帝的嗣子，如果有朝一日成帝敢于认领嗣儿，那么女儿可一步登天，飞黄腾达。但是，这种可能性太渺茫了！眼下，主要考虑女儿的安全生产及生命安全。

曹晓同意了女儿的恳求。曹晓在临离开甘霖馆之前，凭着自己多年在皇宫所处的人际关系，给女儿的生产嗣子作了妥善安排。

大喜的这一天终于来到了。

曹伟被安置在后宫牛官令舍临盆。几位奶妈和六位宫女在旁边服侍，曹晓和道房也悄悄赶来。

曹伟躺卧在铺满谷草的土炕上。只见她腹痛难忍，四肢抽搐，满脸汗珠，一声接一声地呻吟。须臾，婴儿降生，呱呱坠地，啼哭不止。一位奶妈接过一看，啊！果真是个男孩儿。

曹伟母子平安无事。当娘的曹晓，高兴得流下一串串泪珠。

孩子出世了，曹伟多么希望将这一喜讯报告给孩子的父亲啊！可是，其中的险情如此之大，躲还躲不过来呢，如果让成帝得知这一消息，赵飞燕、赵合德再一介入，孩子岂不就羊落虎口了吗？曹伟的那颗心七上八下、无着无落。

然而，曹伟生了个男孩的消息却很快在后宫传开。起初，赵飞燕、赵合德还不知道这一消息，事情坏就坏在赵飞燕的情人射鸟儿身上。原来这家伙不敢见人，有一天他实在受不了，就躲在后院门口处坐着乘凉喘气。突然，有一个宫女追来，对准备离宫的道房说道："道房，把这件小衣服给孩子带去，算是我的一份心意。”说完后，把衣服包裹递给了道房。

射鸟儿听了个明白。当天，这家伙出于对主子的尊崇和献媚之需，就把听到的统统告诉了赵飞燕。赵飞燕一听，顿即大怒，火冒三丈。她最恨最恼的一件大事，莫过于其他嫔妃和美人生产皇嗣。因为这直接危及她的皇后宝座，弄不好将由此引发不可估量的祸患。她把射鸟儿打发走后，马上去昭阳舍宫，找到妹妹赵合德，商量对策，准备下手。

作为产房的牛官令舍，已成为不祥之地。生产后不久的曹伟，担惊受怕的那颗心还没放下来，众宫女的祝贺声犹在耳边，忽然，掖庭狱丞籍武走进产房，手中拿着中黄门田客转交来的诏书，道：

“曹伟，本人奉诏前来，据御史中丞对你生子的经过调查了解，认为是非法所生，必须将婴儿交出。同时，曹伟、张弃，以及闫嫣等六名宫女一并押入暴室狱。谢诏执行！”

“啊，我们犯了什么罪呀？”曹伟大惊失色道。

“我是奉诏行事，别的我也无权回答。”籍武走至奶妈张弃面前，说道，“把婴儿给我！”

“不！这是我的孩子！”曹伟发了疯似的从张弃怀中抱过婴儿，泪珠“吧嗒，吧嗒”地掉在孩子的脸上，厉声泣诉道，“这么小的孩子，刚刚降生七天哪！他有什么罪呀？要死，我一个人去死，你们可不能害我的孩子啊……”

众人见曹伟哭得死去活来，一面劝说她，一面悄悄落泪。

掖庭狱丞籍武心里也很难过，半晌说不出话来，不知怎样处理为好。

这时，八名狱卒走进来。他们一个个横眉立目，虎视眈眈。

籍武想了半天想了个主意，万般无奈地道：“这样吧，曹伟，你将孩子交给张弃，由张弃暂时抚养，住在同一囚室！”

曹伟哭着将婴儿又送交到张弃怀中，随即把一个小红布包儿递向籍武，道：“请藏好胎衣，大人知道这是何人之子！”

籍武接过胎衣，点了点头，知道曹伟意指这是成帝之子。

然后，籍武向众狱卒挥了挥手。

狱卒们押着曹伟、张弃和婴儿，以及闫嫣等六名宫女，走出牛官令舍，奔往暴室狱囚房……

三天后，中黄门田客再度来到暴室狱的门前，找到掖庭狱丞籍武问道：

“那个孩子死了没有？”

“还在暴室狱内，没有死。”籍武如实答道，“下官实在不敢动手，因男婴实属天子后代！”

“好吧！你既然不敢动手，我还得回去请示赵昭仪！”田客说罢，转身欲走。

“田将军，下官拜托您多多美言！”籍武抱拳打躬道。

田客听后暗想，籍武真是个呆子，不论是赵飞燕，还是赵合德，她俩谁都不是善茬儿，谁能给你这个面子呢？你籍武不是自找苦吃吗？田客没有再理睬籍武，匆匆离去。

籍武深知此事难度极大，不易办成，只是出于良知，不肯做伤天害理的勾当。此时此刻，他坐立不安。

籍武满脸愁容，独自一人行至囚室门外，倾听里面的动静。第一个囚室，传出婴儿的哭声，以及张弃哄孩子的声音；第二个囚室，孩子的母亲曹伟在不停地哭泣；第三个囚室，闫嫣等六名宫女深感委屈，怨声载道。籍武越听越心焦，实感力不从心，立即回到自己的住室。

他铺好一条布帛，伏案给成帝写了一道奏疏——

启奏圣君：

陛下至今尚无继嗣，此乃一大憾事。可盼来嗣子，汉室有望也。不论何人生，子无贵贱，唯留意省焉！

籍武呈上

写完后，他将布帛奏疏装入怀中。

不一会儿，田客转来，进入室内便道：“籍武，赵昭仪知道你的态度后，勃然大怒，命我向你提出质问，为啥不执行诏书命令？”

籍武满腹的话无处倾诉，听田客这么一说，感到赵昭仪实在是逼人过甚。他悲愤不已，流下泪珠，道：

“田将军，孩子是皇上的骨肉，不杀儿，我自知当死；可是杀了他，我也是死！反正结局已定，就请您再跑一趟，去见一下皇上，代我奏明皇上，儿子就是儿子，岂有贵贱之别！怎忍心把唯一的骨肉处死，请他三思！”

“唉！籍武，你这不是让我徒劳吗？”田客不太情愿地说。

“田将军，这是最后一次恳求。”籍武说着掏出布帛奏疏，双手呈于田客。

田客思忖后，亦感左右为难，但也想到此事的复杂，应该更加审慎，于是接过奏疏，疾步走出房间。

籍武躺靠在木椅上，默默地等待回音。

过了好大一会儿，这位中黄门回来了，手拿成帝的诏书，气喘吁吁地说：“籍武，皇上命你，今夜漏上五刻，把孩子交给中黄门王舜。记住，在东交掖门交接！”

“是，下官一定照旨行事。”籍武双膝跪地，接过诏书。他站起身后，随即问道，“田将军，皇上看了我的奏疏，有何反应？”

“两眼发直，精神恍惚！”田客匆匆地回答道。

籍武听后，不可思议地摇了摇头。皇上啊，您身为一国之君，怎么变得这样了呢？您可以领导文武百官，统率三军将士，怎么就偏偏轻信后宫的赵氏姊妹呢？您已经统治全国百姓，自称爱民如子，怎么就保护不了自己唯一的皇嗣呢？皇上啊！您是糊涂，还是昏庸？您是无能，还是作孽？您不是太可悲、太残忍了吗？

籍武将田客送走后，准备按诏行事。虽然已无回天之力，但是仍在煞费苦心，力争再对婴儿予以保护。傍晚，籍武在他的住室里接待了中黄门王舜。他俩一边饮酒，一边商谈这件棘手的事情，籍武几乎是含着眼泪恳求王大人，无论如何，要想办法保护孩子的生命安全，争取为国家做一次贡献。王舜亦感同情，非常理解籍武的心意，但是皇命在身，君意难违，不住地摇头叹息。

最后，王舜表示竭尽全力保护孩子。

夜半三更，籍武悄悄进入奶妈张弃囚室，耐心劝慰，说明情况，从含悲忍泪的张弃怀中接过婴儿。籍武唯恐孩子啼哭，惊动一墙之隔的曹伟。幸亏孩子熟睡，没有一丝声响，籍武顺利地离开了暴室狱。

按照诏书指令，天将亮时，籍武抱着孩子来到东交掖门。他将孩子送交于中黄门王舜，又叮嘱一番，才恋恋不舍地离去。

王舜心事重重，举步维艰，把孩子抱回到甘霖馆。甘霖馆，是孩子的母亲、女官曹伟的住寝之地。这里，已经站满了手持兵刃的卫士。警戒森严，风雨不透。这意味着曹伟再也回不来了。

刚刚降生不久的婴儿是离不开奶水的。聪明而又仁爱的王舜深深懂得这一点。于是，立即派人把奶妈张弃找来。

张弃进入甘霖馆一看，王舜正抱着那个在风雨中飘摇的孩子来回踱步，一副焦虑的面孔。张弃怯懦懦地问道："王大人，您找我？"

"张弃，你来得正好。"王舜迎到跟前说道。

张弃见这位中黄门态度可亲，说话和蔼，那种恐惧的心情消除了，一双眼睛不由自主地去看王舜怀中的孩子，孩子一双小眼睛在茫然地瞪着。

"张弃，你好好哺育这个孩子，将来一定有赏。"王舜将婴儿又交还给奶妈张弃。

"王大人，请您放心。"张弃高兴地应道。

"你就住在这里，有人给你送饭！"

"是。"

王舜安排好张弃和孩子后，走出房间，来到甘霖馆大门前，又对卫士们叮嘱一番，坚守岗位，不准泄密。卫士们知其要害，点头称是。

嗣婴的暂时避风，给王舜带来微薄的慰藉。这位中黄门所谓的"竭尽全力"，也只能如此了！

身被囚禁的女史曹伟，发现奶妈张弃和孩子不见了，料知大事不好，直哭得两眼红肿，嗓音嘶哑。她连续几天没吃一顿饭，没喝一口水，面目憔悴，勉强站起。她手扶铁门，不住地拍打，一声接一声地呼叫：

"孩子，孩子，我的孩子……"

一会儿，只见一个上了年纪的狱卒打开囚房铁门，随手提着菜走了进来，劝说道："孩子，你几天水米不沾牙，怎能受得了？"

曹伟踉踉跄跄，身子摇晃着往旁边闪了闪。

"眼看着你的身体就要垮了，快吃点儿吧！"老狱卒将饭菜送到曹伟跟前。

曹伟知道老人的良苦用心，但一想到自己的处境和孩子的命运，怎么也吃不下。她摇了摇头，无精打采地坐在地铺上。

老狱卒一看曹伟还是不想吃饭，愁得他不知咋劝才好，突然想到她的孩子，继而劝慰道：“现在，你应该挺起精神，多吃饭哪，有了结实的身体，将来你们母子才能团聚呀！”

老人的这番言语一下子刺痛了曹伟的心，她“呜呜”地又哭起来了。

老狱卒万般无奈，只好放下饭菜，悄悄地走出囚房，锁好房门。

就在这时，中黄门田客再度出现在暴室狱门前，掖庭狱丞籍武慌慌张张地上前迎接。

田客面目严峻，冷若冰霜，一手提着木匣，一手拿着诏书，还没等籍武打躬施礼，便狠狠地甩了一句，道：“别啰唆了！这次任务你必须完成！”

“啊！田将军……”籍武抱拳施拜后，抬头一看，田客已伸臂递过诏书。

籍武双手接过诏书，展开阅视——

御诏：

告武不可犹豫，务必执行，以匣中之物，赐予狱中之妇曹伟。

钦此！

继而，田客又将木匣递向籍武，道：“拿着！”

“是！”籍武接过木匣，声音颤抖地说，“谢皇恩……”

田客只是皱起双眉，看了看籍武，没再说什么，转身离去了。

籍武拿着诏书和木匣，迈着沉重的步履，朝囚房走来。他让老狱卒打开曹伟的囚室铁门。老狱卒一听，吸了口凉气，心想，这下可坏了，皇上和赵氏姊妹是不是要下毒手啊？！没敢多嘴，只是“咣啷”一声，打开了铁门。

曹伟听到开门声，但没有回头看，仍然面壁坐着。

籍武惴惴不安地走了进来。他从她背后已看出她的悲愤神态，乌发蓬蓬乱乱。俗话说，发乱心碎。唉，这位可怜的女子，只能自叹福浅命薄啦！停了好大工夫，他才呼叫她：“曹伟，曹伟！”

曹伟一听呼唤的声音这么熟悉，马上回过身来，原来是掖庭狱丞籍武，他手中还拿着一份布帛和一个木匣。她似乎什么都明白了。于是，她强打精神，双手撑着身体，站了起来。

“曹伟，我奉诏行事，不得已而为之！”籍武极其为难地将木匣递给她。

她双手颤抖，打开木匣，发现有两粒丸药，一道诏书。她怀着非常恐惧的心情，展诏阅视，上书：

告伟：

努力饮此药，休想再入宫！究其何因，汝心自明！

钦嘱。

她看后“啊”的一声，两眼直瞪瞪的，双脚似踏入棉山一样，浑身摇晃，大脑飘忽，仰首吼道：

“苍天哪！我曹伟犯了什么罪？难道你不睁眼看看？”

“曹伟，曹伟，你看还有什么事情，需要我办的？”籍武诚恳地问了一句。

“籍大人！”曹伟转身哀求道，“籍大人，您已经看到了，我儿壮发长至额前，像其祖父孝元皇帝。如果，今儿安在，那么请您派遣一人去长信宫，禀告皇太后知道此事。我将终生不忘您的大恩大德！”

“这……这太难办了。”籍武长吁短叹，道，“曹伟，你有所不知，赵皇后、赵昭仪已责令中黄门派出数百名卫士，分头把守后宫的各个重要路口，任何人不得随便进出。如果违令，一旦发现，定斩无疑！”

“啊！她们赵氏姊妹想干什么？想独霸天下……她们也太狠毒了！”曹伟气得两眼喷着怒火，噙着泪珠。

“曹伟，我本来想派人告诉你娘一下，可是宫门把守严密，四处布满卫兵，实在是无能为力。你有什么话，请你说出来，我一定转告你娘。”籍武已替曹伟想到后事，以极为真挚的感情说道。

“娘……娘啊，您在皇宫里侍候皇后二十多年，受了大半辈子苦，起早贪黑，忍气吞声，没人给您尊严，也没人给您自由，连牛马都不如啊！”曹伟忆起家乡高堂老母，似有满腹辛酸往事涌入脑际，但不能当面倾诉，只有遥望乡下泣说，“娘，娘啊，您到四十多岁才生下我，受了多少煎熬，才把我哺育成人，实指望女儿出人头地，可如今女儿就要永远地离开您了。您，您再也见不到女儿了。娘……娘……娘啊……”

籍武见曹伟哭成了泪人，他心如刀绞，无言以劝，两眼滚下大颗大颗的泪珠。当他擦拭完模糊的泪眼时，立刻发现曹伟已吞下两粒药丸，她两眼直呆，浑身战栗，霎时摔倒在地，毒发身亡！

籍武蹲下身子，用手合上曹伟那双眼帘，并用一块白布遮盖住她的面庞。他疲倦无力地站起来，迈着蹒跚的步履走出囚房，去向中黄门田客复命。

赵合德为了杀人灭口，又命令中黄门田客，去暴室狱通知闫嫣等六名宫女来昭阳舍宫。

昭仪之命，焉敢违抗！少顷，田客带着闫嫣等六名宫女步入昭阳舍宫。赵合德在客厅亲自召见了这六名女囚徒，带着讽刺而残忍的口吻说道：

“闫嫣你们六个人，确实很辛苦，为曹伟尽了很大的力。我知道你们无罪，但你们非死不可！”

“昭仪，我们既然没有罪，那为什么赐我们死呢？请问，我们违犯汉律哪一条？”闫嫣理直气壮地质问道。

“少啰唆！无可奉告。现在，由你们选择，是自己了断，还是送御史府处置？”赵合德暴露出狰狞面孔，厉声厉色地问道。

“好吧，我们情愿自杀。但我们也告诉你，汉朝的大好河山，就断送在你们赵氏妖女身上！”闫嫣正气凛然，毫不屈服道。

赵合德给中黄门田客递了眼色，令其带走。

“走吧！”田客说罢，带着闫嫣等六名宫女离开昭阳舍宫。

她们回到暴室狱原来居住的囚房内。一会儿，掖庭狱丞籍武带着田客的命令，来到囚房。他进来一看，闫嫣等六名宫女都在哭拜远方的父母，向自己的双亲伏首长辞。他顾不了许多，随即把六条绳索逐一交到闫嫣等六名宫女手中，转身走出囚房。

甘霖馆的安危一直牵扯着中黄门王舜的心，因为成帝的嗣儿还安顿在这里。近日，王舜每天到此巡视一番，一切平静无事，不仅对奶妈张弃满意，而且对自己手下的卫士们也很满意。王舜最担心的不是别人，而是他的同僚——中黄门田客，只要田客不来索取嗣婴，其他人是不知道孩子的住处的。但是，问题就出在他的卫士身上。

殊不知，赵飞燕皇后和赵合德昭仪花下白银，买通密探。这些密探无孔不入，已控制整个宫廷，没用多久，就从守卫甘霖馆的卫士口中，得知皇嗣就藏在此处。

赵合德通过撒泼手段，从成帝那里弄来了扼杀皇嗣的诏书。这次，她狡诈多端，没有再命中黄门田客落实诏书，而是命心腹女官李南持诏索婴。

李南拿着成帝的诏书，悄悄来到甘霖馆。她向奶妈张弃念了一遍皇上索取嗣儿的诏书，张弃听后连声允诺。道理明摆着，陛下要看嗣儿，张弃于法既不敢拒绝，于情也不能拒绝，只有将孩子交出。奶妈张弃喂养孩子，仅有十一天!

脆弱而纯真的孩子，距他降生来到人间不足二十天，眼睛刚刚睁开，小面颊上红润润的，刚刚露出可爱的笑容。想不到这么一个弱苗般的婴儿，一生下来，竟然会遇到两位毒蛇般的赵氏女人，在张着血口，欲吞噬他!

第十五章　绝食动君心

一个幼小的生命被扼杀了，十余人被赵氏姐妹残害死了，从此以后，整个后宫堕入了一片黑暗之中。成帝不抱怨任何人，也不敢抱怨任何人，只有慨叹被害者的命运，暗自抱怨自己。他不敢抱怨赵飞燕皇后、赵合德昭仪。由于他的灵魂和躯体已被赵氏姊妹主宰，才酿成了无法弥补的大祸，导致后宫十来条性命受到无辜残害。对此，宫廷内外、朝廷上下，一片怨声载道。

一天，成帝正在麒麟阁审理文帛奏书，中常侍郑永急匆匆地走入，告诉他一个好消息，上林涿沐馆许美人生下皇嗣。他一听，眼睛一亮，精神大振，合起奏书，欠身离案，随郑永赶回华玉殿。

他窃窃心喜，不敢声张。由于他长久地被赵家姐妹禁锢，尤其是被赵合德所降伏，再也不敢公开表示什么。只是让郑永传达他的口谕，暗中派遣中黄门靳严，陪同御医前往上林涿沐馆探望，并让未央宫舍人吕延福带上三粒保养身体的名贵药丸，悄悄转送给许美人。

任何秘密的保守都只能是暂时的，时间久了必然要暴露。成帝清醒地认识到这一点。最初，他希望一直隐瞒下去。但是过了几天后，他又担心此事隐瞒不住，将来一旦有人泄密，传至赵氏姐妹耳中，后果难虞。他不但承受不了那时的风暴，更重要的是许美人及其嗣子将要遭到迫害。他忽然福至心灵，决定改变保密的方式，去向赵合德讲明情况，或许因为铸成事实，说不定容易得到谅解。

他叫吕延福找了一个算卦先生，占卜了一个黄道吉日，准备去昭阳舍宫面见这位难开情面的赵昭仪。

这天傍晚，落日将要沉入西边的天际，一块块浮云被映成橘红色，大半个天空缀上了彩霞，整个后宫亦被染就猩红一般。

成帝在中常侍郑永和一群小宦官的护送下，来到昭阳舍宫门前。他打算在这里过夜，就让郑永他们回去了。

赵合德异常兴奋，多日未见成帝，显得格外殷勤。初春的天气还有些寒冷，卧室内的气温也不太高。她先是让冷艳给他沏上香茶，后又让冷花给他烧好一盆炭火。两人对坐几前，谈天说地，胜似久别重逢。不过，成帝心事重重，谈吐不够自然。但是，由于异常兴奋，赵合德没有看出来，她的一双秀眸一直深情地望着成帝，似有倾吐不完的甜言蜜语。

成帝是那么爱她，又是那么怕她。反正君王的神态在她面前似乎减少了许多，君主的威严在她面前也减少了几分。

成帝一想到许美人生下嗣子，原本给他带来一次自我拯救的机会，顿觉周身有一种强大的动力在鼓舞着。可是，举目一看对面坐着的赵合德，好像自己做了什么亏心事，自觉底气不足。

赵合德还在向成帝倾诉着思念和爱怜之情，这若是在往日，他早就一把将她搂抱在怀里了，可在今天他只是痴呆呆地应答。她含情脉脉，温柔似水，尽情地望着她亲爱的人。但见他神色忽而严肃，忽而松弛，似乎发现了什么，但不愿意往别处想，也不愿意往别处引，总之，不想干扰欢聚的情绪。她索性上前拉起成帝，把他拉到床上，并撒娇地依偎在他的怀中……

女人的柔情能够熨帖男人的心，男人的抚慰也能够打动女人的心。他这样想着，忽然激情满怀地拥抱着合德，抚摩着她。她闭起双眸，陶醉万分，等待他抚爱。他感到时机成熟，应该把这件事告诉她了。或许她在高兴之余能够应允，给他今后的立嗣大事铺平道路，也就在精神上搬去磐石般的压力，获得彻底的解脱。

他使劲儿亲吻了一下她的脸颊，突然开口道：

“合德，我有件事想跟你说。”

“什么事啊？想说你就说嘛。”她欠起身子，在他的胡须上吻了又吻，接着说道，“你说啥还不行啊？”

他心想，这下可好啦，时机对头，情绪也对头，他壮起胆量，严严肃肃地说道：“我说出来，你可不能着急，更不能翻脸。”

“什么事啊？”赵合德一下子警觉而又认真起来。

“上林涿沐馆的许美人……”

“怎么样？她怎么啦？”她一听许美人，感到此人极为熟悉，这是姐姐前不久曾向她提及的一位后宫美人，且燕赤凤已告诉过她，皇上多次临幸上林涿沐馆，因而周身的神经立即绷紧，心内焦急，便打断成帝的话，盘问道。

“许美人她，她，她……”成帝的双目在注视赵合德的反应。

赵合德紧张地望着成帝，显然希望他不要说出许美人生产的事实。

“许美人她为朕生下了嗣子！”成帝活像一个囚徒说出供词一样，终于用了简短的一句话和盘托出这件事。

“啊！不会的，不会的，不会的！”她瞪着惊恐的眼睛，绝望地喊叫着。心里暗想：这下可完了，只要他人生下皇嗣，她和姐姐的前程将要毁于一旦，再也不可能保住昭仪和皇后的宝座了。怎么办？刚刚冒了很大风险断送了一个孩子，现在又出现了另一个孩子，这岂不是要她的命吗？

“是真的。许美人生下皇嗣已经七天了！”成帝看出赵合德对这件事难以承受，他还是说得真真切切，明明白白。

这“不幸”的消息像重棒一样击在了赵合德的头顶，她的大脑“嗡嗡”作响，感到烛光和衣架、床铺和案几、屋顶和地板一起在她眼前旋转。她两眼一阵发黑，身体顺着红漆圆柱软绵绵地堆塌在柱根底下。

“合德，合德，合德……”成帝一看他的爱妃昏倒在地，心里着急而发慌，不住地呼叫着，急忙上前把她抱起，一口气把她抱到床上，担心地摇晃着她的身体，又一阵呼喊，“合德，合德，合德……”

赵合德渐渐地苏醒了，睁开秀眸一看，自己躺在成帝的怀中，成帝用手梳拢她的头发，双目还晃动着泪花。她在成帝的慰藉中感受到温暖，同时，也为她壮起了胆量。她从成帝的怀中挣脱出来，立刻柳眉倒竖，杏眼圆睁，毫不畏惧地质问道：“万岁，你不在我这里住宿，当我问你的时候，你总是说去远条宫我姐姐那里了。请问，你如果不去临幸上林涿沐馆，许美人的儿子是怎么生出来的？”

成帝听了赵合德这一番问话，只觉得龙颜发烫，无言以对。

“许皇后死了，没有给你留下太子。可如今，你背着我们姐妹去临幸许美人，让许美人给你生下孩子，难道你存心要姓许的再当皇后吗？”赵合德故意把许美人与许皇后联系在一起。

“唉，这是哪儿跟哪儿呀，许美人同许皇后根本没有血缘关系。”成帝面对这位胡搅蛮缠的妃子，简直哭笑不得。

“反正她们都姓许，姓许的就是不能当皇后！”赵合德咬紧牙关，斩钉截铁地说。

“合德，请你放心，我从来也没有那个想法！”成帝讲的确实是他的心里话。

“什么，你还在欺骗我呀？现在，许美人生下了一个活生生的儿子，你不是纯粹让她逼我们姐妹离开皇宫吗？”赵合德步步紧逼，她逐渐提高了嗓音，“许美人生了儿子，她儿子如果被立为太子，她应该摆在什么位置？”

“唉，这怎么会呢？许美人还是许美人嘛！”成帝继续解释道，“合德，请你相信我，我不会做出对不起你们姐妹的事。我只是为了要皇嗣，以固江山大计呀！”

“啊？！你还这么说呀，你眼睛里根本就没有我，我侍候你这么多年，我哪点儿对不起你……”赵合德越说越觉得委屈，眼泪扑簌簌地滚落下来。

“合德，你对朕好，朕焉能忘记！”成帝拿起手帕，欲给她拭泪。她猛一挥手，将手帕打落在地上。他看了看她那泪涕交流的模样，心里不是滋味儿，欲劝还休地道，“合德，你……”

“天哪，我的天哪，我再也不想活啦！天哪，我的天哪，你快把我叫走吧，我愿意死，愿意现在就死……”赵合德大哭大叫，痛不欲生，拼命捶打自己的胸膛。

成帝急得团团转，不知咋劝。

她哭喊着要死，把被子、枕头一件件扔在地板上。然后，她从床上滚了下来，栽倒在地，痛哭不止。

他又赶忙上前搀扶，没想到她无理蛮横地挣脱开，他被弄了个趔趄，险些摔倒。他无可奈何地站在一旁。

这时，冷艳、冷花听到赵昭仪的哭号声后，就带着一群宫女纷纷跑了进来。她们急忙将主子抱到床上，冷艳给她擦拭眼泪，劝说她爱惜身体；冷花同另一部分宫女从地上拾起被子和枕头，并打扫干净，叠放在床上。

成帝见冷艳、冷花她们相劝，给他解了围，心里踏实了许多。但他没再说什么，只是默默地坐在一旁。

赵合德一看成帝没有理睬她，她心里的委屈和痛苦不知怎样发泄，忽然，她猛然地跳下床，将头朝圆柱撞去！

“赵昭仪！”众人呼喊着，飞步跑了过来。

“赵昭仪！”冷艳拼命地抱起主子。

成帝亦疾步跑向前，俯身一看，但见赵合德的额头上流下殷红的鲜血，眉宇间的那颗红痣亦被血迹模糊了。他万分心疼地说：

“合德……你这是何苦来呀？”

赵合德闭起双眸，泪水冲出眼缝，就像泉水一样源源不断地流出。

“冷花，快，快去把御医找来！”冷艳焦急地喊着。

“是！”冷花应声后，跑出卧室。

冷艳同宫女们将赵合德再次抱到床上，她们手拿干净的白布，小心翼翼地给她揩抹额前的鲜血。

霎时，冷艳领着御医走了进来。御医懂得规矩，什么也没问，而是打开药匣，默默地给这位昭仪敷上药，包扎好伤口，之后悄悄离去了。

成帝意识到事态严重，这可不得了，险些闹出人命来，说啥也不能再论说这件事了。反正已经向她讲明许美人生下皇嗣，至于如何对待，那就请她慢慢理解吧。不管怎样，他总算卸掉了一个大包袱，心里轻松了许多。

他坐在床前，又说了一大堆安慰的话，好不容易才把她安顿住。

众人走出卧室，各自回房间安歇去了。

赵合德闹了一个通宵，成帝也一同陪着未得休息。

第二天清晨，赵合德和衣卧在床上，两只眼睛干巴巴的，又红又涩，也不打算洗漱了。

成帝已经洗漱完毕，等候她一同用早膳。

过了好长时间，只见冷花疾步走来。冷花告诉他，赵昭仪不吃早膳了。他一听，心里“咯噔”一下，担心而惦挂地说道：

“那怎么行呢？不吃饭，身体咋能搁得住？”

“我们已劝过多时了，赵昭仪说啥也不来。”冷花叹气说道。

“冷花，走，看看去！”成帝说着同冷花步出膳房，朝卧室走来。

他怀着沉重的心情，再次走入卧室。这是他亲自取名并亲自书写的“温柔乡”，但往日的温馨和畅快的氛围不见了，一种紧张、沉闷的压抑感笼罩着卧室。他看了看赵合德，她仍然面朝墙壁卧在床上。站在床旁的冷艳，还在不断地劝说她用早膳。可她硬是不动身，也不吭声，至多摇摇头。他停了一会儿，见她主意下定，坚决不吃。他甩出一句，道：“怎么，绝食啊？”

他说对了。她听得清清楚楚，心里很明白。谁让你不答应我，不提出对孩子的处置办法呢。难道你让我白白大闹一场？还磕得头破血流呢！眼下，绝食的办法最好，你是皇上，没人奈何得了你，用这种软法总行吧？不信你的心肠就那么硬，你就不心疼我！哼，非逼得你倒向我不可。虽然她心里这么想，但嘴上什么也没说。

“合德，你干吗跟自己过不去呢？你把身体糟蹋垮了，我怎么办呢？难道你不为将来着想？”成帝一再规劝，希望心爱的人珍惜身体。

可赵合德一动不动，丝毫没有反应。

成帝实在没有办法了，只有依着她。为了表达对她的真诚和忠心，准备一块儿经受磨难，同甘共苦。他力不从心地道：

“好吧，我的话你也不听，我再也不说了。干脆，我也绝食！”

站在旁边的冷艳和冷花，一听皇上要绝食，吓得目瞪口呆。这还得了，皇上要饿个好歹的，国家谁来管理呀？皇宫里如果出这么大的乱子，那么她们这些宫女和奴才不都得受惩罚吗？轻者卷铺盖回家，重者非处死不可。不行，这可不行，必须想办法让皇上吃饭。但要让皇上吃饭，得先解决赵昭仪的绝食问题。她俩互相递了个眼神，便悄悄地走了出去。

时间不长，冷艳、冷花两人将热气腾腾的饭菜端入室内，放置在案几上。她俩心想：把饭菜放在你们嘴边上，你们总该吃了吧？

两个机灵的贴身宫女，分头去劝成帝和昭仪，趁热吃饭，保重身体。她俩好话说了一大堆，可赵昭仪还是不动窝，仍然斜着身子躺卧在床上。

痴情的成帝，也只好饿着肚子陪坐一旁。

热心而周到的冷艳和冷花，见饭菜凉了，又端走去热。她俩，热了端上，凉了端走，这样反反复复，不知来回跑了多少趟。

赵昭仪朝着一个方向躺累了，就翻过身来，朝另一个方向躺着。她睁开眼睛看了看，看到了成帝的一片痴心，也看到了宫女们的一片诚心。她仍然坚持着，决心坚持到最后的胜利。

一日三餐，成帝和赵昭仪硬是忍熬不吃，活活饿了一整天。

第二天清晨来临了。

他和她饿得无精打采，两眼冒着金星。

冷艳和冷花被折腾苦了。主子闹气绝食，皇上宁肯陪着，她俩也不敢去吃饭，昨儿个一天也没进食。半夜里两人饿得受不了，咋也睡不着觉，便悄悄起床，跑到膳房，找到师傅们，要了点儿吃的。这样，两人又回到房间，才睡着了。

天一亮，冷艳和冷花赶紧去报告宦者令任善。平时任善知道赵昭仪难对付，她是谁的话也听不进，所以很少来昭阳舍宫。但现在，没想到她把皇上缠磨得跟她一块儿绝起食来。这可不是闹着玩的，皇上的身体一旦因绝食饿坏了，这个责任谁负得起呀？任善立即随冷艳和冷花走进温柔乡。

任善轻移脚步，至卧室床前，唯见赵昭仪独自和衣而卧，而皇上不在室内。任善打躬向赵昭仪请安，她没有理睬，照样躺着。

任善见赵合德没有反应，想了想，别开生面地说：

“赵昭仪，您和陛下已经一整天没吃饭了，伤了身体。如果您还坚持下去，陛下也还陪您一起绝食，一旦让皇太后得知此消息，那么后果可就不堪设想了。小人一孔之见，诚望昭仪三思！”

一石激起千层浪，赵合德那颗固执的心，一下子被震动了。心想，我如果还僵持下去，不用说皇上一日未进餐，就是一顿不下肚，皇太后得知儿子如此受罪，那么一翻脸，肯定拿我是问，我可要全盘输掉，弄不好将我的昭仪之职一撤到底。不行，应该到此打住了。她一骨碌，爬了起来。

成帝不知什么时候走进室内。

“陛下，今天您可得去吃饭啦，若不然我就要犯下大罪。您不惩罚我，我也没脸活着。”赵合德终于开口了。

任善见状，松了一口气，悄没声地走了出去。

“唉，我本来是好意。”成帝长长吁了一口气，婉转而和蔼地道，“朕如此爱你，才不隐瞒，什么事都告诉你。朕以为你会谅解的，想不到反而使你气成这个样子。”

“妾身不食，只因既伤心又害怕，可你不吃不喝是为了啥呀？”

赵合德欠起玉体，蹭下床铺，温柔地说道。

“你不原谅朕，朕只有陪你一块儿死……”

“别胡说！”赵合德急忙用手捂住成帝的嘴，多情又撒娇地道，“万岁，您可要保重龙体。您是一国之君，您又是妾身的唯一支柱。您只有健康长寿，妾身才能拥有一切！”

“合德，谢谢你的一片真情！”成帝说着拉住赵合德的纤纤玉手。

“陛下，您常说，海枯石烂，爱心不变，一辈子不辜负我，而今，许美人有了孩子，不是辜负我是啥呀？”赵合德有意提起往日成帝的丹心誓言。

“皇天在上，江山永存，朕绝不让许家女儿当皇后，而且天下任何人家的女儿，都不得超过赵家女儿。”成帝感慨由衷，重新发誓说，“合德，请你相信朕，千万放心。君无戏言！”

“陛下！”赵合德娇柔地扑在成帝的怀里。

过了一会儿，赵合德抬起头来，只见她的双眸深情地望着没有主见的成帝，泪珠“吧嗒、吧嗒”地滚落下来。她哀求道：

“陛下，您就听臣妾一句话吧，许美人的孩子……说啥也不能要……”

成帝的那颗心开始动摇了。

“我还年轻，我会生的，我一定给您，生一个儿子，让您让皇太后……都满意……”赵合德两只手抚摩着成帝的胸膛，两只眼睛期待着成帝的态度。

心软好色的成帝，搁不住赵合德的软磨硬磨，点了点头。

“万岁，您真好！”赵合德再次将头扎在成帝的怀中。

一阵亲昵作罢，她拉着他的手，朝膳房走去……

赵合德终于征服了汉成帝！

一场轩然大波之后，成帝的内心暗暗经受折磨，那种难以自拔的痛苦和怅恨不言而喻。但是，他已经答应了赵合德，只好按照赵合德指引的道路走下去。

一天，他在华玉殿书房里，挥毫给许美人写就一份诏书，他反反复复看了两三遍，心胆俱裂，确确实实不忍心把诏书发出去。可又一想到多情而厉害的赵合德，他无法招架，不能反悔，必须这么办了。许美人哪，你可不能责怪朕，不是朕不念夫妻之情，也不是朕不念父子之情，朕岂不愿意完美？有道是，人间之完美是不存在的。现在，朕被逼到绝路，如果你那里不受损失，那么昭阳舍宫就要出人命，朕确实难以处理这件事，只好舍卒保车了。许美人，你就容谅朕吧！

成帝怀着忐忑不安的心情，再次命中常侍郑永传达他的口谕，召中黄门靳严来华玉殿。靳严接到圣谕后，立即赶到华玉殿书房。见到成帝面色严峻，参拜之后，默默站在一旁，等待成帝吩咐。

碍于情面，成帝态度温和地询问许美人和嗣子的身体是否康泰。靳严回答一切尚好，但是内心却很不平静。

"靳将军，你把这份诏书速送于许美人！"成帝从案几上拿起刚才起草的布帛诏书，递向中黄门靳严。

"遵旨！"靳严躬身双手接过谕诏。

"许美人阅过诏书之后，会把一件东西交给你，你取来东西可直接送到昭阳舍宫饰室！"成帝又命令道，"记住，此事不可泄露，否则，唯你是问！"

"请陛下放心，末将谨遵御旨。"靳严打躬施拜后，转身走出书房。

靳严把诏书揣在怀中，大步流星地奔往上林涿沐馆，去见许美人。

一会儿，靳严赶到了目的地。进入院内，一切还是平平静静的。当走到许美人住室前，看见两个宫女正在给婴儿洗晒尿布，室内没有任何动静，听不到孩子的哭声。她俩见中黄门靳严走来，高兴地同他打招呼。靳严点了点头，并让其中一个宫女禀告许美人，有事求见。

转眼工夫，那个丫鬟回来了，告诉靳大人可以进见。

靳严先走进堂屋，再进入许美人卧室。

许美人已欠身下床，站在地板上迎候中黄门。她热情地给靳大人搬过一把椅子，还倒了一杯热茶放在几上。

"许美人，陛下命我给您送来一份御诏。"靳严简明扼要地说出了这件事，并从怀中取出布帛诏书。

“吾皇万岁，万岁，万万岁！”许美人急忙撩裙屈膝跪于尘上，伸出双手接过御诏。

善良的许美人，两手抖颤着展开诏书，很快地浏览了一遍。出乎意料，许美人很顺从地接受了诏书所讲的内容，又诚恳而感激地说了句：“谢皇恩！”

靳严觉得有些奇怪，难道自己对诏书内容估计错了？

许美人欠起身来，面容轻松，动作灵敏。她转身去打开衣箱，把布帛御诏珍藏在里面，随手又把衣箱扣好。

原来是成帝在诏书中谈到，孩子放在上林涿沐馆不安全，唯一的保护方法是交给他这位皇上老爹，隐秘抚养，万无一失。许美人同曹伟一样，她没有理由，也没有权力不信任亲爱的皇上。

这时，婴儿睡醒了，哇哇哭叫。

许美人赶紧走到床前，抱起自己可爱的儿子。她顾不得回避中黄门靳严，撩起衣服襟子，掏出一只奶水充足的乳房塞到孩子的嘴里。那婴儿立即停止了哭声，拼命地吸吮着乳汁，两只小胖脚用力地蹬着。

中黄门靳严不好意思地避开许美人，转身望着窗外。

一会儿，孩子吃饱了，两只小胖手自动地松开乳房，仰起头来望着母亲，红润的脸颊露出甜甜的笑容。

许美人系好衣襟，把孩子放在小花被上，裹得整整齐齐。她微笑着亲吻了一下自己的儿子，便将孩子轻轻地放在一个小木箱内。她双眸闪动着泪花，难舍难离地看了看这个降临人世仅仅半个月的亲生骨肉。而后，她双手捧起木箱，递向中黄门，怀着深情厚望，道：“靳大人，请您转交万岁！”

“好，我马上动身！”靳严亦用双手接过盛装嗣子的木箱。

“靳大人，拜托了！”许美人声泪俱下，“扑通”一声双膝跪于地上。

“快，快，快快请起！”靳严一手抱着木箱，一手搀扶许美人，道，“请您放心，末将一定尽职尽责！”

许美人似乎放心地点了点头。

靳严怀抱木箱，转身离去。

许美人追到堂屋门外，望着匆匆远去的中黄门的背影。

她，久久地伫立在院心。

可怜的孩子，舒舒服服地躺卧在木箱里，不知道自己正走向屠场。

当中黄门靳严携箱走到昭阳舍宫饰室门前的时候，看见后宫卫士田偏站在门外等候。靳严的那颗心，“腾”的一下悬吊起来。田偏是负责后宫执法的卫士，没有特殊任务是不会出现在这里的，且又是中黄门田客的儿子，可以说，他们是同行，恐怕都是为了办理同一件事情。田偏主动上前向中黄门靳严施礼，而后将门推开，让靳严先入饰室。

靳严首次来到饰室，马上闻到一股芬芳的胭脂香粉味儿；紧靠墙壁的长条几上摆放着两枚圆形铜镜；几旁设有矩形木架，上面挂着色彩斑斓的玉簪、凤钗、步摇等头饰。这是赵合德梳妆粉饰和按秩大妆的地点。靳严再一观瞧，啊，成帝和赵合德正坐在长条几对面的屏风内侧。靳严赶忙放下怀中的木箱，趋步向前，双膝跪地，抱拳叩拜成帝和昭仪。

面目严峻的成帝没有作声，只是挥了挥手，让靳严起来。之后，成帝说道：“快，快呈上来！”

“遵命！”靳严抱拳打躬后，回身捧过木箱，呈于成帝和赵合德面前。

成帝龙眉紧皱，赵合德满脸杀气。靳严看了不由得吸了口凉气，心想，幼弱的嗣儿啊，你岂能逃脱屠戮呢？

孩子睡得正香甜，没有哭闹声，可能是因为他刚刚吃足了母亲乳汁的缘故。

成帝命田偏打开木箱的盖帘儿，准备好好看一看自己的儿子。此时，他的思绪复杂，犹豫不决。忽然，他的视线余光发觉，赵合德在用那双白眼使劲儿怒瞪着。他的心慌乱了！

田偏伸手刚掀开盖帘儿的一半，成帝突然改变主意，又让田偏盖好箱子，并挥手命靳严和田偏出去。

他二人不敢怠慢，立即走出饰室，站在门外待命。

室内万籁俱寂，听不到丝毫声响。中黄门靳严和卫士田偏两人屏住呼吸，倾听饰室里的动静，怀着焦急和恐惧的心情等待着。眼看着一个婴儿，一个成帝的嗣儿，将被悄无声息地谋杀掉，谁都无能为力。他俩多么希望王太后出面制止这场惨剧呀！可是，谁又敢冒这种风险去往长信宫呢？

一会儿工夫，房门打开了，成帝将中黄门靳严和卫士田偏召入饰室。室内的那种胭脂香粉味儿没有了，似乎能闻到一股呛人鼻孔的血腥味儿。

他俩一看，木箱敞开着，帘儿耷拉下来，谁也不敢主动上前观瞧。他们断定，孩子已经被扼死了。但究竟是凶狠的成帝干的，还是蛇蝎般的赵合德干的，他们尚且不知道，恐怕将永远不会知道。

成帝吩咐田偏把木箱加以包扎。田偏拿起一条绳子，朝木箱走来，成帝随手把盖帘儿盖好。田偏很迅速地捆好木箱，等待成帝的指示。

成帝从几上拿起临时写就的密诏，交于田偏，随即命田偏将木箱和密诏一并转交中黄门吴恭，再由吴恭责成掖庭狱丞籍武办理。

田偏一一记下，转身辞去。

中黄门靳严的心海早已翻腾不止，孩子被害死了，孩子的母亲焉能被放过?

果然不出所料，成帝又从几上拿起另一份临时写好的密诏，还从赵合德手中拿过长条白绫，递向中黄门靳严，道："靳将军，请你把这些东西交给许美人！"

"遵旨！"靳严打躬抱拳，应声领命，并伸出双手接过密诏和白绫，立即走出饰室。

怀揣密诏和白绫的中黄门靳严，拖着又酸又困的双腿，迈入上林涿沐馆。院内，一片萧条，恐怖阴森。他不禁打了个寒战，只觉得浑身冷飕飕的。现在，他替成帝和赵昭仪充当刽子手，准备将灾难降临在许美人头上，心中似感犯罪，惴惴不安。

靳严径直走向许美人住室。

他，是第三次来到许美人的产房。

活蹦乱跳的婴儿变成了永离人世的死婴，他仍然被盛装在木箱内。中黄门吴恭从卫士田偏手中接过木箱和密诏后，马上动身，前往宫廷牢狱。

吴恭风风火火地走进牢狱大门，很不凑巧，碰见掖庭令也即是宫廷牢狱总管吾丘遵。吾丘遵年近七旬，为人耿直，一生都是正派的。这位老人看到吴恭那紧张的神色，以及怀中抱着的木箱，立刻察觉到不对头，估计箱内大有可能盛着被害死的嗣儿，想问个究竟，于是，上前问道：

"吴大人，您大驾光临，不知有何吩咐?"

"吾长老，我要找掖庭狱丞籍武，不知他是否在狱内当班?"吴恭知道这位三朝元老多事求真，不宜向他透露，以免坏了大事。

“籍武正在巡视囚房。”吾丘遵坦率地答道。

“那好，我去找他。”吴恭说着欲向前走。

“唉，难道有什么事还不可以告诉我掖庭令吗？”吾丘遵向前跨出一步，横在对面，挡住吴恭去路。

“啊，吾大人，您误解了！”中黄门吴恭深知这位老人的性格和禀性，吃软不吃硬，爱打抱不平，于是微笑着耐心解释道，“吾大人，末将皇命在身，急需见到籍武，况且皇上金口叮嘱，不准许向他人透露丝毫秘密，否则定斩不饶。这次来牢狱，并非我个人所为，的确是执行皇上的命诏。请吾大人多加宽恕，诚望理解我的难处。”

“哦，原来如此。”吾丘遵听罢中黄门吴恭的一番话，认为箱内一定盛有死婴，只有将死婴埋在牢狱内，秘密才能永远得到保守。吾丘遵闪在一旁，长长叹了一口气，道：“好吧，吴大人请进！”

“多谢吾大人。”吴恭点了一下头，迈步朝囚房走去。

掖庭狱丞籍武刚刚巡视完毕，走出囚房，来到院心，恰巧碰见中黄门吴恭。吴恭将他拉到墙角处，把成帝的密诏和盛有死婴的木箱一起交给他，并再三叮咛，既要立即动手，又要秘密执行。籍武听后，那颗心像缀上铅一般沉重！

中黄门吴恭完成了君命，轻松地走出了宫廷牢狱。

籍武先放下箱子，后打开密诏观看，只见诏书曰——

御诏：

中黄门吴恭速将木箱转送掖庭狱丞籍武，箱内之有婴儿尸体，秘密埋葬，不得外传。

钦此！

籍武阅后，将密诏揣入怀中，两眼看着木箱，半天不知所措，只顾叹息徘徊。

这时，掖庭令吾丘遵悄悄移步走来，叫道：“籍武。”

“吾大人。”籍武一听他的上司呼他，立刻停住脚步，上前打躬道。

“籍武，宫廷内多少暗无天日的事，我都一一看在眼里，真让人难以咽下这口气呀！”吾丘遵说到这儿停了下来，抬头望了望天空，慨叹不已地道，“苍天做证，历史记载，皇家的丑闻，将遗臭万年。”

“吾大人，下官知道您的人品，我终生都要向您学习！”籍武由衷地说。

“籍武，我知道你的难处，我不责怪你。但我一直想找你谈谈。”吾丘遵说着警惕地看了看院心四周，见没有人来往后，又继续道，“我没有儿女，无所顾忌，而你有儿有女，怕连累了你，所以一直隐忍到今天。我想跟你一同找大臣们研究对策，揭露赵宜主、赵合德，但一想到原大司马、现曲阳侯王根是个贪污之辈，现大司马、新都侯王莽虚伪狡诈，且又是王太后的家侄，而当今皇上昏庸贪色，是非不清，我们再为国家着想，也是枉费心机！请你好自为之，多多珍重！”

“多谢吾大人一片良苦用心，下官将永远铭记心怀！”籍武跪下双膝，叩拜施礼。

“快，快起来！”吾丘遵上前搀起这位忠诚的部下，用手指了指木箱，催促道，“籍武，快把它埋葬。”

籍武提起木箱，又找了一把铁锹，朝东侧的狱墙走去。

吾丘遵站在院心内，给籍武瞭望着。籍武在狱墙下挖了个小洞，将木箱放入里面，又用铁锹填埋，埋得严严实实、平平展展。

几乎是同一时刻，上林涿沐馆的许美人呼唤着自己的孩子，将头伸向拴在屋梁上的白绫套索内。

第十六章　立嗣排异议

一连几天，后宫陷入了一片凄惶之中。

上林涿沐馆的许美人和她刚刚出生的儿子突然不见了，人们当然窃窃私语，恐慌不安。这下子，可急坏了后宫宫长樊嫕。她难以向大伙儿解释，又不敢透露半点实情。这其中的危害连小孩子都能料得到，谁敢以卵击石呢？她只能回避众人的询问，让宫女们该干什么就去干什么。

这些日子，她怎么也拟定不出供成帝选择的陪同侍寝名单，一是美人们再有渴望，也不愿意冒死踏上险途；二是美人们已经知道赵皇后和赵昭仪的凶狠毒辣，如果被成帝宠幸的消息传到她们耳中，那么必然酿成悲剧，自取灭亡。目前，后宫的美人们紧闭宫门，深居简出，不再奢望“鲤鱼跳出龙门”、争做人上人的美好未来了。

一天，樊嫕正在自己的卧室里愁苦不迭时，忽然，贴身丫鬟引着未央宫中常侍郑永走了进来。郑永向樊嫕传达皇上的口谕，命她立即去华玉殿面见皇上。她一看拿不出具体名单，索性把后宫嫔妃花名册带在身上，就这样急忙奔往华玉殿去了。

成帝之所以急于见到樊嫕，是因为他刚从长信宫太后那里领受了一项新任务，必须由樊嫕协助完成。这就是册立太子之事，按照皇太后的口谕，此事不能再延误了，以防将来误国误民。可是，这件事一直未能落实，其重要原因则是赵氏姊妹从中作梗，特别是赵合德，屡屡设阻，撒泼刁难。所以，成帝只能找豁达而精明的后宫宫长给予调解，且樊嫕又是她俩的表姐，说起话来很有分量。

坐在华玉殿书房里的成帝，开始重新审阅马司直一年前送来的推荐定陶王刘欣为太子的卷宗。这其中，有曲阳侯、原大司马王根的推荐奏折，还有他和赵飞燕皇后对定陶王刘欣和中山王刘兴的考核结论，他深深感到这些帛卷仍有很重要的决定意义和很及时的现实意义。尽管刘欣是较为合适而又唯一的太子人选，但是他心里不是滋味，刘欣终究不是自己的亲骨肉，“羊肉贴不到狗肉身上”，别人的儿子再好，也不如自己的儿子好。

可是，事到如今，只能如此。谁让他没有儿子呢？尤其严重的是，他亲自参与谋杀了曹伟母子和许美人母子，不仅害了旁人，而且害了他自己，害得他果真没有了儿子，使祖先的香火断绝，犯下一件不可宽恕的罪行。故圣人云：“不孝有三，无后为大。”可是，如今太子的权位不交给旁系亲属，又该交给何人呢？这是个难解的题目，然而他必须去解答。时间不饶人哪！不管怎么说，刘欣是父王元帝的嫔妃傅昭仪的孙子，这位小字辈儿的血管里还流淌着先祖刘氏的鲜血。现在，也只能选择刘欣了。

后宫宫长樊嫕随中常侍郑永来到华玉殿。进入大厅，樊嫕一眼就看见未央宫舍人吕延福，吕延福正在仰首默默地注视挂在明柱上的那个鸟笼子。鸟笼子里盛有那对雌雄护花鸟，凡是有人进来，它们就高声吟唱：“莫损花，莫损花。”人们自然要将自己的目光移向这对护花鸟，并高兴地称赞一番。这是当年吕延福陪成帝去江南九华山游玩时，一位售花老人送给成帝的。吕延福格外精心饲养，上午添食，下午加水，给自己的生活带来许多乐趣，连成帝也经常走过来不住地欣赏。就有一点成帝不太满意，饲养了十八年，那只雌性护花鸟还从未下过一个蛋，眼看着就要绝种，所以，后来成帝也不愿意赏识这对护花鸟了。

今天，不知为什么，听不见护花鸟的鸣声。这时，吕延福伸手摘下鸟笼子。樊嫕、郑永走近一看，啊，这对护花鸟都死了。

郑永顺便问了一句：“它们是病死的，还是老死的？”

吕延福抬头一看是中常侍郑永，本想叙说一番护花鸟的一生，但又一看，樊嫕站在旁边，不想把伤感的话讲给心上的人听，于是欲说未说，将话咽了回去。吕延福的心情更沉重了，摇了摇头，提起鸟笼子朝厅外走去。

樊嫕心里亦很压抑。当年，多亏了吕延福将她推荐给王太后，得以到后宫做事。从此，两人相敬相爱，相亲相助，并山盟海誓，私定终身。如今，她和他都年近四旬，在宫廷里度过了整个青春年华。但是，汉家法律规定，皇宫里的宦官、宫女乃至男女侍从终身不得婚配。周围的人们，对他俩无不抱着惋惜而又同情的心情。就连成帝、皇后也都知道他俩的事情。樊嫕总想把自己的心里话倒给成帝、皇后听一听，可又一看，成帝、皇后他们个人的事情还自顾不暇呢，何况还涉及宫廷的法律，她只好将此事闷留心底，待日后再说。

郑永把樊嫕引到书房后，便悄悄离去了。

樊嫕见到成帝，便撩裙施拜，口呼万岁。

成帝一看樊嫕跪至，心里非常高兴，马上令其平身，并谦逊地说了句：

"樊宫长，你来得正好，朕有一事相求。"

"陛下何以这般过谦，樊嫕来迟，尚请万岁恕罪才是。"樊嫕说着从衣袖内取出后宫嫔妃花名册，双手呈上，万分恭维地说，"陛下，请您过目，点拨侍寝美女，樊嫕一定落实。"

"唉，樊宫长，谁向你要这个！"成帝挥了挥手，拒绝道。

"那……"樊嫕一下子愣住了。

成帝又摇了摇头。

樊嫕收起花名册，不解地望着成帝。

成帝心想：这位后宫宫长一向善解人意，可是今天她就猜不到我在想什么了。于是，他把准备册立定陶王刘欣为皇太子的事情叙说了一遍，想征求一下她的意见。

聪明的樊嫕立即点头称是，心想：对待此等大事，焉有她发表意见的地方。成帝提及此事，无非是想让她去疏通赵皇后和赵昭仪的思想，因为晋封太子是赵氏姊妹心中最难接受的一件事情，或者说是她们姐妹心中最抵触的一件事情。

樊嫕想罢，马上面向成帝请奏道：

"陛下，册立太子乃国家大事，定陶王刘欣当然是较为合适人选，这可能是万岁长期考察的结果。至于赵皇后、赵昭仪那里，我去疏通，我想她俩应该深明大义！”

“知我者，樊宫长也！”成帝听罢樊嫕的一席谏言，感到十分高兴。后宫具有这样晓事理、明是非的宫长，实为难得呀！

他又进一步说道：“册立太子，当务之急不在于朝中卿臣是否同意，而在于后宫赵皇后、赵昭仪是否想得通，尤其是赵昭仪，她这个人胸怀窄狭，争强好胜，一旦不合自己的心意，就要撒泼大闹。但是，有你这位能说善辩的宫长，我想你会尽全力说服她的。况且，赵皇后以前已经表过态，同意册封定陶王为太子。你一定先拉住赵皇后，一起再去劝说赵昭仪，讲清利弊，顾及后果，估计会奏效。”

“请陛下放心，我一定会鼎力相助，完成君命！”樊嫕说完，就屈身施拜，告别成帝，疾步走出华玉殿书房。

眼下，成帝因丧失两位嗣子而一直陷入极大的痛苦之中。他心里不仅自责自叹，而且怨恨赵宜主、赵合德，他怎么也没想到，他所爱的人竟会绝他的后路，逼得他走投无路，只能遵照太后之命，册封他人之子为太子。即使退让到现在这个地步，还在担心赵家姐妹设阻刁难。唉，真是太难啦！他的心情坏到极点，只觉得四肢无力，浑身疲惫，没有一点精神。所以，在谋划册立太子这个重大问题上，成帝不愿意同赵氏姐妹发生口角和摩擦，因为他实在没有精力了。他把希望寄托在后宫宫长樊嫕身上。

这些天，成帝独自一人居住在华玉殿。他没再去两宫，或多或少给赵飞燕、赵合德施加了一定的压力。近日来，他一来等待樊嫕的到来，弄清后宫两位主要后妃的态度；二来根据翟丞相的建议，处理大赦天下的事情。可是，七天过去了，后宫宫长樊嫕尚未带回消息。然而，他已经通知翟丞相安排今日上朝商议册立太子的事情。他下定决心，不管赵家姐妹同意与否，也要把册立太子的大事办了。当然，最好是她俩能够同意，免得给日后一系列事情带来麻烦。

此时，他正在华玉殿大厅踱步沉思。

不一会儿，翟方进走入大厅，催促成帝赶快上朝，告诉他，众卿已在承明殿等候多时了。

他看了看翟丞相，刚要说明等待后宫宫长樊嫕之事，就见樊嫕急急忙忙地走来。他马上问道：

“怎么样？她们同意吗？”

“同意啦！折腾了好几天，她们最后还是同意啦。”樊嫕说着从衣内掏出一份长条帛书，双手呈于成帝，“陛下，请您过目，这是赵皇后亲笔写的推荐定陶王为太子的奏书。”

成帝接过奏帛，很快地看了一遍，只见他脸上露出微笑，而后将帛书交于翟方进，说道：“翟丞相，你把赵皇后的推荐奏帛带到承明殿，咱们一并商讨！”

“遵旨！”翟方进伸出双手，接过奏帛。

“樊宫长，赵昭仪的态度如何？”成帝转身又问道。

“赵昭仪也同意了。她还说，皇后写的推荐奏帛，包含她的意见。陛下，您就放心吧！”樊嫕见翟丞相站在成帝旁边，当然不愿详述其过程了，赵合德那种大吵大闹的丑态怎好如实禀报呢。况且，赵飞燕已经协助自己完成了任务，何必再谈那些不愉快的事情呢。

“樊宫长，难为你了！”成帝满意地说。

“这是奴婢应该办的，何劳陛下挂心！”樊嫕说完便屈身施拜礼，告辞离去。

成帝、翟方进离开正厅，奔向前面的过厅。这里，可直接通向承明殿。他俩快步向前，唯恐等待的重臣们焦急。

成帝坐在御座上，举目一看，御史大夫孔光，大司马、新都侯王莽，右将军廉褒，后将军朱博等人，一齐施跪拜大礼，山呼万岁。

丞相翟方进首先向众人传达了今天议政的主要议题，即册立皇太子之方案。同时，还宣读了曲阳侯王根和赵飞燕皇后推荐定陶王的两份奏帛，以及去年对中山王刘兴和定陶王刘欣的考核结果。

而后，成帝又侧重讲了定陶王刘欣的优点，当然对中山王刘兴的长处也作了肯定。大家从成帝的讲话语气上，已看出他较为明显的倾向性。但是，成帝还是以征求意见的口吻提问道：

“你们看，刘欣、刘兴两位人选，谁为太子更为适宜？”

成帝、丞相讲了议政内容之后，几位重臣开始陷入沉思，没有急于表态，因为拟定太子乃朝中大事，关系到汉家刘氏的江山落入谁手的大问题。大伙儿是得认真琢磨一下，哪能草率行事呢？

面对过久的沉默，成帝有些着急了。他看了看各位大人，一个个沉思不语。大司马、新都侯王莽一向谦恭谨慎，且又是委以重任不久，每逢遇到大事，总是缄口慢开的；右将军廉褒亦属朝中比较老的将军，忠实于朝廷，待人宽厚，但上朝议政从不愿第一个谏奏；后将军朱博是一位性格直率的武将，敢于维护正义，直言上书，决定朝中大事的谏书中总要有这位将军的手笔，但是今天在座的各位重卿，职务都高于自己，所以不便领先发言；御史大夫孔光系朝中要臣，“三公”之一，此人威望不亚于翟方进，说话办事干脆利落，从不拐弯抹角，但是，因为重礼仪、讲法度，讲出话来不易被他人接受，尤其是今天所议太子人选之大事，与成帝可能有明显的不同看法，思想斗争激烈，两道眉峰紧锁，嘴唇闭得死死的，可绝不是不发言，而是要看一看他人的态度如何。

成帝焦烦地说道：“怎么，各位大人对此事漠不关心吗？”

众人仍是沉默不语。

翟方进一看成帝不耐烦，坐不住了，赶紧催促大伙儿道：

“诸位大人，各抒己见，畅所欲言嘛！”

场上还是沉默。

成帝的目光落在翟丞相身上。翟方进领会成帝的意图，看来只能由自己带头谏言了，估计自己的意见符合皇上的心意，但不一定能够代表所有重卿的心愿，若不然怎么能冷场这半天呢？

翟方进向前跨出一步，面朝成帝躬身抱拳，道：“陛下，拥立太子，标志着我汉室后继有人、继往开来，关系到我华夏江山稳固、社稷振兴。对此，不仅百官重视，而且万民关注，确实非同小可，所以，陛下审慎处之，精心谋划，选而又选，比而又比，方拟中山王、定陶王为册立人选。依微臣之愚见，选立定陶王为太子更为适宜。其原因，定陶王刘欣一是年轻有为，至今尚不足十八岁；二是好学上进，才气鼎盛，从考核答问中得知，既通礼仪，又博史事，且善《诗经》，并深知宫中规法，礼谦让人。如果日后经太傅指点，那么将会更加趋向成熟。综上所述，微臣推荐定陶王为太子，请陛下察焉赐教！”

成帝听罢翟丞相的谏言，脸上立即浮现出满意的神情，他挥手示意对方落座。之后，他又将目光移向其他几位大臣。

翟方进的一番谏言已经深深触动了在座的诸位重卿，他们又发现成帝的催逼目光，果真有些坐不住了。

后将军廉褒、右将军朱博几乎是同时欠身离座，面对成帝打躬施拜，异口同声，道："启奏陛下，我等同意翟丞相之谏言！"

"好，廉、朱二位将军，请坐下！"成帝高兴地点头赞同，并挥手令他俩入座。他刚一回头，只见大司马、新都侯王莽跪伏于毡罽上，再次行三拜九叩大礼，马上命道，"王爱卿，平身叙话！"

"谢陛下！"王莽又一次抱拳施礼，而后欠身站起，道，"陛下，遴选太子，本是皇家之事，然陛下如此大度，广开言路，令我等由衷叹服。依微臣一孔之见，定陶王可为太子人选，当然，也不能说中山王不可。不论册立何人，因有英明万岁掌舵，必然符合民意，顺天而成，请万岁省察明断！"

中庸之道是人生的护身符。王莽历来不想伤害与己无关的人，定陶王刘欣系丁姬之子、傅昭仪之孙，而中山王刘兴乃冯昭仪之子，两人皆属汉孝元帝刘奭之后裔，统统被拟为遴选之列是无可争议的。表态含糊是因为，王莽已看到御史大夫孔光迟迟不语，很有可能不同意定陶王，怎能让这位御史大夫对自己有看法呢？因而，王莽采取了中立态度。

众人已经看到，这位仕途上如日中天的外戚仍是谨慎处事。但是对于这种不偏不倚的口吻，成帝似乎不太喜欢，他希望重臣们旗帜鲜明，态度明朗，坚定地站在他那一边。因此，他听完新都侯、大司马的谏言后，面容上没有明显的变化，只是微微点了点头。

这时，孔光一看，场上的其他几位文卿武将都已发了言，表了态，仅剩下自己了，说啥也拖延不过去了。孔光心田泛起波澜，如不实言相奏，那将是违心之举，但实言奏上，必触怒君颜。心想，作为御史大夫，应该重法度、遵礼仪，以国家利益为重，置个人利益于不顾。于是，欠身站起，迈步向前，朝御座深深一拜，随后从袍袖内抽出一份奏帛，双手捧过头顶，道：

"启奏陛下，微臣孔光现有一份奏书呈上，请陛下过目，省察赐教！"

成帝的面孔严肃而冷峻，他大概已猜测出孔光奏书的内容。

翟方进急忙走至孔光对面，亦用双手接过奏帛，转身呈递于成帝。

成帝接过帛书，展开阅视。

众人盯着成帝，注意观察成帝的面部表情。

场上静极了，甚至可以听到每个人的呼吸声。

成帝很快阅毕。只见他闭起双眸，满脸愁容，躺靠在御座上，陷入一片痛苦的思索之中。

各位重臣不知所措，相对无言。

孔光的那颗心像被利刀割过那般疼痛。看来，自己的意见，陛下不会认可了。他站也不是，坐也不是，简直尴尬到极点。

在朝中议政，凡是遇到窘迫状态的时候，翟方进必得站出来进行协调，行使丞相特有的职权。今天，也不例外。翟方进轻举脚步至御座前，双手打躬道："陛下，此等大事，还得您拿主意。"

"唉，难哪！"成帝长叹一声，双眸仍在紧闭。

又是一阵沉默。

"陛下，您是一国之君，众卿都会遵旨办事的。"翟方进再次安慰道。

成帝渐渐睁开双目，并抬起身体，向御史大夫孔光质问道：

"孔大人，朕不明白，您怎么看中中山王了呢？"

"启奏陛下，容微臣禀述。"孔光一看陛下给了自己说话的机会，便握双拳，奏道，"时下，陛下提出商议皇太子人选，此乃治国安邦大计。至于微臣在奏疏中提及中山王刘兴可为太子册封者，其理由有两条……"

"讲！"成帝以催促的口吻，打断孔光的话。

"其一，中山王三十有余，正值年富力强，比起定陶王来阅历丰富得多，政治成熟得多；其二，依礼效仪，立嗣以亲。如《尚书·盘庚》记载，殷之及王传位，乃兄终弟及。今吾汉室，中山王系先帝之子，且又为陛下亲弟，故中山王宜为嗣！"孔光在呈上奏书的基础上，又进而谏言补充，总算倒出了心里话。

成帝没有急于驳斥孔光，而是举目看了看其他几位大臣，示意发表不同于孔光的观点。

后将军朱博一向愿意表达个人的观点，于是反驳道："孔大人，末将亦有不同愚见。定陶王系陛下弟弟之子，如《礼记》曰：'兄弟之子，犹己子也。'立他为后嗣，则成为己之子。故定陶王适合立为嗣子。"

翟方进、廉褒也都相继发言，同意朱博的这番话。

“兄弟之子与兄弟之间，其血缘关系亲疏还是有差距的！”孔光仍然坚持己见，不同意他人之看法，道，“陛下与其弟，总要比与其侄更亲！”

翟、廉、朱不再同孔光争辩了，而是默默无语，等待成帝裁决。

“孔大人，中山王不才，你应该承认吧？再者，依礼，兄弟不得相入宗庙，百年之后朕岂能与中山王并立？”成帝对孔光所奏当然不满，所以他也在批驳，“万万没有想到，朕欲立定陶王为皇嗣，后宫倒没有阻力，在朝中却遇到了障碍！”

“陛下，微臣造次，罪该万死！”孔光一看成帝埋怨，急忙撩袍跪于殿前。

“陛下，孔大人已知谏疏不当，并深深自责，您看……”翟方进一看皇上面容愠怒，孔光还在跪伏于尘，赶忙上前调解。

“诸位大人，如无异议，下殿去吧！”成帝没有理睬翟方进，也没令孔光平身，而是面向其他卿臣说道。

“谢陛下！”大司马、新都侯王莽，右将军廉褒，后将军朱博一齐向成帝打躬抱拳，然后转身走出承明殿。

“陛下，陛下，”翟方进朝着成帝的背影呼叫着，“陛下……”

成帝没有回头，而是由御座边的通道走出大殿。

“孔大人，请起吧！”翟方进欲上前搀扶孔光。

孔光慢慢抬起头，抱住双拳，朝着空荡荡的御座深深一拜，随后欠身站起，长长嘘了一口气，感慨万端地说：

“翟大人，看来我这御史大夫是当不成了！”

“不会的，孔大人，请不必多虑，陛下虽不愿听逆耳之言，但他总不会这样处理问题吧。”翟方进嘴上劝慰，心里亦在为孔光担忧。

孔光摇了摇头，没再说什么，可心里很不踏实，似乎有一种不祥之兆。

翟方进、孔光两人怀着满腹心事，朝殿门外走去。

果然不出所料，时隔仅三天，成帝在宣明殿召集满朝文武，下达谕旨：将孔光贬调为廷尉，任命何武为御史大夫。当时，丞相翟方进率领右将军廉褒，后将军朱博，左曹中郎将、光禄大夫段会宗和光禄大夫刘向、班伯、许商，以及光禄勋师丹等人，一齐跪拜成帝，再三苦谏，保留孔光御史大夫之职。但无济于事，成帝仍持己见，谕旨不变，照发无误。孔光则表现得沉着、冷静。

绥和元年（前 8 年）二月初九，成帝在承明殿，终于正式下诏，立定陶王刘欣为皇太子。同时，封中山王刘兴之舅父、谏大夫冯参为宜乡侯，再增加中山国采邑三万户人家，以示对中山王刘兴及其母冯昭仪的安慰。成帝还派执金吾任宏，暂时署理大鸿胪职，持符节征召定陶王入京。

定陶王刘欣确实具有令人赞颂的美德。

当执金吾任宏手持符节来到定陶王府宣召刘欣入京的时候，刘欣很是感激皇上，一来觉得皇上胸怀宽广，大度容人，出于公心和为了国家而选拔皇嗣；二来认为自己才能不及，而皇上如此厚爱，实在是受宠若惊。当即，刘欣给皇上写了份辞谢帛书，托任宏转呈。

任宏为之感动，刚刚步入青年之列的定陶王竟有如此高尚的品格，心里暗暗称颂，并为皇上慧眼识嗣而高兴。任宏深感定陶王之举事关重大，没敢多言，而是带上帛书去回禀成帝。

正在华玉殿书房审阅奏章的成帝，一见执金吾任宏返回，非常高兴，立即垂询任宏此行情况。任宏简要地汇报了一下定陶王受诏时的谦虚态度，随后呈上定陶王的辞谢上书。成帝接书展视——

启奏陛下：

选嗣立子，乃国家大事。而圣上拟愚侄为皇嗣，实感惊惶，然吾之才能资质，不足以充当太子。吾愿暂留京师定陶国邸，早晚进宫问安，待圣上有了亲子，吾即返回藩国守土。以上奏言当否，诚望圣上赐决！

定陶王府　刘欣叩拜

他览奏之后，亦感到定陶王刘欣上书辞谢，德风可颂，谦恭可赞，但未应允。他先是往奏书上批复“已阅”，后又立即下达第二次谕诏，仍然命执金吾任宏再次赴定陶王府转呈诏书。

任宏接过陛下命诏又出发了。

定陶王刘欣看过成帝第二次谕诏后，反复思考，认为君命难违，此乃天意，再也不能推辞了。识时务者为俊杰。于是，定陶王刘欣遵照圣旨，立即禀告祖母和母亲，而后率领全家人赶赴京都长安。

刘欣终于继任了太子之位。

成帝总算了却了这桩心事!

按照汉代规定，后宫设立了太子宫。刘欣进京后，成帝就让中常侍郑永将刘欣领到太子宫。太子宫的生活设施异常豪华舒适，不亚于重要嫔妃之待遇，除了饮食非常考究外，其侍从也很齐全，宦官、宫女达二十余人。太子官属亦很庞大，主要设有师傅保和詹事府。太子太傅、太子少傅等官，则为太子师保。所属有太子门大夫、庶子、先马、舍人等官。另有詹事，掌太子家事，下设家令、率更令、左右卫率、中盾等官。对此，作为太子的刘欣，深感荣耀和欣慰，这些确实显现出皇家的威严，远非定陶王府可比拟。诚然，从身价来说，太子要远远超过王爷。刘欣当然心满意足了。

成帝安排好太子刘欣寝居后，马上拟写谕诏，令傅太后和太子亲母丁姬留居京师的定陶国邸，不许与太子刘欣相见。

对于成帝的诏书，傅太后与儿媳丁姬私下商议，她们心里不太痛快，认为成帝太刻薄了，似乎没有一点人情面子，怎么能不允许祖母、亲母与其相见呢? 不过，丁姬倒没有过多地说什么，心想：不管怎样，儿子当上了太子，如果说得过分，那么就对不起皇上了。可是，傅太后则不然，气得几乎暴跳如雷，因为孙子刘欣是她亲自抚养成人的，一下子割断祖孙亲情是难以承受的。因而，傅太后决定去找王太后。

傅太后乘辇舆来至长信宫门前。她在长信宫少府何弘的带领下，走进后宫最大的宫殿——长信宫。

王太后正在客厅等待这位老姐妹。当年，先王元帝刘奭在位时，王太后是正室夫人皇后，而傅太后开始时与冯昭仪均为婕好，并都受宠幸。傅乃河南温县人，早年丧父，母又改嫁，方流离入都，巧遇上官太后，被选入宫，善伺意旨，进为才人。上官太后将其赐给元帝，元帝即位，拜为婕好。后来，傅氏不仅凭借柔颜丽质趋承左右，深得主欢，而且善于体贴宫中女奴，团结宫中众人，享有崇高声誉，并又为元帝生下一女一男，女为平都公主，男名叫刘康，这就是刘欣的生父。永光三年（前 41 年），傅氏由婕好进号为昭仪。冯婕好因挡熊救驾，亦被晋封为昭仪。

在汉代，昭仪并立，唯元帝增设。昭仪名位，仅比皇后差一级，前只有一傅昭仪，至此复有冯昭仪，位均势敌，两不相下。傅昭仪对冯昭仪耿耿于怀，然而对王皇后还是一直注意尊重谦让。如今，由于孙子刘欣被诏命为太子，傅昭仪亦荣得太后职衔。可见，傅太后与王太后没有历史隔阂和矛盾冲突。所以，王太后对傅太后的到来，还是非常热情的。

傅太后见了王太后，再三表示感谢，特别是感谢王太后和成帝将自己的孙子册立为太子。王太后谦和地说："咱们都是自家人，还有啥说的。"两位太后谈得很投机，感情很融洽。这时，傅太后提出日后要与爱孙刘欣见面的事情，请王太后给成帝通融一下。王太后欣然答应了。

不久，王太后将成帝召到长信宫。

王太后见到儿子后，首先称赞他积极处理朝政，果断晋封太子，然后安慰他多多注意身体，自觉减少微行，特别注意不要沉湎酒色，除了为天下臣民着想外，还要想到在这个世界上，自己的老母还在。成帝听后，仔细端详年过七旬的高堂，她已经满头白发，满脸褶皱，一双老眼混浊不清，但还心不忍舍，关怀朝事，尤其从未放松对自己的教诲。他心里有种说不出的感激和惭愧。天下还有谁能比母亲更伟大呢？想到这里，成帝的双眼湿润了。接着，他又叮嘱母亲多多保重身体，长信宫的一般事务尽量交给少府、宫长他们去办，避免劳累和忧烦。

这时，王太后把话题引到太子刘欣家庭上来，感慨地赞叹傅太后对其孙儿的抚养和教育。最后，她向儿子掏出了心里话，想让傅太后、丁姬十天一次去太子宫探望刘欣。成帝一听，觉得不妥，遂向母亲解释道：

"太子已承继正统，理当奉养太后，不能再顾念自己的骨肉亲人。对此，傅太后应该理解。"

"唉！骜儿，娘可能上了年岁，总觉得人生之骨肉亲情比什么都重要。"王太后似乎在设身处地地为傅太后着想，所以她不同意儿子的说法，继续讲述理由道，"傅太后乃刘欣之祖母，一旦令其不准会面，怎么能受得了呢？"

"母亲所讲人生情分，儿从心里赞同。但太子承担着未来重任，如果家人经常与其往来，势必给太子带来干扰，卿臣们不免也会有看法的。"成帝委婉地劝阻王太后。

“太子小时候是傅太后抱养大的，傅太后对孙子倾注了大量心血，这是满朝文武人人皆知的。现在允许傅太后到太子宫探望，我们不过是以乳娘的恩情对待她，不足以造成什么妨碍嘛！”王太后说完，脸上露出不高兴的神色。

成帝一看母亲再三坚持这样的观点，不好劝驳了，只好点头答应，但没有允许丁姬探望。

他在临离开长信宫的时候，还特别注意安慰了母亲，只管放心，一定办好此事。

他回到华玉殿后，当日下令，批准傅太后可以到太子宫探望，时间定为每十天一次，丁姬因为没有抚养太子，她不得探望。

成帝尽管遵从母命，作了违背礼仪的批复，但他仍坚持这样的信条：为君之礼，不得顾私亲。

朝内朝外的人事安排，占去了成帝大量的时间和精力。

这年的十一月，成帝考虑太子既然已继承大宗，就不能再顾念自己的骨肉亲人，于是，封楚孝王的孙子刘景为定陶王，使刘欣生父一脉得以延续。

身居太子宫的太子刘欣，得知此消息后，心中很是感激皇上。刘欣将左右召集到议事厅，一齐商议，准备上书叩谢皇恩。师傅保和詹事府的官员们，对皇太子的为人处世方法不甚了解，但对皇太子的谦和待人态度看得比较清楚，所以大家敢于发表意见，只是意见不统一，一时难以决定。最后，太子刘欣让师傅保的主要官员谈谈想法和意见，以便参考和作出决定。

少傅闫崇虽然看不出太子的动机，但是早已知晓成帝的态度，反对皇嗣顾及亲情，故向刘欣建议道：

“太子殿下，皇上从全局出发，将刘景晋封为定陶王，使您的生父一脉得以延续，不仅及时选拔出定陶国之首，而且可以让您安心处理宫中大事，于国有利，于理则合，所以不必向皇上谢恩！”

“闫大人，我不同意您的见解。”太傅赵玄自有主见，当场反驳道，“不管怎么说，皇上的所作所为是对太子原定陶王府的关怀，使其保持荣耀，并推动家业振兴。试想，如果没有皇上施恩，岂能有定陶国的延续？俗话说，饮水思源嘛，借此机会上书叩谢皇恩，有何不可呢？”

“赵大人，言之有理，应当上书叩谢！”太子刘欣赞同赵玄的一番话。

“太子殿下，万万不可。”少傅闫崇本着对太子刘欣的忠诚和对太傅赵玄的爱护，据理力争道，“依礼所记载，既然当他人的继承人，就不能再顾念自己的骨肉亲人。所以，即使皇上给予替补了定陶王位，也不应当去叩谢皇恩！”

刘欣的性格似乎仁厚有余，刚毅不足，他的思想弯子一时转不过来，还接受不了少傅的劝谏。最终，太子刘欣听从了太傅赵玄的建议，决定上书叩谢圣恩。

太子的上书，首先投入尚书巴真手中。

尚书作为汉成帝在宫廷中设置主管文书的官吏，承担着协助成帝处理宫廷有关政务的职权，以防阻塞成帝耳目，此种制度名为“政归台阁”。因而被任命为尚书的巴真，对成帝是非常忠诚的。

巴真收到太子刘欣的上书后，认真审核，仔细推敲，认为太子因成帝册封刘景为定陶王而上书叩谢皇恩，是违反礼仪的。特别是发现太子是在太傅的建议下才这样做的，感到太傅对礼仪不通，对皇室不忠。当下，巴真以尚书令的名义，上奏成帝，弹劾赵玄。

在华玉殿的大厅内，成帝召见太子刘欣。刘欣见到成帝，恭谨施拜，口呼万岁，显现出一副感恩而又忠诚的神态。成帝对自己选立的这位太子还是较为满意的，只是认为太子对朝中礼仪不清，尤其过继皇家名下担任皇太子后，仍顾念个人的骨肉亲情之举，实在不妥，确实应该教诲。其祖母傅太后每十天入太子宫探望一次，刘欣竟然愿意接受，这已经令他不满意了。不过，王太后已给讲情，也只好作罢。可是，这次太子又上书叩谢皇恩，他不得不召问太子，因何叩谢。

太子刘欣实言奏上，不但讲了个人对皇上晋封刘景为定陶王的感激之情，而且讲述了听从太傅建议的经过。此次，成帝对刘欣大为不满，严厉斥责，指出刘欣不该三番五次地过问和顾念定陶府之事，这样势必影响太子宫政务。刘欣急忙跪伏于尘，叩头认罪，并一再请父皇宽恕。

成帝见太子如此知礼，也就免惩了。

但是，太子走后，成帝当即挥毫下诏，将赵玄贬降为少府，任命光禄勋师丹为太傅。

连日来，成帝凭着手中的权力，把太子管教得服服帖帖，太子宫在太傅师丹的打理下，也渐渐趋于平静。他准备轻松一下，便唤来中常侍郑永和小宦官们，陪同他去往昭阳舍宫。

他，仍然恋恋不舍那个心肠歹毒的赵合德！在前往昭阳舍宫的路上，就在心里打好了主意，决定今天夜间住在温柔乡。

第十七章　索土降使臣

初春的天气还是寒冷的。后宫的各个宫院，乃至御花园的花草树木仍是一片干枯，看不见一丝绿意。

然而，前往昭阳舍宫的成帝，其鼻息和胸腔却充满暖意。因为他苦心筹备，忙于立嗣，顾不上临幸赵合德，好歹总算完成了这件宫中大事，松了一口气，方得以去看望心中的爱妃，这简直是胜过新婚久别的重逢。由于心怀一种难以割舍甚至他人难以替代的爱，尽管他与她分离仅仅二十余天，但是他心中如同有一种由来已久的忧郁，未得排解和释然。至今，他的内心世界才开始洒入春天的阳光，渐渐驱散冷却的冬雾。所以，他的那颗心感觉暖烘烘的。

不一会儿，成帝和他的侍从们来到昭阳舍宫门前。守卫宫门的卫士们，急忙施礼迎接成帝。其中一个卫士，赶忙跑入宫内，去通禀赵昭仪。

日近正午，天气开始暖和起来。

成帝多日未临昭阳舍宫，感到这里的一亭一榭、一房一舍都非常亲切。他边走边看，大有观赏的样子。郑永已猜出成帝的心思，成帝由于非常想念赵昭仪，所以身临昭阳舍宫，方有旧地重游之感。郑永示意小宦官们不要走得过快，让大伙儿尾随成帝行走。

寝宫到了。成帝站到三十几米远的地方，就看见他亲笔书写的匾额："温柔乡"。他思绪起伏，激荡不止。这是他对赵合德爱恋的表达。虽然他对她算不上钟情专一，但是可以说，他对她的爱恋远远超过任何女人。迄今为止，他从她身上获得的情爱和幸福，还可算是排在第一位的。他正在思念之际，就见赵合德已按秩大妆并面带微笑迎了过来，她身后跟随着宦者令任善，贴身宫女冷艳、冷花及小宦官、宫女们。

赵合德听说成帝来了，高兴得那颗心差点儿蹦出来，一面派人通知膳房准备午餐酒筵，一面让梳头宫女静文帮助自己梳妆穿戴，忙忙活活地刚走出寝宫。她对成帝的倾恋也是由来已久。

别看她在前不久曾与燕赤凤背地媾和私通，除了情爱之外，主要想的也是及早怀上嗣子，以解后顾之忧，只是事不遂愿罢了。但她心里从未忘掉过成帝，可谓朝思暮盼，因为她自从进宫以来，一直受到成帝的宠幸，甚至把成帝对姐姐宜主的爱也全部夺了过来。今天，她见成帝主动来到昭阳舍宫，喜出望外，情不自禁，心里非常气恼的那件事——成帝册立皇太子之举，几乎全部忘掉了。

她老远就招呼道："圣上，圣上！"

"合德，合德！"成帝亦应声喊道。

两人很快走到面对面。赵合德急忙撩裙下拜，口称圣上，祝福万岁！她的大小宦官、宫女们也都伏地参拜。

成帝挥手命赵昭仪和众人平身站起。

赵合德欠身后，走向成帝，不住地打量成帝的神姿面容。见成帝明显地消瘦了，颧骨突出，面色黑黄，两只大眼陷入深深的眼窝里，宽阔的前额印上了几道并列的褶皱，似乎给人一种苍老之感。不过，他那高大的身躯还俨然保持一种君主风度。赵合德心里酸楚楚的，眨了眨噙满泪花的双眸，赶忙侧过脸去，极力控制将要滚落的泪滴。她伸手搀扶着他的臂腕，朝寝宫客厅走去。

成帝坐在几前，几上已备好热气腾腾的香茶。赵合德劝成帝先饮热茶，暖暖身子。而成帝见众人都离去了，没顾得上吃茶，便急火火地把赵合德搂在怀里，欲加亲昵。赵合德心跳脸红，觉得成帝太心急了，指了指自己身上的袍服，羞涩地说："圣上，多不方便哪。"

他不好意思地笑了，随之松开了她。

赵合德走到几前，双手端起茶杯，递给成帝。

他连续呷下几口香茶，一股热流滚入肚内，感到周身暖洋洋的。他望着赵合德，心中有一种难以言表的甜美。

她先是叙说了这段时间分别的思念之苦，昼不能食，夜不能寐，几乎快把人想死了，后又嗔怨成帝只顾埋头处理朝务，而不注意怜惜身体，但只字不提册封太子之事。说着说着，滚下大颗大颗的泪珠。

他临幸之前还担心赵合德挑起立嗣话题，没想到她竟变得通达情理了，真让他难以置信。他哪里知道，她的忍耐和转变，除了樊嫕的苦口婆心劝说外，主要是姐姐赵飞燕的作用，几经解劝，说破利害，并叮嘱她卧薪尝胆、一切让步，是为日后大计。他见她这般多情多义，泪水涟涟，真是动心不已，肝肠欲断。他掏出手帕，给她擦拭泪痕，并不住地安慰道：

“合德，多谢你一片真情。朕多日未见，心内实觉对不住你，深知你的苦衷及你对朕的赤诚爱心。合德，朕亦是万般思念啊！”

她听了这一席话，哭得更厉害了，一下子扑倒在成帝的怀中。

对心爱的女人，泪水最能打动男人的心。况且赵合德正值三十五岁，这是一个最富感情和魅力的年龄。花朵美丽而盛开，果实成熟而甜美，势必让人爱慕。既漂亮又妖艳的昭仪主动扎在他的怀里，他怎能不动情呢？他像哄孩子般地爱抚和劝慰她，并再三表示，往后夜夜临幸于她。

她终于止住了哭声。

宦者令任善走了进来，向两位主子禀告道：

“酒筵已经备好，请陛下、昭仪用午膳！”

“好，这就去。”成帝应道。

“圣上，您早就饿了吧？”赵合德关切地说。

成帝点了点头。

她欠起玉体，上前搀扶他，朝餐厅走去。

他在她的陪同下，很快吃完了午膳。

成帝的脸色通红，很显然是贪酒的缘故。他踉踉跄跄地走出餐厅，冷艳、冷花急忙迎上前搀扶。她跟在他的身后。

成帝被携扶到寝宫卧室。冷艳和冷花帮他脱掉袍服和云头布履，并扶他躺卧在床上。而后，她俩悄悄离去了。

赵合德看到成帝昏昏醉醉的样子，没有急于解衣卸妆，而是温柔地把自己的手放在他的前额上，关怀体贴地道："圣上，您喝多了，睡一会儿吧！"

"不多，不多，"他强打精神，睁开眼睛，从额前拽住对方的手说，"合德，你快来呀……"

他用力拉她，但感到力不从心，手一松开，眼睛又合上了。霎时，他打起了呼噜。

他一觉睡到日偏西，大约申时末才醒了过来。睁眼一看，合德仍坐侍在床前，惊诧地问道："怎么，你一直没睡呀？"

她微笑着点了点额首。

他欠身欲起，看到身上盖着一床鸭绒缎被，知道这是合德给他盖的。她伸手拉了一下他的臂膀，道："别动！您再睡一会儿，晚上好有精神！"

"唉，这怎么行呢？我一个人睡，你一个人干坐着，太不近人情了。"他还是坚持起了床。

她见拗不过成帝，便帮他穿好袍服和云履，扶他坐到矮脚案几前。她给他斟了一杯热茶，道："圣上，请您吃茶！"

他接过茶杯，呷了一大口香茶，感到周身无比轻松，高兴地道：

"合德，今天夜间，朕不走了。"

"那还用说呀，"她白了一眼成帝道，"妾身是属于你的！"

成帝开怀大笑起来，风趣地说："朕以为还得与你商量呢！"

"妾身不敢，只要万岁需要，妾身随时听从呼唤。"她站起身，娇声细语地说。

他深情地望着她。这位入宫十余载的女人，至今仍然妩媚动人、风情万种，但又彬彬有礼、含苞待放，令人咀华不尽、回味无穷。

他又连续饮下几口香茶，越饮越感到心里无比舒畅，越饮越感到精神无比振作。与其说是香茶的刺激使他抖起精神，不如说是合德的魅力使他顿感快活。

她端起茶壶，又给他倒了杯茶。

他猛地拉住了她的手，眷恋不舍地盯着她。多么盼望天赶快黑下来呀！她早看出成帝的心思。为了打消成帝眼前的念头，便劝说他到院心里散散步，聊聊天。

于是，他随她走出卧室，来到寝宫前院。

两人刚走到人造湖的拱桥上，中常侍郑永追了上来。

郑永焦急地禀道：

“启奏陛下，长信宫少府何弘前来传达王太后口谕：命您立即去长信宫，有要事相商。”

“什么要事？”成帝有些不耐烦，气呼呼地问道。

“微臣不知。”郑永如实回话道。

成帝已经停住脚步，但沉默无言。

“圣上，您去吧！”赵合德催促道。

“好吧，走！”成帝转身朝宫门走去。郑永紧紧跟在他的身后。

“圣上，早去早回！”赵合德朝着成帝的背影喊了一句。

成帝回头看了看，但没有回声，又同中常侍郑永朝前走去。

主仆二人一路无言。因为这意外的干扰，影响了他同合德昭仪的欢聚，但是，母后命诏于他，他又不敢违背。母后究竟有什么要紧事同他商量呢？他一时难以猜测。

不多时，他俩来到王太后的寝宫长信宫门首，长信宫少府何弘已站在门旁迎驾。何弘向成帝请安后，告诉他，王太后正在汉宫书源等待。

他一听母后在汉宫书源等候，马上意识到有要事商议，王太后一般情况下是在卧室或客厅召见自己的儿子、亲属。刚才，何弘所下达的太后口谕，绝不会有半点差错。这位大宦官还在王太后当皇后的时候，就一直伴随左右。父王、母后对何弘很器重，当然，何弘因久居皇宫，办事周密，颇有经验，则深得主子信任。他对何弘也是一向尊重的，对于侍候和奉尊母亲这多年的老宦官，怎能不敬重呢？他心中那种不愉快的情绪似乎消失了许多。

他让郑永随何弘去少府卧室坐等。

而后，他独自去面见太后。

他进入汉宫书源后，太后兴高采烈地向他打招呼，舅父、曲阳侯王根也在这里。他先参拜母亲，王根又施以君臣大礼。

王太后见到儿子身体消瘦，心里好一阵难过，又再三叮嘱一番，并且说，身体不做主，江山何其用？

王根在一旁随声附和，以示关怀圣君。

成帝深知母亲的疼爱之情。他感激地说：

“母后，您别担心，我会注意身体的。您已年过七旬，儿臣希望您多多保重啊！”

王太后拿手帕擦拭泪水，并点了点头。

母子之间相互问候了一番后，开始转入正题。王太后转向曲阳侯王根，让这位侯爷当着成帝的面，叙说一下姐弟已经议论过的一件要事。

作为成帝外戚又是五侯之一的王根，当然愿意为皇帝效劳尽忠。王根站起身，面对成帝，抱拳施礼，侃侃奏曰：“启奏陛下，我驻匈奴使臣回来说，匈奴有块地揳入汉边的土地，直达张掖郡，那里出产奇异木材、穿射箭杆和鹫鹰羽毛。如能得之，不仅可使边疆大为富饶，而且国家有开拓疆土之实惠，岂不为汉家基业建功卓著而名垂千古！”

成帝听了曲阳侯的陈述，那颗贪婪的心不禁一动，感到此事值得探究。他也熟知祖辈汉武帝刘彻远征西域、开疆拓土的战功佳话，为后辈子孙帝王打好江山，为黎民百姓留下光荣和美谈。对此，虽不能仿效，但举手之劳的事情为何不办呢？可又一想，直接向乌珠留若鞮单于要地，他能痛痛快快地答应吗？一旦不应允，岂不有伤诏命尊严，也损害大汉王朝的威信？他着实犹豫不决，没立即表态。

王根看出成帝的心思，欲要怕受挫折，欲舍又不忍心，于是上前劝说：

“陛下，应该相信我汉室大国的力量，匈奴在西域诸国家中尽管是比较强大的，但也无法与我们抗衡。依老夫愚见，只要说服单于，说明以前对匈奴的关怀，这点利益他们不会固守不让的。”

成帝沉思不语。

“骜儿，你舅父说得对呀！几代先王对匈奴非常关照，并且有过多次出嫁公主、多年互派使臣之往来，难道单于就这么不开窍？”王太后从中劝说，开导儿子道，“不妨，先试试交谈一下嘛！”

成帝欠身踱步，仔细掂量。他知道匈奴的现状，欲办这类索取对方疆土之事，非同小可，单于不会轻而易举地允诺。因为匈奴车牙单于死后，其弟囊知牙斯继位，为乌珠留若鞮单于。乌珠留若鞮单于继位后，任命小弟乐为左贤王，另一小弟舆为右贤王。这位新任单于与左、右贤王皆属一奶同胞，自己虽握国家大权，但无绝对权威，处理军政大事没有两个弟弟的支持和同意是难以实施的。无疑，劝说单于割疆让土是件难办的事。但是，母后和曲阳侯所叙之言也不无道理，应该派人去匈奴游说单于。他转过身来，下了最后的决心，道："王大人，朕同意你的高见！"

"陛下英明！"王根抱拳打躬道。

"但不知王大人欲派何人完成使命？"成帝想听听这位曲阳侯的打算，随即问道。

"吾意仍派遣匈奴使者中郎将夏侯藩、副校尉韩容前往！"王根说罢又谦逊地问道，"夏侯、韩二位大人当否，请陛下定夺！"

"就依王大人所荐。"成帝同意了这两位人选。

"陛下、太后，我马上回府安排！"王根欲动身离去。

"王大人，您一定告诉他俩，要说得委婉。"成帝又叮咛了一句，并较有信心地说，"我在华玉殿等候佳音。"

"是，请陛下放心！"王根说罢，抱拳告辞，迈步走出书源，回侯府去了。

王太后一见皇儿责成曲阳侯去办理这件大事，心里格外高兴。她非要留下儿子吃晚膳不可，并要同儿子好好叙谈一番。

慈母的一片爱心，儿子焉能不领受？何况成帝是一位孝子。他对母亲向来尊重和爱戴。不论是涉及政务大事，还是有关生活琐事，只要母亲提出来，他都要认真思索，能办则办。尤其看到母亲进入古稀之年，总是愿意多陪伴母亲一些时间。

这天晚上，成帝虽然心中有事，还是听从了母亲的安排，留在长信宫，陪同母亲一起吃了晚膳。

当天夜晚，成帝同中常侍郑永一起返回华玉殿。

因为时间太晚了，他没去昭阳舍宫。

他独自一个人躺在华玉殿卧室内，让宫女们熄灭蜡烛，带上房门。室内静悄悄的，没有一丝动静，只能听到他自己匀细的呼吸声。他一双大眼直瞪瞪地望着顶棚。繁忙的朝政，使他感到疲劳；无嗣的现实，使他感到痛苦；册封的太子，使他感到可悲。夺得一块领地，享有崇高声誉，占有最佳美色，这就是皇帝其人吗？是，这就是皇帝。皇帝不应该倒下，应该永远叱咤风云，但是又有哪一位皇帝能够做得到呢？争来争去，到头来不是都要化为乌有吗？想到这里，他后悔自己答应曲阳侯去扩大疆土。匈奴的这块领地一旦索得不了，汉朝的威严不是一落千丈吗？

这一夜，他似睡非睡地熬过来了。

第二天早晨，他刚刚用完早膳，舍人吕延福就来通禀他，远条宫的赵皇后来了，正坐在华玉殿卧室内等候。

成帝离开餐间，朝卧室走来。已有一年多光景，他未临幸远条宫。除了他钟情于赵合德和寻求新欢外，还有赵飞燕盼得嗣子和不重守节的因素，从而酿成今天的僵局。赵飞燕的突然到来，究竟是为了什么呢？

不过，身为皇后的赵飞燕，其才识和谋略一直受到成帝的欣赏和器重，其在后宫的权威仍然居于三千粉黛之上。当然，这不能排除赵合德的支持和拥戴。赵合德与赵飞燕从小一起长大，妹妹对姐姐十分尊敬，赵合德在成帝面前为之百般维护，甚至以死谏护，弄得成帝也只能顺从，因而赵飞燕的地位并未因皇帝移宠而动摇。但是，在赵飞燕的心中，那种与残漏寒蛩做伴的孤寂之苦，并不亚于长门永巷的空旷滋味。只是她具有一种与其他女人不同的性格，即心高气傲，百折不挠。所以，她从不甘心于这种冷遇和漠视。昨天她就听人说，陛下又开始去昭阳舍宫，但不知什么原因晚间竟然回到华玉殿。今早，她就来到他的卧室，前来嘘寒问暖，以解愁烦。

两人多日未见，偶然重逢，难免有些尴尬。

她是个机灵人，马上屈身施拜，口称万岁，从而打破了这种窘态不安的场面。

他一见赵飞燕如此彬彬有礼，心里反觉得不安了。于是，他急忙搀扶她，并把她拉坐在木椅上。他还亲手为她倒了一杯香茶，这是往日里极为罕见的。赵飞燕当然不能心安理得，随即赶忙也给他斟了一杯香茶。

两人相互嘘寒了一阵。

这时赵飞燕关切地问候道："圣上，您日夜为国为民操劳，龙体渐瘦，精神疲倦，臣妾实在放心不下！"

"多谢飞燕一片真情！"

"龙体不佳，谢有何用？"她说到这里停了下来。只见她哽哽咽咽，泪珠滚落，半嗔半怨地道，“难道您不仔细想想，上有七旬母后，下虽无子女，可还有我和妹妹呀……”

“飞燕，请放心。朕日后必当注意！”成帝为之深深触动，亦觉她还是非常疼怜自己的，尽管对她爱不起来，也不能对她过于冷淡，更不能伤害她。

他走了过去，拿出手帕给她拭泪。

她知道他昨夜一个人又像往日一样住在华玉殿，心想可能又遇到了难以处理的朝政，否则，他不会这样自找寂寥。唉！没完没了的政务，是一国之君的劳烦。她确实惦记成帝，打心底体贴和疼怜，便主动问道：

“圣上，最近是否又遇到比较棘手的政事？您一定要权衡利弊，更要多多注意身体呀！”

成帝对赵飞燕婉转的口吻，深领其意，她富有处理政务的才能，只是碍于涉政，不便直言。他心中赞佩皇后的心机，也愿意听听她的主意。他在感谢她的关怀的基础上，便将曲阳侯建议索取匈奴领地的事情说了一遍，让她看看，此事如何。

赵飞燕一听，此乃朝政大事，涉及汉室外交政策，直接关系到国家的威信和声望。她静默沉思，没立即回答。

“飞燕，是不是有不当之处？”成帝看出她的疑虑，问道。

赵飞燕仍是不语。

“朕如果决定有误，现在还来得及纠正，驻匈奴使节尚未动身，朕可马上通知曲阳侯！”

“不！君无戏言，岂能草草收回谕旨？”赵飞燕转过身体说道。

“你有什么万全之策，请直言。”

“圣上口谕既然下达，就让使臣这么办吧。不过，匈奴一旦不予允诺，圣上一来不可承认这是朝廷的决定，二来必须将使臣调往他地任职，从而避免匈奴之口实，保持汉室之尊严。”赵飞燕终于讲了处理此事的方案。但她又留有余地地补充道，“上述谏言，乃妾身一孔之见，如有谬误之处，尚请圣上最后定夺，并请赐教为盼！”

“妙哉，妙哉！”成帝高兴得用右拳砸着左手掌心，赞道。

“圣上过誉了！”赵飞燕心里亦觉得如意。

赵飞燕没多待，立即动身，告辞离去。

成帝忧心忡忡，仍是惦挂使臣出使匈奴一事。

多少天，他一直居守在华玉殿，期待着曲阳侯送达消息。昭阳舍宫的宦者令任善来过好几次，奉赵昭仪之命请他赴便宴，但是他因心中有事而婉言谢绝了。

一天上午，曲阳侯王根带领赴匈奴归国使臣、中郎将夏侯藩，副校尉韩容，前来华玉殿，向成帝复命。

夏侯藩汇报了同乌珠留若鞮单于交谈的情况，主要强调匈奴这块突出楔入汉朝的边地，我方需委派三名都尉驻守塞上，士卒则需数百人，如将突出部分割让，可以省去两名都尉和几百名士卒，以此报答天子厚恩，天子必然大大回报。

成帝听到这里，焦急地垂询道："夏侯大人，单于如何回答？"

"回禀陛下，当时单于没直接答复，而是问我等，此天子诏命所语，还是使者所求也？"夏侯藩打躬回奏道。

"你们怎么答复的？"成帝又进而催问道。

曲阳侯向夏侯藩递了个眼色，示意对方不可直言。

可是，夏侯藩精神有些紧张，根本没顾得上察看这位侯爷的神态，还是如实回禀道："我，我，我向单于回话道，天子诏命之中，略有此意，然藩亦为单于画善计耳！"

成帝一听，脸色顿即沉下来。

曲阳侯狠狠地瞪了一眼夏侯藩，心想，你真是个白痴！临行前，不是再三叮嘱过你吗？此意不能实言，万万不可露出谕诏真情。这下子全砸了，必然落个劳而无功的下场。

"陛下，夏侯大人考虑，陛下命诏有千钧之力，故稍微提及了一下。"韩容一看夏侯藩言语不妥，引起成帝不悦，便从中粉饰道。

"好啦，往下讲。"成帝没有理会副校尉的辩解，对这位局促不安的夏侯藩说道。

"谢陛下！"夏侯藩打躬抱拳，继续陈述道，"单于听后，并未反感，但他说，此乃温偶駼王所居地也，不知其地形地貌及物产情况，待派人了解后，再作答复。”

成帝听罢中郎将夏侯藩的一席回奏，知道此事尚无结果，但已经意识到匈奴的基本态度，他们绝不会轻而易举地舍出这块飞地。可是，事情已经进展到这种程度，还是应该听听单于的最后态度。

他又征求了一下曲阳侯的意见。

曲阳侯同他的想法是一致的，事情应该善始克终。

夏侯藩、韩容遵照成帝旨意，再一次出使匈奴。他二人乘骑西行，昼夜兼程，赶到匈奴。

到达匈奴后，夏侯藩、韩容又向乌珠留若鞮单于提出取土地的要求。

果然不出成帝所料。

“二位大汉使节，我已遣人打问，此地不宜让出。”单于开口便拒绝道。

“但不知单于问过何人？”夏侯藩问道。

“温偶駼王。”单于如实相告道，“温偶駼王说，匈奴西部各诸侯制作帐幕及车辆，皆依赖此地山上之木材，且先父所留土地，故不敢失！”

“单于，汉匈毗邻，利益相关，难道不考虑一下彼此之间的友谊?！”夏侯藩为完成圣命，坚持说服这位匈奴国王。

“友谊，正是为了保持友谊，我才这样决定！”单于据理雄辩道，“匈奴建国，我们父兄传位五世，汉朝从未求索此地，偏偏到我继位时，你们就提出这等要求，不知何故？”

夏侯藩、韩容听后自觉语塞理屈，只好起身告辞。

他俩不敢怠慢，马上乘骑，回国复命。

这次，老奸巨猾的曲阳侯没有陪同他俩去华玉殿，而是让他俩直接面见成帝，复命交差。

夏侯藩、韩容心里七上八下，深感此事未就的后果不堪设想。但是，事到如今，也只有硬着头皮去见成帝。

成帝已有思想准备。他按照赵皇后的建议，在听完他俩复命后，当场宣布撤销夏侯藩中郎将之职，调任太原太守。韩容万幸，仍保留副校尉官衔。

这时，乌珠留若鞮单于派使者来到长安，上书成帝，和盘托出夏侯藩求地的前后经过和真实情况。

成帝阅罢匈奴使者上书后，顿感面红耳赤，又羞又气，立即下诏回复单于道：“夏侯藩假称诏旨，向单于求地，依法应当处死。因我汉朝经过两次大赦，现将他调往济南，任太守，不使他再出使匈奴。”

汉家欲索匈奴揳入汉边土地虽然未能成功，但是终于得到妥善处理。成帝总算了却了一桩心事，起伏不安的心情又趋于平静。他的精神既轻松又振作，审阅和处理奏章的速度和效率也大大提高了。

这一天他感到时间过得非常快，不由得想起了赵合德，那种思念之情像涨潮的海水一般，一下子涌入心田。他难以抑制心潮，决定今晚去看望心爱的人。

晚饭后，他在中常侍郑永和卫士们的护卫下，乘骑去往昭阳舍宫。路上，他松缰慢行，昂首举目，欣赏这夕晖之景。

傍晚，太阳接近西边天际，长安城的肩头上好像披着一条绚烂的粉红色披巾。棉絮状的和浪花般的彩云像玫瑰色的锦缎在蓝天上飘游。骊山、蓝田山、太华山被夕阳照射得分外明朗，那一座座山峦雄峰愈加显得美丽多姿。通往昭阳舍宫的路面上，亦洒下金灿灿的光辉，犹如铺上了一条长长的红色地毯。夕阳西下，景色怡人。难怪人们赞扬骊山等山峦在斜阳里的动人景观：入暮晴霞红一片，当疑烽火自西来。

成帝收回目光，心内倍感舒熨。他抖了一下缰绳，坐下骏骑飞奔起来。随从们的奔马也紧跟不舍，急速驰行。

他们不知不觉地来到昭阳舍宫门前。

成帝勒缰停奔，翻身下骑，将缰绳交于中常侍郑永，命郑永同卫士们返回未央宫华玉殿。

守卫在昭阳舍宫门前的卫士们一见成帝驾到，急忙上前迎驾。其中一位卫士飞步跑入，去通禀赵昭仪。

成帝跨入宫廷大门，直接朝院心走来。

他走得很快，不一会儿就来到寝宫温柔乡门前。这时，唯见昭阳舍宫的宦者令任善和小宦官们迎候侍立。但是，赵合德和她的贴身宫女冷艳、冷花却未出来迎驾。他觉得有些奇怪，合德怎么没有出来，难道她病了吗？他心中疑团未解，但没有动怒。

任善将成帝迎接引入客厅。待成帝坐好后，任善给他端来一杯热茶，道：“陛下，您先吃茶。”

成帝点了点头。

任善没等成帝开口动问，便主动告诉成帝道：“陛下，赵昭仪正在沐浴，请您坐等休息片刻。”

“哦！”成帝乍一听，不禁心头一颤，随后又趋于正常道，“好！”

成帝弄清了赵合德没来接驾的原因，心中的疑虑消除了。他端起茶杯，呷了一口香茶。当他环顾四周的时候，任善已经离去了。

他又端起茶杯，连续呷了几口香茶，脑海里不住地思考。这么多年，他还从没见过合德沐浴。女人沐浴，恐怕也像男人沐浴一样，脱掉衣服，赤条条的，将身体浸沉于水中。那景象……他决定目睹一下。

冷花轻步走来。她是听任善说的，皇上亲临昭阳舍宫，方急忙到客厅侍奉君主。

成帝没有再用茶，站起身来，道：

“冷花，朕要去见赵昭仪。”

“陛下，赵昭仪还没有结束沐浴。”冷花回禀道。

“她洗她的，咱们走！”成帝说着欲向外走。

“陛下！”冷花急忙截住成帝，道，“您先别急，再吃杯茶。”

“朕不等了。”成帝伸手将冷花拨在一旁，转身朝厅外走去。

“陛下，陛下！”冷花紧紧追在成帝身后。

成帝继续往前走。

“陛下，奴才奉昭仪之命，让我侍奉您，请您先不要去浴汤池……”冷花朝着成帝的背影，说道，“若不然，赵昭仪会怪罪奴才的……”

“这同你没关系！”成帝没有回头，步子迈得越来越快了。

冷花心想，这下子可糟了。皇上一旦看了赵昭仪沐浴，赵昭仪如果知道的话，那多难为情呀！不行，我得赶紧去通禀一下。

冷花为了赶在成帝前头，索性拔腿跑了起来。她顾不得喘息，径直向后院浴汤池奔去！

成帝一看冷花跑到自己前面，心里不禁暗暗发笑。丫头片子，一定是抢先去通风报信。哼！朕也来个“萧何月下追韩信”！于是，他急忙飞行，紧紧尾随于冷花身后。但是他深深感到，年龄不饶人，身体亦觉疲惫，力不从心，追着追着同冷花拉大了距离。

当他快到浴汤池的时候，只见冷花笑吟吟地从里面迎了出来。她唯恐成帝生气，更担心成帝累坏身体，急忙下拜，歉疚而自责地道：

“陛下，奴才该死，请陛下责罚！”

“哼！”成帝着实愠怒，气喘吁吁地哼了一声。

冷花赶忙去搀扶成帝。

他步上台阶，一连穿过三道门。奢华的浴汤池，廊亭相连，鳞次栉比，玉石明柱，绿瓦亭脊。通道上铺设着光滑而整洁的青色大理石板。通道两旁设有一架架铜制仙鹤造型的蜡台，上面燃起盘龙附凤的火红蜡烛。烛光一片，如同白昼。

浴汤池即在眼前。成帝走近池旁细看——

圆形汤池，乃是玉石镶嵌。池内的热水升腾起一股股热气，宛如飘绕的一缕缕烟雾。蒸气被四周的烛光映照，五光十色，煞是好看。

他在细心寻觅赤身沐浴的合德。

池内没有发现一个身影。同时，也没听见撩泼水的声响。静极了，静得可怕!

他又将目光移向池外。

忽然，他发现里侧烛台旁边隐隐约约露着大半个白色身姿，一头乌发垂落于光滑的脊背之上，很显然她的面容朝向里面。而他心愈眩惑。

那一定是赵合德!

成帝已经隐忍不住了。他高声喊道:“合德——合德——”

浴汤池周围发出成帝的呐喊回声。

赵合德仍然赤身站在高大的烛台后面，但她一动不动，更没有应声，心里怦怦直跳。

这时，冷艳、冷花和一名侍女悄悄站在了成帝身旁。

他见赵合德既不转身出来，也不应答回话，无可奈何地摇了摇头。

赵合德已有思想准备。她听到贴身宫女冷艳和冷花报告成帝驾到的消息后，立即离池出水，急趋烛台后边隐避。此时，她知道侍女们也在浴汤池周围，只觉得十分羞臊，所以她不敢赤身面见成帝。

她多么盼望宫女们将成帝引开呀。

聪明的冷艳一看劝退成帝的时机到了，马上给成帝施礼请安，并说道：

“陛下，此处多有不便，请您回寝宫歇息吧！”

他听了这句话，顿觉龙颜发烫，点了点头。

他在冷艳、冷花的陪同下，转身走出浴汤池。

他走到门外，心里感到不太尽兴。他想，无论如何也要亲眼看一次合德沐浴。于是回头问道：“冷艳，赵昭仪几日沐浴一次？”

“三日一次。”冷艳不敢说谎，如实回禀道。

“好吧！你们去陪赵昭仪。”成帝命令道。

“谢陛下！”冷艳、冷花一齐屈身施拜道。

成帝朝寝宫温柔乡走去。

这天夜间，他留宿于此。

政务那么繁忙，然而他仍未忘记去观看赵合德沐浴。

第三天夜晚，成帝按时来到浴汤池门外。

守护在门旁的冷花，一见成帝又来了，欲转身去通禀赵昭仪。成帝立刻喊道：“冷花，冷花！”

冷花停下脚步，只好上前参见成帝。

“冷花，过来。”成帝说着走至近前。

“陛下，您……”冷花疑惑不解。

成帝从衣服内掏出散碎银两，递向冷花道：“给你，留着买头饰用。”

“不不不，奴才不敢要陛下的钱。”冷花推谢道。

“拿着，别不知好歹！”

“谢陛下赏赐小人之恩！”冷花屈身接过银两。

“朕去池旁，不许告诉赵昭仪！”成帝叮嘱道。

“是，奴才不敢。”冷花赶忙回答，并说道，“陛下，请跟我来。”

成帝随冷花朝汤池走去。

他和她走到靠近汤池的屏风处停了下来。冷花转身面对成帝悄声细语，道：

“陛下，您就站在这儿。”

成帝的双目只顾往池内观看，根本没有理会冷花说些什么。

“陛下，您听见了没有？别乱动，别吭声！”冷花似乎忘记了对方是皇帝，不太礼貌地又叮咛一番。

“哦，哦……听见啦！”成帝神态不够自然，慌忙应道。

冷花瞥了成帝一眼，微笑着离去了。

池内一片热气腾腾，水柱不时地溅起，传出“哗哗……”撩水声。赵合德正在赤身沐浴。

成帝屏住呼吸，由屏风缝隙处细心观瞧。他看见赵合德裸露出胸，胸脯雪白，肌肤滑嫩，两条白皙的臂膀翻上翻下，秀发和面颊浸满了水滴。不一会儿，她站了起来，大半个身子穿出水面，一条条水线由光滑的皮肤上迅速滑落，那两只隆起的乳峰浸满了水珠，从鲜红的乳头上往下滴洒。不一会儿，她又坐入水中，若三尺寒泉浸明玉，隐隐透透溅兰汤。

意邪的成帝看后，心堕迷宫，思绪飞荡。

冷花担心时间久了，成帝偷观可能被赵昭仪发现，赶紧跑了过来，硬是将这位留恋不舍的皇帝拉走了。

他俩走出浴汤池，来到门外。

中常侍郑永和未央宫舍人吕延福正站在门外等候。

成帝心潮难平，感慨万千，道：

“唉，实在可惜。自古人主无二后，若有，则朕一定补立赵昭仪为后矣！”

郑永、吕延福听罢成帝这句非同小可的话，相互对视，心领神会。但他俩未敢说什么。

“唉，延福，你怎么来啦？”成帝忽然发现舍人吕延福也侍立一旁，便问道。

“启禀陛下，远条宫中少府王盛来华玉殿转达赵皇后口谕，请陛下明天下午去远条宫，有密事相商。”

“哦！”成帝点了点头道。

郑永、吕延福向成帝打躬告辞，返回华玉殿去了。

第二天下午，成帝携郑永及小宦官们赶到远条宫。

可是，赵飞燕并未出来迎驾，成帝觉得蹊跷。

赵飞燕的两位贴身宫女姜秋和姜霜走了出来，奉赵皇后之命上前迎驾，并告诉成帝，赵皇后因在后院裸游馆沐浴未能接驾，请陛下去那里同皇后会面。

成帝说不上愿意去还是不愿意去，面容上似乎没啥反应。但他还是去了。

裸游馆，是当年成帝为赵飞燕专门修建的。馆舍前，玉石明柱，青砖台阶。池水内尚有荷花，池墙旁铺满苔藓，绿中嵌红，滑腻鲜嫩。池中储满了清澈幽静的水。显然，这是冷水浴。赵飞燕由于忌恨赵合德沐浴被成帝观宠，竟然在初春之际以冷水沐浴身体，请成帝欣赏。

成帝看到了！

冰清玉洁、身轻如燕的赵飞燕，虽然一丝不挂地戏耍和荡漾在清冷冷的水池中，并不时地漂浮于水面，但是站在池外的成帝好像不怎么感兴趣，其眼神根本没集中在她的身体上。她愈显露，成帝愈不觉乐。

成帝尚不等飞燕终浴，提前离去。

赵飞燕颓丧地登上池岸，用手拉住姜秋和姜霜，哭泣着说：

“爱在一身，无可奈何！”

第十八章　示弱惹主怜

远条宫大院张灯结彩，着红挂绿，处于一片欢腾的节日气氛之中。

庞大的客厅，布置得富丽堂皇，五彩缤纷。一个巨型的金色“寿”字缀于垂落在绛紫丝绒幕帘上。幕帘前面，摆设三张案几，正中坐着成帝，左右两侧分别坐着赵宜主和赵合德。几上放置各种菜肴、点心、水果和美酒。原来是赵皇后、赵昭仪在此庆祝她们共同的诞辰。

这次过生日，赵飞燕谢绝其他人光临祝贺，只派人请来成帝和她们一道参加诞辰庆典。

当中少府王盛宣布“赵皇后、赵昭仪三十六岁诞辰庆贺开始”的时候，鼓乐齐奏，声震大厅。接着，身着艳丽服装的几十名舞女从两厢飘然而至，伴随着节奏鲜明而又动人心弦的乐曲声，甩起长袖，翩翩起舞。同时，宦者令任善命姜秋、姜霜、道房、泠艳、泠花等侍女们，沏茶斟酒。

成帝龙颜大悦，万分高兴，主动举起酒樽，祝贺两位爱妃寿辰愉快、健康长寿。大、小宦官和侍从、宫女们急忙跪伏于尘，行叩拜大礼，表示祝贺。

赵飞燕、赵合德连忙捧樽，面对成帝，深表谢意。

酒过三巡，乐曲声停止，舞女们退下。

筵席上，赵合德精神振奋，心情愉悦，有说有笑。赵飞燕心情沉闷，少言寡语。成帝心内清楚，长期不理睬飞燕皇后，她怎么会高兴呢?

作为皇宫里的任何一位后妃，只要原来被成帝宠幸过，一旦失宠，必然会感到痛苦。作为皇后的赵飞燕，其痛苦更深。因为她的内心不仅是追求情欲快活，而更重要的是，为了及早怀上皇嗣，以保皇后的政治宝座。事实证明，成帝的性功能尚很适用。赵飞燕心想，无论如何，也得争取皇上临幸一次，或许能够得一龙种，扭转乾坤。所以，她特意选择今天欢庆她们双胞胎姊妹诞辰，将成帝邀到席前，再次引发成帝怀念往日之情，以达到此目的。

成帝已经喝得满脸通红，沁出汗珠，为了打破沉闷的僵局，他再次举樽，道："飞燕皇后、合德昭仪，来，朕再敬你们一杯！"

赵飞燕、赵合德赶忙捧樽，道："圣上，多谢了。"

三人同时一饮而尽。赵飞燕仍是默然无语。

成帝无可奈何地摇了摇头。

赵合德当然也知道姐姐的内心苦衷，隐言一时难吐，特别是在大庭广众面前更难以叙说，于是命从人退下。

心绪不佳爱饮酒，饮酒浇愁愁更愁。此时，赵飞燕白斟自饮，一连饮下两樽。

"姐姐，你不能再喝啦。"赵合德一见赵飞燕独饮闷酒，马上欠身夺过酒壶，劝阻道。

"不，我还要喝……"赵飞燕伸手欲夺酒壶，赵合德拿着酒壶闪在一旁。

"飞燕，你常劝朕，不可贪酒过多，以免伤害身体，你今日为何这般贪酒？"成帝亦从中劝阻赵飞燕。

这时，赵飞燕只觉得鼻孔一阵酸楚，眼泪扑簌簌地滚落下来。

"姐姐，您……"赵合德心里不是滋味儿，不知怎样安慰才好。

"飞燕，他人对酒而乐，你却独悲，不知因何伤感？"成帝放下酒樽，问道。

"昔日，臣妾在远条宫时，圣上临幸，污了御衣，臣妾欲为你浣去，万岁对臣妾说：'留以为忆！'回忆此事，臣妾仍深受感动！"赵飞燕说到这里，停了下来，眼泪又"吧嗒、吧嗒"地掉落在衣裙上。

成帝频点额首，若有所思。

赵合德那双丹凤眼时而看看姐姐，时而瞧瞧成帝，觉得姐姐已很凄苦寂寞，成帝着实良心发现，涌出爱姊之意，大有可能留宿于远条宫。她欠起身来，轻举脚步，至成帝面前，屈拜告辞，悄然离去。

赵飞燕继续哭诉道：“圣上，难道你忘记了当年，你爱妾身已经如痴如醉，你的齿痕犹在臣妾的颈上……今日思之，不禁感泣……”

“飞燕，朕刻骨铭心，焉能忘记！”成帝诚恳地说。

“圣上！”赵飞燕厉声哭号，猛地扑倒在成帝怀中。

成帝心怀往事，心中顿即燃起爱的火焰，双臂用力抱住飞燕，一再安慰她要保重身体。

往日情景一幕幕映入脑际——华玉殿卧室新婚之夜时，双双游入情海而共享销魂之乐；骊山微行观赏射猎时，飞燕冒险舍身阻挡恶狼，留下护驾美传之德；盛夏游览御花园时，两人携手奔跑在幽静小路上，他不慎摔了一跤，袍衫被松丛枝条划破，飞燕亲手给予缝制之贤；河南发生特大洪水灾害时，飞燕主动伴随成帝，不远千里之遥，亲临黄河洪泛区，治理水害，赈济灾民……

他在回忆中再次品味到这位皇后给予他的情和爱，由衷地感谢她那烈火似的感情。

夜幕降落后，他在远条宫住下了。

这天夜间，他俩共同度过了一个激情之夜。

第二天，成帝心满意足地离去。

赵飞燕终于被成帝宠幸，心中万分愉悦。但她绝非因为成帝云兴雨泽而高兴，而是由于心底早已酝酿出一条诡计，这是成帝难以预料的。

心为奸利的赵飞燕，三月后乃诈托有孕。她挥毫写了一份奏书，交姜秋转呈成帝。

姜秋立即奔往华玉殿，将赵皇后的奏帛呈递于成帝。成帝当即展帛观览——

启圣上：

臣妾久备掖庭，先承幸御，遗赐大号，积有岁时。近因始生之日，优加善祝之私，特屈乘舆，俯临东掖，久侍宴私，再承幸御。臣妾数月来，内宫盈实，月脉不流，饮食甘美，不异常日。知圣躬之在体，辨六甲之入怀。虹初贯日，应是珍祥，龙据妾胸，兹为佳瑞。更期诞育神用，抱日趋庭，瞻望圣明，踊跃临贺，谨此以闻。

赵宜主叩上

成帝一口气阅毕，龙心大悦，激动不已。手拿奏书，不住抖颤，迈动双足，来回徜徉。他回到案几旁，马上提笔给赵飞燕写了一封回书——

飞燕皇后：

因阅来书，喜庆交集。夫妻之私，义均一体，社被之重，嗣续为先。妊体方初，保绥宜厚。药有性者勿举，食无毒者可亲。有恳来上，无烦笺奏，口授宫使可矣。

钦此！

成帝挥毫写就，把御书交于姜秋回宫转递。

赵飞燕阅罢成帝的御笔亲书，心内兴奋。站在一旁的中少府王盛，详知其中的缘由，他的内心一直为主子思虑着，一时难以高兴起来。

成帝一旦临幸远条宫，必然发现其诈，那将如何是好呢？赵飞燕想到这里，面颊上的兴奋之光立即消失了。

怎样才能阻止成帝再来远条宫呢？她在寝宫内来回踱步，思考对策。但是，一时想不出好主意。她把这个问题交给了她的少府，让少府给以解决。

王盛是个机灵鬼，对此早有思想准备。他知道这是必然会遇到的一个问题，成帝收到皇后怀嗣奏书，焉能不来远条宫？他把事先想好的主意告诉主子道：“回禀皇后，莫若托词因怀有身孕不可以近人，近人则有所触，触则孕或败，岂不悔之晚矣！”

“此托词甚好！你立即奏明皇上，以防临幸。”赵飞燕遣王盛回禀成帝。

“是！”王盛屈身领命，走出寝宫。

一天下午，赵合德携宦者令任善，贴身宫女冷艳、冷花等侍从，乘辇舆赶到远条宫。

赵飞燕一听妹妹来了，急忙迎了出来，将妹妹让到远条宫大厅。

双胞胎姊妹之间的情意当然深厚。她俩见面有说不完的话，有表达不尽的情。这次赵合德见了姐姐不同往常，显得更加亲密。赵合德坐了不一会儿，便吩咐她的小宦官们献上绫绸布匹、各样点心等礼品。而后，喝退两厢侍从。

赵飞燕着实不解，惊奇地问道：“妹妹，你这是何意？”

“咯咯咯咯……”赵合德开怀大笑起来，嘲笑道，“怎么，姐姐信不过妹妹呀？”

“合德，你……”赵飞燕惊讶地望着妹妹。

“是不是要等到大外甥出世才能告诉我这位姨妈呀？”赵合德风趣地挑明话题。

“鬼丫头，你怎么知道了？”

“这么大的喜事，我能不知道吗？”

赵飞燕转念一想，立即猜测到这是成帝说的。但她没有说破，只是赞佩地道：“不论何等秘事，也逃不脱你那锐利的目光！”

“姐姐，真是苍天有眼，我们赵氏姊妹总算盼到了这一天。”赵合德收敛起笑容，严肃地说道。

“合德，这件事还不能张扬出去，妊娠期间说不定会有啥变化！”赵飞燕一看妹妹不知真伪，而是信以为真，但自己心里有鬼，唯恐将来露出破绽，于是叮嘱道，“好妹妹，你一定要为姐姐保守机密！”

赵合德听后眨眨双眸，笑了笑说：

“好，听你的。但你可要保重身体，千万不能出半点差错。”

赵飞燕高兴地点点头。

赵合德向姐姐说了一席祝贺和安慰的话后，就和她告别了。

王盛回宫后，向赵皇后交差，转达成帝口谕，为保胎儿成长，不复见后。

次日，成帝派遣中常侍郑永、未央宫舍人吕延福，前往远条宫问安，并给赵皇后送来燕窝、当归、蘑菇、山鸡等补品。

王盛这位孝心的奴才，对主子非常尊重和爱戴。他和姜秋、姜霜、道房轮流侍奉赵飞燕，端茶送水，铺床叠被；他亲自下到膳房，一日三餐为赵皇后安排食谱；他手摇香竹扇，给皇后主子扇风驱暑；日子一长，他还给皇后玉体设置了一个“假腹”，以充鼓胀的皇嗣胎儿。到了六月三伏天，也真够赵飞燕受的，她的肚皮上起了一层红色痱子，无论他怎么扇风都无济于事。总之，他对待她，真像对待孕妇一样，那种孝顺远远超过了儿子对待母亲！

光阴荏苒，转瞬过了半年，到了金秋季节。赵飞燕身怀“嗣儿”已达十个月了，但是她迟迟不能“生产”下来。她心急如火，坐卧不宁。唯一给她出谋划策的人就是王盛，因为王盛对她无限忠诚，并经常安慰她不必着急，到时候自然水到渠成。可是已到了生产期，究竟怎样“生产”呢？她急不可耐，赶紧把少府叫到床前，焦急地问道：

“王盛，你曾说过，生产‘嗣儿’的事儿不必担心，一切由你完成。现在已到了‘生产’期，究竟应该怎么办呢？”

“启禀皇后，奴才一直在为您奔波找寻，现在已经做好准备，只听您的吩咐！”

“讲！”

“贺家村有两个婴儿，一个是家兄王安家生的男孩儿，刚过满月；一个是贺岩家生的男孩儿，二十天左右。请皇后定夺！”王盛如实回禀道。

赵飞燕蹭下床，走至窗前，面对窗外思考着。

她忽然忆起去宝灵堂降香祈祷的情景，在堂门外邂逅牛莲花，牛莲花也是为求子去拜神灵，如今这位农家妇女果真生了儿子，真是太幸运了。她转念一想：“不对呀！牛莲花不是早该生了吗？”

王盛道：“前年去宝灵堂拜神灵牛莲花怀孕不假，但不幸流产了，是个女婴。夫妻俩伤心了好久。没承想去年牛莲花又怀上了，这回是个大胖小子！”

赵飞燕若有所思地点点头。本想索取贺岩与牛莲花之子，但又一想，这夫妻俩同自己的感情太深了，贺岩曾冒生命危险上骊山猎取母虎，获得双胞虎胎，交于牛莲花，烧烤烘干，酿成药酒，以此治好了自己的伤寒并长出满头乌发。此外，牛莲花还给她和成帝缝制了两件珍贵皮毛的披风。想到这里，她着实难以下手。如果要王盛家兄的孩子，王盛能够同意吗？王盛跟随自己十多年了，忠心耿耿，服服帖帖，跑前侍后，不辞劳苦，这会不会伤害王盛那颗忠诚的心呢？想来想去，决心难下。

王盛的心情也是矛盾的。他从心里愿意兄嫂有出头之日，特别是前天晚上，兄嫂家中不慎失了大火，他们抱着唯一的将近满月的儿子，逃出家门，但全家被火烧得一无所有。一旦攀附于赵飞燕皇后这棵硕大的梧桐树，不就算有了依靠吗？可是，兄嫂都是四十多岁的人了，盼星星、盼月亮般地盼到了一个儿子，他俩能够同意舍出来吗？贺岩、牛莲花跟自己倒没有多大关系，一不沾亲，二不带故，况且贺氏门庭业已凋零，如果让他们的儿子充当皇嗣还是比较合适的。不过，荣华富贵就被贺家得去了。总而言之，处理这件事情，各有利弊。干脆，请皇后酌定，她是主子，我是奴才，到什么时候我也得听从主子的。因为将来主子绝不会忘掉我这个奴才，只有我才能享受最大的实惠。

想到这里，他心里似乎亮堂起来了。

赵飞燕心里已经定下目标，但她没回头急于表态，而是仍然面朝窗外，不紧不慢地问道："王盛，你说说看，选谁家的孩子比较好哇？"

"皇后，您拿高见，奴才爱听。"站立在赵飞燕身后的王盛，躬身低首道。

"王盛，我倒要听听你的主意。"

"奴才岂敢妄言，皇后，您就下达口谕吧！"

"好！"赵飞燕转过玉体，面对王盛命令道，"你立即去贺家村，向你家兄嫂说明情况，索取他们的婴儿，立为皇家嗣子！"

"啊！"王盛听后不禁一惊，一时心慌意乱。

"怎么，不合适吗？"赵飞燕的目光咄咄逼人，直刺得她的少府不敢睁眼正视。

"不不不，奴才听了皇后这样决定，高兴得不知如何是好。"王盛屈身改口道。

"那好，执行吧。"

"是，请皇后放心。"王盛急忙打躬，领命欲去。

"回来！"赵飞燕突然叫住王盛。

"皇后！"王盛惊愕地转回身来。

赵飞燕走向衣橱，从橱内取出一个红色锦缎布包儿，递给王盛，关怀地说道："这是五百两白银，请你转交你的兄嫂，以解火灾造成的生活困难。他们如果答应此事，我将继续给予帮助。"

"多谢皇后泰山之恩！"王盛撩袍跪于青蒲上，抱拳伏身叩了三拜。而后，他双手接过银两包裹，欠身辞去。

赵飞燕向王盛下达口谕后，心情倒没有轻松，反而复杂起来了，既担心王安夫妻不肯舍子，又忧虑王盛携婴入宫的安全。她忧心忡忡地捧了捧假腹，沉闷地倒在了床上。

王盛乘骑离京，挥鞭疾驰，朝贺家村飞去。

不多时，王盛飞马来到哥哥家门前，他翻身下骑，先把骏马拴在门旁的树干上，后从马背上取下银两布包儿，迈步直奔院心走来。

这所深宅大院被大火烧得太凄惨了。到处是残墙断壁，焦木黑瓦，没有一间完整的房屋，只有那所厩棚尚且完整，那头拴在槽头木桩上的牛犊儿已经不见了。北房西边的住室刚刚收拾完毕，门窗被木板遮挡着。可怜的王安夫妇连同他们的娇儿，就住在这间简陋的房子里。

王盛走进室内，看见兄嫂闵氏正在逗耍他们心爱的孩子，好像家里没有发生火灾一样，他伫立良久，没有马上打扰兄嫂，想让他们再多亲亲自己的儿子。

忽然，王安发现了弟弟，惊喜地呼道："王盛！"

"啊，孩儿叔来啦？"闵氏也看见了王盛，高兴地叫道，"来，快坐下。"闵氏离开襁褓，欠身蹭下土炕。

王盛将手中的红色锦缎银两布包儿放在衣柜上面，默默地走回炕床前，一双眼睛透着复杂的感情，望着可爱的侄儿，唯见孩子笑了，笑出了两个小酒窝。他猫下腰来，用自己的沉郁面孔，轻轻地贴在孩子那稚嫩的面颊上。他又缓缓地站起身，但静默无言。

"王盛，你刚离家两天，怎么又回来了，是不是宫里发生了什么事？"王安奇怪地问道。

王盛摇了摇头。

"孩儿叔，你不要惦记我们，你给家中留下的那一百两银子还没用呢。过几天，你哥哥准备去买木料、砖石，很快就会把房子翻盖起来。"闵氏对小叔子非常感激，不知怎样表达心情，她又补充道，"我和你哥永远牢记你的恩情，到死也不会忘记的。"

"贤嫂，你这样讲，我心里太不好受了。"王盛终于开了口。

"是啊，咱们是自家人，心里知道就行了。"王安插了一句。

"兄长、贤嫂，我还是想帮助你们解除困境。"王盛经过认真思索，开口道，“家中遭受这么大的火灾，积几十年劳作血汗的财产，几乎荡然无存，即使好好干上三五载，也是难以达到康盛之家呀！”

“孩儿叔，我理解你的心情。只要你哥哥身体健壮，不辞劳苦，我一边勤俭持家，一边抚养孩子，很快就能摆脱困境。”闵氏充满信心地说。

“人活一世，天灾人祸在所难免哪！”王安自我安慰道。

“话虽然这么说，谁处在危难之际还不想急于摆脱呀！”王盛道。

王安夫妇都用迷惑的目光望着这位热心的弟弟，不知道他话中的含义，又不好询问什么，只好等他往下叙述。

“兄嫂，愚弟给你们带来了好消息。”王盛故意微笑了一下。

“啊?！”闵氏睁大了眼睛。

敦厚的王安眨了眨那双小眼睛，琢磨不透弟弟带来了什么好消息。

“你们看，那是当今皇后赠给你们的五百两白银。”王盛用手指了指放置在衣柜上的红色锦缎布包儿。

“啊?！这怎么行呢？”王安走至衣柜前，伸手拿起银两布包儿，转向弟弟道，“王盛，请你把这银两交还给皇后，咱咋能收人家的钱财？”

“不，兄长，您听我说。”王盛推了推银两布包儿，狠了狠心，“兄长、贤嫂，今天愚弟是奉赵皇后之命而来。”

“啊?！”王安夫妇担心而紧张地望着这位身穿袍褂的大宦官。

“愚弟在赵皇后膝下做事，她的一切关系到愚弟的一切。她因多年不孕，未得皇子，势必受到皇上冷落，其皇后宝座也就不会稳固。所以，她命我回家索取侄儿，以充嗣子。”王盛和盘托出。

“胡说，皇后的恩赐我不要！”闵氏快步到丈夫跟前，夺过银两布包儿，“啪”的一声，摔在地下。

“贤嫂！”王盛欲上前劝说，又听到家兄谴责他。

“王盛，你怎么胆敢答应这样的事情？”王安气得说不出话来，来回踱步。

闵氏坐在炕沿上，不住地抽泣，那眼泪像断了线的珠子，一颗颗地滚落下来。

“兄长、贤嫂，愚弟全是为了咱们这个家呀！”王盛走至王安面前，继续辩解道，“咱们家遭了天火，眼看穷得一贫如洗。只要舍出儿侄，赵皇后将保证我们万世有厚利。”

“住口，亏你讲得出……”王安浑身战栗，一字一句地驳斥道，“爹娘早年丧命，仅抛下我们兄弟俩。因家中贫穷，我万般无奈，将你卖到皇宫，当了宦官；为兄年近五十，你嫂嫂四十七岁了，天天想，月月盼，好不容易盼来了一个儿子。如果你把孩子带走，咱王氏门庭不就彻底断了后代香烟了吗?！”

“这……”王盛被哥哥的一番话说得无言以对。

这时，炕上的婴儿“哇”的一声，大哭起来。

闵氏急忙抱起自己的儿子，不住地摇晃，然而，孩子仍然大哭不止。她抱得更紧了，唯恐被他人夺走。她愤愤地说了一句：

“我的儿子，谁也别想要走！”

面对眼前的情景，聪明而又伶俐的王盛一时没了主意。他转来转去，忽然心生一计，朝着兄嫂，扑通一声，双膝跪地道：“兄嫂，就算愚弟求你们啦！”

“不行，这不是求不求的事儿。”闵氏斩钉截铁地说。

“王盛，快起来！”王安上前，欲搀起胞弟。

“不，我不起来，你们若是不答应，我永远不起来。”王盛执意跪求，道。

“你，你怎么能这样？”王安犯难地道。

“兄长，我是受御命而来的。”王盛继续苦求道。

“王盛，你是不是真的不好交差？”王安的心似乎软了下来，问道。

“对！”跪在地上的王盛点了点头，道。

“王安！”双臂抱着婴儿的闵氏对着丈夫，厉声吼道，“你们兄弟俩，不能拿我的孩子做交易！”

“兄长，贤嫂！”王盛顿即号啕大哭起来，如泣如诉，“兄长、贤嫂，你们不能不管我呀，这是赵皇后之命呀！如果不能复命，她就要……杀我的头呀！”

“唉！”王安听后急得直跺脚。

闵氏一听，如果不把孩子交出去，赵飞燕就要杀掉孩儿他叔，那颗善良纯朴的心被深深地刺痛了一下。她，一下子哑然了。

紧接着，王盛连连叩头，触地有声，又哭喊道：

“兄长、贤嫂，你们可得救救我呀！我一辈子也不忘兄嫂的大恩大德呀！兄长、贤嫂……”

王安早已被弟弟哭得不知所措，心里当然惦记弟弟的安危，质朴而善良的品格，使其产生同情之心。王安心想，手足之情应该高于父子之情。再者说，多么重要的事情，也没有比搭救弟弟性命的事情重要。罢，罢，罢！干脆舍弃自己的儿子吧！想到这里，王安的双眸涌出泪珠。

闵氏被小叔子哭得乱了方寸。她和丈夫一样，关心王盛的处境，一旦拒绝交出儿子，他将要被赵飞燕杀头！闵氏动了恻隐之心，但一想到怀中的幼儿将要永远地离去，那颗善良的慈母之心，就像被钢刀剜了一下，痛煞难熬。她，矛盾极了，真不知怎样才好。她的鼻子不禁一酸，眼睛又被泪水模糊了。

王安心头无比沉重，好似压上了一块磐石。王安凑到妻子面前，默默地望着妻子怀中的婴儿，那种难以割舍的情绪再次涌入脑际。可又一想，也不能不管弟弟的生命安全哪！王安抬起头来，面对妻子，劝慰道：

“孩儿他娘，为了弟弟，为了这个家，你就答应了吧！”

闵氏的脑海中思绪起伏，一时难以平静。事情发展到这种地步，根本没有回天之力。她理解丈夫的心情，也是万般无奈；她对小叔子是比较同情的。她闭上双眸，泪水从眼缝中扑簌簌地流了下来。

王安一看妻子的心软了下来，转向跪在地上的弟弟，道：

“王盛，起来吧。”

“多谢贤嫂！”王盛朝着闵氏又叩了三个头，之后欠身站起，道，“兄长、贤嫂，日后家中的生活，由小弟承担！”

王安的眼眶内晃动着泪珠，从妻子怀中抱过这个刚刚满月的儿子，准备交于弟弟。突然，孩子“哇”的一声又大哭起来。

“等等！”闵氏猛地站起身，走到丈夫面前。

“贤嫂！”王盛担心嫂子反悔，惊叫道。

“给我！”闵氏声音颤抖地说，“我给孩子再吃上……最后一口奶。”

王安将儿子递给妻子，心里难受极了。

闵氏背过身子，解开衣襟，将一只乳头塞进孩子嘴里。孩子立即停止了哭声，拼命地吸吮着乳头，那甜润的乳汁一股股地滚入肚内。她望着天真可爱而又无知的儿子，一双泪眼“吧嗒、吧嗒”地落下泪珠，滴洒在孩子的小脸颊上。

心急且又心虚的王盛，两只眼睛不住地提醒哥哥：快点儿！快点儿！但是，他本人不敢去督促嫂嫂。

王安早已看清弟弟的焦急神态，他只是摇摇头，没有立即催促妻子。

想不到，妻子已经系好衣襟，突然转过脸来，将孩子交给丈夫，难以割舍地道：“给，孩子他爹。”

王安一下子愣住了。

闵氏转身去衣柜前，从柜里取出一件崭新的小花被子，和丈夫一起把他们的孩子裹得舒舒帖帖。

王安迈步向前，将亲骨肉交于他的胞弟，嘱托道：“王盛，一路上多加小心。回宫后，你要处处留心，尽力照料好孩子。你的侄儿，就是你的儿子，咱们王家，就这么一条根哪！兄嫂……就拜托你了……”

王安夫妇两颗疼怜儿子的心，战栗着，撕扯着。

“兄长、贤嫂，你们就放心吧。”王盛从王安怀中接过婴儿，转身走出室内，疾步奔向院外。

夫妻俩追了出来，穿过院心，追到院门外。他们只见王盛乘上快骑，一手抱着孩子，一手提缰催奔，朝着京城方向飞奔而去。

突然间，闵氏大声哭叫道：“我的孩子——”

路上，王盛认真琢磨进宫的办法。这个活生生的孩子，怎样才能安全地抱入远条宫呢？他的脑袋瓜儿还真聪明，忽然想出一个好主意。他满怀信心地准备去实施。

王盛进入长安后，先到街市上购买了一个盛装寿糕的圆形木制盒，并买了几个夹枣寿糕。然后，他走到一条偏僻小巷，将木盒打开，发现里边共设有三层屉帘，他拿掉下边的两层屉帘，只留上边的一层屉帘，空间比原来大多了。他把婴儿放入盒子里，把上边的屉帘放了进去，又将那几个夹枣寿糕摆在屉上，最后，再扣上盒盖儿。同时，他甩掉了那床崭新的小花被。

他提起盛婴木盒，翻身跨马，双足磕镫，向后宫驰去。

不一会儿，盒内的婴儿发出阵阵啼哭声。他只好松缰，放慢骏骑速度，用一只臂腕抱着木盒摇晃，里面的哭声变小了，但还可以听到婴儿的嘤嘤啜泣声。他的心仍然放不下来。

骏骑快到后宫正门时，孩子的哭声停止了。他心中暗暗高兴，幼小的侄儿好似懂得天机，果然能充当皇嗣啊!

后宫正门到了。他翻身下马，手提圆形木盒，笑呵呵地向守护宫门的未央宫卫士们打招呼。卫士们见中少府王盛这样平易近人，既感到舒畅，又觉得奇怪，因为他从前很少这样对待他们这些下等人。其中，有一个卫士以试探的口吻，想问个究竟，道:“王大人，您上街市去啦?”

“对，我去给皇后买点心。”王盛提了提木盒，回答道，“这不，连木盒带点心一块儿买下来的！”

“噢，您老人家辛苦！”那个卫士附和道，没再问什么。

王盛假装平静地点点头，可心里七上八下，担心盒内的婴儿啼哭。真是天意呀！这孩子一声也没哭。他顺利地进入后宫正门，安全地闯过第一道关。霎时，他乘骑来到远条宫宫门外的广场上，翻身下骑，将马拴在广场一角的木桩上，转身提着木盒奔往远条宫。

远条宫的警卫森严。因为赵飞燕不能守身、求嗣心切，给成帝造成怀疑而加强了防范。特别是那次发生的壁衣嗽声事件，成帝对她更不敢相信了，将后宫的卫士队伍换成了五官署的卫士队伍。五官署的卫士们直接接受君命，警惕地护卫远条宫。非本宫人员不能擅自入内，即使是该宫官员或侍从，只要拿东西入宫，必须经过认真检查，否则是不允许进宫的。

王盛鼓足了勇气，决心顺利地通过远条宫宫门。当然，他是个极其精明的人，决不能让五官署的卫士们对他产生任何怀疑。他手中提着盛装婴孩的寿糕木盒，简直就像拎着随时可以爆炸的炸药包一样，但是，他竟然装得若无其事，极为平静，并准备主动接受卫士们的检查。

他举步登上宫门台阶，与大门两侧的卫士们热情寒暄，自动放下圆形寿糕木盒，平和地说道:

“刚才我去街市上，给赵皇后买些糕点，让她改改口味。”

“王大人，想得很周到。”领班的那位卫士笑了笑说。

“唉，我同你们一样，也是侍候人的。”王盛说着蹲下身体，用手打开盒盖。

“王大人，您过谦了。”领班的那个卫士嘴上虽这么说，眼睛却不住地盯着木盒。

其他几位卫士亦将目光移向圆形寿糕木盒。

“你们看，卖主还真下功夫，寿糕还夹着大红枣和核桃仁儿。”王盛伸手拿起一个寿糕，故意在卫士们眼前晃来晃去。

其他几位卫士转身离去了。他们回到原岗位，不再观望和检查木盒。

但是，领班卫士仍蹲在木盒旁，两眼一直盯着屉帘，双手在屉帘周围比画了好一阵儿，看样子还要往下检查，像要取出来一般。

王盛的那颗心吓得怦怦乱跳，似乎要从嗓子眼儿蹦出来。他急中生智，从袍内掏出散碎银两，递向领班卫士，亲切地说：

“喂！兄弟，我看出你的意思了，可能喜欢吃这种寿糕。你派人去街市上走一趟，给弟兄们买点儿吃！”

“不，不不不！”领班卫士抬起头来，摆手推辞道。

“拿着，别客气。”王盛将银两硬塞到对方手里。

领班卫士不好意思地接受了银两，随即站起身来，道：

“谢谢王大人，您快进宫吧！”

王盛点点头，将盒盖儿扣好，提起这个千钧重的圆形寿糕木盒，对众卫士道：“劳驾诸位啦！”

卫士们持械站好，很有礼貌地目送王盛步入远条宫院内。

王盛那颗悬吊的心终于放了下来，用手摸了一把额前的汗珠，甩了两下，急匆匆地奔向赵飞燕的寝宫。

天色已晚，寝宫卧室内一片漆黑。赵飞燕像热锅上的蚂蚁一样，心急难熬，坐卧不宁，不住地在地板上踱来踱去。她惦记王盛索婴之行，他的兄嫂能够同意他抱走亲生孩子吗？一路驰行会不会遇到什么麻烦？几道宫门卫士一旦检查的话，他能不能随机应变而安全通过呢？唉，做了亏心事，总怕鬼叫门。

忽然，她听到门外传来的脚步声，心里一震，眼睛一亮，对，是王盛的脚步声，是他回来啦，没错儿，就是他！她急忙迎到门前。

王盛跨入室内，喘着粗气，叫道：“皇后！”

“王盛！”赵飞燕惊喜地喊了一声。

王盛将盛婴木盒放在地板上，又转身把室内房门关好，并拉上门闩。

“怎么样？王盛。”赵飞燕焦急地询问道。

“成啦！”王盛用手指了指木盒道，“孩子就在里面！”

“好！快掌灯来，让我看看。”赵飞燕异常激动和兴奋。

王盛走到床前，将铜制仙鹤烛台上的蜡烛点燃，刚要转身去取木盒，只见赵飞燕两手捧着盛婴木盒走了过来。他赶忙伸出双手，从赵皇后手中接过木盒，放在松软光滑的睡床上。

“这下可好啦，我腹前的包袱终于能够甩掉了！”赵飞燕摸了摸肚子上的假腹，高兴地说。

“不仅如此，而且您是真正的皇后！”王盛不无逢迎地说。

“你能为我如此效力，我一定保你飞黄腾达！”赵飞燕的一双秀眸移向盛婴木盒道。

“奴才不敢奢望，本就应该孝顺皇后。”王盛说着，将圆形寿糕木盒盖儿打开了。

“请你尽管放心！我已说定，此事办成，一定给你兄嫂及其万世以厚利雄资！”赵飞燕打心底感激王安夫妇，再次表示慷慨之情。

“皇后洪恩，胜过生身父母！”王盛抱拳打躬，深表谢意。

赵飞燕看到屉帘上摆满了寿糕，微笑地赞道：“王盛，你还真有办法。”

“皇后，您来看。”王盛边说边提起屉帘，“我这侄儿长得可好啦，咧嘴一笑，脸蛋儿上一边一个小酒窝儿。”

赵飞燕屏住呼吸，仔细端详，只见婴儿瞪着一双大眼，嘴巴却张着，双唇青紫，但没有了哭声。她伸进双手，去抱这个娃子。唉！怎么抱不起来呀？死沉死沉的！她的心一阵痉挛，这婴儿怎么啦？她急忙问道：

“王盛，快来看，这孩子……”

“啊！”王盛一看婴儿的面容，知道大事不好，他被惊吓得扔掉了屉帘和寿糕，呆呆地望着木盒内的孩子。他两手颤抖着，用力抱出了这个刚刚降生到人世三十天就失去了性命的婴儿，他落泪了，哭泣着说，“侄儿，是叔叔的过错，是叔叔……害了你呀！”

“王盛，孩子怎么死了？”赵飞燕不解地问道。

“启皇后，是奴才过错，盛子之器不透气，孩子窒息而死。”王盛向他的主子解释道。

赵飞燕点了点额首，惊叹道："婴嗣已死，我该怎么办啊？！"

王盛将死婴放入圆形木盒内，并将盒盖儿扣好，转身屈体道：

"奴才该死，办事不周。皇后，请您责罚！"

"唉，到什么时候啦，还说这些做甚？"赵飞燕心里顾不上怪罪她的少府，不用询问，也知道办理此事的难度够大的。眼下，她心急如火，极力思考下一步该怎么办。

"皇后，请不必焦急，奴才自有办法。"王盛忠于主子的那颗心丝毫没有动摇，仍然安慰这位贪婪的皇后。

"索子之难，非同小可，万万不可粗心哪！"赵飞燕十分同情和理解她的少府，只是放心不下，继而问道，"但不知你作何打算？"

"回禀皇后。奴才今再求子，一定选用透气的器具，那样孩子决不会死亡。"王盛心里打好算盘，胸有成竹地说。

"这第二个嗣子，准备选择……"赵飞燕这位狡猾而又奸诈的皇后，不愿意将话说透，而是留给她的奴才来揣摩。

"当然是贺岩之子啦！"王盛打断主子的话，毫不犹豫地道。

"好，就这么定了！"赵飞燕满意地点了点头。

第十九章　燕后露狰狞

几天后的一个夜晚，王盛在夜幕的掩护下，单人匹马再次奔往贺家村。

在人世间，凡是干那些诡秘勾当或不可告人的事情，总是要趁夜深人静的时候，去黑暗处下手。王盛，在那天深夜里，待宫内所有的人都睡下后，悄悄地将闷死的婴儿深埋在后院的墙根下。他的心还没等平静下来，主子就急令他出发，抓紧捕捉第二个“目标”。

他带着赵飞燕皇后的旨意，去找牛莲花“商量”索取其子要事。然而，他没把牛莲花放在眼里，认为一个农村少妇是好对付的，不会与他这位皇后手下的少府抗衡的。但是，他事先已经意识到那位老太婆——贺夫人可不是好惹的，出身不凡，谈吐不俗，一身正气，不畏强暴，弄不好今晚的行动要落空，大有可能把他骂回来。他反复思考着……不管怎么说，对眼前这个过程，还得要“走”下来。常言道，先礼后兵。我总是应该把道理说清，讲清利害，指明前途，至于最后怎样决定，可就由不得你们了！

除此之外，他还非常担心碰到村里其他人，唯恐此行被兄嫂发现，害怕兄嫂问及侄儿的事情，尽管想好了答复的言语，可心里却十分不安，恐慌发虚。侄儿丧命，终究是他心里的一块病。

他踏入险境，如履薄冰，但还得壮着胆子，硬着头皮走下去。

不多时，他就来到了贺家村的村西头。这时，从村中传来吓人的狗吠声。他赶紧翻身下马，牵着缰绳往前走。刚要进村，他便停住脚步，觉得由村西往里走不够稳妥，因为这里离兄嫂家比较近，容易被他们看见。于是，他牵马折回，顺着村南的一条林荫小道直奔村东。他刚到村东头，从村中依然传来吓人的狗吠声。他只好又停下脚步，将坐骑拴在村旁的一棵杨树上。待狗吠声渐渐隐去后，他才轻手轻脚地向靠近村东的贺岩家中走去。

村中静悄悄的。庄稼人大多数已经进入了梦乡。村里，几乎连一星灯光也看不见。

街面上黑漆漆的。他的心跳动得很厉害，在临近贺家门口的时候，他的心怦怦直跳，两条腿着实发软。

贺家门口到了。大门虚掩着，他轻推门扇，踏过门槛，又将大门掩合上。院内极为静寂，只能听到厩棚内乳牛嚼草的声音。他朝里一望，唯见北房的窗户上透映着柔和的灯光。对，她们婆媳还没有入睡。他直接奔向北房。

他站在窗外，侧身贴耳，仔细偷听屋内动静。这时，只听贺夫人在逗着她心爱的小孙子，牛莲花在对她的儿子嗔怨地说："你都吃足了奶，怎么还不睡呀？"

"娘，瞧你，他能听懂吗？"一个小女孩的声音。嗯，这是贺岩的女儿贺英。

室内没有男人的说话声，看来在阳阿公主家做事的贺岩没有回来。王盛的心似乎轻松了许多，不过，眼前的情景，却使他进退两难，不知如何应付。但他又一转念，自己奉皇后谕旨，焉能因善心萌发而违命？他还是横下一条心，既然来之，决不后退。

他移步至门前，用手轻轻地叩了一下门。

"谁呀？"屋内传出贺夫人的问话声。

"我——王盛！"他急忙回话道。

"你等等！"贺夫人说着赶忙蹭下炕来，给王盛打开房门，"哦，王大人！"

"贺夫人，打扰了！"王盛躬身施礼道。

"王大人，请屋里坐。"贺夫人对王盛夜入住宅，尽管心里不愉快，但嘴上仍然热情地打着招呼。

王盛步入这个温馨的居室，但他由于心怀叵测，只觉得周身袭入一股股寒气，他不住地打起了寒战。

牛莲花和她的女儿贺英早已下了炕，侍立于地上。她们见中少府王盛走了进来，便屈身向他请安。他打着手势，寒暄着。

贺夫人让他坐在案几旁边的木椅上。

他的一双小眼睛不时地盯着炕上襁褓内的婴儿。贺夫人已经发现了他的眼神，主动告诉他说：

“王大人，忘了跟你说，我已经得了孙子。”

“啊，大喜大喜！”王盛欠起身体，走向炕沿，猫腰观看这个仅仅二十来天的婴孩，随手从身上取出一百两银子，放至襁褓旁边，假惺惺地道，“这孩子长得天庭饱满，地阁方圆，将来必大有作为。这是我的一点心意，留着给孩子用。”

“这可不行！我们农户人家，怎敢冒昧地收王大人的银两！”牛莲花说着，将银两塞向王盛。

“唉，这是我给孩子的喜钱，你们不能见外。”王盛说罢，遂将银两又放回原处。

贺夫人对王盛的行为很讨厌，本想把银两再还给王盛，但一思索，中少府夜入民宅，绝不是专程贺喜，肯定还有其他事情，甚至是更重要的事情，应该把他的来意弄清楚，而后再处理钱的事情。她是个爽快的人，说话从不兜圈子，于是直截了当地询问道：

“王大人，你深更半夜地来到我这陋室，一定有要事吧？”

“哦，贺夫人。”王盛挺起身子，摆了摆中少府的架势，一本正经地道，“下官夜入贵府，多有惊扰，实感不安，还望贺夫人海涵谅恕。”

“王大人，有话就直说吧！”贺夫人毫不客气，督促道。

“痛快，痛快！贺夫人果然是个痛快人。”王盛嘴上虽然这么说，但心里对她不太满意。心想：都到啥年月了，你这位寡妇老太太还胆敢这么不礼貌，你还以为贺章在世呢？他带着十足的傲气，转身坐到木椅上，思考着切入正题的突破口。

“既然王大人说我是个痛快人，那么请你也不要兜圈子了！”贺夫人仍在催促这位大宦官。

“王大人，您到底因何事而来？就直说嘛！”牛莲花说着便手拉女儿走向襁褓，去照看自己的孩子。

“好吧，老夫人、少夫人，下官今夜亲临贵府，是受当朝皇后之命，前来商谈一件要事。这也是你们的福分和造化，谁能比得了哇！”王盛搬出了他的主子——赵飞燕皇后，似乎壮起了几分胆量，颇有居高临下的派头。

贺夫人撇了一下嘴角，藐视地看了他一眼，心里暗暗骂道：小人得势，猖狂几时！你那个只顾往上爬的坏主子——舞女皇后赵飞燕，有什么值得炫耀的？

“有啥要事，快说！”贺夫人不满地道。

“赵皇后考虑到你们家庭生活贫寒，扶养儿女有些困难，有心将你家的男孩……”

“住口！”贺夫人一听，明白了他的来意，顿时气得火冒三丈，立即打断王盛的话，道，“我家困难与否，与你们皇家何干？再说，我家的孩子，用不着你们操心。”

“我的儿子，不允许任何人打主意。”牛莲花狠狠地瞪了王盛一眼，随后抱起了她尚未满月的孩子。

王盛出师不利，刚一开口涉及婴儿就受挫，那种盛气凌人的架势被扫除大半，脸上显出紧张的神色。停了好大一会儿，他才又接着往下说：

“你们都知道，赵皇后至今尚无子嗣，她会非常疼爱你们的婴儿，保证不会委屈他。再加上皇宫里的优越条件，应有尽有，孩子的一切，包括今后的学习和仕途，尽管放心，说不定你们的孩子，就是当朝皇太子。”

“胡说！”贺夫人听后早已怒不可遏，当即截住他的话，道，“赵飞燕无子断后，那是她前世今生作的孽。我的后代，怎能给她充当皇嗣？真是白日做梦，痴心妄想。”

“唉，您老先别生气，听我把话说完。”王盛来不及反驳贺夫人的话，还是想凭着自己的三寸不烂之舌，说服这位高傲不屈的老太太。他又以加重恩惠的语气，道，“老夫人、少夫人，只要你们答应将孩子送进皇宫，将来你们全家必然得到赵皇后之千金万利，祖祖辈辈有享不尽的荣华富贵。”

“王大人，我们不喜欢皇家的金钱，更不想贪图荣华富贵。勤俭度日，阖家团聚，也就足矣。”牛莲花断然拒绝王盛的恩惠和诱饵，道，“王大人，我三十多岁了，刚有这么一个儿子，决不让你拆散我们母子！”

“是啊，一个人活在世上焉能为金钱左右，更不能出卖灵魂。”贺夫人接着儿媳的话茬，反击这位欺凌百姓的大宦官道，“王大人，你今生虽然再也当不上人之父了，但你是父母所生，父母所养。如果你在年幼时期，有人硬将你掠走，那么你的父母将是什么心情呢？人心比自心，不能坏良心。王大人，希望你不要干伤天害理的事啊。”

“贺夫人，你是见过世面的人，什么事情在你眼里都能分出是非来，所以说，未曾开口也应该替别人想想，我是奉诏而来，总不能让我回去没个交代吧？”王盛哪里听得进良言规劝，只是考虑自己的名誉地位，一旦交不了差，岂不要受到主子责罚？因而，他再三强调自己的难处。

“皇后的话是要听，但不能什么话都听。领受非理之命，去行恶作歹，这怎么行？”贺夫人苦口劝说王盛。

“我在皇后膝下做事，按您的说法，我还能活吗？贺夫人，您老人家不能太自信了。”王盛以最大的克制力，反驳对方道。

“人不能贪生怕死，人要辨是非，要有骨气，要有胆量，否则，非为人也。”贺夫人正气凛然，字字句句，铿然有力。

“老太太，您说的比唱的好听，但谁也不能拿着自己的命开玩笑。你即使不能设身处地为下官着想，可也应该为你和你的全家人负责呀。”王盛确实抑制不住自己的恼恨情绪，再也不愿听对方的驳斥言语，遂以威胁的口吻道，“如果你们不答应交出孩子，那么赵皇后怪罪下来，后果自负！”说完后，他站起身来。

“好啊，原来你是拿着尚方宝剑来威胁我们。”贺夫人转身从炕上取过那一百两银子，砸到王盛怀里，愤愤地说，“给你，拿着！”

“你……”王盛张大了嘴巴，不知怎样应付。

“王盛，你要记住，皇家依仗权势，欺压百姓，是不会有好下场的。”贺夫人将银两扔给这位大宦官后，又冷冷地甩了一句。

“哼！”王盛满腔怒恨难以发泄，只好夹着尾巴，讪讪地离开贺家。

他想快些离去，但又不敢奔跑，夜色漆黑，道路难辨，深一脚浅一脚地来到村东，他走到大杨树下，解开缰绳，翻身上马。

他装着满腹怒气，披着星光，朝京城驰去。

第二天一大早，王盛就到赵飞燕的卧室，向他的主子陈述了头天晚上去贺家商议索子的经过，着重讲了贺夫人的高傲和自负。

赵飞燕一听，肺都要气炸了。她没有想到，贺夫人竟会如此狂傲，根本没有将她这位当朝皇后放在眼里，特别是王盛告诉她说，贺夫人讥讽她无子断后，那是她前世今生作的孽！她实在是怒不可遏，恨不得马上把贺夫人抓获法办，以泄心头之恶气。但是，她强压怒火，冷静思索，无论如何，也要将贺家的婴儿弄到手，达到“生产皇嗣”之目的！

沉默。一阵焦躁的沉默。

她和王盛正在思考下一步的行动。

忽然，姜秋兴冲冲地闯了进来。

她刚要发火指责，只见姜秋满脸喜色地禀道：

“启皇后，奴婢向您报告一个好消息！”

“该死的，净说疯话！”她的一双眼睛还喷着怒火。

“真的，奴婢岂敢蒙骗皇后！”姜秋被她的凶相吓得直打哆嗦，“瞧您，我，我，我都不敢说话啦！”

“快说，什么好消息？”她满腹怒怨和愁烦，根本不相信会有什么好事。

“燕将军从家乡回来了！”姜秋急忙回禀道。

“啊，燕壮士回来啦？！”她一听这话，眼睛立刻闪亮了，觉得燕赤凤能够回来，太突然了，也太出乎意料了。所以，她半信半疑。

“此等大事，谁敢胡说！”姜秋见主子将信将疑，马上解释道。

“快，快请他进来！”她挥手命令道。

“是！”姜秋屈身一礼，飘然离去。

瞬间，燕赤凤果然走了进来。他急忙双膝跪倒，两手抱拳，参拜赵皇后。赵飞燕一边说免礼，一边走上前，用手搀起他。

燕赤凤见王盛站在一旁，又赶忙躬身参见远条宫的中少府。聪明的王盛当然知道燕赤凤在皇后心里的位置，他几乎与燕赤凤同时打躬还礼。而后，他又向赵皇后施一拜礼，很知趣地告辞离去。

赵飞燕见了燕赤凤，喜不胜喜。刚才，满腔的怒愤似乎全然散尽。她一见侍从离去，室内仅剩下他俩，便走了过去，“呼”的一下拥抱住他！

燕赤凤的双臂仍然垂着，一动也不敢动，心里既紧张，又害怕。他今天返回皇宫绝不是图艳事，而是为了谋生度日。

他声音颤抖地说：

“皇后，末将身上正在给老母……戴着孝哩……”

“啊？！”赵飞燕一听，像被蝎子蜇了一下，倏地松开了双臂。她仔细端详对方，只见燕赤凤盔巾上还系绕着一圈白色布带。她惊异地望着他，停了好大工夫，问道，“燕壮士，您因何故而来京呢？”

“启皇后，末将因家中老母患病，乃至去世，多年花费，生活拮据。为摆脱困境，我只好离开张掖，抛家来到京城，欲拜求赵皇后，给谋一差事。末将启齿，实感羞愧！”燕赤凤说完，低下了那颗壮士的头颅。

“哦，原来是这样。”她心里琢磨了一下，准备同意他上次的请求，让他去五官署当卫士，但暂时还不能让他走，远条宫这里尚有要事需要他协助。于是，她笑道：“燕壮士，这好办，算不了什么难事！”

“多谢皇后拯救之恩，末将终生刻骨铭心！”燕赤凤躬身抱拳道。

“慢！我这里还有点儿事，请燕壮士先帮助一下。而后，我才能让您去供职。”她提起右臂，郑重地对他说。

“皇后，请您吩咐！”燕赤凤抱拳道。

“燕壮士，您看看这儿。”赵飞燕拍了拍自己的“假腹”，深情地说，“你不能不管我呀！”

燕赤凤被她这突如其来的话语弄糊涂了。他定眸细看，只见赵飞燕的腹部鼓胀胀的。哦，她怀孕了！两年不见，真是意想不到，这可是天大的喜事。他真诚而庄重地说：“皇后，末将向您贺喜！”

她面带惆怅和忧郁，摇了摇头。

燕赤凤心中纳闷。赵飞燕怀揣六甲，本来是一桩盼望已久的喜事。多年来，她和成帝两眼望穿，梦寐以求，而今夙愿已偿，岂不是福从天降！那么她为啥一筹莫展呢？难道说皇上对她的怀嗣有看法？还是后宫嫔妃们对此有议论？他不知怎么安慰她才好，忧心忡忡地说：“皇后，您，您为何……”

这时，姜秋又走入室内，请他俩去用早膳。

赵飞燕向燕赤凤摆摆手，制止他往下说。她一听姜秋请他们去吃饭，为了给燕赤凤接风，于是叫他一起跟着姜秋，去往餐间。

餐桌上摆齐了美酒佳肴，宫女们离去了。

她给他夹菜、敬酒，还说了些安慰的话，不要因为老母病逝而过于伤怀。他十分感动，再三感谢她的一片盛情，同时他也非常诚恳地请她保重身体，多大的困难也会克服的。

眼前的这位侠义情人，给她增添了无穷的力量。她借祝酒的机会，向他讲述了自己“怀嗣”的真实情况，倾吐了满腹心事。

他放下酒樽，聚精会神地听着。

她对他毫不隐讳地讲了自己的打算：不管遇到多大阻力，也要把贺岩之子搞到手！现在，已经到最后的关键时刻，必须下定决心，容不得半点迟疑和犹豫，更不允许掺杂丝毫怜悯之情。她把这项艰巨的任务，交给了他。

她的态度不仅明朗，而且无比坚定，没有一点商量的余地。

事态严峻，非同小可！他将酒樽往桌内推了推，站起身来，离开席案，踱步沉思。

他最清楚。当年，他同贺岩，以及贺岩之妻牛莲花，同是赵氏姊妹的救命恩人。做这种事情，在良心和道义上是绝对说不过去的。可是，赵飞燕为了保住皇后的宝座，哪里还顾得上他人的死活？他打心底后悔，不该第二次再进皇宫。如果不帮这个忙，赵飞燕将永远恼恨他，甚至他自己都可能被这位皇后处以极刑。但是，这件事一旦暴露，残局可就无法收拾。这，这也太难啦！

赵飞燕一双火辣辣的眼睛，一直盯着他。

他感到周身灼烫，似钢针穿刺。

“燕壮士，你心里怎么想的？”她耐着性子，问了他一句。

他没立即回答，可心里像开了锅的水一样，翻腾不止。

“你是不是感到很为难？”她又逼问道。

“不，我是想，怎样把这件事办得更妥善。”他违心地回话道。因为他对赵飞燕的性格和脾气非常了解，只要是她认准了的事情，谁也甭想阻止，非干到底不可！

“那好，你有何高见？”她还是愿意听听这位壮士的建议。

燕赤凤已经做好思想准备。她既然向他下达了命令，他无论如何也是躲不过去的，也只能积极地去落实。他尽量按照自己的良好心愿，谏言道：

“启皇后，依末将愚见，索取贺岩之子难度比较大，特别是贺夫人大有可能横加阻拦，但对贺章的遗孀，又万万不可伤害，以免弄得满城风雨，影响皇后的声誉和威望，最好夜间天明之前智取，做到神不知鬼不觉。至于贺岩本人，如果他敢大动干戈，我等只有抵抗，勇猛还击。一旦出现伤亡，尚请皇后做主。以上奏言，不知妥否，诚请皇后裁决并赐教！”

赵飞燕听罢燕赤凤的一番谏疏，觉得颇有道理，认为这个多年的老相识，同自己还像往常一样，忠心耿耿，心心相印。她无限感慨地道：

“你所奏乃属良策，亦合我意，望即照办！”

“多谢皇后，但不知何时动身？”燕赤凤一看赵飞燕同意他的谏疏，心里觉得很痛快，恨不得立即去执行，于是，他焦急地问道。

“明天拂晓，你们就行动！今天，你暂且休息一下。”她命令道，“王盛做你的助手，由他携子回宫。你带领三名卫士，乘骑前往，一定要全力保护婴儿的安全。”

“遵旨！”燕赤凤抱拳打躬道。

她心里有说不尽的感激，十分动容地道：

“燕壮士，此事办成，我终生难忘！”

“皇后何出此言？您对我情深如海，我理应为您效犬马之劳！”燕赤凤对赵飞燕忠肝义胆，发自内心地表示道，“古人尚云：士为知己者死，我焉能例外？”

“好，燕壮士。”赵飞燕为燕赤凤的忠诚而感动。她深情地望着他，非常满意地点了点头。

吃罢饭，燕赤凤没顾得上休息，就去找中少府王盛，商量明天的具体行动。当天夜间，燕赤凤睡在王盛的住室内，但他翻来覆去，怎么也睡不着。其实王盛也没有入睡。这件事最初是经王盛谋划的，在未完成之前，总是一块很大的心病。子时钟鼓敲过，他俩更睡不着了，心里想着出发的时间，千万不能迟误，若不然天明就无法动手了。他俩坚持到丑时，丑时的钟鼓刚一敲响，两人几乎是同时爬起了床。

他俩悄悄地走出住室，来到后院靠近西北角的院墙脚下。

燕赤凤回头看了看，一片漆黑，什么也看不见，再仔细倾听，什么也听不见。他放心了，向王盛打了个手势。只见他纵身一跃，轻轻地跳到墙头上。

之后，他转过身体，蹲了下来，伸出右臂，将王盛提到墙头上。接着，他俩飞身跳到墙外。

后宫一片寂静。

他俩分头行动。王盛去西司马里，向太仆谷田借用了五匹骏骑；燕赤凤去后宫卫士营地，找来了事先约好的三名知己卫士。

他们在西司马里的大门口碰头。由燕赤凤检查了一下大伙儿的着装和兵刃，并再次叮嘱了一番。

然后，各人牵过一匹坐骑，弄好鞍镫，翻身跃马，选择一条僻静小道和一个偏远宫门，迅速地驰出后宫。霎时，他们骑出京城。五匹骏马载着五个强盗，飞一般地奔往东北方向的贺家村。

黎明前的天气是最黑暗的。除了苍穹挂着几颗闪亮的星星外，整个大地漆黑一团，没有一丝光亮。此时，万籁俱寂，听不到任何声响。只有风声、马蹄声随着奔骑，从他们耳边响过。

这次王盛是向导。他总结了上次来贺家村的经验，无论如何，也要防止狗吠声，以免惊动村里人。所以，他磕镫向前，催骑率先，绕过村西头，沿着村南小树林的林荫小道行进，一直驱奔向东。

眨眼工夫，王盛将大家带到村东约一里处的洼地里，勒缰停奔，翻身下马。他们分头将各自的坐骑拴在几棵歪脖儿柳树上，每人还从衣兜内掏出一块黑色纱布，蒙在脸上，只露出幽灵般的眼睛，每个人的背上，各插着一柄短刃。

燕赤凤再次叮嘱大伙儿，不到万不得已，不准使用兵刃。特别注意要保护好婴儿的安全，更不准伤害贺夫人，并且谈到，这里是集合地点。

燕赤凤部署完毕，叫大家暂时隐蔽在洼地里，先不要动。他探出头去，往西张望，倾听村里的动静。

四周，死一般沉寂。村里，也没任何声响。

燕赤凤心内暗喜，回过头来，准备让王盛在前边带路，向贺家村进发。忽然，村中传出公鸡叫声，撕破寂寥的星空。接着，便是一阵震人心弦的狗吠声。众人有些紧张和慌乱，唯恐村里有人起早出来，干扰他们的行动。

燕赤凤打了个不准动的手势，极力透过夜幕，注视贺家村的动静。

犬吠声停止了。

车轮声传来了。

众人都警惕起来了，一双双眼睛注视着传出车轮声的村东头方向。

燕赤凤叫大家趴伏在洼地的土坡上，不准暴露目标，一定等车辆过后再行动。

车轮声越来越近。再仔细一听，牛蹄声、马蹄声与车轮声混合在一起，只是速度很慢。他们感到很奇怪。在漆黑的夜色中，难以辨别是何种车辆，只看到一个黑团蠕动过来。直到近前，才看清是一辆牛载车。

燕赤凤让大家把头压得再低一些，耐心等待，不可贸然行动。

牛车驶到眼前，又驶了过去。一匹骏马拴在车尾处。

车上的几个人都没有说话，他们只是默默地朝前驱驶。

在黑暗中，燕赤凤和王盛都辨清了车上的几个人：坐上车首驾驭牛车的男人是贺岩，坐在车厢里的三个人是贺夫人、牛莲花、贺英。啊，他们的幼小儿子肯定就在车里。

谁能料到，贺氏全家人为了去骊山行宫投奔阳阿公主，刚刚走出村头，就遇到了意外的情况。

燕赤凤向王盛递了个眼色，而后他俩互相点点头，作出了动手的决定。

燕赤凤一看时机已到，猛一挥手，率领众人冲出洼地，很快地跑到牛车前面。

贺岩没有任何思想准备，突然发现五个蒙面人横立在车辆行进的通道上，顿时大吃一惊。贺岩猛地拽了一下缰绳，让牛车停下来。贺岩圆瞪双目，大声吼道:“你们想干什么?！”

贺夫人一看发生了意外情况，马上叮嘱儿媳抱好孩子，并把孙女贺英揽到怀里。

襁褓里的婴儿“哇”的一声，大哭起来。

“奶奶，我怕……”贺英也看见了车前的五个蒙面人，吓得浑身直打哆嗦，蜷缩在奶奶怀里，哭泣不止。

燕赤凤一摆手，几个人一步一步地朝车前逼近。

“站住！”贺岩又厉声喊道。

歹徒们没听贺岩的话，仍然向前靠近。

贺岩急忙转身从车上抽出钢叉，对蒙面歹徒喝道：

“谁敢过来，我就要谁的命！”

几个蒙面人不由得心头一惊，立刻停住脚步。燕赤凤示意大伙儿拔出短刀，准备开战。他们每人手持一把短刀，继续向贺岩围逼过来。

贺岩迈步向前，挥舞起钢叉，迎击敌手。只听叉击刀、刀碰叉，发出铿铿锵锵的响声，并闪烁出刺人眼目的火星。

贺岩一个人，面对凶手们的五把短刀，当然是寡不敌众。大战五十个回合，贺岩已经汗水淋漓，双臂沉重，只能招架迎战，却不能还手出击。

燕赤凤故意将贺岩逼战到离车辆较远的田野里，使他无法顾及保护车内的婴儿。打着打着，燕赤凤以他精湛的刀艺，死死地控制住贺岩的钢叉。

王盛一看夺婴的机会到了，便带领三名卫士飞步冲向车辆。他们按照原定计划，人人将短刀插进背后绳带内，徒手跳到车上。

车厢里的大人、孩子哭叫成一团。

残忍的王盛，奋力从牛莲花怀中抢夺婴儿，牛莲花拼命地抱着她那出生仅二十来天的孩子。婴儿哇哇哭叫，撕人肝胆。牛莲花眼看着幼儿被抢走，便用牙齿狠狠地咬了王盛的一只手臂。王盛疼得“啊”的一声，松开了手。然后，他凶狠至极，“啪”的一巴掌，打在牛莲花头部。牛莲花昏倒了。王盛抱起婴儿，飞下车去！

“强盗，强盗——”贺夫人跳下车，哭号着追赶王盛。然而，她毕竟上了年岁，没跑多远，就昏倒在地。

车上的贺英一看母亲被歹徒打昏了，两手使劲儿摇晃母亲，厉声哭叫着。

三名卫士保护着王盛，直接跑向洼地。

正在同燕赤凤激战的贺岩，听到女儿的哭喊声后，下意识地回头一望，啊，妻子躺在车上，母亲倒在路旁。他正准备转身寻看母亲和妻子时，燕赤凤乘机飞来一刀，砍在他的左膀上，他骤然间感到一阵剧痛，鲜血湿透了他的左衣袖。他右手持叉还击，可是，燕赤凤不再恋战，抛开贺岩，直奔洼地。

五匹烈马载着五个蒙面人由洼地蹿了出来，继而传来了婴儿的哭叫声！

贺岩的心似乎被钢刀猛刺了一下，只觉得头部“嗡嗡”作响。他马上恢复了理智，决心救回自己的儿子。他没去察看母亲和妻子，而是急速跑到车尾处，解开缰绳，飞身上马，左手勒缰，右手持叉，拼命追赶暴徒去了。

五名暴徒的快骑朝长安飞奔。他们听到后面骏马的飞驰蹄声，心里异常紧张，尤其是怀抱婴儿的王盛，更为恐慌，担心贺岩把儿子夺回。这时，听到身后贺岩的怒喊声：

“站住，狗娘养的，把孩子放下，站住！”

“燕将军，怎么办？”王盛慌乱地问道。

“不理他，加快速度！”燕赤凤让王盛他们催骑前进，自己放慢了奔马速度，准备阻挡贺岩。

贺岩的坐骑风驰电掣般地飞奔，马肚子紧蹭着地表面，发出“唰唰唰”的响声。不一会儿，贺岩的骏马追上来了。

燕赤凤为了掩护王盛他们，只好掉转马头，拦截贺岩。

短刀与钢叉相击的声响，动人心魄。

又气又恨的贺岩，一双大眼睛喷着怒火。他忍受着左臂膀的伤口疼痛，奋力挥舞钢叉，与燕赤凤搏击。

王盛他们听到身后的厮杀声，放慢了速度，渐渐地停了下来。

贺岩越战越勇，步步紧逼；燕赤凤手中的短刀，远不及贺岩的长柄钢叉得力，只能应战，不能还击。燕赤凤见状借用挥刀拨叉的机会，掉转坐骑，回身就逃。贺岩磕镫催奔，穷追不舍。他的马头几乎挨到对方马尾时，他扬起右臂，单手举叉，朝着燕赤凤的后背猛一投掷，只听燕赤凤“啊”的一声惨叫，跌落马下。

那支插入燕赤凤脊背的长柄钢叉，迎着初冬的寒冷晨风摇晃着。

燕赤凤——这个跟随赵飞燕多年的情人，竟然死于他的同伴贺岩手中！

王盛一看，大势不好，燕将军惨然丧命，回去后怎么向赵皇后交代呢？他立即将婴儿交给一个卫士，掉转骏骑，朝贺岩奔来。

贺岩骑马至燕赤凤尸体前，伸手拔出钢叉，准备迎击对面冲来的黑面人。

王盛看到横叉立马的彪形大汉，心里有些发怵，他知道自己不是贺岩的对手，慌乱之中，忽然想到以智取胜。于是，他又掉回马头，朝前飞奔。

贺岩已经杀红了眼，催骑猛追。

狡猾的王盛忽然从肩背上拿下弓弩，将一尾雕翎箭放至上面，他猛一转身回头，对准追来的贺岩拉圆弓弦，“嘣”的一声，弦松箭出，恰巧射中贺岩的前胸！贺岩应声栽于马下，横躺在冰凉的田野大道上。

歹毒而凶狠的王盛，挥鞭磕镫，催促快骑，拼命地追赶同伙去了。

这时，贺夫人、牛莲花已经从寒风中醒来。

聪明而懂事的小贺英，一边哭喊着，一边告诉奶奶和母亲，父亲骑着马追赶坏人去了。

贺夫人、牛莲花听了贺英的话，不禁心头一惊！单叉匹马对付那么多歹徒怎么行呢？她们祖孙三代拼死拼活地朝前奔跑着、呼喊着！

她们忽然间发现一具尸体横在路边，走近一看，是个蒙面强盗。她们又向前跑去，寻觅贺岩。

跑着跑着，突然发现一个熟悉的身影亦躺卧在大道旁边。她们几乎是连滚带爬地跑到这具尸体前，定眸一看，啊，是贺岩，是她们最亲最亲的人！她们猛地一齐扑了过去，摇晃着自己的亲人哭喊着、哀号着！

第二十章　贺氏三坟茔

凌晨过后，黑褐色的乌云笼罩了贺家村上空。严冬的冷风袭来，席卷着村中街道上的柴草和尘土。一会儿，细雨伴随着雪花洒向大地，使人寒彻肌骨。

贺氏一家老小都在贺岩灵柩两侧哭咽着。乡亲们帮她们抬回了贺岩遗体，并装入灵柩内。一些长者和妇女也都来到贺家院内，站在贺岩灵柩旁边，陪伴着哭泣。

哭得最厉害的是贺岩的母亲。贺夫人哭着哭着倒在院心的雪地上，痉挛地打着滚。失去丈夫的牛莲花，本来悲痛至极，但透过泪眼发现婆母哭得死去活来，她抽抽搭搭地上前劝慰婆母节哀。但贺夫人哪里听得进，仍然啜泣不止，两只苍老枯萎的手，使劲抓抠着雪地。从一大早到现在，贺英的眼睛已哭得红肿了。看到奶奶哭得死一阵活一阵，心里想哭也不敢哭了，急忙走到奶奶身旁劝慰。年过花甲的贺夫人，性格虽然很刚强，但是怎么也经受不住这次残酷的打击——她在青年时，丈夫贺章被皇家强加莫须有的罪名，活活给整死；到了老年，唯一的儿子又被皇家给害死。这，简直是苍天绝活人之路，贺夫人哭号着、咒骂着！

这时候，一位姓牛的大爷带着本村几位青壮年走进院来，准备同贺夫人、牛莲花商量贺岩的殡葬之事。

多年来，贺夫人为人正派，屈己待人，与邻居和乡亲相处得非常和谐，在村民中享有崇高的威信。再加上牛莲花非常贤淑，尊老爱幼，先人后己，不论谁家有困难，她都主动去帮助解决。贺家婆媳在贺家村的威望很高。这次贺家发生了意外，村民们都争先恐后地前来帮助料理。

牛大爷是贺家村年岁最大的长者，今年八十岁，鹤发童颜，身体健壮，腰杆笔挺挺的，言出必行，掷地有声，在村里说话是最算数的。因此他劝慰了几句后，贺夫人虽然悲痛难抑，但是强忍泪水，停止了哭泣。

经过一番商议，贺夫人、牛莲花同意了牛大爷的建议，将贺家坟茔墓地选定在南山的山坡上。那里，离三姑堂比较近。据牛大爷说，南山是一块风水宝地。贺家坟地选定后，牛大爷还同贺夫人商量了贺岩的殡葬仪式，今天挖掘墓穴，明天出殡安葬，并且决定请吹鼓手吹奏送行。贺家婆媳含着泪水，再三感谢牛大爷和乡亲们的一片诚挚心意。

几个青壮年按照牛大爷的吩咐，扛着铁锹和铁镐，冒着风雪，踏着泥泞之路，奔往南山刨挖墓穴去了。

贺夫人让儿媳和孙女回到房间，给打穴的青壮年们烧火做饭，她自己则强忍悲痛，守护在儿子灵柩前，接待吊丧的乡亲们。

在贺家村的另一处庄户院里，王安夫妇听说贺家出了事，在他们的简陋房间里谈论了好大一阵儿，不住地为贺夫人、牛莲花叫苦不迭。其实，他们自己因失去亲生儿子业已悲痛至极，只是心中幻想儿子还活着，似乎还有一个盼望和寄托。这对善良而厚道的夫妇，根本不知道他们的孩子已经被活活闷死。他俩对贺家的不幸亦感同情，对歹徒们的暴行也非常愤慨。于是，他俩走出房间，穿过被火烧过的颓败院落，越过院门，直接往东，朝贺家大门走来。

王安夫妇是来吊唁的。他俩进入院心后，就一齐奔向贺岩灵柩，跪伏于尘，大放悲声。贺夫人一看，原来是王盛之兄嫂，她心里着实不悦，因为儿子的不幸被害和孙子的无端被掠，十有八九与中少府王盛有关，可又一思忖，兄归兄，弟归弟，况且王安夫妻为人厚道，处事谦和，怎能与其弟相提并论呢？想到这里，她赶忙在儿子灵位前，替这对中年夫妇烧了一把冥钱。

谁也没有想到，王安夫妇俩越哭越伤心，越伤心越哭，后来是又哭又号，只哭得天悲地恸！听到他俩的哭声后，贺夫人思念儿孙的悲痛心情也被勾起了，她又泣不成声了。乡亲们也都泪水潸潸。殊不知，王安夫妇俩的痛哭不止，不仅是因为贺家怆然不幸而同情所致，也是由于自己的亲生儿子被王盛携带入宫而万分怀念引起。他俩心里明白，自己的亲骨肉不论是活着还是发生意外，既然进入皇宫，就意味着永远见不了面了。

后来，经牛大爷一番苦说，左边劝，右边劝，才使贺夫人和王安夫妇停止了哭泣。

贺夫人抹去眼泪，请王安夫妇屋里坐。王安夫妇没有心思待下去，依村里的民俗，送给贺夫人一点散碎银两，就告辞回家去了。

那夜，王盛开弓射死贺岩后，挥鞭策马追赶前边的三名卫士。他虽然给燕赤凤报了仇，但是心里仍忐忑不安，唯恐回宫后受到赵飞燕的斥责。因为他清清楚楚地知道，燕赤凤在赵皇后心中可不是一般的人，除了成帝，她最爱的人应该就是燕赤凤了，所以他感到无法向主子交代。

在快要临近京都东郊的时候，王盛乘坐的快骑追上了三名卫士。他没有告诉射死贺岩的消息，只是向怀抱婴儿的卫士的坐骑靠拢。这位卫士见中少府追至身边，主动禀告孩子的安全情况。他听后颇感安慰，不管怎么样，回到远条宫能够将婴儿交给赵皇后，那就是最大的胜利。燕赤凤焉能与这位“皇嗣”相提并论？他心里又亮堂起来了。

京城到了。他们很顺利地通过了东关，来到一条街市上。王盛按照原来拟定的计划，购买了一个圆形竹篮，随之将婴儿放入竹篮内，并把竹篮盖儿盖好。竹篮透气，可杜绝意外。

天公不作美。这时偏偏下起了小雨，逼迫他们到一座破屋内避雨。王盛打开竹篮盖儿，看了看婴儿。婴儿瞪着一双水灵灵的大眼，闭着一张鲜红的小嘴儿，一声也没哭叫。他放心地扣上竹篮盖儿，焦虑地望着外面的天空。

过了一会儿，雨停了，但刮起了西北风。

王盛命令三名卫士，赶快乘骑回宫，将马匹交还给西司马里后，再到远条宫后院门房内等候。

三名卫士向王盛打躬告辞，翻身乘骑，朝后宫奔去。

待三名卫士走远后，王盛手提盛婴的竹篮，拽缰跨马，亦向后宫驰进。

糟糕的是，老天爷仍然跟他作对。西北风越刮越紧，并夹杂着击人脸颊的雪粒，气温骤然下降。他不禁打起了寒战，身上的袍衣几乎被风吹透了，但他的身体还比较结实，应付这种鬼天气不会出问题。他最担心的是孩子承受不了，非冻坏不可！他双足磕镫，挥鞭催骑，加快了行进速度。

后宫正门即在眼前。他看了看手中的竹篮，没啥能够引起人们注意的迹象，但让人担心的是婴儿哭叫。只要不哭不叫，就能顺利地通过宫门。他仔细听了听，竹篮内没有一丝声响。于是，他抬起头来，挺起胸膛，拽缰磕镫，奔向后宫正门。

宫门两侧的卫士们，一见赵皇后的中少府骑马归来，都很热情地向他打着招呼，谁也没对他手中的竹篮产生怀疑。他也很有礼貌地向卫士们挥了挥手，但没有下马，也没有说话。显然，他是为了减少麻烦，防止发生意外。

他怀着惶惶不安的心情，顺利地骑入后宫正门。他心中平静了许多，对竹篮内的婴儿大有好感，小家伙只要好好配合，说不定将来真的能够当上天子。他在马上暗暗祈祷苍天，千万不能节外生枝，保佑他和婴儿平安进入远条宫。

路上，不管遇到生人还是熟人，他的一双眼睛平视前方，假装谁也没看见，只顾催马向前。须臾，远条宫门前的广场快要到了。

突然，竹篮内“哇”的一声，传出婴儿的哭号。他提竹篮的那只手“倏”的一下痉挛了，胸膛里的那颗心立刻紧缩起来。座下的骏马被孩子的啼号惊吓得扬起了前蹄，并发出“咴儿、咴儿”的嘶叫声。他立即勒缰停奔，可竹篮内的婴儿继续哭叫，一声接一声。他不住地摇晃竹篮，但孩子禁不住寒冷和饥饿，仍然大哭大叫。他又惊又怕，不知怎样才能止住孩子的哭声。

他像一个盗贼一样，那双惊恐的眼睛望了望四周，好在没有人来往，只有那一阵阵刺骨的寒风从身边刮过。但他的周身早已吓得沁出一层冷汗，前额滚下了一颗颗汗珠。他手提竹篮内的婴儿，一旦被人发现，传到成帝耳朵里，那种局面可就无法收拾了。

他准备掉转马头去御花园躲一躲，可是，竹篮内的哭声停止了。他平心静气地倾听竹篮内的动静。唉！这孩子真不错，不再哭也不再叫了。他稳了稳那怦怦乱跳的心，抖了抖手中的缰绳，继续朝前行进。

可没走几步，竹篮内的婴儿又大声哭叫起来。王盛已经被孩子的哭叫声吓软了，浑身上下没有一点力量。他使劲儿拽了一下缰绳，坐骑停了下来。

这时，只见四名五官署的卫士走出宫门，步下台阶，沿东侧院墙外面的小路往北走去。他们是换岗出宫，准备回去休息的。

他一看见这些卫士，心里更发怵了。上次提着盛装婴儿的圆形糕点木盒，路经宫门时，就险些被他们查出来。这些家伙机警得很，稍有破绽便抓住不放，一查到底。因此，要对付他们，必须格外小心。他转念一想，干脆去御花园躲避一下吧，等孩子睡着了再说。

于是，他再次掉转马头，提好竹篮，朝御花园奔去。可他心里不安宁起来，赵飞燕皇后肯定心急如火，正在盼望他携婴入宫，闹不好已开始埋怨他了。

从昨晚到现在，赵飞燕一直没合眼。自从王盛、燕赤凤他们出发后，赵飞燕那颗贪婪的心就一直悬吊着。当她得知卫士们返回的消息时，忽然觉得眼睛一亮，似乎看见嗣儿被他们抱入宫内。可是，姜秋告诉她，卫士们空手而归。她立即走到后院门房，接见了受命归来的三名卫士，并询问索取婴嗣的情况。三名卫士你一言我一语地禀述了抢夺婴儿的经过。从卫士们的言语中知道，婴儿还在王盛手中，她的心又处于焦虑之中。她嘱咐卫士们要严格保守机密，而且命令他们不准离开后院门房。卫士们一一遵命，点头允诺。

赵飞燕说完后，走出后院门房，回到寝宫等候王盛去了。

霎时，远条宫的数名卫士开始在后院和院门附近巡逻。此时，疲于奔命和备受惊吓的三名卫士，却莫须有地失去了行动的自由。

赵飞燕回到寝宫后，没有去卧室休息。她没有见到王盛和婴儿是放不下心来的，哪里还顾得上歇息呢？现在，她在前厅内不住地向门外前院张望，眼巴巴地盼等王盛和“嗣儿”。

不一会儿，贴身宫女姜霜由前院一溜儿小跑过来。

姜霜进入前厅禀告她说，赵昭仪前来拜访皇后。她听后打了个唉声，连连摇头。现在，她哪有心思接待他人拜访，打心底不愿意接见赵合德，真想让姜霜把赵合德打发走，可又一想，这丫头也是个心肠歹毒的人，如果惹翻了这位昭仪，说不定还会给自己添更大的乱子。她勉强同意了，命姜霜去迎接赵昭仪。

已经跨入远条宫正门的赵昭仪，跟随姜霜朝院内走来。赵昭仪身后跟着冷艳、冷花和贴身宫女们。其中两名宫女手里拿着礼品，两名宫女肩上抬着布匹。

乍一看，赵合德带着重礼，冒着风雪，赶到远条宫，拜访亲姐姐，好像是一个多么重情义、讲手足的妹妹！殊不知，赵合德没有这样的好心肠，况且对任何人也没有讲过信义，更没有讲过忠诚，包括对待成帝。今天，赵合德的到来，是因为隐隐约约听说赵飞燕生子而专程来探听虚实的。起初，赵合德似乎愿意姐姐怀孕产子，不管怎么说，这也是她们赵氏姊妹的运气和光荣，并且可以推翻定陶王刘欣的太子宝座。但没过几天，赵合德便对姐姐产生了忌恨之心，唯恐姐姐由于产子立嗣，而从成帝那里夺宠，那样的话，将来大有可能使自己走上姐姐走过的悲苦之路。所以，赵合德非常害怕姐姐怀孕而当上太子的母亲。因而，她准备不顾一切地监视姐姐的孕后生产。

赵飞燕对赵合德当然早有提防。她从诈孕那天起，就十分注意防备赵合德。尤其是今年夏季里，每次外出都想方设法躲避这位奸诈的妹妹，不让对方看出任何破绽。有时，赵合德故意约她去御花园游玩，她总是以身体不适为由，拒绝与其同行。这样，她尽管在盛夏衣着单薄，也没有影响假腹出怀，乃至“怀孕”后期的征兆。

姊妹俩见面了。只是赵飞燕因有满腹心事，不像往日那般热情，看到合德赠送的人参、燕窝、香蕉、橘子，以及绸缎布匹等贵重礼品，不得不说些感谢的言语，终归人家是送礼上门来了。她命道房等人接过礼品，又命姜秋和姜霜给赵昭仪准备香茶和水果。

当她说到妹妹如此用心、真让她过意不去时，赵合德马上回话说：“姐姐处于临产之前，后宫嫔妃人人知晓，作为亲姊妹焉有不看望之理?！”赵合德说着，一双杏眼瞅了瞅她那鼓囊囊的腹部。

“临产”的字眼，真像一把钢针刺入赵飞燕那颗不安的心。特别是她看到赵合德在窥探她的“假腹”，心中恼恨极了。天底下哪有这样的亲妹妹?！不过，她没有表现出来，而是把那种恼恨咽到肚里，根本没有考虑怄气的事，因为她一直惦念王盛携婴入宫的安危。

这时，王盛手提竹篮步入远条宫正门。婴儿仍然被装在篮内，一没哭，二没叫。这是王盛在御花园内费了好大工夫，才将这位“小祖宗”哄睡着了。所以，王盛以给皇后购买水果的理由，欺骗了守护宫门的五官署卫士们，方得以蒙混入宫。

王盛心急如火，快步似风，很快到达寝宫前院。在前厅陪侍赵昭仪、赵皇后的姜秋，一眼扫见了从前院走来的王盛。姜秋赶忙迎了出去，悄悄告诉中少府，赵昭仪正在前厅。王盛闻听后，吸了口凉气，不禁迟疑而停步于那里。他当然知道赵昭仪的为人，其妒忌心理和狡诈行为是后宫人人皆知的。此事一旦被赵昭仪识破，肯定要给皇后带来很多麻烦，甚至让皇后下不来台。但是，他也不能在院心停留过久，未过满月期的婴儿岂能禁得住寒冷和饥饿？他想了想，决定把孩子暂时送到其他房间。他向姜秋递了个眼神，欲转身往回走。只听前厅传来赵昭仪的喊声："王盛，你怎么不进来呀？！"

王盛一下子愣住了。

赵飞燕也早就看见她的少府了。如果赵合德不在身边的话，她一定会立即呼唤王盛的。她一见赵合德起身走到厅门处呼叫王盛，气得脸色煞白，一时不知说啥才好。

王盛一见赵昭仪站在门内叫她，看来是躲不过去了。他的脑子反应还是比较快的，便跟随姜秋步向前厅。他进入厅门后，将竹篮放在大厅一角，转身急忙参拜赵昭仪，并主动解释道："小臣听姜秋转告，赵昭仪正在厅内与皇后叙话，故不想打扰。"

"唉，我一看你提篮走来，肯定是给皇后送东西的，怎能来而不进呢？"赵合德说着，走回座椅坐了下来，那双眼睛贼溜溜地看着放置在地板上的竹篮。

"哦，我是刚从集市上给皇后买来点儿水果！"王盛预料到赵昭仪会这样问。

赵合德没有完全相信王盛的话，想探个究竟，看看竹篮里到底有没有水果。但两宫的侍从站在大厅两厢，实在无法上前查看。赵合德想了想，道：

"王盛，但不知你给皇后买了什么水果？千万要注意干净，不能影响她的身体。"

"那是自然。多谢赵昭仪指教，小臣日后一定……"

"王盛，你看到了吗，赵昭仪可是细心之人哪！"赵飞燕截住王盛的话，不仅因为讨厌赵合德，而且为了提醒王盛。

王盛微微点头，心领神会。他担心婴儿睡醒了，那可就砸了锅，可是怎样才能让赵合德速速离去呢？心想，赵合德既然询问购买何种水果，那么必须用事实说明，方能排除对方的怀疑。他不慌不忙地奔向竹篮。

赵飞燕不由得紧张起来，心想，王盛你也太莽撞了，怎能去打开竹篮呢？！

他轻轻揭开竹篮盖儿，取出几个蜜橘，转身捧至赵合德面前，道："赵昭仪，请您品尝。"

"王盛，多谢你的一片盛情。我不是想品尝，只是随便问问，我那里也有蜜橘，刚才我还送给皇后一些哩！"赵合德一看，竹篮里果然盛着水果，并没有其他东西，尤其是充当皇嗣的婴儿，心底的怀疑消除了，只好搭讪地回话道。

赵飞燕那颗悬吊的心放了下来。她"哼"了一声，狠狠地瞪了一眼赵合德。

赵合德看出姐姐不高兴的样子，甚至有些生厌，心想再待下去也没啥趣味了，随即起身告辞，带着冷艳、冷花等侍女随从，回昭阳舍宫去了。

赵飞燕早就急得坐立不安了。头顶上的这块乌云散去后，她马上命宫女们退去，让王盛将竹篮提到卧室内。

"皇后，那三个卫士……"王盛提起盛婴的竹篮，走至赵飞燕身边，悄声提醒道。

"哎呀，险些忘了，他们都在后院门房。不过，我已经派人把他们监视起来了。"赵飞燕停住脚步，惊讶地说。

"皇后，走漏了风声可不得了啊！"王盛咬了咬牙齿，狠了狠心说，"事不宜迟，斩草除根！"

"嗯！"赵飞燕点点头，忽然又想到婴儿，用手指了指竹篮，道，"这……"

"孩子没问题！"王盛满怀信心地说。

"那好。你先把竹篮提到卧室里，之后通知膳房给他们摆酒筵！"赵飞燕说到这里停了下来，思索后，补充道，"地点就在后院门房，现在我就去那里，准备给他们'接风'。"

"遵旨！"王盛躬了躬身，提着竹篮朝卧室疾步走去。

赵飞燕走出寝宫。她径直走向后院，让巡逻的卫士们回房休息，并让姜秋和姜霜注意警戒，任何人不得擅自入后院。她独自一人走进后院门房，查看已被软禁的三名卫士。

卫士们一见赵皇后进来，都很紧张地站了起来。

她挥了挥手，叫大伙儿坐下，阴郁的脸色“忽”的一下变得温和起来，继而又说了些体贴和关怀的话语，缓和了这间陋室的沉闷气氛。

霎时，王盛引着膳房的御厨们，端着酒菜和碗筷走入门房。卫士们早就饿了，没想到皇后已经安排了膳食，便赶忙摆好几案，协助师傅们将美酒、菜肴、碗筷放至几上。之后，膳房的御厨们离去了。

王盛朝着赵飞燕递了个眼色，并微点下颏，示意一切就绪。

“好吧，诸位请入座。”赵飞燕说着领先坐了下来。

“谢皇后赐座！”三名卫士抱拳打躬后，纷纷落座。

“王盛，给大家斟酒。”赵飞燕吩咐道。

“遵命！”王盛应声后，端起酒坛，给三名卫士相继倒酒。但他并未给赵飞燕斟酒。

赵飞燕却拿过酒坛，往自己的瓷碗里倒了多半碗酒。她端起酒碗，提议道：“诸位智勇双全，劳苦功高，我今天特意为你们接风。来吧，端起酒来，咱们共同干！”

“多谢皇后！”三名卫士各自捧起酒碗，咕嘟咕嘟地喝了下去。

赵飞燕只是将嘴唇稍稍挨了挨碗边儿，便把酒碗放在桌上，一滴也没喝。

接着，王盛又给每人斟了一碗酒。

卫士们又一饮而尽。

她极其热情地劝大家吃好、喝好。

卫士们又饥又渴，拿起筷子大口大口地夹菜吃，吃得格外香甜，满心欢喜。突然，他们个个腹中绞痛，眼睛发直，脸色铁青，“咕咚、咕咚”地接连栽倒在地上，随即一动也不动了。

她目光凶狠地扫了扫躺卧在地上的尸体，一挥手，道：

“王盛，快！先把门锁上，晚上再将他们拖出去！”

“是！”王盛应命后，跟着赵皇后走出房间，转身锁好房门。

这时候，赵飞燕忽然想起燕赤凤，不安地问道：“唉，燕将军咋没回来？”

“他……”王盛顿觉语塞，无言对答。

“怎么，王盛，燕将军出事啦？”她停下脚步，追问道。

“是，他被贺岩用钢叉……”王盛见主子再三逼问，不得不说出真情。

赵飞燕大吃一惊，“啊”了一声，呆呆地站在那里，既心疼，又惋惜，半天说不出话来。呆了片刻，她又加快了脚步，直接奔往卧室，只想尽快看到竹篮内的婴儿。

王盛紧跟着赵飞燕进入卧室。他转身拉上门闩，然后耳朵贴在门缝处，仔细听了听门外动静，觉得外面没有人来人往的脚步声，便放心地走向赵飞燕的象牙床。

盛婴的竹篮放在象牙床上，一床锦缎棉被轻轻裹在竹篮四周。这是王盛担心婴儿受不住寒冷而采取的临时措施。

赵飞燕站在竹篮旁，心里非常激动。

王盛明白主子的心情，默默地拨开棉被，打开竹篮盖儿……

室内死一般的沉寂。她屏住呼吸，一双眸子死死地盯住竹篮。

她看着他取出竹篮上端的几个蜜橘，又取下盛橘子的竹帘。婴儿露出来了！

啊?！婴儿脸色煞白，嘴唇青紫，没有一丝鲜红颜色，只是还瞪着那双稚气的眼睛，可是眼珠儿一动也不动。

两人都大吃一惊！

他用颤抖的右手伸向孩子的鼻孔处，孩子没有一丁点儿呼吸的气流。他又摇了摇孩子的头，孩子没有任何反应。

由于冻饿所致，婴儿早已停止了呼吸。

“怎么，又是个死的？！”赵飞燕心急如焚，惊讶地问道。

王盛没有答话。他用手指轻轻地拨下婴儿的一双眼睑。

“天哪，老天爷真不睁眼哪……”赵飞燕大声哭泣道，“苍天跟我作对，我可怎么好哇？”

“皇后，皇后，请您不必着急，咱们再想办法！”王盛急忙上前劝慰。

“不要哄骗我了，哪里还有婴儿？”赵飞燕摇首哭泣道。

王盛一时说不上来，心里亦感为难。

赵飞燕的第二次幻梦又破灭了。她打心底觉得所付出的代价太大了，不但消耗了许多精力，而且提心吊胆，冒着很大的风险，更令她痛心不已的是失去了最可心的情人燕赤凤，今生今世再也见不到这位心上人了。一次次索取“嗣儿”皆成泡影，她已处在一个非常尴尬的境地；后宫所有嫔妃都知道她“怀孕”的时间，朝中有关卿臣也都晓知她果真有了“喜事”，尤其是成帝，更是眼巴巴地盼望她早日生产。那位做婆母的王太后，还不时地派人来远条宫慰问她。最使她厌恶的是赵合德，背后怀疑揣度，当面试探虚实。如果不按时“生下皇嗣”，那么这台戏将怎样收场呢？她越想越是懊丧，越想越是悲凉，越想越是气恼。

她将目光投向这个无辜而又短命的婴儿，不住地揣想，如果王盛提婴走入大厅不被合德纠缠的话，可能还来得及挽救婴儿。这个该死的娼妇无端设碍坏了自己的大事！想到这里，她心里非常憎恨自己的一奶同胞妹妹，真后悔当初同意将这个没良心的东西选入后宫。

王盛看到主子满脸涌现出的痛苦与失望，心里深感不安。原以为办理此事不会发生什么大的问题，万万没有料到，竟然会事与愿违，落个竹篮打水一场空。他现在也是无所适从，想不出什么好主意。他默默无言，悄悄地扣上竹篮盖儿，准备先把这个死婴扔到一个避人的地方，而后再协助主子谋划下一步应急措施。

“王盛，把他扔得远远的，不要都埋在宫里，防止晦气。”她果断地说，“你要记住，胆小的人无所作为，畏缩的人一事无成。我们还要搞下去，该怎么办，就怎么办！”

“多谢皇后指教！”王盛听了赵飞燕的一番话后，深受鼓舞，无比振作，屈身禀道，“皇后，小臣为了给燕将军报仇，当机立断，手持弓弩，已将贺岩一箭射死。”

“啊！”赵飞燕猛一听，感到惊讶，但又觉得王盛之举亦是为了斩草除根，所以她连声称赞道，“好，做得好，太好啦！”

王盛临离开皇后卧室的时候，赵飞燕再次叮嘱他，要把婴儿的尸体丢到荒郊野外，不能让任何人发现。同时，她还给了他二百两白银的赏钱。王盛先是感谢主子的恩德，后又表示一定遵旨照办。他打躬告辞，提起盛装死婴的竹篮，转身走出了卧室。

第二天一大早，王盛怀着恐惧的心情，又提起那个盛装婴儿遗体的竹篮，跨上骏骑，悄悄驶出后宫，越过东关，朝南山奔去。

天空仍是阴云密布，一阵阵寒风从西北方向吹来。旭日隐没在东方的云根下面，已经没有出现的可能，黎明，被寒冷彻底冻结。

王盛乘骑提篮行至南山北侧山脚下，本想把婴儿的遗体扔在这里，但突然发现一个新挖掘的墓穴，不禁心头一震，这是谁家的墓穴呢？会不会是贺家为埋葬贺岩而准备的呢？想到这里，心中有些后怕。他不由自主地看了看手中的竹篮，贺家这个唯一的后代，生下来还不足一个月，几乎和他父亲同时去了阴曹地府，无论如何，也不能让牛莲花发现孩子的遗体。否则，牛莲花不会饶过我王盛！他决定避开这个新掘墓穴，再往远处走一走。于是，他双足磕镫，手拽缰绳，催骑朝山坡走去。

当山坡越来越陡的时候，王盛座下的骏骑也就停了下来。他回头俯视，墓穴已经离得老远。他跳下马，找到一个凹陷的地方，把孩子的遗体放了进去，还搬了几块石头，压盖在孩子遗体上面。他完成了任务，直了直腰，松了一口气。

忽然，他发现两个修行的女子各挑着一副水桶，由山上三姑堂走来，不用问，她们是去山下担水的。他躬身操起圆形竹篮，顺手扔了出去，只见竹篮沿着山坡飞滚而下。他看了看现场，没有留下任何痕迹，便赶忙牵过坐骑，翻身上马，拽缰挥鞭，朝山下奔去。

这时候，已经来到山脚下的王盛，又听到北边旷野传来了送葬的唢呐声。他举目一看，唉呀！八个青壮年正抬着灵柩沿田间大道朝南山走来，穿白戴孝的送葬队伍缓缓跟随，一片恸哭声响彻原野。他十分紧张，唯恐这是贺家在安葬贺岩。不管怎样，也不能观看这样的场面，更不能让他们发现自己。他左手猛地拽了一下缰绳，右手使劲挥了一下马鞭，双脚狠狠地磕了一下马镫，朝西侧的京城奔去。

这位机灵奸猾的中少府，判断还是正确的。平原大道上的送葬队伍确实来自贺家村，只见牛大爷和王安分别在两侧扶着贺岩灵柩，后面跟着手举灵幡的贺英、手捧灵位的牛莲花，两个中年妇女搀扶着颤颤巍巍的贺夫人。她们身后是贺家村的乡亲们。

送葬队伍刚刚过了骊河拱桥，来至南山北侧脚下，鹅毛大雪伴随着凛冽的西北风飘落下来。霎时，整个天地变成一片银白的世界。白雪、寒风、哭声，给这个普通人家的葬礼增添了极其浓重而又庄严的气氛。

密集的雪花遮住人们的视线，然而他们全然不顾，嘎吱、嘎吱地脚踏雪路，艰难地向贺家新开挖的坟地行进。

他们终于走到贺岩的墓穴前。

墓穴不远的地方，生有一棵又粗又矮的干枯柳树。树杈上筑有两个枝条蓬松的乌鸦巢穴。不一会儿，两只乌鸦飞出，哇哇地叫着。

八个青壮年将灵柩暂时放至土坡上，就地歇息待命。后面的送葬队伍也都陆陆续续地跟了上来，但此时唯有贺岩的母亲、妻子和女儿仍在不停地哭泣。

牛大爷待所有的送葬人员到齐后，便开始指挥下葬。八名青壮年先用粗绳子缠住灵柩，再将木杠穿进绳内，而后用手臂抬起灵柩，缓缓地放入墓穴中。灵柩安放稳妥后，青壮年们才抽出木杠和绳子。紧接着，王安和另外三个中年男子，拽起一块长条白布，放在灵柩上面。几个手持铁锹的小伙子，开始往白布上填土。牛大爷端起酒坛，沿着灵柩四周泼洒，以示祭奠死者。

贺夫人、牛莲花、贺英等祖孙三代人早已悲痛欲绝，泣不成声。

不多时，一座新坟茔堆起来了。

牛大爷劝说贺英停止哭泣，让她亲手将灵幡插在父亲的坟顶上，并叫她朝着父亲的坟墓叩了三个头。

贺夫人、牛莲花婆媳俩早已哭成了泪人，她们胸前的泪水结成了长条冰块儿。几个妇女搀扶着她俩，并不住地劝慰她俩停止哭泣。懂事的贺英默默地流着思念父亲的泪滴，拉着奶奶的手，一边抽搭，一边劝说奶奶不要哭了。善良而耿直的牛大爷走了过来，缓缓地蹲下身体，以长者关怀晚辈的口吻，劝说趴伏在坟前的婆媳俩。

贺夫人、牛莲花一听这位年已八旬的老人如此劝慰，擦拭了一下泪水，心里很受感动，只好停止哭泣。

牛大爷向众人挥了挥手，送葬的队伍开始离开墓地，准备返回贺家村。

这时，空中的雪团越下越大，就像棉絮一样随着疾风撕扯着飘落。山脚下的道路早已被白雪覆盖，人们只能深一脚浅一脚地踩着往回走。

忽然，贺夫人不知被什么东西绊了一下，“扑哧”一声滑倒了，弄得满脸满身是雪。连同搀扶她的两位中年妇女，也都被她前倾的身体拉扯得跌了一跤。三个人互相搀扶着，挣扎着站起身。贺夫人低头一看，原来是一个圆形竹篮横在脚前，她躬身拾起，觉得竹篮里有什么东西，用手打开竹篮盖儿，啊！里边盛着一条红花黄底儿夹被。咋这么眼熟呢？她的心紧缩起来，一双手有些颤抖，一下子抽出夹被，甩掉了竹篮。左看看，右瞧瞧，心里确定无疑，随即厉声喊道：

"这是我家的被子，是我孙子的小花被呀！快来看哪，是我孙子的小花被呀！快来看哪，千真万确……是我孙子的小花被呀！"

搀扶她的两个中年妇女惊呆了。

牛大爷和几个中青年惊呆了。

送葬的队伍立即停下脚步，一些人拥到贺夫人身边。

牛莲花闻声后，手拉着贺英，急忙从后边跑了过来，拼命挤进人群，走到婆母近前，一把抓过被子，仔细一瞧，啊，是孩子的花被。她睁大了眼睛，惊恐地喊道：

"儿子，我的儿子！我的儿子在哪里？！我的儿啊！"

人们都慌了，不知所措，不知怎么回事。

牛莲花拿着花被，闯出人群，发疯般地呼喊，满山遍野地奔跑、寻找。她身后跟着女儿贺英，还跟着几个妇女。

牛大爷已经明白了。他赶紧叫来几个小伙子，马上到附近的山坡上寻找贺岩的儿子。小伙子们领命后，分头登上山坡，到处寻觅。

不一会儿，一个小伙子抱着孩子的遗体，一跐一滑地走下雪岭。另外几个小伙子跟在他的身后。

这个小伙子将孩子的遗体递给牛大爷。牛大爷看了一眼孩子，孩子早就断了气，遗体直挺挺的，冰凉冰凉的。他心情万分沉重，泪珠扑簌簌地滚落下来，眨眼工夫，白色胡须上结成了冰柱。

贺夫人、牛莲花、贺英亦步亦趋地走向牛大爷，走向她们全家人的一条根苗，一条被严寒掠尽发黄变得枯萎的幼小根苗。暗淡且又悲凉的幽思萦绕过祖孙三代人的脑际，她们清楚地知道，贺家唯一的男性——小后生再也不会回来了，从此贺家断了后代香火。她们由于过分悲伤，眼泪已经哭干，一个个僵硬的面孔，活像一尊尊泥雕，没有一点生气，她们的灵魂似乎被冻僵了！

送葬的男男女女相继围拢过来，每个人的心头仿佛又笼罩了一层浓重的乌云，压抑得人们喘不过气来。大伙儿投之以同情和痛惜的目光，默默地望着这可怜的一家人。

此时此刻，贺夫人心如刀绞。她的全身似乎痉挛，非常吃力地从牛大爷怀中抱过爱孙，连连摇晃，企盼爱孙死而复生。她的一双老眼怆然泪下，仰头呼喊道：“苍天哪！”

“我的儿啊，我的天哪，呜，呜……我的儿啊！”牛莲花再也克制不住了，大放悲声，哭天喊地。

这时，贺夫人只觉得喉咙眼儿一阵发热，一口鲜血涌出胸膛，顺着口腔流了出来。突然，只见她身体一晃，“咣”的一声，倒在山石上。她的爱孙遗体也被摔在雪堆里。

牛大爷急忙喊道：“快，快，快把贺夫人背走！”

牛大爷指挥送葬队伍，赶回贺家村。

三天后，在贺岩坟茔上侧多了一个坟丘——贺夫人之墓；在贺岩坟茔下侧多了一个小坟丘——贺家爱子之墓。

南山脚下，堆起了贺氏祖孙三代的三座新坟。每座新坟前面，各有一堆冥钱正在燃烧。鲜红的火苗，驱赶着皑皑白雪带来的一片严寒。

身穿白色孝服、头缠白色孝带的牛莲花，满脸泪痕，面目憔悴，朝着三座坟茔伫立着。她的身旁，穿白戴孝的女儿贺英，亦站立致哀。母女俩的凄惨命运，深深地打上了皇家欺凌百姓的烙印。

第二十一章　赵合德饮鸩

绥和二年（前7年）正月，西北的大地尚未解冻，京城长安的天气还是严寒彻骨，街市上商贾摊卖一片萧条，大街小巷冷冷清清，往年那种车水马龙的景象不见了。就连未央宫、后宫的卿臣和嫔妃们也失去了笑颜，甚至停止了年拜与朝贺。由于全国粮食歉收，成帝发出了节俭度灾年的谕诏，人们没有心思庆贺新春了。但是，成帝和他心爱的妾妃赵合德照常挥霍和玩乐。

连日来，成帝的身体一直欠佳，总觉不适，便向丞相翟方进打了招呼，没去上朝理政，而是留在少嫔馆休息。因为赵合德见其姊赵飞燕怀了身孕，产生妒忌和怨恨，在春节之前由昭阳舍宫又搬到少嫔馆居住，每天与成帝欢娱，饮酒作乐，并盼望在这所新的寝宫内亦能怀嗣，变着法儿让成帝每天每夜生活在少嫔馆里。

正月十五晚上，少嫔馆内华灯初上，人来人往。人们穿行于膳房与大厅之间，为成帝和昭仪准备元宵佳节的筵席。不一会儿，大厅已预备好美酒佳肴，简直是丰盛至极。成帝尽管身体虚弱，但还是强打精神，照样和赵合德一起参加元宵筵席。两人走到御座处，未央宫的中常侍郑永、昭阳舍宫的宦者令任善急忙上前掸了掸座位，而后手扶主子坐下。冷艳、冷花又赶忙走上来，给成帝、合德斟上酒。

赵合德端起酒樽，祝愿陛下在甲寅之年虎虎生威、龙体健壮！成帝亦端盏祝合德玉体康泰！两人同时饮下这第一杯酒。

冷艳、冷花又及时地给主子斟上酒，还把筷子递到他俩手中。成帝、合德互相敬让着，边饮边吃。

三杯酒过后，膳房的两位御厨各端一盆热气腾腾的汤圆走入大厅。冷艳、冷花接过汤圆盆子，放在桌案一角，给成帝、昭仪盛了两碗，分别放至他们面前。

这时，欢度元宵佳节的音乐演奏开始了。承明殿的内史精神抖擞，挥手指挥位于大厅一侧的皇宫乐队。钟、鼓、琴、瑟、笙、竽、管、箫，齐奏共鸣，声震大厅。雄壮的乐曲声过后，整个大厅一片寂静。

须臾，深沉的箫声响起，好似大山深处潺潺溪水滑落，将人们带入一种静谧的情境。接着，几十名如花似玉的舞女从大厅两侧飘然而至。继而，瑟、笙、竽、管渐渐奏起，伴随着箫声琴音织成一部回肠荡气的舞曲。舞女们脚步轻盈，但有节奏地踏着乐曲声，手舞长绸，随着乐曲的起伏而飘上落下。她们时而甩绸如柱，时而抖绸似龙，数十条彩绸有规则地在空中展动，真好像数十条蛟龙在水中遨游。

开始，成帝和赵合德沉浸在动人心魄的乐曲声中；现在，他俩又被引入迷人的舞蹈之中。特别是成帝看到这些仙子般的舞女身姿优美，倩影翩翩，不由得如痴如醉。

这时候，在远条宫卧室里的赵飞燕，正处于焦虑之中。由于“怀嗣生产”问题一直不能解决，她茶饭懒咽，寝卧不安。站在旁边的中少府王盛，不住地开导和劝慰她。姜秋和姜霜悄悄地走过来，本打算请主子去膳房吃汤圆，但看到主子满脸愁容和忧郁，没敢说话。

赵飞燕哪里还有心思过正月十五呀，她知道姜秋、姜霜的来意，没等她俩开口，就将她俩打发走了。她沮丧着脸，唉声叹气地说：

“我乃堂堂皇后，诈孕之事一旦败露，还有什么脸面见人？！”

“请皇后暂且忍耐，容小臣再想良策。”王盛答道。

“但已逾十月怀胎期限，将近十二月矣，如何向皇上奏释呢？”

赵飞燕欠起玉体，在地板上踱来踱去。

过了好大一会儿，王盛终于开口道：“启皇后，小臣想出一计……”

“讲！”

“鉴于孕期已逾，为不引起皇上怀疑，莫如主动奏明，就说睡梦龙卧，圣嗣暂不育。”

“那……那皇上能相信吗？”

“当年吕后就是做的这种梦，才嫁给先祖高帝的。皇上为何就不相信你皇后之言呢？”

赵飞燕又冷静地思考了片刻，方点了点头。

王盛见主子情绪已经缓和，马上劝她去膳房吃汤圆，并告诉她，侍女们都在等待皇后过元宵佳节呢！

赵飞燕答应了他的请求，但是命他去膳房取一坛上等米酒和一只大鳖，立即送往少嫔馆，让皇上好好补养一下。

王盛躬身领命，告辞离去。

少嫔馆大厅内，成帝顾不上与合德昭仪交谈，他早已被美丽的舞女弄得神魂颠倒了。正当成帝被美女的舞姿引入仙境的时候，忽然听到有人呼唤他，他回头一看，原来是未央宫舍人吕延福躬身站在御座旁边，并双手呈上一份布帛奏书。他展开一看，竟然是高陵侯、丞相翟方进的奏帛——

启奏陛下：

因癸丑之年，南北两方发生特大水灾旱情，粮谷收成大减，百姓生活困难，故南方十二郡县、北方八郡县的百姓，未能过甲寅春节。现有西北的张掖、兰州两郡百姓昼夜赶到京城请粮，急盼陛下定夺！

甲寅正月十五　翟方进奏上

他阅罢奏帛，心情沉重。面对眼前盛宴，想起百姓的艰难困苦，心里不是滋味。刚才那种兴奋而欢娱的神情，顿时消失了。

他心里不住地怨恨起翟方进，你翟方进身为一国之丞相，日理九州大事，怎么连处理百姓灾情之能力都没有了呢？特别是去年三月，朕前往河东，祭祀后土神时，闻关东一带落下两颗陨石，当时料定全国必有不测之灾难。朕便提醒满朝文武，还特意叮嘱你这位丞相，千万要想些办法，及早预防灾患，而你无动于衷，视君言为戏言。如今，连百姓上京这点小事也让朕解决，那还要你这位相国干什么？想到这里，他气愤地对吕延福说道：

“延福，你马上去相府，通知高陵侯，明天来少嫔馆见朕！”

“是，我现在就去。”吕延福向成帝施礼领命，急匆匆地离去了。

成帝举目扫视案前，大厅已经荡然一空。原来，赵合德发现成帝观看奏帛后的神色不对，就命内史停止了乐队演奏，让舞女们也结束了表演。

这时，未央宫中常侍郑永从厅门走了进来，向成帝禀告道：“启奏陛下，刚才中少府王盛来过了，他受赵皇后之命，给陛下送来一坛上等米酒和一只大鳖，请陛下品尝并补养身体。小臣已经派人将礼物送到膳房去了。”

成帝一听赵飞燕派人送来补养品，不免心里受到慰藉，方才对翟方进的那种愤慨情绪消失大半，但又想起赵飞燕怀嗣逾期之事，于是问道：

“郑永，王盛有谈到皇后分娩之事吗？”

“没讲。”郑永摇了摇头，回话道。

“陛下，您何必那么心急呢？”赵合德说着走了过来，其实她对姐姐怀孕之事早就怀疑，只是不敢明说，怕成帝怪罪。于是她婉转地劝道，“生儿育女是女人的事，男人跟着急也没用，看来还是没到时候，到时候必然生下来。陛下，天不早了，咱们该回去休息了。”

赵合德说完，伸出双手搀扶成帝，走下御座，两人一起奔向卧室。

第二天，成帝携赵昭仪去承明殿。成帝反复思考，决定还是在承明殿接见高陵侯翟方进为好。当年提出修建少嫔馆时，曾引起一些卿臣非议，是他一再坚持，方使得这所宫馆得以建成，少嫔馆落成后，还没有一个大臣来过，尤其这里的装饰极端豪华，怎么能随便让他人进进出出而议论纷纷呢？所以，他事先命郑永去往相府，重新通知了翟方进。

翟方进按时赶到承明殿。这位相国从心里，一直非常尊重成帝的旨意。作为君臣议政的地点，很显然在少嫔馆是不妥的，理应改在承明殿，所以他对地点改变并不介意。

翟方进上殿后，看见赵昭仪伴驾坐在一旁，心里感到别扭和讨厌。君臣议政，一位嫔妃旁听，成何体统？但仔细打量成帝，见成帝面容十分憔悴，赵昭仪随驾，可能是为了照顾成帝的身体。这么一想，翟方进便不想过多占用成帝的时间，而是简明扼要地向陛下陈述了全国百姓过年的悲苦状况，同时告诉陛下，国库存粮仅仅五千担，实在不敢随便动用。说完，翟方进将张掖、兰州两郡百姓要粮的奏书呈递给成帝。

高陵侯、丞相上奏虽然简单，但是成帝听得极为认真。因为先皇都有过教训，凡是大灾之年，百姓容易闹事，自己登基以来，也吃过好几次这方面的苦头，所以对待百姓受灾时期的生活，必须妥善处理，不可掉以轻心。

他听完翟方进的谏奏后，又仔细审阅了张掖、兰州两郡百姓请粮的上书，确实感到百姓度日艰难、饥不饱腹，国家理应给予赈济和帮助，而国库存粮又那样少，况且现在刚到正月十六，距离粮食新出至少得七八个月时间，现在如果不能克服这一困难，就动用国库那点存粮，将来可怎么办呢？事态严重，轻率不得。怪不得翟方进昨天夜晚就派人给自己送来议政请奏，这可是个大难题呀！

成帝将张掖、兰州两郡的上书放在案上，埋头思考后，觉得左右为难，于是抬头面向翟方进问道："翟丞相，你可有良策？"

"陛下，微臣已经想了许久，但总觉得策不成熟，故未敢直言，诚请陛下谅恕责罚。"一向谨慎的翟方进，仍然严以职守，委婉地回禀道。

成帝一看这位相国也未能说出子丑寅卯来，转身又面向赵合德问道：

"赵昭仪，刚才翟丞相所奏谏言，你都听到了，不知你有何高见？"

赵合德从来没有参政过，突然听到皇上这么一问，真有些措手不及，且此事又非常棘手，怎么能一下子说得出来呢？她紧张而局促地回禀道：

"陛下，您，您太高抬我了。此乃朝中要事，妾身岂敢妄言？！"

成帝左右为难了，一时半会儿想不出好主意。他有心让翟方进派人打开国库，给张掖、兰州拨一部分粮食，又恐其他郡县发生粮荒，无法应付；有心拒绝开仓放粮，可张掖、兰州的百姓已经断炊，眼下的矛盾又如何解决呢？看来，"王者以民为天，而民以食为天"不无道理呀！

正当成帝因放粮而作难之际，未央宫舍人吕延福走了进来。

吕延福禀告成帝：赵皇后欲上殿求见。成帝一听赵飞燕来了，当时愣住了。稍一思忖，觉得赵飞燕来了也好，一来当面询问一下她怀嗣的情况，二来请她对放粮之事出谋划策。于是，让吕延福立即引她上殿。

赵飞燕在吕延福的带领下，走进承明殿。她刚才因去少嫔馆碰壁而折身转向承明殿，中少府王盛、贴身宫女姜秋和姜霜等人则在殿门外等候。赵飞燕腆着肚子，参拜了成帝。

成帝请赵飞燕坐到御座上来。

翟方进、赵合德亦上前参拜这位当朝皇后。

赵飞燕已经看出君臣正在议政，于是歉意地说：

“陛下，我来得不是时候，多有打扰了！”

“你大可不必过谦。”成帝笑了笑说，“朕正在为一件公事犯难呢，你这一来，一定可为朕排忧解难！”

“陛下，您才是过谦呢。”赵飞燕看了看翟方进、赵合德，而后转向成帝道，“这里有翟丞相，还有赵昭仪，同您这位圣明君主，共商国是，什么高明政见，能拿不出来呀？”

翟方进深知赵飞燕的心计和智慧，后宫的任何女人都无法与她相比，聪敏且博学的许皇后不是照样败在她的手下吗？赵飞燕表面上说得这样谦虚，其实她心里并不这么认为，谁不知道她是个争强好胜的人呀。她往往心口不一，同这类女人打交道，万万不可麻痹，更不能有丝毫怠慢。

翟方进以极其持重和谦逊的态度，走到赵飞燕面前，抱拳打躬，道：

“回禀皇后，微臣才疏识浅，职不胜任，而您如此厚爱微臣，微臣受宠若惊。眼下张掖、兰州百姓受灾缺粮，不能替君排忧解难，实感惭愧内疚。微臣在此乞求皇后，洒下甘露，给予赐教，以图柳暗花明。”

赵合德亦知姐姐的才华和能力，然而却不买姐姐的账，露出一副傲慢的神态。

带有骄矜之气的赵飞燕对面前三个人的心态掌握得一清二楚，本来不想介入议政，待“孕期”过后再说，可又一想，皇上、丞相都在恳求，况且这确实是朝中大事，作为当朝皇后焉能袖手旁观呢？她微微一笑，道：

“陛下，自您登基以来，国家兴旺发达，百姓安居乐业。然而，因我汉朝疆土广阔，北旱南涝之灾在所难免。目前，张掖、兰州缺粮，百姓断炊，十万火急。依妾身愚见，必须马上开仓放粮，赈济两郡百姓。而后，可从北方部分无灾郡县适当调拨少许粮食，补充国库，以防后忧。以上谏言不知当否，请陛下裁定。”

成帝听后心中格外高兴，觉得赵皇后善于动脑，关心朝政，不禁由衷地赞道:“好，说得好，确实是个好主意！”

“皇后有胆有识，良策高人一筹！”翟方进亦认为赵皇后提出的办法可行，既能缓和目前矛盾，又可解决后顾之忧，所以脱口称赞。

“陛下鼓励、丞相过誉，我心中百感不安！”赵飞燕一看自己的谏奏被肯定，心里当然高兴。但她当着君卿的面，仍然保持平静而谦逊的态度。

对此，赵合德并不以为然。面对姐姐参政的得心应手，且又得到成帝和丞相的赞肯，心理颇不平衡，觉得自己受到冷落，于是挖苦道：

“今天我是首次伴驾上殿，目睹皇后参政，真乃大开眼界，颇受教益。今日之皇后，不亚于当年之吕后，看来汉室一定兴旺矣！”

“放肆！”赵飞燕被赵合德气得忍无可忍，“啪”的一声猛击御案，厉声吼道，“赵合德，你整日纠缠陛下，不顾龙体康健与否，更不顾国家安危，朝中卿臣、后宫嫔妃都在背后指责你，而你却视而不见、听而不闻，汉家基业非葬送在你这个泼妇手中不可！”

“够了！”赵合德亦站起身，大声喊道。

“请皇后、昭仪息怒！有话慢慢说。”翟方进急忙上前，打躬劝阻道。

“不要说了，都不要说了！”成帝见她们争吵不休，气得也无可奈何，实在不想再听下去了，立即制止道。

“不，我要说！”赵合德怒不可遏地喊道。

“大胆！”成帝怒指道。

“陛下，她，她欺骗了你！陛下……”赵合德的双眸噙满了泪珠，哭泣着嚷道。

“啊?！”成帝用怀疑的目光望着赵飞燕。

“胡说！”赵飞燕怒容满面地手指赵合德，继续斥责道，“你这个黑心肝的，你，你丧尽天良！”

“这，这，这……”翟方进被赵氏姊妹的吵骂声搅得满头嗡嗡作响，一时间似乎被抛置在五里雾中，不知如何劝解才好。

赵飞燕心里清楚，赵合德对她的攻击，肯定是暗指她诈孕之事，因此非常恼怒。但赵合德却不肯就此罢休，她怒气冲冲地说:“赵宜主，你，你，你欺上瞒下，为所欲为，你连陛下都敢欺骗……”赵合德一双泪眸闪着愤怒和委屈，忽然转向成帝，又怒又怨地吼道，“陛下，陛下，您上当啦，她，她，她……根本就没有怀孕哪！”

“赵合德，你疯啦？！”成帝没有相信赵合德的话，大声劝止道，“不准胡说！”

“陛下，您知道吗？女人十月怀胎，必须按时生产，而她‘怀胎’已经一年有余，至今杳然无期。这，岂不是一个诈孕阴谋？！”赵合德手指赵飞燕，无情地揭发道。

翟方进一看形势不妙。赵昭仪怎么能这样对待其姊呢？便急忙走向成帝，抱拳打躬，诚恳而善意地奏道：

“启奏陛下，微臣对此有不同见解。日常人们虽有十月怀胎之说，但女人与女人尚有许多区别。皇后怀嗣固然已逾十二月，未得分娩，这其中乃是产期还没真正到来。据臣阅览史书得知，尧之母十四月而生尧。当今皇后晚生迟育，不足为怪。上述谏言，请陛下鉴省。”

成帝被翟方进这番话打动了，点了点头，道：“对，对，我相信翟丞相的话，赵皇后乃人主之母，逾期生育则为正常现象。”

“陛下，您……”赵合德急得不知如何说服皇上才好，两眼又涌出委屈的泪珠。

“别说啦！”成帝反感地摆了摆手。

“无耻！”赵飞燕用藐视的目光瞪着赵合德，狠狠地骂道。

赵合德被她激怒了，秀眸圆瞪，鼻翼忽闪，双唇抖颤，眉宇间的那颗红痣也在不住地上下移动，满腔怒火地大叫一声：“赵宜主——”

“赵昭仪，您要冷静！”翟方进见势不妙，又一次劝阻道。

赵合德横下一条心，一不做，二不休，趁着赵飞燕亦气得来回踱步、毫无思想准备之机，突然来到她身前，气急败坏地迅猛撩起她的衣裙，“噌”的一声，从她的小腹前边拽下一件东西，继而又是“啪”的一声，把这件东西甩在御案上……

啊，原来是假腹——一件棉绸膝垫。

成帝、翟方进愣住了！

赵飞燕担心而惧怕的事情终于发生了，但是她怎么也想不到，自己的诈孕怀嗣竟然被一奶同胞的妹妹揭穿。她气恨到极点，两眼冒金星，只觉得天旋地转，“咣当”一声，晕倒在地！

“快来人哪！”成帝慌乱地喊道。

中常侍郑永闻声跑了上来。

“快，快去请御医！”翟方进焦急地说道。

郑永一看赵皇后倒卧于尘，知道情况不好，一边应声，一边跑出殿外。

从此，赵飞燕与赵合德之间的矛盾再也不能调和了。

赵飞燕料想不到，在成帝和丞相面前丢了这样一个大脸。

万般无奈，她向成帝堂而皇之地陈述了诈孕的理由：历来就有“母以子为贵”的传说，尤其是皇后，一旦不能怀嗣，不仅对不起皇家，而且自己的损失无法弥补，甚至坠入悲剧的深渊。这也是万般无奈，逼迫所致。成帝终于被她那张巧嘴说服了。

成帝当然不愿意把赵飞燕的事情扩大。皇后的名声不好，势必要影响到自己的声誉。遗憾的是事情暴露在承明殿上，不仅他看得一清二楚，丞相翟方进也目击一切。宫廷内的这个丑闻非同小可，如果被翟方进张扬出去，那么自己和皇后的威严将一扫而尽，即使眼下保住机密，将来也免不了泄露。如何处置翟方进，成了他的一块心病。

聪明的翟方进，已经意识到自己的处境不妙。上次在承明殿议政，本应议毕立即下殿，由于顾及君臣之礼，不便在皇后与昭仪争吵之际离去，可是谁能想到事情会发展到这种程度呢？翟方进很后悔，后悔不该目睹皇室内的丑闻，这恐怕要引起皇上和皇后对自己的警觉和反感，闹不好要成为他们的阶下囚。唉，人哪，瞎活着。我翟方进谨慎了大半辈子，没想到最后还钻了皇家的圈套！

这天早晨，翟方进刚刚吃罢早膳，独自闷坐在书房内，正在思前想后之时，舍人屈瑞急忙走入，转达郑永带来的成帝口谕，巳时上宣明殿议政。

翟方进觉得奇怪，往日上朝议政都是成帝事先和他商量，而后由他下达谕旨，再说，今天也不是上朝的日期呀。他越想越感到不对头，越感到后怕。难道说皇上真的要下手吗？今天议政地点乃是宣明殿，成帝选择宣明殿处罚大臣已形成惯例，自己偏偏是在这种情况下被召上殿，肯定是凶多吉少。他当即令舍人屈瑞准备两匹乘骑，陪他一起去宣明殿，一旦发生意外情况，屈瑞可马上回相府通知老夫人。

主仆二人乘骑赶到宣明殿前。翟方进将坐骑交于屈瑞，让他在殿外等候。

这时，丹墀、廊下、殿门外的小宦官们一声迭一声地呼喊：

“翟丞相上殿哪——”

翟方进闻声后，赶忙脱下布履，屈身提履急入殿中，至御座前，向成帝施三拜九叩大礼。使翟方进感到惊奇的是，文武群卿侍立两厢，而成帝专门赐给他和曲阳侯王根每人一个座位，王根年近七旬，又是成帝舅父，上殿赐座说得过去，可我翟方进算老几呀？！虽然年已花甲，但在朝中卿臣中还不算年岁最大的。一开始，翟方进不敢入座，经成帝、王根再三劝让，他才坐下了。

翟方进抬头一看，左边站立的第一位是新都侯、大司马王莽，右边站立的第一位是御史大夫孔光，他虽然身为高陵侯、丞相，与王莽、孔光并列为“三公”，自己却被视为年事较高而得以享受殿上座位的殊荣，心里非常不安，只好将半个屁股落在座位上。

今天，成帝主持朝务，代替了往日的翟方进。

成帝待诸位将卿山呼万岁后，开宗明义地宣布道：

“列位大人，去年春天，正当朕前往河东祭祀后土神时，曾有两颗陨石坠落，结果造成南涝北旱之特大灾害；今年新春伊始，又发生星象转移之事，木星显示火星而留在心宿，此乃天变矣！如不及时消凶化险，那么仍会给汉室和百姓带来灾害。诸位将卿，有何良策，望上奏于朕！”

众人陷入沉思。

大司马王莽、御史大夫孔光一向持重寡言，此时一言不发。右将军廉褒、后将军朱博、廷尉何武、光禄大夫段会宗等武官，对星辰天变一窍不通，所以也无谏可奏。班伯、许商等光禄大夫对此事反感，表现出极不耐烦的样子。就连研究星象学的光禄大夫刘向，也不愿意把天变星移安在某一个人头上。

坐在御案左下方的曲阳侯王根，一看大伙儿沉默多时，便率先开口道：

“列位大人，为制止天变，保住汉室，以求国家昌盛、百姓安康，应直谏上奏圣上！”

众人仍然沉默无语。

“善为星象的卿臣可先奏！”王根替成帝再次提示道。

众人回头望了望光禄大夫刘向、郎官贲丽，因为他俩都是精通天文星象的卿臣，可刘向默然无语，置若罔闻。唯见贲丽从队列后边走了上来，至御座前屈身打躬道：“启奏陛下，依微臣贲丽愚见，天象骤变虽为天意，但对其并非不可阻绝，然阻绝之人必须居万民之上。为此，陛下应命诏一位大臣，代替天子身当灾祸，以求天变休矣！上谏妥否，诚请陛下三思！”

“言之有理。”成帝立刻给予赞肯，继而转向翟方进，问道，“翟大人，你的意见如何？”

“陛下，”翟方进急忙欠身离座，走至御座前面，坦然镇定，抱拳奏道，“微臣翟方进居官四十载，从未听说过人可阻挡天变。然今日贲丽口出此言，实为荒谬！”

“大胆！”成帝手击御案，厉声喝道，“翟方进，难道你抗旨不遵，纵容天变？”

“微臣该死，陛下息怒。”翟方进撩袍低首，跪于尘上。

众人惊愕不语。

“陛下，容微臣再述。”翟方进一看成帝武断专行，众卿无人敢言，只好自己硬着头皮申辩，“晏婴有言，天命不容怀疑，命运无法改变。祸福降临，岂能转移？从前楚昭王、宋景公尚不忍将灾祸转移到大臣身上，他们曾说，把心腹的疾患，转移到四肢，有何好处呢？陛下，微臣所述，句句实言，诚望三思再定夺。”

“散朝！”成帝主意已定，根本听不进翟方进的话，倏地离开御座，走出宣明殿。

众人见成帝离去，也纷纷下殿去了。

翟方进跪了许久，真想永远跪在那里。多亏中常侍郑永提醒他，他才无精打采地站起身来，亦步亦趋地走向殿门。

翟方进和舍人屈瑞乘骑返回丞相府。他还没来得及自裁，郑永就带着成帝下达的策书追进府内。翟方进接过策书一看，成帝责怪他管理国家政事不善，天灾人祸并作，百姓生活极端贫困，请他闭门自省。翟方进无可奈何，只是摇头叹息。

紧接着，尚书巴真进入丞相府，给翟方进送来成帝的第二道策书。他双手颤抖着展书观看，成帝本打算将他免职，但尚未忍心，故派尚书赐他上等好酒十石，肥牛一头，请他好自为之。巴真催促道：

“翟丞相，好酒、肥牛已运至府门前，请派人取回吧！”

翟方进心里全明白了，知道灾祸难逃，大势已去。他从厅内跑到院心，举起策书抖动着，仰头呼喊道：“苍天哪——”

伴驾四十余载的高陵侯、丞相翟方进，即日饮鸩酒，自杀于丞相府。

正在华玉殿的成帝，见到回殿复命的郑永、巴真后，叮嘱他俩对此事保密。马上又派新都侯、大司马王莽，御史大夫孔光等朝中九卿拿着御诏，去往丞相府，赠翟方进印信绶带，赐御用冥器；还命少府吴桓供设帷帐，对府中所有房柱和栏杆都裹以白布，以示大孝大义。

遵照皇帝的命诏和恩典，丞相府为翟方进举行了七天七夜的吊唁活动。翟方进的夫人一直处于极端的悲痛之中，直哭得嗓音嘶哑、面容憔悴。他的两个儿子翟礼和翟仪在外地做官，闻讯后也都急急忙忙赶了回来，披麻戴孝，哭灵守护。一些和翟方进生前友好的九卿大臣，也相继来到丞相府哭吊致哀。

在此期间，成帝数次来到翟方进灵柩前，亲临吊唁，寄托哀思。

身居远条宫的赵飞燕，因苦心诈孕怀嗣而被其妹妹合德昭仪无情揭露，险些一蹶不振。至于赵合德的卑鄙和毒辣，赵飞燕并没有放在眼里，她担心在场的高陵侯、丞相翟方进将她的丑事泄露出去，她的皇后宝座顷刻间就得倒塌。赵飞燕那颗心正在悬吊不下的时候，突然听到翟方进病逝的消息，简直是喜出望外。但是，为了保持她在后宫、朝中的威信，她立刻命中少府王盛，代表她这位当今皇后，赶到丞相府去吊丧。后来，赵飞燕又听说成帝数次亲临丞相府吊唁，她再次命王盛赶到翟方进灵柩前，代表她悼念，并给翟方进的夫人送去了五百两白银。

赵合德经过数日思考，觉得自己那天在丞明殿的行为太唐突，伤害了姊妹之间的感情。但是，最可恨的是高陵侯、丞相翟方进，这个老滑头不讲是非，不讲公理。明明是姐姐诈孕，可是却慑于皇后之尊位，给予明目张胆的偏袒。如今，老滑头突然病故，活该，天意，谁让他不主持正义和公道呢？听说皇上数次去吊唁。哼，我就不去吊唁，谁爱说啥就说啥！

赵合德暗下决心：永远把皇上搂在怀里！能够怀上嗣子更好，即使不能怀孕，也能够拥有终生的靠山。自此以后，对成帝更加笼络。

三月，成帝同往年一样，带领随行人员前往河东，祭祀后土神。回来后，他觉得身体极度疲乏，四肢无力。他在华玉殿卧室躺了好长时间。之后，又匆匆去往少嫔馆。

三月十八日夜晚，这是汉成帝与赵合德度过的一个不寻常的夜晚。他的身体素质明显变差，实在没有精力同这位心爱的昭仪同床共枕。然而，赵合德喜欢交欢，心情迫切，根本没理会成帝的体质，待成帝沐浴刚刚结束，就把他拽到卧室。

卧室内，烛光融融，香气扑鼻，一片温馨。成帝与赵合德脱去了外衣，进入帷帐。今夜，成帝行动迟缓，精神疲惫，实感体力不支。可是，赵合德精力充沛，欲火过旺，毫无羞涩之感，她急忙脱去自己的衣裙，露出赤裸裸的光滑胴体，并以妩媚的身姿和娇弱的神态，主动凑到成帝身旁，成帝力不从心，默默地摇了摇头。

这时，赵合德忽然想起方士献给她的大丹妙药，多么衰弱不振的男人或女人，只要服下这种药即可猛烈交欢。赵合德一骨碌爬起来，钻出帷帐，从床头几上取来那盒大丹和一杯温开水，笑吟吟地说："来吧，圣上。"

"合德，你要作甚？"成帝不解地问道。

"甭问，你张开嘴巴。"合德说着往成帝嘴里放入十粒药丸，又把水杯递给他。

成帝虽然不清楚这是什么药，但是看到赵合德的欢喜神情，也只好服下。之后，将水杯交给赵合德。

顿时，成帝精神大振，性欲攻心，不可忍耐。

他一下子将赵合德搂入怀中……

帷帐内，成帝与赵合德沉浸在无限的激情之中。

他俩几乎折腾了一整夜。突然，成帝大汗淋漓，笑声不止。赵合德感到又惊又怕，不知如何是好，嘴里不住地说："圣上，你，你这是咋啦？"成帝笑声过后，闭上双目，昏昏沉沉。赵合德急忙穿上睡衣，撩起帐帘，秉烛查看，只见成帝精如泉涌，流泻异常。赵合德甩掉烛台，又哭又叫，手忙脚乱地给成帝穿上衣服。

昼漏到十刻，汉成帝驾崩！

第二天，长信宫的王太后闻儿子去世的噩耗时，当即昏了过去。经御医抢救，这位八旬的老太后终于又活了过来。王太后命长信宫少府何弘去通知新都侯、大司马王莽，一边安排成帝的后事，一边查询成帝病逝的原因。

王莽领到王太后的御旨后，立即让中常侍郑永去通知曲阳侯王根、太子刘欣，到麒麟阁商议成帝崩逝之后事。

他们很快作出决定，以厚葬大礼落实皇太后之口谕。并且，将成帝灵柩安置在华玉殿院内，时间长达九天九夜，以备皇上亲属和文武大臣吊唁。

整个华玉殿庄严肃穆。成帝的灵柩棚宏伟宽敞，棚门明柱全部裹着黑纱。柏木棺椁闪烁着紫红色的光辉，耀人眼目，气势不凡。几十名少男少女和宦官、宫女侍立于两侧，守护灵柩。

当天，王太后、赵宜主皇后、赵合德昭仪、班婕妤、太子刘欣、傅昭仪、丁姬、阳阿公主、庭林表袁颖、后宫宫长樊嫕、有关嫔妃以及贴身宫女们，都纷纷来到华玉殿灵棚，哭吊汉成帝。

第二天，朝中文武卿臣们也都赶来吊唁成帝。王莽遵照王太后的口谕，从华玉殿书房找来成帝生前撰写的御诏，即封拜左将军孔光为丞相的诏书。王莽当着大臣们的面，在成帝灵柩前作了宣读，左将军孔光为汉室一品丞相，并晋为博山侯。孔光在大行皇帝灵柩前，行三拜九叩大礼，拜受丞相、博山侯印信和绶带。

第三天，敬武公主和其子、原侍中张放闻讯后，急急忙忙乘车辇从封国赶到京都长安。母子俩流淌着泪水进入华玉殿灵棚，跪倒在成帝灵柩前，大声哭号。张放想起往日同成帝朝夕相伴的情景，朝中宫内、鞍前马后、微行射猎，那种感情和友谊的深厚程度是任何人无法比拟的，所以，他越哭越伤心，越哭越思念，哭着哭着，一下子气绝晕倒。他的母亲敬武公主和太子刘欣发现后，拼命呼唤，但是张放一声不应。等郑永把御医找来时，张放已气绝身亡。

大司马王莽除了肩负着安排和处理成帝后事的御命外，还承担着调查和追寻成帝病逝原因的使命。他带领廷尉何武、侍御史孙越、掖庭狱丞籍武赶到少嫔馆，怒问赵合德，成帝起居及暴病逝世原因。赵合德吓得浑身颤抖，支吾其词，不知怎样回答才好。王莽一见赵合德词穷理尽，认定她心中一定有鬼，指令赵合德将真情书写出来，明天派人送呈王太后。说完，王莽带众人离去了。

被朝中要臣从严究治的赵合德，处在极度危难之中。她虽未用毒药毒死成帝，但也是用大丹药逼迫成帝临幸从而丧命，特别是从前做了许多亏心事，害了后宫很多嫔妃侍女，以及成帝嗣儿，若一经逮问，断难隐讳，大有可能被打入牢狱，身受极刑。如今，与姐姐的关系业已破裂，且姐姐亦做过很多恶事，求其相助，恐怕是枉然了。赵合德深感势单力薄、孤掌难鸣，眼前一片漆黑，再也没有光明可寻了。

她沉吟多时，觉得除死之外，已无别法。她怆然落泪，顿感凄凉。遂召集贴身宫女冷艳、冷花和心腹女官李南，说了些多年情分和感激不尽的言语，还给予每人许多银两和衣服，并道了永别之言。主仆们拥抱在一起，哭成一团。待女仆们离去后，赵合德取出一小瓶鸩酒，打开瓶盖，将瓶口放入嘴中，一仰脖颈，鸩酒流入腹内。

顷刻间，赵合德呜呼哀哉！

第二十二章　挟哀帝封号

成帝被葬于延陵后，班婕妤主动提出，前往延陵守护成帝陵墓至终身，太子刘欣则忙着即位前的准备。

四月初八，太子刘欣在未央宫前殿即皇帝位，是为汉孝哀帝。

这天上午，殿内外庄严肃穆，隆重非凡。

大殿上，哀帝刘欣端坐在御座上。丞相、博山侯孔光双手捧着先王成帝的亲笔御诏，庄重而严肃地宣布道：

“遵先王成帝遗诏，太子刘欣即汉室皇帝位。诚望诸位卿臣忠诚辅佐，巩固汉家基业。”

殿下的文武百官闻声后，急忙撩袍跪于尘下，双手抱拳，施三拜九叩大礼，山呼吾皇万岁！

初次登基的哀帝，看到群卿叩首，山呼万岁，其内心无比激动。他站起身来，看了看跪伏于地的众卿，亦更加感受到皇帝的无比尊贵和强大威力。随即，他命诸位大臣平身。

文卿武将们再次叩拜，谢过陛下，欠身站起，位列两厢。

哀帝从袍袖内抽出登基前拟好的两份布帛诏书，仍然站着向群臣宣读：一份是尊王政君皇太后为太皇太后，赵飞燕皇后为皇太后；一份是政事由自己裁决处理，并亲自厉行节俭，减省各项费用，以求天下大治。

大臣们听罢哀帝公布的两份诏书，觉得不近情理，认为皇上刚刚即位，从政谨慎，没有立即晋封自己的祖母、母亲和妻子，固然可嘉，但对赵飞燕的册封似乎不合法纪，她的品德和为人世人皆知，根本不能充任皇太后。但是皇上下诏，何人敢违？大家只好默默认许，缄言以对。

其实，哀帝对赵飞燕早有耳闻，朝中、后宫几乎人人迁怒于她，但是祖母有话叮嘱，要将赵皇后晋封为皇太后。这是因为赵飞燕多次悄悄拜访傅昭仪，送去无数财宝和重礼，且当年又积极支持成帝，将刘欣推举为太子。所以，祖母的话当然奏效了。

哀帝第一天的执政就这样过去了。

傅昭仪的耳目很灵敏。孙子刘欣登上龙位，乃是一件盼望已久的政治大事。所以，极其关注孙子的一言一行。哀帝刘欣在即皇位的第一天，就加封了王太后和赵皇后，而对自己和儿媳的尊号只字未提。刘欣宣布散朝的当天，傅昭仪就得知了这一消息，心里很不痛快，本想去找哀帝，可是自己还住在当年成帝赐予的宫室内，要见孙儿谈何容易！为此，傅昭仪携儿媳丁姬去往长信宫，向太皇太后王政君恳求见爱孙。

太皇太后听了傅昭仪和丁姬的一番话后，觉得颇有道理。当即下诏，命定陶恭王傅太后、丁姬每十天一次到未央宫探望哀帝。

哀帝刘欣接到长信宫少府何弘转来的太皇太后诏书，知道祖母和母亲的心愿，也不好违背，只能想办法落实太皇太后的命诏。哀帝马上命中常侍孟星，去通知丞相、大司空到麒麟阁议事。

丞相孔光、大司空何武接到哀帝口谕后，急急忙忙赶到麒麟阁。他俩不知哀帝欲议何事，没有一点思想准备。哀帝对所议政事还是经过深思熟虑的，绝不能让朝中要臣对他这位刚刚握上国家权柄的皇上有任何异议。

“孔大人、何大人，朕今有一事，同二位商榷。”哀帝谦和道。

“岂敢，请陛下赐教。”丞相孔光、大司空何武抱拳打躬。

“二位大人，定陶恭王太后宜当何居？”哀帝直截了当地为祖母提出居住之事，但对母亲丁姬应住何处只字未提，因为自己当太子、做皇帝算作过继之人了，无法让母亲充当皇太后，否则容易给人留下口实。谁都知道，祖母当年是元帝的昭仪，这件事是在情理之中。

丞相孔光素来听说傅昭仪刚强暴烈，工于心计，权略过人。哀帝在襁褓中时，便由她抚养教导，以至成人；哀帝能继位，承大统，她又出了大力。如果让她入居宫中，将来必干预政事，挟制嗣君，所以不想使她与皇帝早晚接近，于是建议道：

“启奏陛下，定陶恭王太后，乃先王元帝之昭仪，功高名著，理应为其另行修筑宫室居住。”

哀帝一听孔光之言，心里不够痛快，孔光虽然提出可另筑宫室，但是拟选的宫址肯定距离他所居住的地方远了，祖母要想见他还是不方便。想到这里，哀帝沉默无言。

对于这件事，大司空何武与丞相孔光来不及沟通，根本不知道孔丞相的意图，而是按照事情常规和个人想法，向哀帝启奏道：

“陛下，依微臣愚见，不如请定陶恭王太后去北宫居住，暂且不必另筑宫室，一来以免延长时间，二来省得劳费资财。谏言当否，请陛下定夺！”

“好，太好啦，这是个好主意。”哀帝听从何武的建议，当即拍板采纳。因为北宫有紫房复道可通到未央宫，哀帝就住在未央宫内。

孔光焉敢倒出心里话呢？看到哀帝无比赞同大司空的意见，也只好点头迎合。

当天，哀帝下达诏书，请定陶恭王傅太后居住于北宫。

傅太后搬进了北宫，果然从复道早晚去哀帝住所，向哀帝请求加封她尊号，提拔她宠信的亲属。哀帝被祖母纠缠得无法以正道行事，考虑到自己从小到大是祖母亲手抚养、朝夕教诲，其恩情确实重如泰山，于是在没有征求重卿意见的情况下，就决定将祖母的请求交由群臣讨论。

这一天，哀帝在承明殿议政。

事先，他没和任何卿臣打招呼，就连丞相、大司马、大司空也不知道他要干什么。议政开始，他直截了当地提出，可否为定陶恭王太后加封尊号，请各位大人直抒己见。众人听后相互看了看，谁也没有吭声。过了好大一会儿，殿内仍是一片寂静。

哀帝将目光落在高昌侯董宏身上。董宏发现皇上在盯着自己，自己本来不想上书，因为丞相、大司马、大司空那些朝中重卿都没有发言，自己怎能带这个头呢？再说，前几天去过北宫，把个人想法已向傅太后和盘托出，皇上肯定知道了。可是，今天上朝参与皇上议政，却没有一人进谏，皇上目视自己，就是想敦促我率先表态。董宏只好鼓起勇气，向前跨出半步，屈身打躬，道：“启吾皇万岁，微臣董宏有书上奏。”

“好，孟星，将董大人奏书呈上来。”哀帝向未央宫中常侍孟星命令道。

“遵命！”孟星应声后，走至高昌侯近前，取过奏帛，转身走回御座前，放至御案上。

哀帝扫了一眼帛书，但他没有拿起来，而是面对丞相、博山侯孔光，指示道：“孔大人，你来宣读。”

“遵旨！”孔光躬身领旨，步向御座，双手从哀帝手中接过高昌侯的奏书，而后转向众人宣读——

启吾皇陛下：

定陶恭王太后册封尊号之事，微臣已认真思索。此乃符合礼仪和常情，况且历史也有先例。秦庄襄王，母本夏氏，后来被华阳夫人认为嗣子，等其即位后，夏氏、华阳夫人皆被尊称为太后。为此，应尊定陶恭王太后为帝太后。请奏妥否，望陛下定夺。

微臣董宏低首叩拜

孔光读罢高昌侯的奏章，立即引起殿内群卿大哗。他们认为，高昌侯对当今天子太不恭了，怎能称引亡秦作喻呢？作为臣子，焉能向朝廷倾吐不祥之言！

哀帝也觉察到董宏上书存在的问题，但考虑到他还是积极支持朝廷给祖母加封尊号，所以没有指责他。

大司马、新都侯王莽听罢董宏所拟写的奏帛，早已气得按捺不住了，怎么能晋封傅昭仪为帝太后呢？这岂不是要同皇太后享受同样的荣誉和待遇吗？简直是无稽之谈！特别是引用亡秦典故，更不应该，这是对当今汉室最大的诬蔑。

王莽跨步向前，躬身奏道：

“启奏陛下，末将王莽才疏学浅，但对礼仪略知一二。当朝皇太后名号至尊，绝不允许再拟她人同称，否则势必给当朝和后宫造成混乱。再者，董大人引亡秦敝政，蛊惑圣明，贬低汉室，应以大不道论罪。”

“王大人，你有不同看法，我不反对，但你不要给他人硬加莫须有罪名。”董宏深知王莽在朝中举足轻重，非同一般，但无法忍受王莽的攻击，故当即反驳。

“启奏陛下，微臣有一事不明，请教陛下，不知可否？”王莽说着，撩袍跪于埃尘，摆出了与董宏论战的架势。

“王大人，有本只管奏来。”哀帝当场允诺。

“谢陛下！”王莽又一打躬抱拳，道，“古往今来，君臣议政，直谏可嘉，忠君可奖。然今日末将之谏奏，不知是否为直谏？是否为忠君？请陛下裁决。”

“王大人，皆可为之！”哀帝由衷地认可道。

“既然陛下首肯末将谏奏，虽不图嘉奖之赏，但应对董大人违规逾制之举，给以必要惩处，以儆朝野。”王莽紧追不放，非要逼迫哀帝表态不可。

这时，只见左将军、关内侯、主管尚书事师丹亦双膝跪地，抱拳上奏，道：“启奏陛下，依微臣愚见，大司马所奏极是，维护汉室，忠于陛下，应予赞肯。而高昌侯虽口头上尊重定陶恭王太后，但心里明知现今天下一统，皇太后尊称无与伦比，却用亡秦故事愚弄陛下，贻误圣朝，岂不是大错特错、违犯律条吗？请陛下明鉴。”

哀帝一下子僵住了！他见高昌侯上书，急忙让孔丞相宣读，正想依议下诏，偏偏大司马王莽、左将军师丹，联合弹劾董宏，使得他不得不打破原来计划，暂且放弃加封祖母尊号。他反复思考，大司马和左将军的上奏具有很大的煽动性，万万不可忽视，一个是太皇太后的家侄，一个是我的恩师，且二人手握重权，声震朝野，他们的谏言非同小可，应该恭听和采纳。于是，他让大司马、左将军平身。而后，他态度严峻，厉声宣布道：“高昌侯董宏！”

“微臣在。”董宏急忙跪地，伏首应道。

哀帝又转向丞相、博山侯孔光，命道：

“孔大人，取下董宏之五梁冠，并收回其高昌侯印信与绶带。”

“陛下，这……”孔光犹豫不决，似感为难。

董宏听了皇上下达的免职口谕，似五雷轰顶，头昏目眩，一边向前跪爬，一边大声哭泣，道：“陛下、陛下，您不能如此对待微臣哪。陛下、陛下，微臣对您忠心耿耿，绝无他意，陛下。”

“孔大人！”哀帝目光严峻得令人心颤，再次逼令这位丞相。

“遵旨。”孔光领旨后，迈动双足，走到董宏跟前，催促了一声，“董大人，您就谢皇恩吧！”

董宏一看哀帝决心已下，再说什么也没用了。心中很懊悔，不应该对皇家这般忠诚和爱戴，到头来却落个身败名裂。董宏面对御座，向着哀帝，默默地施了三拜，而后双手从自己头上摘掉五梁冠，交于孔丞相，接着又从身上取下高昌侯印信、绶带，仍交于孔丞相。由孔光再呈还哀帝。

随即，哀帝宣布：“散朝！”

君臣纷纷下殿。

昔日的高昌侯，马上就是庶民了。想到这里，深觉失落和悲凉的董宏，再也没有力量站起，一个人在承明殿上跪了许久许久。

这么大的事情，怎么能隐瞒得住呢?！身居北宫的傅太后闻到此讯后，勃然大怒。

当天夜晚，傅太后顾不得吃晚膳，便气冲冲地离开北宫，由紫房复道奔往未央宫哀帝住所。

正在寝宫灯下阅读《尚书》的哀帝，忽然见中常侍孟星疾步进入，向他禀报定陶恭王太后到了，现坐在客厅等候。哀帝听后不禁一愣。

祖母一到，哀帝知道事情不好，肯定是因为加封尊号未成而来，挨骂受训是免不了了。他思索片刻，放下手中的《尚书》，命孟星赶快去招待定陶恭王太后。他随后也急急忙忙地奔向客厅。

他走入客厅，看见祖母怒容满面，尽管中常侍和宫女们手忙脚乱地给她沏茶倒水，剥荔枝，削苹果，但她纹丝不动，闷坐在案几旁。他撩起龙袍，双膝跪于毡毯上，伏首叩拜祖母，并祝福祖母身体康泰。

过了好大一会儿，这位傅老太太才开口道：

“快起来吧，你现在是皇帝，我现在是平民百姓，怎么受得了呢？”

他谢过祖母，站起身来。听了祖母这句话，知道了祖母的来意，恰恰是因为尊号未封，找他算账来了。他举目看了看中常侍、宫女们，他们都离去了。

“你是不是在承明殿否定了我和你母亲册封尊号之拟诏？”祖母还没等他

答话，便直截了当地问。她迫切想从孙儿口中知道殿上的情况。

哀帝当然不能暴露朝中卿臣议政的真实情况，何况这件事涉及自家亲人呢？他笑了笑说："祖母大人，孙儿有了今天，能够登上龙位，君临天下，全是您的教诲和努力，我一直刻骨铭心。对于您和母亲的尊号，孙儿焉敢忽略？至于诸位爱卿有所谏言，也是为了我们汉家刘氏的基业呀！"

"胡说！王莽、师丹明明反对，怎么是为了我们的基业？"傅太后神色严峻，毫不退让，威逼道，"刘欣，你若是有种，就把他俩拿掉！"

"不不不！祖母，这万万使不得。大司马、左将军在朝中举足轻重，名高位显，一个是太皇太后的亲侄子，一个是孙儿的辅佐恩师。咱们可不能冒险决断。况且，孙儿刚刚即位，根基不牢，执政必须公允稳妥才是。孙儿所言，望祖母明鉴三思。"哀帝忧心忡忡，苦口婆心地劝阻道。

傅老太太听罢孙儿一番诚恳言语，觉得颇有道理，不禁心内暗喜。不过，对王莽、师丹之怒恨还是不能立刻消除，只是暂压心底再说。但是，对孙子执政的懦弱和谦让，还是恨铁不成钢的，特别是对孙子晋封她和儿媳的尊号迟迟不敢实施，心中更是怨懑，说啥也得叫他办成这件事，否则，那些老东西不会尊重这位年轻的皇帝，也不会将她这位当年元帝的昭仪放在眼里。于是她软中带硬地提醒哀帝道："刘欣，有道是君无戏言，言出必行。你作为一国之君，凡事经过深思熟虑后，必须当机立断，不可犹豫不决，更不准他人随意推翻。若不然，你怎么能在朝中立起来呢？"

"孙儿谨记，请祖母放心。"哀帝欠身打躬，谦和而恭尊道。

"不知你想过没有，一些卿臣否定你的拟诏，一来对你不忠，二来对咱定陶恭王家族不尊，长此以往，君王的权威何以树起？再说，一人得道，鸡犬升天，这是古往今来、天经地义的道理。何况你已是当今汉室之天子呢？"傅老太太继续开导和教化她的孙儿。

哀帝打心底不情愿接受祖母的建议和教诲，但他并未直言拒绝，而是婉转地说："祖母所言道理深邃，但是容孙儿三思后再行不迟。"

"不行！柔弱之君，焉能有大的作为？"

傅老太太当场回绝，并责令道："刘欣，你不仅要册封我和你母亲的尊号，而且还要册封你的至亲至友。今晚，你必须拟就帛诏。一旦违令，你不要认我这个祖母，我也没有你这个不肖子孙！”

哀帝一看祖母满脸愠怒，言辞激烈，当即应允道：

“请祖母息怒，千万保重身体。您尽管放心，孙儿照办就是了！”

傅老太太以她的威严和专横，终于降服了自己的孙儿。她狠狠地白了一眼哀帝，起身离座，走出客厅。

哀帝赶忙让中常侍孟星将祖母送回北宫。

他知道祖母的良苦用心，因此他不准备支持重卿的建议了，干脆采纳祖母的意见。他明白，自己登基虽然经过成帝、太皇太后王政君、皇太后赵飞燕、曲阳侯王根等人的同意和支持，但是祖母所付出的艰辛和心血绝不可忽视，没有祖母就没有自己今天的皇位，晋封老人家的尊号迟早得办理，何必再往后推迟呢？现在他办了，也就在精神上获得了彻底的解脱。大司马、左将军爱怎么想就怎么想，反正祖母和母亲的尊位应该高于他人，我这个皇上也不能忘记自己的祖宗啊！

当天夜间，他来到书房，铺好布帛，提起毫管，草拟诏书。他在御诏中引用了《春秋》的话“母以子贵”，简明扼要地阐述了一些道理，而后直截了当地写道：“应尊定陶恭王太后为恭皇太后，尊丁姬为恭皇后。各自设置左右詹事，采邑如同长信宫皇太后和中宫皇后。”同时，追尊傅太后的父亲为崇祖侯，丁姬的父亲为褒德侯，封舅父丁明为阳安侯，舅父之子丁满为平周侯，封傅皇后的父亲傅晏为孔乡侯。

第二天，哀帝就把诏书下达，公布于全国。

长期居住在长信宫的八旬老太太王政君，尽管受到当今皇帝的崇敬，并得以晋封太皇太后，但心里一直处于悲痛与焦虑之中，哀帝再尊重自己，也顶不上亲生儿子成帝。近些日子，贤达而懂事的班婕妤从延陵回到宫里看望她，不仅给予安慰和劝说，而且在起居饮食方面给予热心的侍奉和孝敬，使她得到些许慰藉。

平静的日子还没过几天，王政君突然收到长信宫少府何弘转来的一份未央宫诏书，马上料到哀帝必有要事相告。陪坐身旁的两个人，一个是班婕妤，一个是庭林表袁颖，她俩都不想参与政事，特别是班婕妤，一见何弘向太皇太后呈上诏书，立即欠身告辞，回到她原来的寝宫增成舍去了。袁颖刚一欠身，王政君便叫住了她，让她当面宣读哀帝的诏书。袁颖只好从命，拿起诏书，开始宣读。

太皇太后王政君听罢哀帝下达的御诏，顿时陷入沉思之中。昨天夜间，大司马府的舍人王谦送来王莽的一封亲笔信，信中讲了当天朝廷议政的情况，王莽、师丹等人冒着政治生命危险，谏阻皇上册封傅太后、丁姬之尊号，皇上基本允奏，并罢免了高昌侯董宏之职。怎么皇上突然改变了主意呢？王政君断定是傅太后的主意，皇上拗不过他的祖母，也只能这么办了。不过，这份诏书对王莽极为不利，至于师丹倒没有什么，因为师丹乃三朝元老，任何人也奈何不了他。莫如通知侄儿离开朝政，暂且躲避一时，以免同哀帝，特别是傅太后，发生冲突或矛盾。

太皇太后王政君马上下诏，令大司马王莽离开朝廷，回到府第，以避开哀帝的外戚。

王莽接到太皇太后的诏书后，觉得姑母的主意很好，鉴于哀帝软弱，出尔反尔，应该采取回避手段，没必要临朝辅佐了，再者，傅太后阴险狡诈，好起事端，说不定哪件事不合她的心意，她还得出来找麻烦。所以，避实就虚，等待时机，不失为上策。王莽遵照太皇太后王政君的诏书，上书未央宫，向哀帝提出因病辞职，退休回府。

刚刚执政即位的哀帝，每天忙得不可开交，自顾不暇，突然收到大司马的辞职帛书，真是忙中添乱，使他心内焦烦。他心想，这件事说啥也不能再告诉祖母了。祖母惯于干涉朝政，已被朝中重卿发现，对他理政执政极为不利。很显然，大司马对祖母胁迫他加封尊号之事非常不满，若不然，怎么能上书辞职呢？大司马、新都侯王莽在朝中享有盛誉，并握有重兵大权，先王成帝曾格外赏识器重，再者，世人皆知，太皇太后将其视如掌上明珠，任何卿臣也不敢小视。王莽一旦辞职，人们会感到惊讶，会马上意识到这是因为册封祖母、母亲的尊号而引起的，对他这位皇帝执政将会造成很坏的影响。无论如何，也不能批准王莽辞职。

哀帝当即挥毫，写了一份诏书。他让中常侍孟星找来尚书巴真，将诏书交于这位尚书令，并作了具体交代，派其持诏书命令王莽出来任职。之后，哀帝又在寝宫客厅内，召集丞相孔光、大司空何武、左将军师丹、卫尉傅喜等朝中要臣，向他们通报了大司马王莽上书辞职的简要情况，倾吐了自己渴望贤臣辅佐的诚恳心声，再三恳求诸位大人去求助太皇太后王政君。哀帝说着说着，不禁伤感起来，鼻子一酸，流下了泪珠。

这几位要臣不住地安慰哀帝，并一齐跪拜，遵旨领命。

长信宫太皇太后王政君收到孔光、何武、师丹、傅喜等重卿的联名上书后，心里受到很大触动，觉得让王莽辞职这着棋，确实将住了皇上，若不然皇上怎么会派四位大臣前来求情呢?！尤其是他们在联名上书中写道：“皇帝闻太后诏，甚悲！大司马即不起用，皇帝即不敢听政。”由此可见，哀帝还不敢排斥她和侄子王莽，即使王莽和师丹率先提出反对皇帝晋封傅太后、丁姬的尊号，也不敢奈何他俩。于是又下诏命令王莽就职，继续上朝处理政事。

哀帝见王莽仍然就任大司马要职，心里踏实了许多，不仅对王莽很满意，而且对太皇太后很感激。他当即给太皇太后写去一封书信，感谢她老人家对他的支持和辅佐。从此，他执政更加谨慎了。

可是，这位被册封为恭皇太后的傅氏祖母，听说皇上以仁慈的心肠追回王莽就职的消息，心里非常气愤，干吗不顺水推舟、铲除异己呢?王莽奸诈多疑，藏而不露，貌似谦和，实为自负，那种弄权术、要手腕、欺君王、压群卿的丑恶嘴脸，已经暴露出来了，只是太皇太后王政君还蒙在鼓里罢了。看来，只有等待时机，再逼王莽下台。恭皇太后暂时忍耐下来，没再去找孙儿。

远条宫的皇太后赵飞燕，自从被哀帝加封尊号后，心里万分感激，总想去感谢一下哀帝，但又考虑到哀帝年轻，一时难以揣摩他的想法，闹不好说她这位皇太后浅薄粗俗，所以，她只好等待和寻找合适的机会，再了结这番心意。这天下午，王盛急匆匆地走入寝宫，向赵太后禀告哀帝册封傅太后、丁姬之尊号的消息。赵飞燕边听边思考，觉得现在是时机，并且也能找到借口，就以祝贺的名义前去看望傅太后。为了巴结傅太后，保住皇太后的地位，赵飞燕命远条宫王盛，将当年成帝送给她的贵重礼物——金马驹，用红绸布包好，转送恭皇太后。

王盛遵照主子的意旨，带上沉甸甸的金马驹，悄悄地前往北宫。

傍晚，夕阳如同一个大血球，渐渐隐入西边天际。然而，西边天空被映射得像一个醉汉的脸庞，又红又紫。整个后宫的宫舍房顶、院落路面也都被染成猩红色。

这时，王盛告辞了恭皇太后。他圆满地完成了任务，心中万分得意。他转身走出客厅，越过二门，穿过院心，直奔正门。王盛刚刚跨出北宫正门，来到宫门外的通道上，突然发现道旁大树下站着一个人。王盛定眸细瞧，是新都侯府舍人王谦。王盛有心上前打个招呼，但又一想，不行，那样只能引起更大的怀疑，莫如假装没看见，大大方方地走过去。他沿着通道，径直朝前走去。

王谦确实是受大司马、新都侯王莽派遣来到这里的，其主要任务是监视北宫恭皇太后。但没想到远条宫王盛竟然偷赴北宫，从进宫到出宫，王谦都看得一清二楚。远条宫赵飞燕从哀帝登基后，就把恭皇太后作为靠山。对此，朝中卿臣、后宫嫔妃几乎无人不晓。王莽不仅讨厌恭皇太后，而且憎恨赵太后。作为王莽的舍人王谦，也就随之痛恨恭皇太后和赵太后了。如今，王谦根本瞧不起远条宫的这位少府，刚才是有意让对方发现自己，以扫对方当年的威风。他见王盛走了过去，想了想，朝着王盛的背影追了过去。

在离王盛数步远的地方，王谦轻声低语地道："王大人，辛苦了。"

王盛闻声不由得一惊，立即停住脚步，转过身来，答道：

"哦，王舍人，您在这儿？"

"王大人，刚才我看到您去北宫了。"王谦有意刺激对方。

"是啊，我有点事情去找恭皇太后……"

"请不要误会，我只是随便说说。"王谦赶紧打断对方的话，并盯着王盛的脸色。

王盛虽然一再强装镇静，但神态难免不自然，心想，王谦也太随便了，怎么能监视他人的行动呢？于是以守为攻，问道："王舍人，您这是……"

"王大人，您有所不知，"王谦没等王盛问完话，主动说道，"我到后宫是找我的老同学辛元来了。"

"辛元？他不是在御史府当差吗？"王盛听后一时不解。辛元来后宫干什么呢？

"对，辛元干的还是老本行。"王谦说到这儿，故意停了下来。

王盛是个明白人，他不能查问御史府的人干什么。但是他的心里已经受到很大触动，但愿辛元不是针对远条宫而来。想到这里，他满脸赔笑地告辞道：

“王舍人，您忙吧！”

“好，王大人，您慢走！”王谦若无其事，打躬施礼。

王盛躬身还礼，转身回远条宫去了。

王谦回到新都侯府，向大司马王莽汇报了监视北宫，且又碰见远条宫少府的情况。王莽叮嘱王谦，不许向外声张，在府内也不许议论；不仅密切监视恭皇太后的行动，而且注意观察赵太后的行踪，日后待机解决赵太后的问题。王谦不住点头，一一记下。

王盛的心情很不好。本来去北宫送礼比较顺利，恭皇太后不但愉快地收下了金马驹，而且还邀请赵太后日后做客，但出乎意料，在宫门外碰到王谦，这小子非向王莽汇报不可。唉！人若是走下坡路，办什么事也不会顺利。皇帝驾崩，皇后的权势必然一落千丈。王盛带着满腹心事，见到了主子。

“怎么，恭皇太后拒绝你啦？”赵飞燕见王盛的脸色不对头，忧虑地问道。

“不，她愉快地收下了。”王盛如实地回禀道。

“那你怎么不高兴啊？”赵飞燕直截了当地询问道。

“回禀赵太后，奴才离开北宫时，在宫门外的通道上，遇到了新都侯府的舍人王谦。”

“哦，他去作甚？”

于是，王盛将自己与王谦的对话，向赵太后叙述了一遍。

赵飞燕听后，反复思索，认为王谦说的是假话。御史府差人辛元如果到后宫执行任务，绝不会将自己的行动告诉他人。但是，王谦一定是受王莽之命，去北宫周围监视恭皇太后。王谦之所以这样讲话，是为了恐吓我们，不让我赵飞燕接触恭皇太后。当然，这也是王莽的目的。不过，今后一定要谨慎，不能给王莽留下口实。王莽狡诈多疑，诡计多端，万万不可粗心大意。眼下，恭皇太后虽然邀请自己，但无论如何也不能前往。她嘱咐王盛，注意外边的风声，尤其是王莽插手后宫的蛛丝马迹。

一天上午，长信宫少府何弘来到远条宫，向皇太后赵飞燕传达了太皇太后的口谕，请她到未央宫大客厅参加午宴。赵飞燕一听太皇太后请她，心里很高兴。她当即谢过何弘，表示一定按时赴宴。

何弘高兴地离去了。

这次宴会，是太皇太后王政君亲自安排的。王政君考虑，自哀帝登基以来，首先册封自己和赵飞燕的尊号，后又晋封傅昭仪和丁姬的尊号，不论怎样，这也是自己进入晚年所得的最后一次荣誉，心里特别高兴，感觉很值得庆贺一番。为此，王政君决定将这些位高而显赫的后妃召集到未央宫，一同会宴，共叙欢忱。

未央宫大厅布置得极端豪华。红漆圆柱，栗色案几，粉红墙壁，锦缎屏风，还有那厅梁上垂吊的一盏盏大红圆形灯笼，把气氛烘托得喜气洋洋，令人流连忘返。

站在大厅中央的内者令葛臣，按照各个后妃宫位的大小，指挥宫女们依次摆设座椅。太皇太后的座椅设在正中，自无疑义。而第二位应该轮着恭皇太后。葛臣动了一番脑子后，命令宫女在正座旁边铺陈位置，给恭皇太后预备坐处。两个宫女遵照内者令的吩咐，将一张座椅放至正座旁边。此外，皇太后赵飞燕、恭皇后等人因辈分较卑，当然置列左右两旁。葛臣看了看摆设的座位，觉得比较合适，心里比较满意。

位次既定，葛臣正准备通知膳房摆置酒席时，忽然看见大司马王莽走进大厅。葛臣急忙上前，向大司马施礼请安。王莽没有理睬葛臣，而是默默观察，巡视一周后，便怒视内者令道：“葛臣，上面为何设有两座？”

“回禀王大人，正中是太皇太后，旁座是恭皇傅太后。下官考虑……”

“甭说啦，废物！”王莽没等葛臣说完，以骂声打断了这位内者令的话。

“是，请王大人赐教。”葛臣躬身抱拳道。

王莽朝着葛臣狠狠地瞪了一眼，而后怪声怪气地斥责道：

“你身为内者令，难道连起码的礼仪都不懂吗？”

“下官该死，日后必当注意，请王大人息怒。”葛臣已吓得浑身颤抖，不住地哀求。

“定陶太后，不过是藩王妃而已，怎配跟至尊的太皇太后并排而坐？”王莽对定陶傅太后早已恨之入骨，尤其对她的擅权非常厌恶，便无情地挖苦道。

葛臣听了这句话不由得一惊，好家伙，王莽把皇帝的祖母贬低到如此地步，这若是传扬出去，那还了得！这位大司马一向是谨言慎行，今天他是怎么啦？葛臣觉得实在是不可思议。

突然，只见王莽挥起右臂，手指前方旁边座椅，厉声吼道：

“快与我移下座来！”

葛臣一下子愣住了！

“怎么，你不想动？”王莽一双大眼喷着怒火，直逼内者令。

“不不不，下官照办。”葛臣急忙应声，转身面向两个宫女命道，“快，快，快把那张座椅移到一边！”

两个宫女闻声后，飞快地跑了过去，将恭皇傅太后的座位撤了下来，重新摆放于左侧桌几前，并依次挪动了赵太后等人的木椅。

王莽又仔细察看一遍，没有发现新问题，转身离去了。

桌几擦拭干净，座次准备已毕。葛臣让仆人们退下。这次宴会不一定顺利，尤其是座次，现在调整的座次十有八九要招来一场风波。葛臣打心底难以接受大司马这个命令。

午时将近，葛臣忧心忡忡，盼望诸位太后、皇后和嫔妃们能够准时赴宴，但愿恭皇傅太后能够屈尊受邀，别给大伙儿带来不愉快。

这时，太皇太后王政君、皇太后赵飞燕、恭皇后丁姬，还有庭林表袁颖、后宫宫长樊嫕等人，都陆陆续续地赶来。另外，何弘、王盛和宫女们也都跟在各自的主子后边，拥入大厅。

内者令葛臣赶忙迎了过来，一边施礼，一边将太皇太后王政君让到正中座位上。之后，葛臣又告诉少府、贴身宫女们，将其主子引导到事先安排好的座位上。

可是，恭皇太后没有出席。

太皇太后不知其因，只好让诸位后妃等候，等恭皇太后来了再开筵席。

左等不来，右等不来。

恭皇傅太后不会来了。因为已经有人到北宫，向傅太后报告了大司马王莽撤移她的座位的情况。傅太后心中当然很生气，这是王莽对皇上的蔑视，也是对自己人格的侮辱。傅太后心想，王莽你不要以为你们王氏家族有啥了不起，如今已不是当年王氏“五大侯”时代了，现在我们傅家势力已经非常显赫，还没有哪一个家族敢与我们抗衡。

是啊，恭皇傅太后的家族势力越来越大。

傅太后系河内温县人，早年丧父，母又改嫁，在少女时期流离入都，得事上官太后，善伺意旨，进为才人。随即，上官太后将其赐给元帝，元帝即位，拜为婕妤。凭着那柔颜丽质，深得主欢。几年后生下一女一男，女为平都公主，男名康，永光三年被封为济阳王。其本人得以进号，被元帝封为昭仪。即使如此，那时的家庭和她本人还谈不上什么权势。傅太后没有亲兄弟，但有从弟三人，一名叫傅晏，一名叫傅喜，一名叫傅商。哀帝为定陶王时，傅太后欲亲上加亲，尽管辈分不对，但仍将傅晏的女儿傅氏嫁给定陶王刘欣。哀帝即位后，则册立傅晏女儿为傅皇后，同时封傅晏为孔乡侯。傅喜虽说是因正直而不为傅太后所任意摆布，但终究也是傅氏家族的人。综上所述，傅家权势可谓如日中天，趋向鼎盛。

恭皇傅太后被新都侯、大司马伤了面子，无论如何是不能承受的。要想挽回面子，达到惩罚他的目的，唯一的措施是拒绝参加今天的午宴。

不大工夫，太皇太后王政君一连三次派人来到北宫，恳切地请她赴宴。但她一一谢绝，拒不赴宴。

未央宫大厅的酒席已备多时，但因恭皇太后未能出席，太皇太后没有发话，谁也不敢举杯碰盏。太皇太后王政君向内者令询问："恭皇太后因何故不能临宴？"内者令支吾其词，无言以对。

等待的时间太长了，饭菜也都快凉了。王政君提出："开席！"众人立即响应。

天厨佳肴，宫廷美酒，自然丰盛得很。但恭皇傅太后负气不来，反累得满座不欢，人人扫兴。所以，饮不多时，太皇太后王政君便宣布散席。

于是，大家各归本宫去了。

恭皇傅太后被大司马王莽气得坐卧不宁，团团乱转。还没等太皇太后她们散席，她就走出北宫，仍由紫房复道，急匆匆地奔向未央宫哀帝寝宫，旨在找到自己的孙儿，泄出胸中的闷气。

这次，恭皇太后没在客厅等候，而是直奔哀帝的寝宫。哀帝将祖母让到书房，赶紧吩咐中常侍孟星和宫女们侍候。可是，祖母仍是满脸愠怒，一言不发。

当哀帝上前向祖母请安，并询问因何而生气的时候，恭皇太后"哇"的一声大哭起来。哀帝被祖母的大哭大号弄得糊里糊涂，不知所措，后来祖母边哭边叙述，他才弄清了原因。原来是新都侯、大司马王莽在宴前无端移掉祖母的座位、当众羞辱祖母。

哀帝心想：王莽，你太过分了！

恭皇太后忽然止住哭声，立即勒令刘欣，将王莽从朝廷驱逐出去。

哀帝被祖母的命令吓住了！撤免和驱赶大司马焉能儿戏，搞不好要闹出大乱子来。此事还得等等再说，起码得同朝中要臣商议之后才能决定。哀帝口头上答应祖母的意见，但心里思考着慎重处理的方法。

他好说歹说，总算把祖母劝走了。

哀帝尚未下诏，还没来得及同有关要臣商量。然而，王莽已得知风声，预感不妙，于是在第二天便呈上帛书，自请辞职。

这是王莽的第二次辞职。

哀帝当即批复，同意王莽的辞呈。但这位年轻的皇帝马上下诏，特赐王莽黄金五百斤，安车驷马，罢令就第。朔望仍得朝请，礼如“三公”。

群卿称王莽持正不阿，进退以义，有古大臣之风。

谁知，这正中王莽下怀。

第二十三章　逐相宠董贤

承明殿上，陷入一片沉寂。

今天，哀帝临朝议政，主要因为王莽辞职，大司马要职空缺，想征求群卿的意见，欲选合适的人担当此重任。可是，主持朝务的博山侯、丞相孔光向众人宣布了皇帝的议题后，殿内无一人吭声，就连光禄大夫班伯和许商那样的谏臣，也是缄言默立，没有任何反应。哀帝的身体本来日趋衰弱，自感疲倦，一见这般情景，就更加疲惫不堪。他无精打采地睁了睁双目，扫视了一下殿前的群臣，便又合上了眼睛，似睡非睡地靠在了御座背上。

孔光心里也着急，侧着身子一边目视陛下，一边回头望着身后的列位大人，怎么没有一人上前呈书推荐呢？孔光实在忍受不住了，便转身抱拳面向众人，焦急但又温和地道：

“各位大人，你们已思考多时，对于大司马人选，也应该有个盘算了。如果哪位胸有成竹，只管上书。”

关内侯、左将军，主管尚书事的师丹，与右将军廉褒、左曹兼中郎将段会宗对了一下目光，仍然默默无语。然而，那位权力欲极旺的后将军朱博，却闭上了眼睛，表面上好像此事与己无关，内心着实盼望他人推荐自己。

这时，大司空何武与尚书令唐林四目对视，两人点头会意。而后，他俩走出队列，跨步向前，朝着御座双膝跪倒。山呼万岁后，各自掏出帛书，双手举过头顶，道：“微臣荐举右将军傅喜！”

哀帝立刻睁开双目，命道：“孔丞相，呈上来。”

孔光急忙走至何武、唐林面前，一一取过奏书，转身走向御座，将这两份帛书呈向皇帝。

哀帝很快浏览了一遍。开始，他的双目闪着亮光，还不时地点头赞同。转瞬间，他的眉峰紧锁，一筹莫展。他将两份帛书放至御案一角，遂抬首问道："众卿，何人还有推荐人选？"

众人默默无语。

这时右将军傅喜挺身走出，心地坦然地奔向御座前，撩袍跪于毡罽上，抱拳禀述道："启奏陛下，大司马乃我朝'三公'之一，执握兵权，关系重大。小臣才疏学浅，实难胜任。陛下万万不可采纳何、唐二位大人的奏书！"

"哦，傅大人，依你之见呢？"哀帝见傅喜高风亮节，谦恭豁达，心中暗喜，随即又问了一句。

"回禀陛下，臣以为左将军师丹精通政法，遵守礼仪，奖赏善美，惩罚邪恶，上忠皇帝，下爱百姓。恳请陛下，起用师大人为大司马。望陛下明察！"傅喜说罢，又伏首叩拜。

站在一旁的师丹，朝着傅喜摇头摆手，以示不可。可傅喜似乎没有看见，照常陈述，一口气把师丹表彰了一番。

殿前的文武大臣一齐将目光转向哀帝，急切盼望皇上拍板定夺。坐在御座上的哀帝，又一次合上双目，立即陷入沉思，根本没有当场敲定的意思。

大殿内，又是一片沉寂。

傅喜当然是合适的人选。当大司空何武、尚书令唐林一边说出荐举右将军傅喜、一边呈上奏书的时候，哀帝心中就暗暗赞同何、唐所举荐的贤才。傅喜，乃傅太后的堂弟，学行纯正，志操高洁，虽说是傅家子弟，但要算他最有令名。当初，哀帝加封外戚官爵，唯独傅喜自称有病而谦让推辞。所以，傅喜的高尚品行被满朝赞誉。哀帝本想当着群卿的面儿下达诏书，宣布傅喜为大司马，但一想傅喜曾多次进言规谏，不让傅太后干预朝政，但这引起了傅太后的不满，傅太后曾说，决不许傅喜辅政。

想到这里，哀帝深感左右为难。祖母干预朝政，为所欲为，逼迫得他不能挺直腰杆执行天子的权力，决断各种事情均需向这位傅太后请示。选用"三公"这类大事，他就更不能做主拍板了。

哀帝满腹惆怅，无处倾吐。他痛苦地睁开双眼，缓缓地欠起龙体，慢声慢语地宣布道："诸位爱卿，散朝！"

众人山呼万岁后，纷纷走出承明殿。

当天晚上，哀帝躺在床上，觉得四肢无力，浑身懈怠，不时地长吁短叹。坐在一旁的傅皇后，用那无力的拳头，捶打着他的一双腿。她不无关怀地劝慰道："陛下，您不必思虑过多，千万保重龙体。傅太后干预政事惯了，就由她去算了！"

"皇后，你说得轻巧。朝中政事，非家庭琐事，傅太后是后宫长者，岂能如家长般地处处干涉朝政？满朝文武会怎样看待朕呢？"哀帝说着用手勉强支撑身体，很吃力地坐了起来。

"她将您扶上龙基，这是朝廷和后宫人人皆知的。依妾身看，人们不会耻笑您这位万岁爷的。"傅皇后一边给哀帝捶着双腿，一边劝说。

"即使如此，但她说得根本不对。今天午后，朕亲往北宫，将朝中重臣推荐傅喜之事，如实向她回禀，但她说啥也不同意，硬是让我改任师丹为大司马。这也太强人所难了！"哀帝心中不平，继续倾吐苦衷。

"妾身读书不多，但也晓之一二。《吕氏春秋·顺说》中有这么一句话：'顺风而呼，声不加疾也；际高而望，目不加明也。所因便也。'陛下何不顺水推舟，反正这是傅太后所言，如此靠山何不利用呢？即使有误，朝中卿臣也不会怪罪您的。陛下，您说呢？"傅皇后说到这里，仔细端详哀帝的前额和脸颊，发现哀帝面容憔悴，神态疲乏，便心疼地用手抚摩哀帝的头部，又说了一句，"陛下，您身体欠佳，要多加珍重啊！"

哀帝哪有心思顾及自己的身体，脑海里仍在思考着祖母的霸道和无理。

"陛下，您就别犹豫了。干脆，您就下诏吧，迁任师丹为大司马，也好报答恩师的一番教诲之情啊！"傅皇后耐心劝说哀帝。

哀帝长长地打了个唉声，无力地躺在了床上。

这天上午，散朝后，右将军傅喜回到府邸，没有走进寝室，而是直接奔往书房。傅喜早已想过，北宫姐姐傅太后经常无端插手朝政，多次劝阻，她也不听，并且同我结成怨恨，怎么能同意我出任大司马呢？再说，我已奏明圣上，推荐了师丹接替王莽之要职，无论如何也不能难为皇上。所以，傅喜伏案挥毫，向哀帝书写了一份因患疾病而谢皇恩的辞呈，把右将军的职务让与他人。辞职帛书写好后，他马上派人转送给哀帝。

哀帝被迫下达诏书，任命左将军师丹为大司马，并封其为高乐侯。同时，还下达了同意傅喜所写辞呈的诏书，命丞相孔光代表皇家赐傅喜黄金一百斤，缴还其右将军的印信绶带，令傅喜以光禄大夫的身份在家养病。任命光禄勋、淮阳人彭宣为右将军。

诏书公布之后，立即引起卿臣们的不满。哀帝自知违背众意，但这是迫于傅太后旨意，不得已而为之。

一天，哀帝正在寝宫内的书斋里阅览奏帛。未央宫中常侍孟星匆匆进入，见哀帝在默默批阅奏书，没敢上前打扰，而是轻手轻脚地凑到案几旁，从怀中抽出一份奏帛，放在案几一角。而后，孟星悄悄地走了出去。

哀帝没有注意孟星送来的奏帛，只注意批示案上的一份份奏帛。突然，他放下手中的毫管，欠身离座，走出书斋，忙着小解去了。

这时，侍中傅迁端着一碗煎好的中药走了进来。傅迁，乃是傅太后的堂侄，因受傅太后派遣，专门侍奉在哀帝左右，实际上主要是监视哀帝的行动，以便向傅太后报告。傅迁阴险奸邪，哀帝很厌恶他。可他故作殷勤和孝忠，想方设法靠近哀帝。

傅迁见哀帝不在书斋，便将药碗放在几上。一双贼眼盯扫着哀帝批阅过的奏书，但他不敢乱动，怕被哀帝看出破绽。忽然，傅迁发现几角放着一份折叠的奏帛，不由自主地拿了起来，展开偷视。

这便是孟星转呈的大司空何武、尚书令唐林二人合写的奏书。

不一会儿，哀帝回到书斋。

哀帝一看，傅迁在偷看帛书，不禁大怒，厉声吼道：

“傅迁，胆大妄为，竟敢背着朕，偷览奏书！”

“陛下！”傅迁大吃一惊，赶忙把奏帛放在几上，战战兢兢道，“陛下，您误会了。刚才您不在，我前来给您送药，发现几上堆了这么多帛书，顺手拿起一份，只不过看个新鲜。陛下，您可不能动怒，千万别气坏龙体呀！”

“傅迁，你还敢狡辩！”哀帝气得浑身打战，用手指着傅迁，怒斥道，“傅迁，你偷看卿臣们的奏书，你，你，你该当何罪？”

“陛下，陛下，奴才该死，奴才该死！”早已吓成一团的傅迁，双膝跪地，两手不停地打自己的嘴巴。

“滚出去！”

“谢陛下！”傅迁叩了一个头，连滚带爬地退了出去。

哀帝展开奏帛一看，原来是大司空何武、尚书令唐林的上书——

陛下：

傅喜行事仁义，品德高尚廉洁，忠诚忧国，适宜做内朝辅弼大臣。现在以病为借口，突然被遣返回故里，使大众感到失望。人皆说，“傅喜是贤能之人，只因见解与定陶傅太后不合，因此被斥退”。百官无不为国深深痛惜。忠臣乃是国家之卫士。春秋时，鲁国因任用季友，治理好了混乱；楚国以子玉是否活着，决定被别国看重或轻视；魏国依仗有公子无忌，才能战胜强敌；项羽则由范增决定他的生存与灭亡。百万人之众，不如一个贤才。故秦国不惜千金去离间廉颇和赵王的关系；汉高祖散万金使项羽疏远范增。傅喜若能担当朝廷大任，是陛下之光辉，也是决定傅氏兴废之关键。

以上谏奏，不知当否，望陛下省察明断。

何武 唐林 三拜九叩

哀帝阅罢帛书，不仅为右将军傅喜辞职养病感到痛惜，而且深感何武、唐林二位贤臣三番两次冒死上书的难能可贵。傅喜确实应该重用，属国家栋梁，这是毫无疑问的。可是祖母已经否定，看不上这位贤才，且免去傅喜右将军职务、任用师丹为大司马的诏书业已下达，收改君命是不可能的了。傅喜之事，只有暂且等待机会方能再办。想到这里，哀帝将何武、唐林的谏书放了起来。

忽然，哀帝又想起刚才傅迁偷看这份谏书的情况，心底那股怒气又猛烈地升起。傅迁一定会把谏书内容，特别是对傅太后的责怨言辞，全盘转告给傅太后。这样，将对大司空何武、尚书令唐林大大不利呀！哀帝气得坐立不宁，来回踱步。

哀帝越想越气，索性伏案疾书，拟写了免去傅迁官职的诏书，下令遣回原郡。

然而，这件事办起来并非那么容易。

此时，傅迁早已溜出未央宫，偷偷地跑到北宫，向傅太后打小报告去了。傅太后一听傅迁的禀述，顿时怒气填胸，脱口骂道："何武、唐林，你们拿着俸禄，吃着皇家，穿着皇家，竟敢上书反对圣诏，居然鼓捣老娘的坏话。也太放肆了！"傅太后咬牙切齿地骂了一阵，觉得不够解气，感觉非处置大司空何武、尚书令唐林不可！

没过几天，傅太后又听到一个新消息，丞相孔光、大司空何武一齐上奏哀帝，建议撤除亲情已尽的皇家祖先祭庙的名次。这也太目无君主了！多亏太仆王舜、中垒校尉刘歆提出异议，哀帝才没有贸然采纳他们的建议。

傅太后感觉孔光、何武、唐林三个人都很可憎，但是打击面不能太宽，应该看准机会，各个击破。她决定先拿何武开刀，因为何武遇事持正，不肯阿谀，根本不把她这位定陶太后放在眼里。于是，她密令私人监视何武之过失。

终于她了解到何武的后母在老家蜀郡，不幸患病卧床，当时正逢成帝驾崩，不能回家探望后母，便派府吏回家乡去接她。可是府吏恐怕道上有盗贼，以致往迎不至、心无老人。像何武这样的人，事亲不笃，难胜三公重任。定陶太后傅氏于是以不忠不孝的罪名，加在了何武的身上。

此时，哀帝亦欲改易大臣，又见祖母弹劾大司空、汜乡侯何武，当即允诏，乃令何武免官就国，调大司马、高乐侯师丹为大司空。

何武被免职后，傅太后胸中怒气只消了一半，因为她的侄子傅迁还处于被驱逐的悬案之中。她带着少府尹志和贴身宫女们来到未央宫寝宫，找到哀帝，清算旧账。

哀帝将祖母让到客厅，命令中常侍孟星和宫女们热情侍奉定陶太后。傅太后一不饮茶，二不吃水果，连坐都没坐。哀帝一看，猜测到祖母一定有要事催办，马上命侍从们退下。

傅太后居高临下，冰冷冷地质问道：

"刘欣，你知道吗？你现在骑的是谁的马？驾的是谁的鹰？"

"孙儿焉敢忘记，当然这一切一切都是祖母给的。"哀帝拱手站立，毕恭毕敬地回答道。

“你记得就好。”傅太后说着转向窗外，不冷不热地说，“你办了一件好事，让外人都说我这个定陶太后活得太窝囊了！”

“孙儿不敢。但不知祖母指的是何事？”哀帝不知傅太后所指何事，垂首面向傅太后的后背问道。

“你甭装糊涂了！”傅太后猛地转身，明知故问道，“我问你，傅迁犯了多大罪过，怎么就免了他的官，逼他返回故里呢？”

“偷看奏书，违犯宫纪，焉能轻饶？”

“难道你不知道，傅迁是我的侄子？”

“孩儿当然知道，愚孙只是为了社稷。”

“胡说，就你懂得社稷！”傅太后提高了嗓音，几乎是下达谕旨般道，“快下圣诏，召回傅迁，官复原职。”

“改写谕诏？这……”哀帝实感作难，还没等往下说，就被傅太后施令言辞打断了，“少废话，快写！”

傅太后迫令后，拂袖而去了。

哀帝万般无奈，当天就下达了召回傅迁的诏书。

哀帝作为一国之君，竟然无故改动诏书，令满朝文武议论纷纷。丞相、博山侯孔光和大司空、高乐侯师丹坐不住了，急忙赴朝上奏哀帝，谈到两个诏书的内容，前后相反，出尔反尔，必然使天下疑惑，无法取信于民。他俩恳请皇上，仍需把傅迁遣回原郡，以清除奸党。然而，哀帝无奈，傅迁最终没有被遣归，而且恢复了侍中的官职。

定陶傅太后直接干预朝政越演越烈，日甚一日。哀帝所受傅太后逼迫的窘况，实难以自拔。

三公之一的大司马职务空缺，使得哀帝朝夕思虑。当然，他还是在念念不忘光禄大夫傅喜。但是，他一想到祖母的阻挠，心情不禁又很沉重。

一天，哀帝在寝宫看见了侍中傅迁，傅迁仍像往日那样百般殷勤。哀帝虽然对傅迁生厌，但是想到祖母十分宠爱傅迁，对这位家侄言听计从，于是，便把说服傅太后提拔傅喜的任务交给傅迁，并且威胁傅迁道：“如果此事办不成，你还得离开皇宫！”傅迁连声允诺。

丁酉初四，哀帝终于下达圣旨，任命光禄大夫傅喜为大司马，晋封高武侯。

一个阴雨天，哀帝在承明殿上，本来把群臣召来是议论抵御洪水灾害而解决民不聊生的重大问题，但是郎中令泠褒、黄门郎段犹忽然扭转话题上奏说："我朝后宫定陶恭皇太后、恭皇后都不应再把定陶藩国的名称，加到尊号之上，车马、衣服宜皆称皇之意，应置吏二千石以下，各供厥职；又应为恭皇立庙京师！"哀帝亦愿听这类奏言，遂将此建议交付臣下讨论，多数卿臣承顺哀帝旨意说："母以子贵，应该建立尊号，以重孝道！"

当时，只有丞相、博山侯孔光，大司马、高武侯傅喜，大司空、高乐侯师丹提出反对意见，认为万万不可。师丹说："圣王制定礼，是取法于天地。上尊下卑，不可混乱。现在定陶恭皇太后、恭皇后以'定陶恭'为号，表示母从子、妻从夫的。若设置官吏，车马衣裳服饰与太皇太后一样，那就无法表明'尊无二上'之义。定陶恭皇号谥已前定，义不得复改。《礼记》规定：'父为士，子为天子，祭以天子，其尸服以士服。'陛下既然继体先帝，持重大宗，承宗庙、天地、社稷之祀，义不可复奉定陶恭皇，祭入其庙。今欲立庙于京师，使臣下祭之，是谓无主。故愚臣认为，泠、段二位大人之奏言，陛下万万不可采纳！"

哀帝听后心中不悦，沉默寡言。从此，哀帝对他这位恩师、老臣师丹渐渐产生了反感。

不久，有人上书言："古代以龟甲、贝壳作为货币，而今改成钱币，小民因此贫困，宜可改变货币。"哀帝故意询问师丹："此意如何？"师丹回答道："可以改！"于是哀帝把奏章交给有司议定，有司大多数人认为，使用钱币时间已久，难以仓促变易。师丹人老神衰，忘记了他自己以前说过的话，就又去附和公卿们的意见。

易变而忘恩的哀帝，马上下达策书，罢免师丹官职，并且指责道："朕见你位显任尊，却怀诈惑国，言行违抗诏书，反复无常，言辞矛盾，朕深为你感到羞耻。因你担任过太傅，做过朕之导师，故不忍心将你依法究治。今交还大司空、高乐侯之印信、绶带，罢官免爵回家。"

尚书令唐林闻讯后，立即进宫上书保奏师丹。唐林谈到，我看见罢免大司空师丹的策书，泰深痛切，不胜惋惜。唐林列举师丹才华过人，精通五经，乃儒学一代宗师，且品德高洁，是国家之前辈，亲自教导辅佐皇上，位列三公，而犯过失甚微，焉能那样不留余地地处罚？海内之人都未发现师丹有何大错。唐林再三恳求哀帝道：“唯陛下裁览众心，有以慰复师傅之臣！”唐林说罢伏首叩头，双泪涌眶。

哀帝听罢唐林一番谏言，认真思考，觉得有一定道理，听从了唐林的意见，随后下诏，封师丹为关内侯。

大司空的重任空缺，定陶傅太后一下子想起了后将军朱博。朱博也曾上书建议哀帝，给傅老太太讨封尊号。傅太后当然不能忘怀。她又亲自走到哀帝寝宫，授意孙儿提拔重用朱博。而后，她又密令谏大夫杜业，起草帛书，呈送哀帝。哀帝采纳了杜业的建议，召见朱博，任命为光禄大夫。不久，又升迁京兆尹。冬季，十月，壬午二十三日，任命朱博为大司空。

师丹被罢免，主要原因是得罪了定陶傅太后。傅太后一直要求改称尊号，孔光、师丹和傅喜共同坚持认为不可行。哀帝难以违背朝廷大臣的正当议论，又内受傅太后的逼迫，不得已，才找了个借口，先把师丹免职了。哀帝希望借此使傅喜受到触动，傅喜却始终不顺从。大司空朱博与孔乡侯傅晏勾结，共谋促成变更傅太后的尊号。他们多次在皇帝闲暇时被召见，并经常呈递密封奏书，攻击诽谤傅喜以及孔光。数日后，哀帝下达策书，免去傅喜的大司马职务，命他以侯爵身份离开朝廷，返回宅邸。

事隔几日，大司空朱博奏言：“依照前例：选拔郡国守、相，可从中二千石卿臣中物色御史大夫人选。御史大夫能优秀任职者，则可晋升为丞相。吾愚昧地认为，大司空官职可撤销，应重新设置御史大夫，遵照奉行旧制。撤销大司空后，我愿在较低一阶的御史大夫官职上尽力供职，为百僚率！”

哀帝采纳了朱博奏言。当年夏季四月，戊午初二，改变朱博官职，拜为御史大夫。并又任命丁太后长兄、阳安侯丁明为大司马、卫将军。

博山侯、丞相孔光，自先帝讨论立皇位继承人时，就对定陶王持有异议，后来又大大违逆傅太后之旨意。从而，傅氏在朝廷任官的人，与朱博内外勾结，共同诋毁孔光。乙亥十九日，哀帝下策书罢免了孔光的官职和爵位，贬为平民。任命御史大夫朱博为丞相，封阳乡侯。又任命少府赵玄为御史大夫。

刚刚任相的朱博，再次上书，建议哀帝改称定陶恭皇傅太后之尊号。哀帝立即允奏，下诏曰：“定陶恭皇之号，不宜复称定陶，现尊恭皇太后曰帝太太后，称永信宫。尊恭皇后曰帝太后，称中安宫。为恭皇在京师建立寝庙，比照宣帝的父亲悼皇考的寝庙规格建立！”

不足三年，哀帝因昏庸无识，特别是在祖母帝太太后的威逼胁迫下，对朝中卿臣忽升忽降、大免大任，达数十人之多，致使大臣们人人自危，无所适从。

哀帝统霸社稷，不仅靠臣子和百姓，还要有自己的继承人。想不到哀帝也面临成帝那种体弱多病、无有嗣子的厄运。为此，哀帝的心情万分沉重。

一天，哀帝躺在寝宫的床上，服药休养。突然，中常侍孟星引进朝史，朝史呈上一封书信。哀帝打开一看，原来是中山王刘箕子写来的帛书，很显然，这是刘箕子的祖母冯太后代写。因为刘箕子尚年幼，尚不能亲自挥毫。信中说，箕子年少，正患眼疾，急需医治。目前，祖母冯太后负责抚养看护，只是不断祈祷，求神免灾，但不见效果，请求皇上协助。哀帝不由得心中一震，这还了得，刘箕子是皇嗣最佳人选，眼病不愈，焉能登基？于是，哀帝立刻派遣中郎谒者张由去医治刘箕子的眼病。

哀帝哪里知道，张由一直患有疯病，到中山国后，突然犯病，狂怒而离开中山国，西行返回京都长安。尚书令唐林奉命追查此事，但考虑张由患有疯病，难以用口供证实原因，便用文簿一一责问张由擅自离开中山的缘由。张由恐惧甚极，就编造谎言，说中山国冯太后正在诅咒皇上及帝太太后傅氏。傅太后与冯太后都曾是汉元帝的妃子，当年二人皆为昭仪。

傅太后追想旧恨，冯太后一直受皇宠，此时此事岂能放过？于是派遣御史丁玄去追查，调查数十天，没有结果，就又派中谒者令史立去追查究治。

史立接受傅太后的旨意，企图因此立功封侯，从而究治冯太后的妹妹冯习以及弟媳君之，严刑拷问之下，死者竟达数十人。随后史立诬告上奏说：“冯太后进行祝诅，旨在阴谋害死皇上，好另立中山王。”

但审问冯太后时，并没有认罪的供词。史立挖苦道：“当年熊扑上殿时，你何等勇敢，今天因何胆怯呢？”

冯太后回宫后对左右侍从说：“挡熊之事，是旧时宫中的话，这个官吏为何知晓？这是宫中有人要陷害我的证明！”于是她服毒自杀。

宜乡侯冯参、君之、冯习及其丈夫、儿子，凡被牵连进此案的，或自杀，或受刑被诛，死者达十七人。人们无不对此感到哀怜。

事后，司隶孙宝挥毫上书，慷慨陈词，奏请皇上重新审理冯氏一案。傅太后闻知后，马上找到哀帝，怒气冲冲地说：“你设置司隶，焉能指使他来审察我？冯氏谋反事实确凿，孙宝却故意挑剔，来宣扬我之过错，难道我应当被治罪？”

哀帝见祖母又骂又闹，只好又顺从祖母的旨意，派有司将孙宝关进牢狱。尚书令唐林极力为孙宝争辩，哀帝却认为唐林违上，以朋党比周罪，把唐林贬为敦煌鱼泽障候。后因光禄大夫龚胜坚持为孙宝辩护，哀帝则把情况禀告傅太后，才释放了孙宝，并官复原职。可张由因首先揭发逆案有功，赐爵关内侯；史立升迁为中太仆。

朝中的斗争历来与后宫的起伏联系在一起。赵飞燕虽然是前朝成帝的皇后，但是今朝的君臣焉能忘怀？哀帝执政期间，司隶校尉解光等人曾上书谏奏，揭发赵飞燕、赵合德扰乱圣朝，亲手杀害皇帝的继嗣，不仅应严厉追究此事，而且其家属当伏天诛。朝臣们议论，认为应该依法制裁。于是哀帝下诏罢免了新成侯赵钦和其侄子咸阳侯赵䜣的爵位，全都贬为平民，将赵氏亲属迁移到辽西郡。此时，议郎耿育上书反其道而行之，以维护先帝圣德英明和远见卓识为由，指出攻击宣扬宫闱幽深昏暗处谁也说不清的过错，实在令人痛心。

哀帝亦有同感，尤其认为，当年自己能被立为太子，赵太后出了大力，也就不再追究此事。傅太后也很感激赵太后当年的厚恩。赵飞燕更是倾心相结，经常往来北宫。

对此，太皇太后王政君和其家族乃至王莽等都非常愤恨赵飞燕，但也只有等待机会再作理论。

朝中重臣的频繁更替，暴露了哀帝的腐败无识。御史大夫赵玄被减死罪三等，丞相、阳乡侯朱博被迫自杀，孔乡侯傅晏犯有不道之罪，左将军、关内侯彭宣被罢免回家；而光禄勋平当被任命为御史大夫，光禄勋丁望被册封为左将军。

这年冬季十月的一天，哀帝带病上朝，当着文武卿臣的面儿，宣布诏书，晋封平当为丞相，由于正赶上不宜封侯的冬月，只有暂时赐爵关内侯。同时任命京兆尹、平陵人王喜为御史大夫。

第二年春季正月的一天，哀帝派使者到丞相府，宣召丞相平当，命他赴朝以接受册封侯爵。平当病重，卧床未起，只是嘴上感谢皇恩，但他没有应召前往。

夫人岳氏对平当说："老爷虽说是有病，但封侯事关重大，难道就不能为子孙勉强起来接受侯印吗？"

平当听后很是生气，摇了摇头说："我居丞相高位，已经背着白吃饭不干事的罪责，若起来接受侯印，回家倒在床上就死去，是死有余辜。现在我之所以不起来，正是为子孙打算啊！"遂上书请求辞职，哀帝未准。

三月，己酉二十八日，平当离开了人世。

四月的一天，哀帝任命御史大夫王嘉为丞相。

一天清晨，哀帝刚刚起床，走出寝宫，见一侍臣站在殿下，向他传报漏刻时间。他举目一看，还道是个美貌宫女，扮作男儿模样。当即召入殿中，问明姓氏，不禁省悟道："你就是未央宫舍人董贤吗？"

对方答道："正是小臣董贤。"

哀帝发现董贤虽是男儿，却生就一种女儿之态，柔声细语，搔首弄姿，就是六宫粉黛也相形见绌。于是面授驸马都尉、侍中，嘱令随侍左右。数年之内，哀帝前后赏赐累计有巨万资财，其显贵震动了朝廷。

董贤常与哀帝睡在同一床上，傅皇后见此，也百思不得其解。有一次睡午觉，哀帝意欲起来，董贤斜身压住了哀帝的袖子，哀帝不忍惊动，竟从床头拔出佩刀，将袖割断，悄然离去。

哀帝闻董贤已有妻室，立刻下诏命，其妻隶氏进宫。哀帝见隶氏长得很漂亮，特开创例，叫隶氏为隶宫籍，并许令她住在董贤的宫室。

后又查得董贤有一妹妹，尚未许字，于是令董贤送妹入宫，夤夜召见。哀帝见其妹面貌与其兄相似，桃腮带赤，杏眼留青，益觉得媚态动人，遂将她召进宫来，越宿拜为昭仪。

哀帝还任命董贤的父亲董恭为少府，赐爵关内侯。

时间还不到一个月，哀帝又下诏，命令将作大匠为董贤在北宫门外建筑宏大的宫室和宫院，里面有前后大殿，殿门宽阔，工程浩大，精美绝伦。还赐给董贤宫中专用兵器和稀世珍宝，甚至连皇家丧葬用的棺木、珍珠连缀制成的寿衣、玉璧制成的寿裤，都预先赐给了董贤，无不齐备。甚至又下令让将作大匠在哀帝的陵墓义陵旁为董贤建筑墓园，内修别室，还用坚实的柏木，大头朝内排垒在棺外。墓园外修筑巡察道路，围墙达数里之长。而门阙和用作守望防御的网状障墙却也十分堂皇。

尚书郑崇系平陵人，由前大司马傅喜荐入，抗直敢言。每次觐见，必着革履，哀帝不待见面，一闻履声作响，便笑语对左右道："郑尚书履声复至，想又是陈言来了！"哀帝说罢，果然见郑崇至行御座前。

郑崇因见董贤贵宠过度，复入内劝谏陛下。哀帝最爱董贤，怎肯轻信？当然驳斥郑崇，还借公事谴责郑崇。

当时，郑崇脖子上长了毒痈，欲奏请辞职，但又不敢提出。尚书令赵昌十分奸邪、善于谄谀，素来与郑崇不相容，且又知道哀帝已疏远了郑崇，就趁机上奏说："郑崇与刘氏宗族中人交往甚密，恐有奸谋，请追查惩处！"

哀帝乃召郑崇责问道："你家人来人往门庭若市，奈何欲禁遏主上？"

郑崇慨然道："臣门如市，但臣心如水，愿陛下考察！"

哀帝听后恨郑崇答言不逊，命有司将其系狱逮治。狱吏又一意迎合，严刑拷迫，打得郑崇皮开肉绽，郑崇却抵死不肯诬供。

司隶孙宝知道郑崇为赵昌所诬陷，上书哀帝曰："尚书令赵昌指控仆射郑崇一案，恐郑崇与赵昌素有隔阂，久有宿怨，因此才用谗言来陷害他。臣请求陛下追查赵昌，以明是非，救护忠臣。"

哀帝已头脑昏庸，良莠难辨，反而下诏说："司隶孙宝附会臣下，欺骗主上，想利用春月是宽大赦免的时期，进行诋毁和诈骗，以遂其奸心，盖国之贼也。将孙宝免去官职，贬为平民，归田度生。"

一份直言帛书，孙宝落个如此下场！郑崇最终病死在狱中。

哀帝欲封董贤侯爵，但丞相王嘉上书劝奏，谈到董贤只是因为贵宠而得赐封，恐天下人不服，影响皇上之威望，哀帝不得已，暂且停止诏封，随之对王嘉渐渐产生不满。

哀帝屡患痿疾，久不视朝。遂于建平二年（前 3 年）六月间，改元太初，盼望易号可延年益寿。哪知祯祥未集，凶祸先来，帝太后丁氏得了重病，不到旬日，便即逝世。哀帝力疾哭母临丧，忙碌数日，身体愈觉不适，索性奄卧床上，不能起身。哀帝为恢复健康，就把精神寄托在祭祀请神上了。他把过去成帝曾废止过的各种神祠全部予以恢复，共七百余所。一年之中，祭祀的次数达三万七千次。然而，他已被病魔缠身，不能自拔。

在这年秋季，哀帝命人在渭城西北塬上永陵亭一带修筑自己的陵墓。

元寿元年（前 2 年），丁巳正月十七日，帝太太后傅氏驾崩。哀痛至极的人寥寥无几。哀帝在病榻上一面将孔光征召入宫，授任为光禄大夫，一面下诏丞相王嘉，让他俩安排厚葬帝太太后。随之，将祖母帝太太后与元帝合葬渭陵，称为“孝元皇后”。

尽管王嘉为哀帝如此效忠，但由于他多次上书劾奏董贤，哀帝极端生厌于他，并将他逮系入狱。时至二十天，贤相王嘉不堪侵辱，气愤难抑，大口大口地呕吐鲜血，竟致绝命。

哀帝复欲荣宠董贤，使居大位，恰值大司马丁明怜惜大才之人王嘉，私下与人不住地慨叹，此信息被哀帝闻得，哀帝因即免去丁明的官职，拟令董贤为大司马、卫将军。

这时的董贤年仅二十二岁，竟得位列三公，掌握兵权，真乃是汉朝开国以来未曾有过的事情。并且，董贤之父董恭被哀帝迁任光禄大夫，官位仅次于丞相。他的弟弟董宽信代为驸马都尉、侍中。此次，董氏亲属，并得联翩入都，受职邀荣。从前丁、傅两家，虽然贵显朝中，尚没有董氏迅速。

哀帝目睹了成帝时代政权脱离王室情形，及至登极，他也就暗下决心，屡次诛杀大臣，旨在效法汉武帝和汉宣帝，加强君主之威。然而哀帝宠任奸佞，听信谗言，憎恨忠直之臣，汉朝的大业从此便衰落了。

一天，司隶鲍宣进入未央宫寝宫，将前丞相王嘉的亲笔遗书呈于躺卧病榻上的哀帝。哀帝展开细瞧，见遗书上写道：“陛下，微臣在临终前跪拜请奏，孔光、何武是贤人，董贤父子是不肖！我不能进孔光、何武，亦不能退董贤父子，罪原该死，死亦无恨！”哀帝阅后，深知王嘉对董贤的痛恨，但讴歌孔光、何武尚合圣意。

于是，哀帝以前丞相王嘉之遗言为借口，下诏册拜孔光为丞相，恢复博山侯爵位。同时，哀帝起用何武为前将军，彭宣为御史大夫。遂又罢免傅嘉的官职，贬为平民，遣返原郡。

一次，丞相孔光带领随从出视陵园，其从吏向驰道中胡乱奔跑，有违法度规定。这时，恰为司隶鲍宣发现，当即喝令左右从事，拘住相府从吏，并把车马充公。对此，孔光心内不服，不甘受辱，但未尝上书劾奏鲍宣，而是与同僚谈及此事，欲借他人之口，怨恨鲍宣不懂情理。当有人趋奉丞相而去报知哀帝时，哀帝心底正信任孔光，遂令御史中丞查办鲍宣。御史使人逮捕鲍宣，却吃了一杯闭门羹。使人虽然宣布命诏，但鲍宣闭门拒绝使者。使人返回未央宫寝宫，向哀帝陈述其闭门拒命，无人臣礼仪，大不敬不道也！哀帝也不问曲直，又派五官署的卫士们，前去绑缚鲍宣下狱。

博士弟子王咸等，都称赞鲍宣奉法从公，不应问罪下狱。当即，王咸等到太学中竖起长幡，号召众人道："若欲救鲍司隶，请集此幡下！"诸生听了此语，争先恐后地趋集而来，霎时间集中了一千余人。

他们簇拥着长幡，浩浩荡荡地来至街前。乘孔光入朝之际，拦住其车舆，要他救免鲍宣。孔光坐在车中，吓得浑身发抖，见人多势众，不便驳斥，只好佯从众意，托言入朝向哀帝奏请，定使鲍司隶无恙。众人乃避开大道中央，闪于路旁，让孔光上朝去了。

孔光入朝后，根本没向皇上提起鲍宣之事，似乎刚才在大街上什么事情都没发生。

王咸及诸生等待数日，不见鲍宣出狱的消息，只好以众人名义再次上书，为鲍宣讼冤叫屈。哀帝阅览奏书，得知太学众生一齐为鲍宣请奏，要求免罪释放。但是，哀帝只减免鲍宣死罪，令其身戴刑具，流放于上党。鲍宣了解到上党地区适宜农牧，又少盗贼，就将家属也徙至上党，一同居住。

哀帝的病体极为虚弱，可谓每况愈下，难以支撑。他勉强打起精神，趴伏在病榻上完成他最后将要完成的事情：重新修复三公职衔，任命大司马、卫将军董贤仍为大司马；丞相、博山侯孔光为大司徒；彭宣为大司空，晋封长平侯。

他草诏完毕，额头上沁出一颗颗豆粒般大的汗珠，面容煞白，嘴唇青紫，喘着粗气。身边的中常侍孟星赶忙端过药碗，给他服药。侍中傅迁自从姑母帝太太后去世后，与哀帝更加亲近了，每天不离左右，这可能是因为没有靠山了，只好收敛举止，投靠这位患病的君主，也好维持生计。

傅迁上前轻轻地扶起哀帝的头颅，口中说道：“陛下，您快服药吧。”

哀帝吃完中药，忽然想起董贤来了，声音微颤地问了一句：“孟星，董贤有多长时间没进宫了？”

“万岁，董大人已有半个多月没照面儿啦！”

哀帝脸上浮出一片阴影，似带愠怒。

这时，傅皇后、董昭仪急急忙忙走了进来。她俩眼睛噙着泪珠，伏身于哀帝枕边，万分担心地叫了一声又一声：“陛下，陛下，陛下……”

突然间，哀帝厉声吼道：“董贤，你是个混蛋！”

他骂了一句后，凄然地闭上双目，再也不吭声了。

“陛下，陛下，陛下！”众人惊慌地喊道。

第二十四章　王莽欲出山

元寿二年六月二十六日，哀帝在未央宫驾崩。

棺木停放在未央宫寝宫后院搭起的灵棚里，棺木四周摆满了冰块。长明灯从寝宫内移出，放在棺木前；插在香炉内的三炷香幽幽地燃烧着；灵案上摆了一盘盘供果和一只煺洗得干干净净的整羊。刻写“汉家孝哀皇帝之灵位”的丁字木牌放置在棺木前边。整个灵棚被一条条黑纱镶嵌着。

身穿白纱孝服的傅皇后和董昭仪跪伏在灵前，拼命地哭号着。她俩身后跪着一大群侍从宫女，似乎也是大声哭泣，但真正流泪的是少数人。

号啕大哭的是大司马、卫将军董贤和他的夫人隶宫籍。他俩边哭边叙说，不用细问，两人多半是借此哭诉自己的命运。从此，他们再也没有靠山了。

中常侍孟星和侍中傅迁，在灵前为众人烧化冥钱。

人们正在悼念哭灵之时，未央宫的一位小宦官引着长信宫少府何弘走至灵前。

小宦官告诉孟星：“何大人来了。”

孟星放下手中的烧纸，起身抬头，道：“何大人，您来了！”

何弘与孟星两人相互施礼，何弘转告他：“太皇太后驾到。”孟星点了点头，转身走到傅皇后、董昭仪跟前，准备向她俩禀告。

傅氏、董氏哭得死去活来，嗓音都有些嘶哑了。孟星趁她俩哭得声调渐低的时候，赶忙上前屈身禀道：“启禀傅皇后、董昭仪：太皇太后驾到。”

“啊……”傅皇后、董昭仪立即停止哭声。傅皇后站起身，回头向众人说道："不要哭了，准备接驾！"

大家停止了哭泣，一个个都站了起来。

年已八旬的太皇太后王政君，在庭林表袁颖和贴身宫女们的陪同下，颤颤巍巍地走到灵棚内。她还没等傅皇后、董昭仪接驾跪拜，就放开喉咙，大声地哭起来了：

"刘欣孙儿，刘欣孙儿，你走得太早啦！刘欣孙儿……"

傅皇后、董昭仪只好又带领众人跪伏于地，陪着太皇太后痛哭哀帝。

孟星、傅迁又连忙点燃冥钱。

王政君边哭边走至哀帝的灵前，似乎非常痛心。谁都知晓，太皇太后早就恨死了这位年轻的皇帝，自从刘欣称帝登基后，伙同他的祖母帝太太后，霸占朝中大权，根本不把她放在眼里，如今他们祖孙相继归西，命丧黄泉，岂不是天大的快事？她的哭号只不过是掩人耳目罢了。

哭悼片刻，傅皇后、董昭仪急忙起身，上前劝阻太皇太后，不要再哭了，千万要珍重身体。

王政君停止哭声，掏出手帕擦了擦泪水。

众人也止住哭声，但仍然跪在那里，没有一个敢起来。

"皇后、昭仪，我有事向你们说。"王政君极为认真地说道。

"是，太皇太后陛下！"傅皇后、董昭仪屈体施拜。

孟星赶忙搬来一把椅子，放置在太皇太后王政君的身后。长信宫的宫女们，搀着王政君坐在木椅上。

傅皇后转身面向侍从、宫女们，说道："你们先回去吧。"

"谢皇后！"众人施拜后，欠身离去。

董贤夫妇亦欲离去，但只听王政君喊了一句："大司马，你先留下！"

"遵命，太皇太后陛下！"董贤抱拳打躬，应声回答道。

隶宫籍很知趣地转身走出灵棚。

傅迁深知太皇太后王政君讨厌他，因为自己是帝太太后的侄子，傅氏与王氏早已成为死对头，如今自己已是风雨飘摇中的一叶扁舟，想靠近一个避风港是万万不可能的了，他避开王政君的目光，急急忙忙地溜走了。

傅皇后、董昭仪撩起袍裙，一齐跪在王政君面前，道：

“太皇太后陛下，请赐教孩儿！”

“皇后、昭仪，你们也不要过于伤心，因为陛下驾崩，此乃天意也！”王政君温和地安慰道。

“多谢太皇太后陛下！”傅皇后、董昭仪心里觉得备受安慰，眼眶内不由得涌出泪水，伏首下拜道。

“你们起来吧，我有正事相告。”王政君的语气不像刚才那样温和了。

“是！”傅皇后、董昭仪又施了一拜，欠身低首站在一旁。

“如今陛下驾崩归天，终于轮到我这位老太婆说话了，你们不用我细说，也应该知道下一步乃是选拔皇嗣的事情。”王政君慢条斯理地叙说着。

“那是自然！”傅皇后吸了口凉气，胸腔内的那颗心不禁紧缩起来。

“既然你们通情达理，我就不必解释什么了。”太皇太后王政君的态度极其严肃，转而以命令的口吻说道，“皇后，那就请你交出皇上的玉玺、绶带吧！”

“这——是——”傅皇后听罢心头一震，吃惊之余，又看到太皇太后的面目这样严峻认真，就上前施拜道，“太皇太后陛下，待孩儿去取。”

“启奏太皇太后陛下！”一旁的董贤吞吞吐吐，是有话要说，欲言又止。王政君瞟了他一眼。

“没关系，尽管讲。”

“我，我……”董贤从未办过皇帝大丧大仪，可又是非常宠爱他的哀帝告崩，如若因为自己无能不懂而辞退太皇太后的御命，那必然遭到天下人的耻笑。此时，竟说不出来。

“怎么，你这位大司马连这类大丧也不会办吗？”王政君猜中他的难处，着实不满意了，挖苦道。

“惭愧，惭愧，微臣惭愧！”董贤急忙欠身，伏首打躬道。

“好吧，我帮你出个主意。”王政君说着看了看王莽，遂又转向董贤道，“董大人，我见你确实难当此任，想给你推荐一人。”

“那太好啦，请太皇太后赐教！”董贤打心底愿意，以免自己丢丑。

王政君说道：“新都侯王莽，曾奉命操办过先帝大丧，不仅熟悉程序规章，而且也很懂得礼仪，不会出现漏洞和问题，我将令他助你。”

“如此幸甚，多谢太皇太后！”董贤连忙免冠叩首。

“平身。”王政君挥了挥手。

董贤施了一拜后，方站身起立。

“新都侯，你意下如何？”王政君又问了王莽一句。

“太皇太后御命，微臣王莽谨遵！”王莽屈身打躬道。

“好啦，你二人回去尽快协商，速速办理皇上大丧之事。”王政君说罢，欠起身来，欲走下御座。

“遵旨！”王莽和董贤一起施拜，然后转身离去。

长信宫少府何弘和宫女们急匆匆地走来，上前搀扶这位八旬老人，步下御座，朝着她的寝宫走去。

七天后，哀帝的丧葬大仪已经完毕。

这天，王莽命舍人王谦给他备马，准备去长信宫，面见太皇太后王政君。

工莽乘骑，独自赶到长信宫。他把骏马拴在宫门外的梧桐树上，由宫门卫士将他引到宫院二门内，而后又由长信宫少府何弘把他直接带到太皇太后的卧室。

卧室内，只剩下姑侄二人，虽说是侄子向姑母施过君臣大礼，但是相互之间格外亲近。王政君一见这位多年受贬的侄子，心内不禁难受，眼泪大颗大颗地滚落下来，抽抽搭搭地说道：“莽儿，委屈你啦……”

“不，姑母……您不必伤感。只要有您这位太皇太后健在，一切都会变好的。侄儿无才无德，何劳姑母这样惦挂呢！”王莽掏出手帕，给王政君拭泪，并不住地安慰道，“天下是汉家刘氏的，您是先皇皇后、先帝皇太后，又是现在的太皇太后，统管天下还不是您一句话吗？”

“对，莽儿说得对。今天汉家刘氏大业，还要靠莽儿辅佐效力呢！”王政君止住伤心，似乎听了侄儿一席话，就觉得心情舒畅多了。

“姑母，愚侄哪有这等才德，支撑天下还要靠您老人家哩！”王莽心里跃跃欲试，梦想一统天下，但现在还不是时候，所以他装作无知，以谦恭之举尊敬这位还用得着的老人。

“唉，天下贤士，莫过莽侄！”王政君唯恐王莽不愿出山，担心江山无人辅佐，进一步劝说道，“莽儿，国家正处危难之际，一无皇嗣即位，二无辅佐大臣，你万万不可推辞。古人讲，政令之所重者人才，国家之所重者元气。人生一世，要以大局为重啊！”

“愚侄受宠若惊，蒙受姑母洪恩。请姑母尽管吩咐。”王莽欠身离座，躬身抱拳道。

“莽儿，你年过四旬，聪颖不惑。且从前亦列位九卿，位居三公，不论任何要职，都能胜任。”王政君说到这里，停了下来，认真思索了一会儿，继续说道，“军队乃是国家之重，故军权必先握。眼下，我虽不能马上任你军中要职，但是你必须插手军权。我立即下诏给尚书：所有征调军队的符节、百官奏事、中黄门、期门兵等，皆属你掌管！”

“多谢太皇太后圣恩，微臣王莽没齿难忘！”王莽说罢伏尘叩拜。他心中早就梦想出山，大展宏图。现在，可就要实现了。

“莽儿，快起来，快起来！”太皇太后王政君急忙欠身去搀扶，“莽儿，我还要听听你的建议，目前，我们应该怎么办哪？”

“有道是，政以得贤为本，治以去秽为务。欲要重新安邦立国，应该一边求得贤士，一边除去邪恶之人。”王莽极其严肃认真地说道。

“好，说得好！”王政君称赞王莽有见地，遂又问道，“但不知从何处入手？”

“董贤无功无德，不合其位。他受昏君哀帝宠爱，得封于大司马、卫将军，享三公之殊荣，天下人无不恨之。若再让他继续留任，必祸国殃民也。”王莽愤然斥责董贤，并恳求道，“请太皇太后下诏，策免其大司马、卫将军之职。”

“我先下诏，命尚书弹劾董贤对哀帝不忠之罪状，再罢免其一切职务。”太皇太后想得周到，做得果断。她说完后，便伏案挥毫，草拟诏书。

霎时，太皇太后王政君给尚书写就了两份诏书，一份是让尚书奉诏交给王莽之兵权，一份是让尚书揭发董贤不亲医药而忽视哀帝病情之罪状。她写罢后，把这两份诏书递给王莽。

王莽跪伏于毡罽上，向太皇太后施大礼，连声感谢。而后，他双手接过诏书，告别了太皇太后。

王莽回到新都侯府，直接走入夫人王氏卧室，把刚才见到太皇太后的情况向她叙述了一遍。

王氏，乃原丞相王䜣的孙子宜春侯王咸的女儿，她精通史事，览书好学，持身俭朴，持家勤俭，已被世人所知。她深知丈夫对仕途官爵的渴望，虽然担心丈夫为官冒险，但也不敢阻挠，只好尽自己最大的力量，加以维护。她听到太皇太后又要起用丈夫的消息，心里当然高兴，嘴上不住地祝贺丈夫。

王莽的心意，不是为了让夫人给贺喜，而是要求夫人协助他，持家从严，教子从严，在这关键时刻，千万不能给他添乱。他俩生有四个儿子，长子王宇在外地做官，性格耿直，反对阿谀；次子王获，先前因打死家奴而被处死；三子王安，因智力较差，糊里糊涂，没被皇家重用；四子王临，年少恭谨，读书刻苦，如孔子所说，“思无邪”，较为善教。对于丈夫的嘱托，王氏连连点头，一一应允。

第二天，王莽携带太皇太后的诏书，去见大司徒孔光。以前，董贤被哀帝任命大司马、卫将军时，身列三公，常在宫中随侍，并主管尚书事务，按律百官必须通过董贤才可奏事。后来，哀帝发现董贤确实无能，就只保留董贤官职，而将尚书之事交于当时的丞相孔光了。

哀帝病重期间，修复三公职衔，改称丞相为大司徒，遂令孔光任职，不再任尚书职。王莽手托太皇太后的意旨，请孔光领旨行事。孔光一见王莽到来，焉敢怠慢，立刻把时任尚书找来。王莽依诏下令，命尚书劾奏董贤对哀帝阳奉阴违，在哀帝生命垂危时期，既不亲医药，又不亲守护，此乃犯有对哀帝不忠之罪。尚书当即拟写了劾奏董贤的帛书，并下令禁止董贤出入宫殿。

王莽将尚书弹劾董贤的奏章揣在怀中，向大司徒孔光告辞，转身又去长信宫了。

大司马府内，正在书房来回踱步的董贤，已经坐卧不宁，焦虑不安，好像已经有了一种不祥之兆，感觉灾难就要降临到头上。因为他和王莽一起安排哀帝葬礼的时候，发现王莽对他极为冷淡，特别是将哀帝大葬之后，太皇太后没再宣召他进宫议事。这几天，他感到非常冷清，也是他担任大司马、卫将军以来最为寂寞的日子。他想来想去，想起妹妹董昭仪，应该找她打听一下消息。他准备走一趟，自己的妹妹总不会瞒着他什么吧？他正要出门，只见舍人董健急匆匆地走进书房。

董健向他禀告道：“朱诩来了，他有要事相告！”

“快让他进来！”董贤挥手道。

朱诩是大司马府的属吏，也是大司马府的常客，与董贤交往甚密，无话不谈，可谓知己。董贤一听朱诩求见，断定宫中发生了重要事情，且与己有关，十有八九是坏消息。

朱诩跟随董贤疾步进入书房。朱诩因心里着急，没顾得上向大司马董贤施礼，直截了当地禀道：

“董大人，刚才皇宫传出消息，尚书奉命下诏：禁止大司马出入宫殿。”

“啊！这，这是为什么？”董贤听后不由得一惊，提高嗓音，呼叫道，“我是大司马，我是卫将军，我是朝廷命官……”

“董大人，您不要这样，这是意料之中的。”朱诩上前安慰道。

董贤认真思考了一番，意识到事态严重，闹不好还要身遭不幸。他自从进宫以来，一直受到哀帝偏宠，别人是在朝中任职，他是在哀帝身边为官，还从来没像今天这样遭受冷遇。他沉思良久，猛然间想出一个主意，转身面对朱诩、董健说道：“走，你二人陪我去宫门前。”

“董大人，人家不让您出入宫殿啦。”董健提醒道。

“我知道。”董贤着实不耐烦，一边说一边走出书房。

朱诩、董健亦跟了出来。

“董大人，我去备马。”董健又说了一句。

“不，徒步！”董贤说着奔向院心。

朱诩和董健相互看了看，没说什么。他俩紧紧追着董贤，穿过院心，奔向府门外。

他们三人快步如风，目不斜视，默默地朝未央宫宫门走去。

不一会儿，主仆三人来到未央宫宫门外。董贤让朱诩、董健在宫门外的广场上等候，他一个人走向宫门前。

他抬头望见宫门两侧站有数名五官署的卫士，人人手中握持兵器，铁戟、长矛在骄阳下闪烁着光辉。个个面目严峻，威武逼人。他不禁毛骨悚然，虽然时值酷暑，但是却一阵阵打着寒战。

他摘下官帽，脱掉步履，赤脚前行，走到宫门外的台阶前，跪伏于尘，连连叩头。

突然听到有人喝道：“何人在此？”

他赶紧叩头谢罪，抬头一看，一位大臣站在台阶上边。定睁细瞧，原来是新都侯王莽伫立在他的面前。他不知所措，竟然忘了自己是大司马、卫将军，急忙抱拳打躬，叩头施拜，道：

“王大人，王大人，微臣董贤在此向您、向皇家谢罪！”

“董贤接旨！”王莽遵照太皇太后旨令，掏出诏书，呼道。

董贤向前跪爬了半步，垂臂伏首，等候诏书。

太皇太后诏曰：

大司马、卫将军董贤，年少无知，未更事理，实难胜任其职。为大司马，不合众心，着即收回大司马印信、绶带，免去一切官职，遣回宅第！

钦此！

王莽一口气宣读完诏书。

“啊！天哪……”董贤听罢诏书，如五雷轰顶，炸得他头昏目眩、魂飞魄散。他惊叫道，“我犯了什么罪？”

“快谢恩！”王莽严厉地催促道。

“啊……”董贤赶紧抱拳施拜，伏首叩头道，“谢太皇太后洪恩，太皇太后万寿无疆！”当他叩罢谢毕、抬头仰望的时候，新都侯王莽早已离去。

他往后一仰，一屁股坐在地上，感到浑身松懈，四肢无力，再也不想站起来了。

这时候，朱诩、董健快步跑了过来。他俩上前，连拉带拽，生生把董贤拖起。他俩一面安慰，一面搀扶，将董贤扶回大司马府。将他交给隶宫籍后，就转身离去了。

夫人隶宫籍一看丈夫免冠露发，面带泪痕，一副颓败相，不由得大吃一惊。她急忙询问丈夫，到底发生了什么事情。

他告诉她，刚才在皇宫门前，新都侯向他宣布了太皇太后的诏书，罢免他的大司马、卫将军之职，没收大司马印信、绶带，并要遣送他及全家人返回故里。她听丈夫这么一说，不禁大惊失色，一时不知咋办才好。她焦急万分，顿时脸上沁出了汗珠。

他催促她，快去取印绶。她立即打开木箱，从箱内取出印玺、绶带，用一块黄布包好，交于丈夫。他接过印绶包裹，双手将其紧贴胸前，掌兵大权，即刻失去，又悲又痛又烦又乱的情绪涌入心头。他闭起双目，苍凉的泪水从眼缝中滚滚流出。

随后，他唤来董健，将印绶包裹交于董健，令其立即送往长信宫。董健怀揣印绶包裹，匆匆离去了。

他俩看了看董健的背影，心想，完啦，什么都完啦！

回到屋里，他和夫人紧紧拥抱着哭了。万万没有想到，曾经受过皇宠、享过荣华的人，竟然落个不如乞丐的下场！他俩悲痛至极。

当天晚上，董贤和夫人没有吃晚饭，也拒绝了侍从婢女的侍奉。他们感到大势已去，穷途末路。太皇太后、新都侯不会这样放过他们的，莫如自我了结。夫妻俩商量了一会儿，隶宫籍取来一壶鸩酒，倒入两盏杯中。两人海誓山盟后，各自端盏饮下，顷刻间，双双倒下死去。

夜深了，大司马府寂静得令人害怕。

董健和膳房的几个仆人，端着饭菜来到大司马夫妇的卧室门前，准备请董贤和隶宫籍用晚膳。董健止步，敲了敲卧室房门，但没有动静，又一阵敲门，还是没动静。董健感到异样，赶紧推开虚掩的门扇，仔细一看，见董贤和隶宫籍都横倒在地下，秉烛细瞧，两个人七窍流血，早已断了气。他大吃一惊，众人也都慌了。

董健让几个男仆守护着，他立刻去通知董贤的亲属。

董贤的父亲、母亲和弟弟闻讯都赶来了，那种悲痛至极的心情自不必说。这时，全家人只能靠董贤的父亲董恭拿主意了。董恭心里清楚，儿子生前造了大孽，说啥也不能明目张胆地举行葬礼，更不能厚葬。于是，他作出决定，趁夜深人静，立即埋葬。

就这样，全家人趁着漆黑的夜色，将董贤、隶宫籍悄悄地埋葬到郊外的山沟里。

新都侯王莽很快知道了这一消息，但疑心董贤、隶宫籍诈死。为了弄个水落石出，他让有司奏请太皇太后，发掘董贤棺柩，开棺验尸。太皇太后当即批准。

有司负责指挥，令人将董贤的棺柩抬至狱中，开棺相验，果然不差，董贤确实是服毒自杀。但是，董贤所用棺柩乃是柏木材料，并涂朱漆，所穿寿衣竟缀有珍珠玉璧，毫无疑问，这皆是哀帝赠赐。有司和狱吏如实禀告新都侯。

王莽听后，大怒道：“僭行王制，成何体统？”

有司和狱吏一见新都侯如此态度，谁也不敢去盖棺，站在那里等待新都侯下一步的吩咐。

王莽思索片刻，下决心道：“董贤乃国家佞臣，死有余辜。穿着如此寿衣，殓用珠宝玉器，对我汉室实属侮辱。你等要将其尸拖出棺外，并剥去衣饰，而后用草包裹，乱埋狱中！”

有司、狱吏一听，觉得新都侯王莽做事为人也够狠的，对一个死去的人也不肯放过，但是他俩二话没说，低首领命，转身照办去了。

王莽居政坛之外已经好几年了，对朝中、后宫之事都看得一清二楚。董氏家族虽然好景不长，但其所受荣宠远远超过丁、傅两家，至于先皇外戚王氏家族不仅处于被遗忘的角落，而且常被董家奚落，甚至诽谤弹劾。如今，对董氏家族该到讨债清算的时候了。

接着，王莽亲自上书，向太皇太后王政君劾奏董贤父子，骄横不法，奢侈僭越，应一并夺职，并没收他家全部财产，充入官府。太皇太后当即允奏，下诏发令，由新都侯监督执行。同时，凡因董贤的关系而得以做官的人，一律罢免。诏书下达后，董贤的父亲董恭、弟弟董宽信及其家属迁往合浦。但特准董贤的母亲回归原郡巨鹿。王莽指挥五官署的卫士们，封存财产。经将董氏家产发官估卖，约值钱四十三亿之多。

但是，董贤的唯一属吏朱诩，却不忘董贤往日对他的厚待，且彼此交情甚厚。朱诩见大司马、卫将军董贤自绝于命，立即上书太皇太后，自我弹劾，辞去大司马府的职务，并请求返回故里。继而找他人买来棺材和寿衣，从狱中挖出董贤的尸体，再次收殓，加以安葬。

王莽听说后，心中非常不悦。朱诩之举，显然是对太皇太后、新都侯的强烈不满。对此，王莽当然容不得。

王莽寻出朱诩以前经常与董贤来往，但知其恶而密不揭报的罪过，上奏太皇太后。从而，命人将朱诩逮系下狱，严刑拷问之后杀掉了。

身居远条宫的皇太后赵飞燕，早已成为一只孤燕。如果不是因为当年保举刘欣充当皇嗣、立为太子而立下大功的话，她在哀帝执政期间就被除掉了。司隶校尉解光等人，虽然多次弹劾赵合德昭仪亲手杀害皇帝的继嗣，劾奏赵飞燕皇后，阴险狡诈，扰乱圣朝，但哀帝对赵飞燕并未下手惩治。再加上她擅长攀龙附凤，经常往来北宫，巴结帝太太后傅氏。这样，她便侥幸偷生，未受伤害。

但是，赵飞燕倾心勾结傅氏，必然疏远太皇太后王政君、新都侯王莽。哀帝崩逝，使她大为震惊。现在她又身处困境。她深知，朝中大权将要落在王氏手中。近日来，她一直琢磨对策：太皇太后，年迈体衰，虽对她有看法，但不能久握大权；新都侯，正年富力强，阅历匪浅，大奸似忠，藏有野心，且对她耿耿于怀，恨之入骨，并早有提防，只是时机未到罢了。此人一旦登上大司马的宝座，手中握有兵权，肯定要弹劾反扑，置她于死地。

赵飞燕思前想后，深刻地意识到，王莽是她的头号强敌。只有将王莽遏制住，不让王莽当上大司马，才能保全自己，待东山再起。尽管办理此事风险很大，把握不大，但已经到了山穷水尽之时，说什么也要试一试。

她找出两个人选，一个是前将军何武，一个是左将军公孙禄。于是，她一面命远条宫少府王盛，宣召何武、公孙禄进宫，并叮嘱王盛不得走漏半点风声；一面命贴身宫女姜秋、姜霜，打扫好客厅，准备好香茶，并嘱咐她俩严加警戒，不准让其他仆人、宫女靠近客厅半步。

何武，字君公，蜀郡郫县人，向来守法尽公，颇有政声。成帝在位时，早期任过京兆尹，后因孔光一度受贬，接任孔光之御史大夫职务；不久，又被迁任大司空、封汜尹侯，俸禄皆如丞相，与丞相并称“三公”。哀帝即位后，他和尚书令唐林因上书保奏右将军傅喜，而惹怒帝太太后傅氏，遂大司空要职被贬，并还乡就国。帝太太后傅氏驾崩后，哀帝闻得前丞相王嘉遗言，何武方被起任前将军。由此可以看到，何武的几上几下，皆因他反对哀帝外戚，特别是帝太太后傅氏，这是满朝文武皆知的。

左将军公孙禄，之所以升迁迟慢，也是因为他年轻时就反对王氏外戚，说穿了他也是个耿直臣子。

赵飞燕深知，何武、公孙禄两人是反对外戚的，对新都侯王莽的看法尤其一致。有人传说，何武、公孙禄两人背后议论过，王莽将是汉朝最危险的政敌。所以，赵飞燕选择何武、公孙禄，作为阻止王莽担任大司马的牵制力量。

在客厅内，赵飞燕以皇太后的身份，接受了前将军何武和左将军公孙禄的拜见。何武、公孙禄早就知道赵飞燕诡计多端，善用心计，但他俩仍以君臣大礼，跪拜这位皇太后。赵飞燕对他俩既尊重又热情，说了许多赞颂的话。赵飞燕言辞中听，恰如其分。很快，他们的交谈进入和谐的状态。这时，赵飞燕才逐渐把话题引到大司马人选这个共同关心的热点上。但是，何武和公孙禄两人，谁也不愿公开说出谁人担任大司马。这种“三公”人选，皇太后无权拍板，向她说也没什么用。

赵飞燕看出他俩心思，便有意把话挑明刺激他们，道：

“二位将军，如果你们犹豫不决，不肯上书明言，那么新都侯一旦被太皇太后召用，握上兵权，你们可就悔之晚矣！”

赵飞燕的态度如此明朗，使他们感到无比震惊。这是赵飞燕进宫以来，第一次当着他人的面，公开反对新都侯王莽。

他俩一听，觉得皇太后的眼光确实敏锐。于是，何武上前打躬，道：

“皇太后明鉴，末将何武愿听赐教。”

“皇太后大智，末将公孙禄甘心效劳。”公孙禄屈身抱拳道。

“二位将军，免礼平身。”赵飞燕一见何武、公孙禄思想畅通，心中非常高兴，欲上前搀扶。

何武、公孙禄施一拜礼，侍立一旁。

“二位将军，不知有何打算？不妨讲出，吾等一起磋商。”

赵飞燕说着，打了个手势，让他俩坐下。

何武、公孙禄各自入座。他俩互相看了看，点了点头。何武回头对赵飞燕说道：“回禀皇太后，我等回府后，马上拟写奏书，坚决阻止王莽担任大司马。”

赵飞燕微点额首，心里高兴。她举目望了望公孙禄，似乎又在征求左将军的意见。

“何大人的态度，就是我的态度。”左将军公孙禄，坦诚告曰。

“好，二位将军，事不宜迟，应立即行动！”赵飞燕心急如焚，做事一贯果断。她认为时机已到，绝不能拖延，随即督促道。

“皇太后，明天上朝，我等趁太皇太后临朝议政，一定按时呈上奏书。”何武面对赵飞燕，抱拳打躬道。

“二位将军为我汉室立其志，舍其身，我赵飞燕在此多谢了！”赵飞燕欠身屈体，以示谢意。

“岂敢，岂敢！”何武、公孙禄急忙起身离座，走至赵飞燕面前，道，“请皇太后放心，我等告辞。”何武、公孙禄又一屈身施拜，转身离去了。

赵飞燕走至客厅门口，望着前将军何武、左将军公孙禄的背影，沉思良久。

第二十五章　莽连贬四后

承明殿的御座上，首次坐着一位年过八旬的老太婆——太皇太后王政君。她是在哀帝驾崩后尚未选立皇嗣的情况下，第一次，也是她有生以来的第一次，有幸登上龙位，临朝处理政务。她坐在那里，心潮如同大海般的汹涌澎湃，亦好似尝到了君临天下的滋味。

她在刚刚走进承明殿殿门的时候，就看见殿门两侧站满了持戟握矛的卫士，一个个肃立迎候；继而听到锣鼓齐鸣、爆竹震响；紧接着便是廊下的、廊上的、丹墀的大小宦官们一声迭一声地呼叫道："太皇太后驾到！"

她在长信宫少府何弘、贴身宫女们的簇拥下，走入宫殿大厅。文武大臣们已站立两厢，见她入殿后，马上撩袍跪地，伏首待拜。她目不斜视，直奔御座。待她转过身来，准备落座时，只听百官们山呼："太皇太后陛下，万寿无疆，万寿无疆，万寿无疆！！！"随即向她施三拜九叩大礼。

日上中天辉宇宙，鼓炮齐鸣震龙庭。这一切的一切，都是她的侄子新都侯王莽给她安排的。

今天，她由衷地感到，她这位将近四朝的后宫之主，可谓无比荣耀，无限辉煌，德贯九州，名扬四海！

然而，自从汉成帝绥和二年三月丙戌十八日驾崩以后，至汉哀帝元寿二年六月戊午二十六日崩逝之前，虽短短六年光景，但她似乎已经在后宫度过一段漫长的岁月了。在这段时间里，她经历了冷漠、孤独的折磨，也经历了没有权力的痛苦和失去权力后的更大煎熬。

在她和她的儿子成帝的热心关怀和大力支持下，定陶王刘欣得以由太子身份而即位，其祖母傅氏先后改尊号为：定陶恭太后、帝太太后，称永信宫；其母亲丁氏先后改尊号为：定陶恭皇后、帝太后，称中安宫。并在京中设立恭皇庙，所有“定陶”二字皆删去。她——太皇太后，“至尊无二”的传统地位，一下子被打破。于是，太皇太后王政君、皇太后赵飞燕、帝太太后傅氏、帝太后丁氏等四位太后，各自设置少府、太仆官职，品秩都为中二千石。地位，全部平等，无尊无贵。傅、丁生前尤为骄横，傅太后与她这位太皇太后说话时，甚至称她为“老太婆”。当时，傅、丁两家在一二年间突然崛起，特别贵盛，被封为公卿列侯者甚多。她，没有任何权力——当这幕小小的丧失权力的悲剧结束以后，她内心中感情的河流渐渐趋于平静。

这并不是说她是一个真正开明而不计私怨的太皇太后。从她大半生乃至晚年来看，她仍然是一个心胸狭窄和专横揽权的女人。只不过她已到了耄耋之年，做事更有心计、理政更有策略罢了。

今天，她临朝议政，所要办的头一件大事，就是晋封新都侯王莽为大司马。

她终于开口下达诏书，道：

“朝中三公，现有两公，尚缺一公。诸位爱卿皆是我汉室忠良，关心我汉家基业，望大家敞开心扉，畅所欲言，举荐可担任大司马者。”

站在殿前的大司徒、博山侯孔光和大司空、长平侯彭宣，两人皆属三公之列，但考虑此事不宜先表态，应该先听听其他公卿的意见，以符合众意。他俩互相看了看，以示暂且等一等。

百官虽未发言，但大多数人心里明白，这次大司马的人选，十有八九是新都侯王莽。因为王莽从前是大司马，为避开丁、傅两家族，才辞去职务，且大家又都认为他贤能博才、谦恭俭让，不仅是先皇成帝的重臣，而且是太皇太后的近亲，恐怕没人能与他抗争。

“诸位爱卿，你们已思考多时，也应该举荐了。”王政君心里虽然想到侄儿王莽是最合适的人选，但是不便由她这位姑母亲口说出，还是希望卿臣们举荐。

众人仍然无语。

王政君将目光落在王舜身上，但王舜无动于衷，随即催问道：

“安阳侯，你看谁有资格出任大司马？”

安阳侯王舜知道太皇太后的心思，是让他举荐新都侯王莽，可他想：自己是王莽的堂弟，本家族的人，怎好推荐呢？

他躬身施拜道：“启奏太皇太后陛下，容微臣再思！”

王政君点了点头，心内赞赏王舜的高洁品格。她心里有些着急，又面向众人质问道：“怎么，我汉室有数百名文卿武将，难道就没有一个称职人选？”

太皇太后这一激将法，使得孔光忍耐不住了。他心想，在太皇太后的心里，大司马非王莽莫属，推荐任何人都不会被通过的。汉室刘氏基业，将来的权力，至高无上的权力，必然要落到外戚王氏手中。王莽重握权柄，贵倾朝野。因此，跟着谁走，靠着谁升，则是一个至关重大的问题。他跨步向前，屈身打躬，道：“太皇太后陛下，依微臣孔光之见，我朝三公之一的大司马人选，可由新都侯王大人出任。奏言当否，请太皇太后陛下定夺！”

“好！孔大人胸怀全局，勇于荐贤。”王政君对孔光之举荐深感满意，当即给予褒奖。

王莽听罢心中非常高兴，但他仍然装出诚恳推让的样子，急忙跨出一步，撩袍跪尘，抱拳打躬，道：

“启奏太皇太后陛下，微臣王莽无功不才，对大司马重任，实不敢当。臣请太皇太后陛下另选他人出任，以匡扶汉室江山！”

大司空、长平侯彭宣一听，觉得该轮到他说话了，否则，一旦王莽上来出任大司马，而他又没有事先表态赞成，那么将来在朝继续为官，虽说是位居三公，但恐怕要被王莽弹劾。这可不是闹着玩的。他赶忙上前，打躬施拜，道：“启奏太皇太后陛下，愚臣彭宣认为，孔大人举荐新都侯，合乎群卿之意；而新都侯辞让，乃高风亮节、谦逊虚心之美德。望太皇太后陛下，对孔大人之举荐予以采纳。”

这时，孔光、彭宣率先跪于毡罽上，以示忠诚恳求。

接着，群卿纷纷跪下，齐声呼道：

“望太皇太后陛下恩准！”王政君朝殿前定眸一看，啊！绝大多数卿臣都跪下了，他们在恳求我这个老太婆。王莽出任，众望所归呀！连高昌侯董武、大鸿胪左咸、左曹中郎将甄丰也都跪下了。特别是丁、傅两家，孔乡侯傅晏——

傅皇后之父亲、帝太太后傅氏之堂弟，御史丁玄——帝太后丁氏之侄儿，平周侯丁满——帝太后丁氏长兄之子，阳安侯丁明——帝太后丁氏之次兄，这些一贯敌视王氏的人，也都跪伏于尘，心甘赞同。她高兴极了！

但是，她又一细瞧，唯见前将军何武、左将军公孙禄却站在那里。她实在费解，怎么在我汉室，居然还有这等卿臣呢？

何武、公孙禄发现太皇太后在注视他二人，他俩一看，不能再等了，必须马上进谏。他俩跨步出列，走至御座前，撩袍跪尘，道：

“太皇太后陛下，末将何武、公孙禄上书奏请。”

“何弘，将他二人的奏书呈上来！”太皇太后阴着面孔，冷冷地说道。

“是！”长信宫少府何弘应声后，走下御座阶梯。

何武已从怀中取出帛书，双手捧过头顶。这份奏书，是他和公孙禄相互磋商、事先草拟好的。

何弘从何武手中取过帛书，转身回到御案前，还没等他呈上帛书，只听太皇太后王政君下令道：“念！”

“遵旨！”何弘急忙躬身答道。而后他转身面向群臣，双手展开奏书，念道：

启太皇太后陛下：

臣知，往昔惠帝、昭帝之世，外戚吕、霍、上官氏把持朝政，几危社稷；而今孝成、孝哀两帝，接连没有后嗣，方当选立刘氏近亲为新帝，不宜再令外戚大臣持权。臣以为，应让外戚跟其他卿臣互相掺杂，言路则宽，治国则严，刘氏江山方能永固也！

以上奏言，不知当否，诚望太皇太后有察明断！

何武、公孙禄拜上

何弘读罢，将奏书呈于御案上。

何武、公孙禄之奏书，言赅意明，措辞得当，既寻出选拔皇嗣，以及大司马的途径，又没有直接提出反对新都侯王莽。但是，任何人一听，都能领会其意。尽管如此，王政君听了亦觉不快，但她沉着而冷静，并未露出声色。她看了看众人，有意问道：

“诸位爱卿，你们听了何大人、公孙大人的谏书，不知意下如何？”

众人不语。

“怎么，没人发表政见？”王政君又催问了一句。

众人仍然不语。

“好吧，我还是要听一听何大人、公孙大人的意见。你们说说，谁能担任大司马？”太皇太后王政君将了他俩一军。

何武、公孙禄万万没有想到太皇太后会来这么一手，本打算只要遏制住王莽，谁当大司马都行，但太皇太后追问，又不能不提出具体人选。于是，何武拱手奏道：

“太皇太后陛下，依末将愚见，公孙大人可担当大司马的重任！”

“哦？！”王政君着实惊诧不解。

“不不不！太皇太后陛下，我公孙禄德浅才疏，焉能胜任三公？”公孙禄连忙谢绝。

“嗯，依你之见？”太皇太后又问道。

“依末将一管之见，前将军何大人为人正直，忠于汉室，且德高识广，阅历颇深，又曾在前朝成帝时期，先后任过京兆尹、御史大夫之职，也曾迁任大司空，与丞相并称三公。哀帝执政期间，因和尚书令唐林上书保奏右将军傅喜而惹怒定陶帝太太后，遂大司空被贬。如此重卿，当诏书任之。上奏谏言，望太皇太后陛下从允！”公孙禄陈述理由，推荐前将军何武。

其他卿臣，听罢公孙禄推荐何武，深觉正确，但迫于形势陡转，将来的权柄必定要落到外戚王氏手中。俗话说，适者生存，逆者灭亡。说啥也不能以卵击石。所以，没人敢应和何武、公孙禄之谏奏。

跪在殿前的王莽，早就听清了何武、公孙禄的上书与谏言。心想，这两个家伙，果真是我的死对头！他俩竟然当着百官的面，公开阻止太皇太后晋封和提拔我，这不是成心让我难堪吗？

王政君想了许多——前朝外戚掌权，确实给国家带来不同程度的损失；前将军何武从政，确实资历比较深，执法也比较公允，尤其对汉室也是比较忠诚。但是，外戚王氏一旦拒绝辅佐皇嗣，那么大权必然旁落，别人再忠实于皇室，也不能与外戚相比。“是亲三分向，是火热过灰”这话不是没道理。王政君思考多时，亦觉何武、公孙禄之上书，绝对不可取；他俩互相举荐，发人深思……她随即又问了一句：“众爱卿，谁还上书？”

殿前仍是一片沉寂。

这时，太皇太后王政君下达诏书：“孔大人，通知尚书，代我草拟诏书，命新都侯王莽出任大司马，位列三公，并主管尚书事务。”

“遵旨！微臣立即承办。”大司徒、博山侯孔光打躬施拜，应声道。

“散朝！”太皇太后在长信宫少府何弘和贴身宫女们的搀扶、簇拥下，离开御座，走出承明殿。

文武卿臣也默默地离去了。

朝中发生的事情，后宫很快就有人知道。新都侯王莽被太皇太后晋封为大司马，这个消息很快就传开了。但知道最早的是后宫宫长樊嫕，她是从庭林表袁颖那里得知的。她准备立即告知皇太后赵飞燕。

谁都知道，樊嫕是赵飞燕的表姐。樊嫕不仅严于律己、忠于职守，始终爱戴太皇太后，而且注意维护亲友关系，一直尊重大表妹赵飞燕，尽管二表妹赵合德残害皇嗣，畏罪自杀，但仍然善待赵飞燕，即使先皇成帝驾崩，也没冷眼视之，并且比以往更加关心，有时还向赵飞燕检查自己的过失，悔不该当初苦心讲情把二表妹选进宫来。这些，也常常使赵飞燕深受感动。

可是，樊嫕自己的事情，从没有麻烦过赵飞燕。比如，樊嫕与未央宫舍人吕延福相亲相爱，彼此之间又是表兄表妹的关系，但由于自己在后宫担任宫长，按照皇家法律规定，男女双方特别是女方在后宫做仆人，不允许同在未央宫供职的男仆结婚。这虽然是禁律，但是对于三宫六院之首的皇后或皇太后来说，完全可以讲情破俗。然而，樊嫕从不肯直言拜求，以至于表兄吕延福在成帝崩殂之后，一直处于孤独苦恼之中。现在吕延福身在宫中，无事可干，真不知待到何日方休。

樊嫕来到远条宫，见到皇太后赵飞燕，仍然像往日一样，向她施三拜九叩大礼。尽管赵飞燕口称“表姐”，再三阻止施礼，但樊嫕不忘宫中规矩，始终坚持礼仪。

赵飞燕发现樊嫕满脸愁容，料到一定有要事相告，于是，她将樊嫕引到自己的卧室，并亲自给樊嫕倒了一杯茶水，才又问道：

“表姐，宫中发生了什么事吗？”

樊嫕一边喝水，一边给她讲了太皇太后册封新都侯王莽为大司马的事。

“昨天，太皇太后临朝议政，集中百官意见，责令尚书拟诏，晋封新都侯王莽居三公，担当大司马重任。”

“啊！王莽果真当了大司马？”赵飞燕听后大吃一惊。

“消息准确，千真万确！”

“那么多朝臣，难道就没有一个人反对？”赵飞燕事先安排了前将军何武、左将军公孙禄上书反对王莽，难道其他卿臣就没人响应吗？

“听说前将军何大人、左将军公孙大人，在殿前斗胆上书，提出异议，但是没有一个人赞同。”樊嫕又进一步向赵飞燕说明情况。

赵飞燕深深地感到，居官的人，心肝变黑了。谁人不知，王莽大奸似忠，藏匿野心。但是，在这关键的时候，为什么就不能群起而阻止呢？唉！人都变得势利了，随波逐流，应声附和，哪边风劲就被哪边风吹倒啊！

“您这位皇太后，应该抓紧时间，为自己的事拉拉关系呀！”樊嫕善意地提醒道。

拉关系？找谁去拉关系呢？

赵飞燕陷入苦恼之中。

她何尝不愿意拉关系呢？她自从被成帝选进皇宫后，一直处于后宫之首，都是他人找她拉关系，给她送大礼，她还从未低过头。只是哀帝即位后，她才往来北宫，去靠近傅太后。如今，她没有任何权力，在后宫或在朝中，没有一个知己，没有一个重卿替她说话，唯一的亲人就是后宫宫长樊嫕。

她在痛苦中沉思。

“皇太后，你不能坐等了，你要赶紧去看望太皇太后！”樊嫕不得不直言相告。

去找太皇太后？这怎么行呢？自哀帝执政以来，六年光景，她很少去看望太皇太后，只是每逢春节，她才去拜访。这期间，由于平时很少往来长信宫，却经常奔走北宫傅太后处，所以与太皇太后的感情淡薄疏远了，甚至太皇太后对她已经恼恨了。现在，如果去看望这位老祖宗，能够给她好脸吗？

她犹豫了，摇了摇头，长叹了一口气。

“你不要好面子了！常言说，树怕扒皮，人怕见面。太皇太后再对你有看法，只要你去了，低低头，认认错，老太太总会原谅你的，不管咋说，你是她的儿媳妇，她能不认可吗？您好好想想，我说得对不对？”樊嫕的态度非常诚恳，苦口婆心地规劝道。

王莽重握兵权，王氏又掌权柄，事情发展到这步田地，想回避是万万不可能了。对此，赵飞燕想过千遍万遍，真可谓心焦如焚！

“好吧，就依表姐之高见，今晚我就去长信宫。”赵飞燕下了决心，准备舍脸去拜访太皇太后。她之所以决定晚上去，主要是为了避嫌。

“唉，这就对啦！”樊嫕听后，心中很高兴。

赵飞燕留樊嫕吃午饭，为了让她静心准备，樊嫕说啥也不肯，起身告辞离去了。

午后，赵飞燕哪儿也没去，一直闷坐在寝宫卧室内。她梳理思绪，想着怎样同太皇太后交谈，少府王盛、贴身宫女姜秋和姜霜，每人抱着给她晾晒的衣服走了进来。这些衣服，特别是皮衣，只要过夏就必须放在阳光下暴晒半日，这样才能穿戴舒适，若不然就得生虫子。他们在一件件地帮她垒放，她突然看见了那件暗褐色的水貂皮披风，就让王盛拿给了她。她用手抚摩了一下光滑而刺眼的皮毛，就像被蝎子蜇了一般，手掌痉挛，心胆剧痛。

她猛地想起了贺岩和牛莲花夫妇。这件水貂皮披风，是牛莲花送给她的。当年，她和牛莲花的感情是那样的深厚。贺岩和她的义父赵临深夜上骊山，冒着九死一生的危险，猎获了一只母虎，取出双胞虎胎。贺岩又把双胞虎胎送往贺家村，让他妻子用问世已达三百年的陶瓦蒸烤，而后泡入酒内。她服下这种珍奇药酒，才治愈了她因患伤寒而脱光头发的疾病，从而使她长出了满头黑亮的秀发。可是，为了抢夺其子，以充皇嗣，她杀害了他们好几口人。至今想起，不寒而栗。唉，现在我已经深感羞惭，真对不起你们！将来我一旦有幸活下来，一定到你们的坟前去送冥钱。她紧紧抓住披风，贴在自己的胸口，闭上一双眸子，泪珠却顺着眼缝滚滚流下。

因受良心的谴责，她平时很少穿戴那一件披风。以前，她伴随成帝，赴河南视察黄河时，她穿戴过一次。打那儿以后，她再也没穿戴过。十六年啦，这是她被选进皇宫的二十三年，也是那件披风在她手中存放的二十三年。至今，披风完整无损。可是，每当见到披风，她的心就像被尖刀刺了一下。她从心底里，真不想再见到那件披风了。

她想来想去，想把那件披风转送给太皇太后。这也可以表达她的一片心嘛!

傍晚，她带上水貂皮披风，让王盛、姜秋、姜霜一起陪同，乘上舆辇奔往长信宫。

在长信宫的客厅内，赵飞燕拜见了太皇太后王政君。开始，王政君对她比较冷淡，连座位也没让。可赵飞燕聪明而大度，假装没事一般，照常问长问短，尤其她不把自己看成皇太后，而是以晚辈的身份，检查自己不忠不孝的过失，并又跪在地上连连叩拜，不断谢罪。王政君毕竟是一个女人，不由得心肠软了下来，让长信宫少府何弘给她拿来一把椅子，让她坐下。

赵飞燕巧嘴慧舌，还忆起了当年太皇太后让成帝晋封她为皇后的大恩大德，并说将来在九泉之下也要孝敬她。这样使得太皇太后不仅忘掉往事，消了气，而且觉得她确实可亲。人活着，为什么要永远记恨别人呢？王政君始终处于愉快和兴奋之中。

最后，赵飞燕让少府王盛给太皇太后呈上那件油光锃亮的水貂皮披风。

太皇太后让长信宫少府何弘秉烛，自己一边抚摩，一边查看。这件披风的毛色很好，暗褐透黑，绒毛细密而且柔软，闪烁着一缕缕光泽。太皇太后王政君高兴地笑了，抬头说道：

“飞燕，你的一片孝心，我收下啦！”

“太皇太后，飞燕诚惶诚恐，谢谢您老人家的抬举！”赵飞燕急忙欠起身来，屈体施拜道。

王政君兴奋之余，吩咐何弘给赵飞燕端些水果来。

赵飞燕摆手谢绝，遂施拜告辞，带着王盛、姜秋、姜霜回宫去了。

连日来，王政君顾不上考虑赵飞燕的事情，因为现在没人提及她的问题，即使有人弹劾她以前的专宠横行和不轨行为，她也要尽力给予袒护。现在，王政君主要考虑立皇位继承人的大事。国不可一日无君，朝不可一日无臣。自己又是年已八旬的老人，应该趁自己身体健壮、头脑清醒的时候，为汉室刘家选拔出一位合适的皇嗣。王政君马上命长信宫少府何弘，宣召大司马、新都侯王莽进长信宫。

此时，王莽正在大司马府的书房里来回走着，手里拿着七寸毫管，像是准备写文章，好似写不下去了，在思考所要写的内容。实际上，他是在准备草拟奏章，向太皇太后推荐皇嗣人选。他对刘氏后裔的上百名子孙，一个一个地进行遴选。他们不是本家族人多，就是直系亲属多，这种外戚人多势众、专横专权的苦头和教训，他早已深有感触，所以，不能从他们之中选立皇嗣。

他处心积虑，挖空心思，终于思考出一位皇位继承人——中山王刘箕子。箕子为哀帝从弟，是已故刘兴之嗣儿。箕子之祖母冯婕妤及其全家因中山案而死去，箕子幸未连坐，仍袭王位。本人一来无有直系亲属，二来年龄又小，如果能够登上皇位，那么对朝中及后宫，都不会有任何威胁。

他回到案几前，立刻挥毫拟写了一份奏书，举荐中山王刘箕子为继承皇位的唯一可靠人选。

他刚刚写毕奏书，准备去长信宫时，长信宫少府何弘随大司马府舍人王谦走了进来，原来是太皇太后王政君宣他进宫议事。

他和王政君一起研究他们共同关心的事情。如今，王政君主要是倾听他的意见和建议。在选拔皇嗣这个重大问题上，王政君毫不例外。

他只好以“君命难违”“关心汉室”的口吻，向太皇太后呈上推荐刘箕子为皇嗣的奏书，还讲述了将刘箕子作为唯一合适人选的一大串理由，并强调指出，只有这样，太皇太后才能永远把持权柄，永保汉室江山。王政君听罢王莽的一席话，脸上的愁云立即化解，浮现出笑容，连声说好，一再感谢王莽胸有韬略，关心汉室社稷。

太皇太后焉能知晓，从现在起，王莽就开始考虑和运筹，将来有朝一日能够篡夺刘氏江山而登上龙基的“伟业”！

姑侄俩很快统一了思想，议定以中山王刘箕子为皇嗣。同时，准备派人去中山国迎接刘箕子。

欲派何人前往？同样，王莽费了一番脑筋。他想，所派的卿臣，既要忠实于自己，又要被太皇太后宠信。于是，他奏请太皇太后，任命王舜为车骑将军，令其完成这项重大任务。王政君非常信任和宠爱安阳侯王舜，这不仅因为王舜是王莽的堂弟，更重要的是，王舜为人正直，处事谨慎，办这类大事，尤其不会出现偏差。因此，太皇太后批准了他的奏请。

七月七日，暑热尚未褪尽，太皇太后根据王莽的奏谏，发出诏书，派遣安阳侯、车骑将军王舜和大鸿胪左咸持符节奔往中山国，迎接中山王刘箕子，立为皇位继承人。

中山王刘箕子被接到京城后，还没等这位幼主即位，新都侯、大司马王莽就开始清除异己，排掉隐患。

首先，他上书太皇太后，要求贬免后宫的“四后”。王政君主要给皇太后赵飞燕讲情，但是哪里拗得过这位大司马，只有应允下诏。他手持太皇太后的诏书，亲自宣布：追贬帝太太后傅氏为定陶恭王母，帝太后丁氏为丁姬；将皇太后赵飞燕贬为孝成皇后，由远条宫迁到北宫居住；将孝哀皇后傅氏由中宫贬到桂宫。

接着，他又上书太皇太后王政君，要求彻底严惩丁、傅两家。太皇太后有些犹豫，唯恐激怒这两家，招惹麻烦。王莽态度激昂，据理申辩，谈到只有从权力上打倒丁、傅，才能真正地免除后患。他恳切地希望太皇太后下定决心，不可彷徨，无论如何也要从丁、傅两家收回皇家赐给他们的一切权力。太皇太后又予以允奏。王莽又持诏行事，将丁、傅两家所有子弟全部免官罢职，剥夺爵位，遣回原郡。

然而，太皇太后王政君唯独下诏褒奖前大司马傅喜。王政君在诏书中写道：“高武侯傅喜，性情端正谨严，论识忠直，虽与故定陶太后有亲属关系，终不顺从旨意，附和邪恶。介然守节，孤高耿直，因此才被斥逐回封国。正如《论语》中所说：‘岁寒，然后知松柏之后凋也。’现召傅喜回到京都长安，官位特进，可定期朝见天子。”对此，王莽未加反对，因为他也知道傅喜在朝中有崇高威望。

傅喜虽然奉诏入都，但深觉孤立可危，如在异国他乡一般。因担心在王莽手下为官太难，弄不好落个身败名裂、家破人亡的下场，于是，傅喜又以身体患病为由，向太皇太后和大司马提出呈请，情愿还国，归田务农。顺风而呼之事，王莽当然同意，遂建议太皇太后允许傅喜归去。

傅喜返回封国之后，如临世外桃源，若干年后，亦得寿终。

四后被贬，引起人们议论纷纷。其褒贬不一，说法各异。有的说，皇太后赵飞燕专宠淫恶，垄断后宫，该贬其职；有的说，帝太太后傅氏，与堂弟孔乡侯傅晏同心合谋，背恩忘本，专擅过甚，图谋不轨，也应此报；而也有的说，帝太后丁氏，因其子哀帝入嗣，不过母以子贵，未曾干涉朝政，受贬着实冤枉。

王莽怎的不分青红皂白，一概贬黜？况且王莽系汉朝臣子，怎能迫使太皇太后允奏下诏？一句话，王莽已目无尊亲，势必威胁汉家基业。

赵飞燕接到诏书后，二话没说，甘心降为孝成皇后，并立即命令少府王盛、贴身宫女姜秋和姜霜以及仆人们，将自己的全部家当，从远条宫搬迁到北宫。这里的宫院窄狭，卧室简陋，她毫不介意，只要能保留性命，就心满意足了。

现在，赵飞燕意识到自己的地位岌岌可危，说不定什么时候王莽还会向她发难。看来得着手准备后事，免得将来措手不及。

正在赵飞燕为自己的后事万般焦虑的时候，她的表姐、后宫宫长樊嫕来到北宫。

樊嫕非常理解赵飞燕被贬的心情，不住地安慰："皇太后，你应该像从前一样，遇到困难要敢于克服，碰到挫折要百折不挠。你不是常说，事在人为嘛！"

赵飞燕心想，我现在已经到了山穷水尽的地步，怎么还能前进呢？她皱起眉头，沉思不语。

"我知道你因为什么犯难，主要是考虑朝中没有人帮你说话了。"樊嫕对这位往日的皇太后、今日的孝成皇后之心思摸得一清二楚，便直截了当提出。

赵飞燕长嘘了一口气，点了点头。

樊嫕说："我一直替你想这事呢，最近倒想出了一个好主意。"

"什么好主意？"赵飞燕很感兴趣地问。

"立即派人找王莽！"

"找王莽？"赵飞燕立刻感到樊嫕有点不着边际了。

"现在就得动手办！"樊嫕兴奋地说，"杀人不过头点地。只要你这位皇后肯于在大司马面前低头，表现出虔诚和忏悔，王莽就一定会谅解。"

"上次我去长信宫，拜访了太皇太后，不是也不管事吗？"赵飞燕不再相信这种办法。

"那是因为太皇太后做不了王莽的主。"樊嫕倒出心里话，"你只要彻底放下皇后的架子，宁肯舍出财宝，相信‘钱能通神’这句古话，就可打动王莽的心。只有让王莽的心软下来，你才有希望保持现状，因为其他任何人的保奏都是无济于事的。”

赵飞燕听樊嫕这么一说，开始认真思考这个大胆的设想，觉得还真有一线希望，她催促道：“表姐，你再往下说。”

“有了人，什么都会有的。干脆，你把所有财宝都拿出来，即刻派王盛送往大司马府。”最终，樊嫕说出了关键一招。

“这些东西，什么时候送呢？”

“当然，还得晚上，最好今天晚上。”

“好吧，就这么办。”

樊嫕见赵飞燕同意了，遂欠身告辞，离开北宫。

樊嫕走后，赵飞燕让姜秋、姜霜帮她整理财物，把多年的积蓄几乎全部翻腾出来，然后逐一挑选，再把那些较为贵重的珠宝、玉器、金马、银驹等，集中堆放，最后用大红布包起来，一共包了四个包裹。

同时，赵飞燕还亲自动手，除了留下自己必需的衣物、钱财外，给姜秋、姜霜挑选了一些衣裙，给王盛准备了一些钱物。

此举，好似主仆即将离别一般！

姜秋和姜霜，两人心里很难受。她们各自抱着主子赠给的衣裙，眼泪扑簌簌地流了下来。

赵飞燕什么话也没说，心想：万般皆有命，半点不由人！

当天夜晚，赵飞燕命王盛带领四个宦官，携背四个财宝包裹，前往大司马府。在王盛他们临行之前，赵飞燕一再叮嘱：一要防止被他人看见，二要注意途中安全，三要尊重大司马，四要态度诚恳，无论如何，也要将财宝送给王莽。

王盛躬身应命，率领四个宦官出发了。

深夜，北宫的宦官、宫女都入睡了，只有赵飞燕卧室内的烛光仍在闪亮。只见她在地上走个不停，不时地注意倾听窗外的动静。

大约两个时辰过去了，王盛还没回宫。

赵飞燕的心里立刻火烧火燎起来。王盛他们会不会在途中发生意外？还是见财起意，各携财宝逃跑了呢？她想，不会的。王盛跟随她已有二十四个年头，久经考验，从未动摇。那王盛他们还会怎么样呢？

多年来，谁不知道王莽的多疑和奸诈？

随即，她紧张起来，做了最坏的打算。

果然不出所料！

王盛回来了。她赶紧询问："王盛，怎么样？"

"皇太后，我们……我们未能完成御命！"王盛气喘吁吁地如实回禀。

"怎么，王莽不收？"赵飞燕又催问了一句。

王盛点了点头。

紧接着，四个宦官各背着一个大红包裹走了进来。王盛让他们放下东西，回房去休息。

王盛一五一十地向赵飞燕禀述了送礼的全过程。王盛先后三次哀求舍人王谦转告大司马，但三次被大司马回绝。他们一直被拒绝于大司马府门外，根本不能与王莽相见。万般无奈，王盛他们只好返回北宫。

赵飞燕听罢，叹了一口气，无精打采地坐在椅子上，感到无计可施，眼前一片黑暗，竟然忍不住哭开了。

见赵飞燕伤感落泪，王盛心里也觉得不好受，赶忙上前安慰说：

"皇太后，您也不必太伤心了，人活一生，都得经过许多愁肠事。大不了没啥职权，不再主事。再说，您还落个轻闲自在嘛！"

王盛一看赵飞燕仍然低着头，不再言语，见她止住哭声，遂悄悄转身退了出去。

赵飞燕独自一人，面对残烛，冥思苦想，一直坐到天亮。

王莽暂且没有理睬赵飞燕，而是忙着网罗追随自己的党羽。他首先看中了大司徒孔光。孔光是名儒，在三位皇帝手下担任过丞相，受到太皇太后的敬重和天下百姓的信赖。因此，他对孔光毕恭毕敬，引荐孔光的女婿甄邯为侍中、奉车都尉。他任用王舜、王邑作为心腹骨干；甄丰、甄邯主管弹劾及司法刑狱；平晏主管机要之事；刘秀掌管起草诏书；孙建负责军中大事。与此同时，凡被他忌恨的人，一律被诛杀灭绝。前将军何武、左将军公孙禄，曾经在承明殿上向太皇太后上书直言，反对他出任大司马。因此，他便向太皇太后弹劾何武、公孙禄互相称颂保举，两人都被免去官职，何武被遣回封国。

王莽做好这一切后，马上请奏太皇太后，扶持儿皇帝刘箕子即位。当下，王政君允奏。

未央宫殿，庄严隆重，百官集结。新天子刘箕子称帝，即龙位，即为汉平帝。平帝时年九岁，太皇太后王政君临朝听政，大司马王莽把持国政。文卿武将深知新都侯、大司马王莽的权势日益上升，且又专横霸道，因此谁也不敢直言抗逆。长平侯、大司空彭宣，博山侯、大司徒孔光，上书请辞。王莽对彭宣深为忌恨，遂建议太皇太后批准下诏，免去彭宣的官职，让他返回封国，但故意不按惯例赐给他黄金、安车、驷马。王莽对孔光的请求却采取了缓和手段，他奏报太皇太后，认为平帝年幼，应该为新帝配置师傅。于是，太皇太后亦应允，调任孔光为帝太傅，位居四辅，兼给事中，负责皇宫宿卫和皇帝供养。

三公免去二公，百官无不惊讶！王莽又请奏太皇太后，增补三公人选。太皇太后当然还得按照王莽的上书提名，下诏任命：右将军王崇为大司空，但王崇并非外戚王氏家族之人；右将军马宫为大司徒。

三公如鼎之三只脚。王莽还给自己冠以安汉公的最高官位，统驾三公，主宰汉室。

自此以后，赵飞燕这只孤燕，每日愁眉不展，再也没有心思到处飞翔了。当然，她哪里还能关心平帝登基的大事呢！眼下，她只顾栖身于北宫，不想听到外界的任何消息。

但是，不幸的消息终于传来了！

原大司马府舍人、现任司隶校尉王谦，率领五官署的卫士们来到北宫。

王谦大声宣布道："孝成皇后接旨！"

赵飞燕听后，急忙走出卧室，行至院心，跪伏于尘，等待接旨。

王谦已经打开诏书，随即念道：

御诏：

孝成皇后赵宜主，违宫纪、触汉律，专皇宠、失妇道，贬为平民。望谢皇恩！

钦此！

赵飞燕听罢，两耳嗡嗡作响，三魂丢了两魄。她一下子瘫倒在地上。

王盛、姜秋、姜霜急忙跑过来，上前搀扶她们的主子。

王谦一看，赵飞燕没能接旨，就走至赵飞燕身前，将御诏掷于她怀中。而后挥了挥手，便带领卫士们离去了。

等了好大工夫，赵飞燕才慢慢醒过来。王盛、姜秋、姜霜将她扶到卧室，让她躺在床上静静地休息。

午后，阴云笼罩着京城长安，凉风袭卷着西北大地。

一辆单马安车驶出长安东关，直奔南山。

车上坐着被贬为庶民的赵飞燕，以及她的旧日宦官王盛、贴身宫女姜秋和姜霜。驭手乃是西司马里的太仆谷田，谷田已年逾花甲，发须皆白。

安车驶过骊河拱桥，很快来到山脚下。

赵飞燕让谷田停车，谷田立刻勒缰停奔。

姜秋、姜霜先跳下车，然后将赵飞燕搀扶下车。

王盛下车后，从车厢内把几个包裹拿了下来，然后从衣兜里掏出散碎银两。他把银两交于谷田，并说这是赵皇后赏赐的。

谷田接过银两，向赵皇后施拜道谢，随即扬鞭策马，驾驭安车，返回京城去了。

主仆们朝北瞭望，那是一片旷野，旷野北侧尽头便是贺家村——王盛的故乡。他们又转身向南，抬头仰望，山坡上铺盖着半绿半黄的野草，显得一片灰蒙，无有半点生机；山顶上矗立着三姑堂，这是二十四年前赵飞燕非常熟悉的地方，也是她和妹妹合德在少年时期一起来过的地方。她的一双暗淡而失神的眼睛，久久地注视着三姑堂……

今天临来之前，她以去三姑堂削发修行为名，将贴身仆人们骗到这里。

她转过身来，看了看王盛、姜秋、姜霜，好大工夫说不出话来。而后，她才让他们拿上包裹，去逃生度日。

王盛、姜秋、姜霜三人跪伏于地，连连叩头，“哇”的一声，哭开了。

她面如土色，木呆无神，两眼直愣愣的，一滴眼泪也没掉，半句言语也没有。王盛、姜秋、姜霜透过泪眼，望着即将离别的主子，心如刀绞，百感交集。

他们爬起身来，各自背起主子赐给的财物，朝山下的大路走去。他们一边走，一边回头看望主子。

赵飞燕等到奴仆们的身影消失到远方后，才躬身拿起地上唯一的包裹，缓缓地沿着山脚下的小路朝前走着。

这条小路拐向山坡，可奔向山顶。

赵飞燕刚步向山坡，就发现小路左侧由高到低一溜儿三座坟丘。她迟疑了一下，不禁停住脚步。不知为什么，她浑身骤然觉冷，一个寒战接着一个寒战。

她迈起双脚，离开小路，步入坟场，想看个究竟。她举目一看，三座坟茔上边都长满了野草，但每座坟茔顶端都布撒了鲜活的新土。她又仔细看了看，三座坟茔并不是一般大小，靠上边的最大，中间的比较大，靠底下的最小。不过，每座坟茔前边都矗立着一块石碑。她快步走了过去，定眸细瞧：啊！这是贺家的荒冢！“贺夫人之墓”“贺岩之墓”“贺岩之子——贺恨燕之墓”。“贺恨燕”的名字，一定是因其被害而取。

她如只身落入敌阵，一根根长矛，一把把锐戟，直刺自己的胸膛，浑身颤抖，两腿沉重，一屁股瘫坐在贺岩儿子的坟墓前面。“贺恨燕之墓”五个大字又映入眼帘，她似乎听到这个婴儿在冻饿而死之前的厉声哭叫！她感觉自己的头立即大起来，又涨又疼，只觉得天旋地转，两眼发黑，一下子倒下了！

过了好大一会儿，她才强打精神，吃力地支撑起身体。

这时，她看见两个修行女子抬着一桶水，沿着小路往山顶走去。

女人修行，也是可以获得自由啊。

但是，她根本没有再想踏入三姑堂。

突然，她发现了坟墓旁边那棵粗矮枯柳。她走了过去，围着枯柳绕了若干圈儿，如同山野里的孤魂一般地游荡着。

她终于停住脚步，放下手中包裹。包裹里藏有重金软银，是为发现者安置她而用。

她，面对枯柳，伫立良久。最后，她从包裹里抽出一条长长的白绫，狠了狠心，将白绫甩搭在树杈上。

这时，苍穹渐渐发黑。疾风赶着灰黑的云彩，潮水般地漫过天空。山野峡谷之口，游荡着一团团灰色的雾霭，鲜活的绿色再也看不见了。

只听两只乌鸦掠过头顶，“呱呱”地惨叫着。

1987 年夏季准备

1997 年冬初完稿

后 记

新春过后，这部长篇历史小说《赵飞燕》即将由中国文史出版社出版发行。

生活总是喜欢攀登上坡路，脚步踩在高峰才感到愉悦。然而有人给自己带到上坡路是难能可贵的。作为一名作者，所撰写的文学作品能够出版问世，当然是一件高兴而欣慰的大事了。我从事业余文学创作这么多年，总是将出版界的领导和同志视为无比尊敬的师长和友人。

汉魏尚存贞石字，归方自号古文家。尊敬的读者先生：我现在告诉你们，长篇历史小说《赵飞燕》曾由花山文艺出版社于 1999 年 2 月出版发行。出乎意料，二十多年后，到了 2021 年，竟然以长篇历史小说《赵飞燕：三十六宫秋夜长》之名，又被中国文史出版社再版发行。本书的再版发行，是对作者的鼓励，也是对西汉历史文化的挖掘。在此，我怀着激动的心情，向中国文史出版社的领导致以诚挚的敬意和衷心的感谢！

艺术存于贤者，师长胜似蜡烛。我要特别感谢本书的责任编辑梁玉梅老师。她是中国文史出版社的资深编辑，确实具有兰心蕙质的风采，且谦逊好学，尽职敬业。她与我至今尚未谋面，但是她却凭着自己的才识和勇气，先后选拔并担任我的两部长篇历史小说的责编，即《张之洞：坐对天池一长啸》《赵飞燕：三十六宫秋夜长》。梁玉梅老师对本书仍是一丝不苟地进行编辑，严格把关，力求作品经得起历史的考验，从而使本书得以顺利出版问世。欣喜之际，我向梁玉梅这位良师益友表示深深的敬意和由衷的感谢！

从1987年到1997年，经过近十年光景的业余耕耘，我终于写完了《赵飞燕》这部长篇历史小说。我感到很欣慰。说句老实话，我的历史知识有限，写作功力不高，尚难驾驭这部较长篇幅的作品。但是，在朋友们的不断鼓励下，特别是在花山文艺出版社领导和编辑同志的大力支持、具体帮助下，终于使这部作品得以问世。在本书出版之际，我满怀深情地向花山文艺出版社的领导和编辑同志表示最衷心的感谢！

我创作《赵飞燕》这部小说的最初思想萌芽是1985年夏初。当时我到秦皇岛市新华书店去选购书籍，无意中发现一本不太厚的宋元笔记丛书，即宋朝人刘斧撰辑的《青琐高议》，我随便翻阅了一下，忽然发现《赵飞燕别传》，不禁使我想起“环肥燕瘦”的典故，好在篇幅不长，大约两千字，我怀着好奇心，一口气看完了这篇笔记小说。当时，我很受启发。随即，我便买下了这本《青琐高议》。那时，我正在秦皇岛日报社工作。回到报社后，我又仔细阅读了《赵飞燕别传》。因为我青少年时期曾经读过一些汉史汉书及有关这方面内容的连环画册，所以对出生在汉代的赵飞燕、赵合德以及汉成帝刘骜这些人物产生了极大兴趣。我大约利用一个月时间，拟写了15集电视连续剧《赵飞燕》的创作提纲。但是，因工作繁忙，事务缠身，并没能下笔实施这个不太成熟的创作计划。俄国托尔斯泰曾经讲过：“除了该说的时候不要说。除了不得不写的时候不要写。你是作家，除了不得不写的时候决不要写。”我觉得各方面特别是史料准备都不够充分，所以绝不能动笔。不过，我没有彻底中止这种创作意图，而是不间断地查看了《中国历代皇后全书》《西汉演义》等，随之，我的脑海里涌现出一串串生动故事、一个个鲜活人物，经过反复思考，认真比较，决定改为创作长篇历史小说《赵飞燕》。

由于有关赵飞燕和赵合德之史料稀少，加上自己的历史知识贫乏等原因，我决定边创作边参阅历史书籍。《辞海》中虽有记录赵飞燕这个人物，但是仅仅40个字。《青琐高议》中的《赵飞燕别传》虽说是撰辑了2000多字，粗线条地勾勒出赵飞燕、赵合德、汉成帝和赵飞燕的宦官王盛等少量人物形象，但是尚缺少具有政治意义的大量历史事件。这些史料距离满足创作一部长篇历史小说之需要，还是相差太远。有句古训：“胸中历历著千年，笔下源源赴百川。”可见其意，只有读破万卷书，写起文章来文思才不会枯竭，正如源头之水不停地奔向百川。对照此训，深感空虚。于是，我四处寻书借阅，不惜花钱购书，收集了《资治通鉴》《汉书》《秦汉文化史》《未央宫》《皇宫五千年》《中国后妃列传》《二十三个后妃》《后妃传》《后宫艳事》《皇后之死》《中国历代名君》《中国历代名臣》《戒庵老人漫笔》《文史知识》等几十部书，见缝插针，抓紧阅读，记录了上千条读书卡片。通过遴选和引照，大胆而审慎地对历史与野史、对传记与传说、对史评与杂记等加以综合分析和合理取舍，大约用了半年的业余时间，终于谋划出长篇历史小说《赵飞燕》的创作提纲和基本框架。

创作历史小说既要注意历史的真实，又要注意艺术的真实。《赵飞燕》这部文学作品，既然是历史小说，就要突出历史特点。而历史则是对过去所发生的重大事件的全面记载，也是给后人和未来提供的一面镜子。所以说，古人的书籍是文体的百科全书。

作为现代文学工作者，要创作历史题材的小说，不可忽视对后人和将来的影响，绝不能篡改历史，以讹传讹。法国萨特有句名言：“小说是一面镜子。”这就指出了小说的意义和作用。因此，我在创作《赵飞燕》这部长篇历史小说的过程中，严格遵循历史的轨道，认真汲取历史的精华，深入挖掘历史的内涵，有意突出历史的教益。所以，我一边执笔创作，一边学习历史，尤其对《资治通鉴》和《汉书》的参照。在不违背历史的真实的情况下，注意将作品中的人物、事件、矛盾冲突融于历史之中，旨在使读者阅后深化对历史的认识，感受历史的教诲。但是作为历史题材的文学作品之一的小说，并不是全盘照搬历史事件和全部录用历史人物，必须经过分析与鉴别、比较与取舍、净化与遴选等过程，继而进行文学创作，并要力求实现艺术的真实。所谓艺术的真实，就是要符合生活实际，合乎生活常理。尽管艺术高于生活，但是艺术必须源于生活。因为创作的历史题材小说，除了为传播历史的知识方面外，还要为达到美的教化之目的。美的东西通过艺术来表达，艺术也就是美的东西。美就是真，真就是美。美所到之处唤起爱，“美是发自内部生命的光”。所以说，我在创作《赵飞燕》这部长篇历史小说时，始终不忘记艺术之真和艺术之美。作品中人物的生活以及事件展开场所的选择和描写，注重了历史性和艺术性，比较好地反映了道德的人格，鞭挞了丑陋的人性，表现了鲜明的爱与憎，从而揭开历史的面纱，探视历史的真相。当然，我不敢说，也不能说，本书之中所阐述和描写的故事都是确切无疑的。因为这种说法，已经抛开了艺术，更谈不上创作了，况且我已经诚恳地表示，我的历史知识有限，简而言之，艺术再现历史，理应具有丰富的想象力。

作为赵飞燕这个文学化了的历史人物，她的人物性格、艺术形象在本书中得到了充分的展示和传说的再现。这与以往人们所见到的有关赵飞燕的传说书籍，其人其事、其貌其才，有着截然的不同。这种不同，来自对那段历史事件和历史人物的认识与分析，旨在还特定历史条件下的历史人物以本来面目。

通过极少量的史料记载得知，纤弱惊人，荣宠盖世，汉代赵飞燕的名字已成了美女的代称。况又有“环肥燕瘦”之典故流传，唐朝女性羡慕杨玉环，即杨贵妃，喜欢体态肥胖，幻想成为玉环似的宫中贵夫人，而追随纤瘦的赵飞燕的汉代女性更是比比皆是，有两万多人，为了仿效瘦燕，实现“赵后腰骨尤纤细，善踽步行，若人手执花枝颤颤然”之目的，竟死于绝食的惨境之中。

众所周知，诸如丧周的褒姒、亡吴的西施、出塞的昭君、三国的貂蝉，乃至“马嵬坡下泥土中”的杨玉环等倾城倾国的历代宫廷美人，都能不同程度地被后人认识和理解。可是，唯有赵飞燕难以获得世人的同情和赏识，她那种骄妒、淫乱、残忍像无法摆脱的恶名纠缠着她，即使她具有体轻似燕、掌上之舞的美传佳话，也使她这个宫廷美人的形象显得惨淡无光。明代著名评论家冯梦龙第一次在《情史类略》中抛开传统的道德的腔调，对赵飞燕姐妹的才智进行了称赞，他把赵飞燕与赵合德列入“情爱”之类，并评议道：“人主渔色，何所不至，而能使三千宠爱在一身，岂惟色哉！其智亦有过人者矣！”

另外，作为一国之君的皇帝，既然君临天下，统霸江山，他不仅将天下美好的东西据为己有，而且把天下数以万计的美女充实到后宫。其中，被立为皇后者，必然经过政治、才华、姿容等方面的遴选。皇后，居三千粉黛之上，主掌后宫大权，日随夜伴君王，焉能无才无智乎！由此可以推测并判断，跃居皇后宝座的赵飞燕，一定是一个才貌俱佳的女性。至于她的阴暗的一面，可以另当别论。

我在《赵飞燕》这部作品中，大胆尝试创新，一反常态弃旧，着力展示了赵飞燕的政治才能。书中比较巧妙地介绍了赵飞燕、赵合德先后被汉成帝刘骜选拔入宫的曲折和惊险之过程。当时的许皇后，权势如日中天，当然她要千方百计地阻止赵氏姊妹进宫。第五章“妒与尊之谜”中，着重写出了赵飞燕的才华和心计，以娴熟的礼仪和高超的诗词修养赢得了成帝的母亲——王太后的赞赏，这是第一步；在第九章“巫蛊出祸害”中，赵飞燕沉着应战，不畏强敌，在许皇后设计的巫蛊事件中，善于将计就计，一举战胜许皇后，这是第二步；第三步，赵飞燕能够大度包容曾经迫害她并阻止她进宫的淳于长，使得他主动劝说他的姨母王太后改变了“人卑不可为主”的想法，从而她顺利夺嫡并受皇宠。这，可在第十一章“飞燕夺尊位”中见详端。

笔下的赵飞燕，深知女人的“内在美”与“外在美”的辩证关系。她心里清楚，女人的外在美不可能是永恒的，而内在美才能使自己立于不败之地。因此，她注意刻苦读书，加强修养，主动协助成帝处理朝中的政务大事，比如，第十七章“误诏除张渺”、第十八章“三牲祭神灵”中，可以看到赵飞燕不畏险恶、不怕困难，伴驾成帝赴河南视察黄河灾情，以及协助洪泛区官民战胜水害的动人情景。又比如，第二十一章“仿燕遭厄运”中，赵飞燕发现全国两万多少女仿效于她，绝食而丧命，立即以皇后名义，下诏停止此举。还比如，第二十二章“三遣段会宗”中，赵飞燕为了维护汉朝与乌孙王国的友好关系，冒着触怒君颜的危险，将自己从河南黄河岸边带回来的遗孤少女何柳、何槐送给乌孙王国小昆弥成婚。

同时，书中还从许多方面揭示了赵飞燕的奸诈和诡秘。她对定陵侯、卫尉、侍中淳于长一直怀恨在心，但总是表现出不忘前恩。当淳于长密谋“三公”之一的大司马要职和戏耍狱中许皇后的行径败露后，她不主动上奏成帝，而是利用手腕和计谋，迫使一向谨慎的新都侯、侍中王莽去揭发，从而使淳于长被成帝处死在洛阳，并且一箭双雕，让许皇后终于在昭台宫毙命。

书中对赵合德的描述也下了一定功夫。赵合德，其性格既凶狠，又胆大，她在指使冷艳、冷花挖掘巫蛊木偶人时，发现一条长蛇，立即走上前，伸手抓住长蛇，狠狠地摔在树干上。赵合德，柔媚动人，风情万种，“善音辞，轻缓可听”，这也是她特有的女性风采。因此，她深得成帝宠爱。她虽然没有姐姐那样横溢的才华、理政的胆识，但是其超人的姿色和夺宠的手段，似乎远远超过了姐姐。正当赵飞燕沉浸在母仪天下的荣华与威势之中时，双脚却踏上了班婕妤的那种宠极爱歇、妒深情疏的老路。赵合德这个昭阳舍宫的红粉佳人很快取代了赵飞燕的位置，成为汉成帝的又一个新宠。她们姐妹之间曾一度不和。特别是为了及早怀上嗣子，二人齐争燕赤凤而闹得面红耳赤，不可开交，多亏了她们的表姐、后宫宫长樊嫕从中调和，才得以和好如初。

本书还从反面无情地揭露了赵飞燕、赵合德惨无人道地杀害幼婴的一桩桩罪恶事实。不过，在此尤为注意揭示阶级的本质和遵照历史的真相。

“母以子贵”，这不仅是皇后和嫔妃们早已通晓的事理，而且是统治阶级早就定下的律条。然而，赵飞燕皇后和赵合德昭仪这一对红粉佳人，却不能给汉成帝生下皇嗣，这就意味着皇后和昭仪必然要走向悲剧的深渊。她们当然不愿意落得如此下场，于是要千方百计地进行扭转，哪怕是铤而走险。多情贪色而又盼望嗣子的汉成帝，一见赵氏姊妹确实不能生育，也就开始移宠，幸会她人。“以色事他人，能得几时好？”易变的君心，如秋风的肃杀，不让青春芳草长绿下去。于是，汉成帝长期欺骗赵合德，以去远条宫（赵飞燕皇后居住处）为借口，搪塞这位昭仪，而他却悄悄临幸后宫女官曹伟与许美人。当曹、许先后生子时，赵飞燕背后施设毒计，赵合德当面胁迫成帝，将成帝的两个儿子活活残害，曹、许和有关侍奉的宫女们也都被处死。赵氏姊妹灭绝人性的兽行令人发指。当时，有童谣道：“木门仓琅根，燕飞来，啄皇孙。”

为了保住皇后的权力宝座，心高气傲的赵飞燕并不甘心自己遭受的冷遇和漠视。她见自己裸体沐浴仍不能吸引成帝宠幸，便借庆祝诞辰之际，邀请成帝参加，在宴席上回忆往日她被成帝宠爱的情景，从而激发成帝的情欲，当天夜晚临幸了这位久不同居的皇后，由此，她心生一计，谎言和假扮自己怀了身孕。聪明的成帝反而被她欺骗，信以为真，喜出望外，并大加关怀和犒赏。

赵飞燕为了摆脱伪装怀孕而不能生子的悲惨境遇，私下与中少府王盛密谋，准备购买和索取他人之子，以充自己刚刚生产的皇嗣。她先是密派王盛，去贺家村其兄王安家中，重金购买刚刚满月的婴儿，结果婴儿被活活闷死在圆形木制盒内。主仆二人发现器皿不透气，方致婴儿死亡。后来，她又命王盛拿一个圆形透气的竹器，再次去贺家村，索取贺岩之子。结果，贺夫人和牛莲花说啥也不应允，王盛受挫而归。赵飞燕狠毒如蝎，再次下令，派王盛伙同恰好返回后宫的燕赤凤率领后宫卫士，去贺家村抢劫贺岩之子。最令人痛恨的是，赵飞燕指示王盛等人，将自己的救命恩人贺岩杀死，把贺岩的亲生幼儿抢进皇宫。可是，天公不作美，王盛手提幼婴欲进远条宫宫门时，孩子突然啼哭，他唯恐被卫士听见，急忙折回。因为这些卫士都是成帝派遣来的五官署卫士，一经发现，全盘皆输。他几次欲进，几次未遂，只好将贺岩的幼儿暂且载到宫门外的广场上，待幼儿不再啼哭时，方乘骑提婴进入宫门。结果，这个婴儿已经冻饿而死。

《赵飞燕》这部作品，许多笔墨着力描绘了汉成帝这个人物形象。汉成帝刘骜于建始元年（前 32 年）登基执政，到绥和二年（前 7 年）病逝，享年 44 岁。汉朝史学家班彪曾赞曰：“臣之姑充后宫为婕妤，父子、昆弟侍帷幄，数为臣言：‘成帝善修容仪，升车正立，不内顾，不疾言，不亲指，临朝渊嘿，尊严若神，可谓穆穆天子之容矣。博览古今，容受直辞，公卿奏议可述。遭世承平，上下和睦。然湛乎酒色，赵氏乱内，外家擅朝，言之可为于邑！’”班彪还惋惜地说：“建始以来，王氏始执国昆命，哀、平短祚，莽遂篡位，盖其威福所由来者渐矣！”为此，我在本书中对汉成帝作了一分为二的刻画。

汉成帝还算是一个比较正直的皇帝，尤其在他执政的前期。他为扼制外戚王氏家族的权势膨胀，也曾经做过努力。比如，他严惩过成都侯、丞相王商和曲阳侯、大司马王根，尽管母后王政君极力阻挠，他还是做了应该做的决定。此情节在第七章“圣君惩二侯”中足可看到。又比如，在第十六章“槛折旌直臣”中，他本想处死直言上书的谏臣朱云，但在左将军辛庆忌连续叩头、苦苦保奏的感喟下，终于将朱云赦免。还比如，当得知黄泛区河南一带发生特大水灾的消息后，他立即携赵飞燕皇后和有关卿臣及兵士们，昼夜兼程，赶到河南，视察灾情。我觉得，这是从历史的角度，给予古代皇帝曾经做过一些有利于百姓实事的折射。

但是，本书对汉成帝进行了多侧面、多方位的描写。对于他微行射猎、沉湎酒色和偏听偏信等丑恶行径，进行了无情的鞭挞。特别是他在用人方面，以同他来往密切、感情深厚，且又有裙带关系的人为任用重点，展示他用人不当、误国误民。他所册封的恩师、关内侯、丞相张禹和侍中、卫尉、定陵侯淳于长，就是他任人唯亲的佐证。另外，他身上亦有古代帝王顺我者昌、逆我者亡的劣迹。在朝廷讨论册立皇嗣的时候，御史大夫孔光提出与他不同的意见，这本来是正常的，但是，他的胸怀狭小，拒不容纳，将孔光的御史大夫之职降为执金吾。特别是，他对待卿臣们竟然到了荒唐儿戏而又令人愤慨的地步。天文星象变化，不应为怪，即使不解，也不应怪罪某个人、某个大臣。然而，他却把天象骤变说成是丞相翟方进理政不佳所致，于是下诏赐翟方进一死。

历史是前进的。即使在某一时期，社会受到邪恶势力的滞阻，历史的前进出现“螺旋状”，但是总会有正义的力量潜移默化地起到推动作用。基于这种认识，我在本书中注意宣扬正面人物，歌颂正义，反对邪恶。笔下的高陵侯、丞相翟方进，智能有余，善学不止，兼通文法吏事，以儒雅缘饰，号为通明相，他不仅受到天子器重，而且受到群卿爱戴。他在协助汉成帝主持朝务的过程中，以自己的智慧和才能，因势利导，支持正义，有时因处理一个重大问题而使自己被夹在君臣之间，但也能坚持正义，尽力周旋。从他身上可以看到，“宰相肚里能撑船”。故槐里令朱云，曾与前御史中丞陈咸因斥责中书令石显专权误国，并驳斥石显的同党五鹿充宗，后又拜本弹劾丞相韦玄成怯懦无能而被成帝罚到边陲从役。朱云役满还乡，途经长安时，他又上殿面君，当着满朝卿臣的面，直言揭发无能而又贪婪的安昌侯、丞相张禹，并愿乞赐尚方斩马剑，断此佞臣头。结果，险些招来杀身大祸，多亏左将军辛庆忌双膝跪走，连续叩头，苦苦保奏，一连叩了十七八个头，额头上流下殷红的鲜血，方感动了成帝，将他赦免。像朱云这样的著世谏臣、狂直品格，确实值得称赞。当然，左将军辛庆忌亦称得上忠义之士，也是历史上的良将名卿。

《赵飞燕》这部长篇历史小说，尚称不上长长的历史画廊。不过，我最大限度地将诸多历史人物融于所涉及的若干历史事件之中，所披露的宫廷内部那种你死我活的尖锐斗争和腐败透顶的庸俗作风，反映了古代封建王朝官场上的没落穷途。丑的东西被彻底砸碎，是历史的必然；美的东西被人们讴歌，又是历史的光荣。同时，本书还将汉代的文化艺术、传统风俗、礼节礼仪等，与某些人物和故事情节有机地结合起来，力求给读者以新的再现。准确地说，我是在探索——不仅从赵飞燕、赵合德两个历史人物的行为和灵魂的深处发掘更多蕴含着深刻社会历史内容的东西，而且还从汉成帝刘骜、宰相翟方进、左将军辛庆忌、御史大夫孔光、光禄勋师丹、谏大夫刘向、班伯和曲阳侯王根、新都侯王莽、定陵侯淳于长等君臣之间的关系和瓜葛中，乃至导致政权的动摇、国家的衰退的原因中，领悟和认识封建社会的腐朽劣根性和失败必然性。从而企盼广大读者重新领略这段历史时期一些重大历史事件的内涵，并借鉴此书以领会历史唯物主义的观点，开阔历史视野，掌握历史知识，受到历史陶冶。当然，这只是我的一点愿望，可能不一定达到这样的预期目的。亲爱的读者，由衷地希望你们给予指正。

作者　拟于花山文艺出版社出版前夕　1997 年冬
改于中国文史出版社再版之际　2021 年春